백야
그리고 다른 이야기들

백야

그리고 다른 이야기들

표도르 도스토옙스키 · 마이너스 옮김

해밀누리

목 차

백야	7
첫 번째 밤	9
두 번째 밤	30
나스첸카의 이야기	51
세 번째 밤	70
네 번째 밤	81
아침	98
지하에서 쓴 수기	105
1부. 지하	107
2부. 젖은 눈을 핑계로	166
작은 영웅	309

★ 편집자 노트

『백야』는 꿈과 현실 사이에서 흔들리는 한 청년의 감정과 고독을 섬세하게 그린 작품이다. 화자인 '몽상가'는 상상 속에서 더 생생하게 살아가는 인물로, 어느 여름밤 낯선 여성과의 우연한 만남을 통해 처음으로 현실의 따뜻함과 타인과의 연결을 경험한다. 전체 분위기는 조용하고 서정적이며, 인간이 품고 있는 외로움·동경·순수한 감정의 떨림이 부드럽게 흐른다.

읽을 때 주의해야 할 지점은 몽상가의 '이중적 자의식'이다. 그는 자신의 고독을 알고 있으면서도 그것을 벗어나려 하지 못하고, 현실의 관계보다 환상의 세계를 선호한다. 이 모순적 구조를 이해하면 작품의 정조가 훨씬 투명해진다. 번역에서는 러시아어 특유의 유려한 문장 리듬과 몽상가의 내면적 감정의 미묘한 파동을 살리는 데 초점을 두었다.

작품의 핵심은 인간 존재가 얼마나 관계를 갈망하며, 동시에 그 관계를 두려워하는가라는 질문이다. 도스토예프스키는 이 짧은 이야기 속에서 인간의 순수한 희망과 고독한 심리를 놀랍도록 정확하게 포착한다. 『백야』는 사랑 이야기인 동시에, 현실과 환상 사이에서 길을 잃은 한 영혼의 조용한 고백이다.

백 야

첫 번째 밤

놀라운 밤이었다. 젊은 시절에나 살아볼 수 있는 그런 밤이었었다. 나의 존귀한 독자여. 맑은 하늘에는 수없이 많은 별들이 반짝이며 번쩍이고 있었고, 고개를 들어 그 빛을 올려다보는 순간이면 으레 이런 생각이 들었다.

'저런 하늘 아래에서도 변덕스럽고 악한 인간들이 살아갈 수 있다니, 과연 가능한 일인가?'

참으로 유치한 질문이지 않은가, 존귀한 독자여, 매우 유치한 질문이지만, 그것은 여러분, 신사 여러분에게보다도 내 마음속에 훨씬 더 자주 떠올랐던 것이다! …변덕스럽고 악한 인간들에 대해 이야기를 하다 보면, 그날 하루 종일 내 뒤를 따라다녔던 기묘한 느낌이 떠오른다. 이른 아침부터 우울함이 내 마음을 짓눌렀고, 문득 '모두가 나를 버리고 떠나버릴지 모른다'는 생각이 번개처럼 스쳤다. 물론 이 말을 누군가 듣는다면, "그 '모두'란 대체 누구인가?"라고 물을 것이다. 나는 상트페테르부르크에서 팔 년을 살았지만, 제대로 아는 사람이 한 명도 없다.

그러나 아는 사람이 내게 무슨 의미가 있단 말인가? 그들이 없다 하더라도, 상트페테르부르크 전체가 이미 내게는 익숙한 곳이었다. 그래서 도시 전체가 한꺼번에 움직여 교외의 별장으로 떠나버린 듯 보이자, 마치 모두가 나를 버리고 떠난 것처럼 느껴졌던 것이다. 홀로 남겨지는 일은 참으로 무서운 일처럼 보였고, 사흘 내내 나는 슬픔과 고통 속에서, 내 안에 무슨 일이 일어나는지도 알지 못한 채, 아무 목적 없이 도시를 헤매고 다녔다. 네브스키 거리를 건너거나, 여름 정원을 거닐거나, 강가를 따라 걸어도 일 년 내내 정해진 시간, 정해진 자리에서 마주하던 얼굴들이 이제는 하나도 보이지 않았다.

그들은 물론 나를 알지 못하지만, 나는 그들을 알고 있었다. 그들을 정확히 알고 있었고, 그 얼굴들을 세심히 관찰해왔다. 나는 그들이 기뻐하면 기뻤고, 그들이 우울하면 나 또한 우울했다. 그 중에서 거의 우정에 가까운 관계를 맺고 있다고 느꼈던 한 노인이 있었다. 매일 정해진 시간에, 폰탄카에서 그 노인을 마주쳤다. 그는 늘 혼잣말로 중얼거리며 왼손으로 허공을 내젓고, 오른손에는 금장 머리가 달린 기다란 회초리를 들고 다녔다. 그는 나를 알아보며, 내게 날카로운 관심을 보였다. 혹시나 내가 정해진 시간에 폰탄카에 나타나지 않으면, 그는 분명 불안해할 것이었다. 그래서 우리는 서로에게 가끔씩 인사를 건넬 뻔하기도 했고, 특히 둘 다 기분이 좋을 때는 더욱 그랬다. 그러다 이틀쯤 서로 마주치지 않다가 사흘째 되는 날 다시 마주치면, 우리는 무심코 모자에 손이 올라가곤 했다. 하지만 곧 그럴 사이가 아니라는 걸 깨닫고 서둘러 손을 내리며, 서로를 딱하게 여긴 채 스쳐 지나갔다.

집들도 역시 내게는 익숙했다. 거리를 따라 걸어가면, 집들이 하나하나 앞으로 몸을 내밀어 모든 창문들로 나를 바라보는 듯 보였고, 마치 이렇게 말하는 것 같았다.

"좋은 날이오! 어떻게 지내시오? 하느님께 감사하게도, 나는 멀쩡하오. 그리고 오월이 되면 나는 한 층을 더 올리게 될 것이오."

또는 이렇게 말하는 것 같았다.

"잘 지내시오? 나는 내일부터 수리를 시작하오."

"나는 불이 붙을 뻔했소. 그래서 크게 놀랐소."

그 집들 사이에는 내가 애정을 품고 있는 집도 있고, 가까운 벗처럼 여기는 집도 있다. 그중 한 채는 올여름 건축가가 손을 볼 예정이라 했다. 나는 날마다 그 앞을 지나치기에 그 공사 때문에 어디 한 군데라도 들쑥날쑥하게 손대는 일이 없기를 바랐다. 그런 일만은 일어나지 않기를!

하지만 내게는 결코 잊지 못할, 장미빛을 띈 창백한 집 하나가 있다. 아담한 돌집으로, 언제나 나를 향해 상냥하게, 마치 들어오라고 손짓하듯 바라보곤 했다. 반면 옆의 투박한 이웃집 앞에서는 도리어 당당한 기세를 잃지 않아, 내가 그 앞을 지날 때마다 마음이 절로 밝아졌다. 지난주에도 나는 그 거리를 걸었다. 친구같은 그 집을 바라보는 순간, 마치 탄식하는 듯한 억눌린 울음소리를 들었다.

"그들이 나를 누렇게 칠해버렸소!"

야만인들! 그들은 아무것도 남겨두지 않았다. 기둥도, 장식도 남기지 않았고, 마치 카나리아처럼 온통 누렇게 되어버렸다. 그 광경을 보고 내 쓸개는 가장자리까지 부풀어 올랐고, 나는 지금까지도 그토록 처참하게 망가진, 저승의 빛깔로 칠해진 그 집을 볼 수가 없다.

　이제 독자는 내가 어떻게 페테르부르크 전체와 친숙한지를 이해할 수 있으리라.

　이미 말했듯이, 나는 사흘 내내 안절부절며 괴로워했고, 마침내 그 까닭을 알아내기 전까지는 한순간도 그 상태에서 벗어나지 못했다. 거리에서도 평안을 찾을 수 없었다. 이 사람도 보이지 않고, 저 사람도 보이지 않았다. 그 사람은 또 어디로 갔단 말인가? 집에서는 더욱 심했다. 이틀 동안 나는 스스로에게 물었다. 대체 이 방에서 무엇이 빠져나갔기에, 무엇이 나를 이토록 괴롭히는가? 나는 어찌할 바 몰라 녹색으로 그을려진 벽과 천장을 바라보았다. 거기에는 마트료나가 정성껏 '보존'해둔 거미줄이 늘어져 있었다. 나는 가구들을 훑어보고, 의자 하나하나까지 살피며 스스로에게 또 물었다. 혹시 저 의자 때문인가? 어제 놓여 있던 자리에서 한 치라도 어긋나 있으면 나는 금세 화가 치밀어 오르니 말이다. 창문 쪽도 들여다보았지만 소용없었다. 마음은 털끝만큼도 가라앉지 않았다. 그때 문득 마트료나를 불러 거미줄 문제부터 방 안의 전반적인 어수선함까지, 마치 아버지처럼 타이르며 충고해야겠다는 생각이 들었다. 그러나 그녀는 그저 의아하게 나를 바라보더니, 한마디도 하지 않고 돌아서 나가버렸다. 그리고 거미줄은 오늘도 여전히, 그 자리에 매달려 있다.

마침내, 바로 오늘 아침에야 나는 무엇이 문제였는지를 알아차렸다! 아, 그렇다! 그들은 모두 교외의 별장으로 서둘러 떠나고 있었던 것이다! 내 투박한 말투를 용서해주기 바란다. 지금의 나는 그럴듯한 표현을 꾸밀 만한 마음의 여유가 없다. 왜냐하면 페테르부르크 안에서 '살아 있는 것들'이라면 모두 별장으로 떠나려 하고 있었거나, 이미 떠나버렸기 때문이었다. 그래서 어떤 품위 있는, 존경할 만한 신사가 이즈보시카를 불러 타는 것을 보기만 해도, 내 눈에는 하루 일을 마치고 상쾌한 기분으로, 가족이 기다리는 별장으로 돌아가는 훌륭한 가장처럼 보였다. 길을 지나가는 사람들마다 어딘가 기묘한 빛을 띠고 있었고, 그 빛은 만나는 이마다 이렇게 말하는 듯했다.

"저는, 나리, 여길 잠시 스쳐갈 뿐입니다. 두 시간만 지나면 별장으로 떠나지요…."

창문 하나가 열리더니, 설탕처럼 희고 가느다란 손가락들이 흔들리며 화분 속 꽃들을 파는 행상을 부르려는 듯 사랑스러운 소녀의 머리가 모습을 드러냈다. 그 즉시 내 머릿속을 스친 생각은 이것이었다. 이 꽃들은 냄새 고약한 도시의 방 안에서 향기를 즐기려고 사는 것이 아니라, 별장으로 가져가기 위해 사는 것일테다는 생각이었다.

곧이어 나는 이 새롭고 기묘한 발견으로 놀라운 성과를 거두었다. 이제는 겉모습만 보고도 조금도 틀리지 않게, 저마다 어느 별장에 사는지 말할 수 있게 된 것이다. 카멘니 오스트로프*와 아프테카리 섬, 그리고 페테르호프 철도변의 별장 주민들은, 도시로 들어올 때 타고 오는 호화로운 마차와 뛰어난 화려함, 세련된 여름 복장으로 알아볼 수 있었다. 파르고로보와 그 주변에서 온 사람들은 첫눈에 벌써 이지적이고 침착한 인상을 주었다. 크레스토프스키 섬의 거주자들은 소박하면서도 쾌활한 외양으로 알려져 있었다.

길게 늘어선 화물 마차 행렬을 마주칠 때면, 그것들은 느린 걸음으로 느슨한 고삐 아래에서 움직였고, 마차 안에는 온갖 가구와 의자와 탁자가 산더미처럼 실려 있었다. 튀르키예식 혹은 비(非)튀르키예식 디반과 그 밖의 모든 가재도구도 함께였다. 그 위에는 살결이 붉고 풍만한 요리 여인이 앉아, 주인의 재산을 눈동자처럼 지키고 있었다. 그런 마차들뿐 아니라 네바나 폰탄카를 따라 섬들을 향해 내려가는, 각종 집살림을 가득 실은 배들까지 보게 되면, 마차와 배들은 내 눈앞에서 열 배, 백 배로 불어나 보였다. 온 도시가 거

---

* '돌섬'이라는 뜻

대한 행렬을 이루어 별장으로 떠나가는 듯했고, 페테르부르크 전체가 순식간에 황야로 변해버리는 듯했다. 마침내 나를 엄습한 것은 부끄러움과 슬픔의 감정이었다. 내게는 내가 갈 만한 그런 곳이 전혀 없기 때문이다. 나는 어느 화물마차에라도 올라타고 싶었고, 마차를 빌린 어느 품위 있는 신사와라도 함께 떠날 마음의 준비가 되어 있었다. 그러나 아무도, 정말 아무도 나를 부르지 않았다. 나는 완전히 잊혀진 존재였고, 실로 모두에게 낯선 이였던 것이다.

나는 멀리, 그리고 오래도록 헤매고 있었다. 그러다 보니 언제나 하던 버릇대로, 내가 어디에 있는지도 완전히 잊어버린 채 걷고 있었는데, 불현듯 문지기가 내 앞에 나타났다. 그 순간 내 마음속에는 즉시 기쁨이 일었다. 나는 문을 지나 들판과 초원을 향해 걸어갔고, 피로 따위는 개의치 않았다. 내 온 존재에서 무거운 짐이 떨어져 나가는 듯한 느낌이 들었다. 지나가는 모든 사람들이 나를 향해 그렇게 즐겁게 바라보았기에, 나는 실로 그들에게 먼저 인사를 건네고 싶은 유혹을 느꼈다. 사람들은 무슨 좋은 일이라도 있는 듯 들떠 보였고, 다들 시가를 피우고 있었다. 그리고 나는 그 어느 때보다도 만족스러웠다. 갑자기 나는 마치 이탈리아로 옮겨진 듯한 기분을 느꼈는데, 이는 자연이 거의 돌담 사이에서 질식하기 직전의 반쯤 죽은 도시인인 내게 너무나 강렬하게 작용했기 때문이었다.

우리 페테르부르크의 자연에는 형언할 수 없을 만큼 감동적인 무언가가 있다. 봄이 가까워지면 돌연 그 모든 힘을, 하늘로부터 받은 모든 능력을 펼쳐 보이며, 스스로를 화관으로 꾸미고 꽃으로 장식한다. 그 모습은 나로 하여금 어쩔 수 없이 병약하고 쇠약한 한 소녀를 떠올리게 한다. 우리는 그녀를 연민과 사랑스러운 동정의 눈길로 바라보지만, 그녀는 어느 한순간, 눈 깜짝할 사이에 놀라운 아름다움으로 만개한다. 그때 우리는 놀라움과 황홀함 속에서 스스로에게 묻게 된다. 어떤 힘이 작용하여 그토록 슬프고 사색적인 눈빛이 불꽃처럼 번뜩이게 되었는가? 무엇이 그 창백하고 여윈 뺨에 피를 돌게 하였는가? 무엇이 그 가냘픈 얼굴선들을 그토록 열기에 차게 했으며, 무엇이 그 소녀의 가슴을 높이 오르게 했으며, 무엇이 그 가련한 소녀의 얼굴을 생명의 힘과 아름다움, 그리고 매혹적인 미소로 되살려낸 것인가?

우리는 주위를 둘러보며 이 기적을 설명해 줄 누군가를 찾는다. 그러나 그것도 한순간일 뿐이다. 아마 내일이면 우리는 다시금, 그 전과 다를 바 없는 산만한 눈길과 동일한 창백한 얼굴, 머뭇거리는 몸짓, 그리고 짧은 만개의 시간 뒤에 남은 치명적 고통의 흔적들을 보게 될 것이다.

그리고 우리는 안타까워한다. 그 덧없는 아름다움이 그렇게 빠르게, 그리고 다시 돌아오지 않을 만큼 완전히 사라져버렸다는 것을. 그 찬란함이 얼마나 덧없고 기만적이었던가를. 그러나 그럼에도 불구하고, 나의 밤은 낮보다 나았다! 그 밤은 이러했다.

나는 매우 늦게 도시에 돌아왔고, 집에 가까워졌을 때는 이미 열 시 정각종이 울리고 있었다. 내 길은 운하를 따라 이어졌는데, 그 시간에는 그곳에서 살아 있는 영혼 하나도 만나기 어려웠다. 나는 원래 외딴 도시 구역에 살고 있기 때문이다.

나는 걸으며 노래하고 있었다. 내가 행복할 때면 언제나 무엇인가를 혼자서 흥얼거리곤 하는데, 그것은 친구도, 기쁨을 나눌 만한 좋은 아는 이도 없는 모든 행복한 사람들과 마찬가지이다. 그때 갑자기 전혀 예상치 못한 일이 내게 닥쳐왔다.

조용한 곳에서, 운하의 난간에 기대어 서 있는 한 여성이 있었다. 그녀는 팔꿈치를 쇠 난간 위에 얹은 채, 운하의 어두운 물을 매우 주의 깊게 바라보고 있었다. 그녀는 사랑스러운 노란 모자와 예쁜 검은 외투를 걸치고 있었다.

"소녀군. 그리고 어떤 경우에도 갈색 눈을 가진 소녀겠지."라고 나는 생각하였다. 그녀는 내 발걸음 소리를 듣지 못한 듯 보였으며, 내가 숨을 죽이고 고동치는 마음을 안고 그녀 곁을 지나갈 때도 조금도 움직이지 않았다.

'이상하군! 무슨 이유인지 모르지만 아마 생각에 잠겨 있는 것이겠지.'

그런데 갑자기 나는 돌처럼 굳어진 듯 그 자리에 멈춰 섰다. 억눌린 울음소리가 들렸다. 그렇다. 착오가 아니었다. 소녀는 울고 있었고, 이따금 흐느끼기까지 했다. 오 하느님, 내 심장은 멎을 듯하였다. 나는 여자들 앞에서 지독히도 수줍은 사람인데, 그 순간은 너무도 가슴을 울리는 순간이었다. 나는 몸을 돌려 그녀에게 다가갔고, 거의 이렇게 말을 걸 작정이었다. "아가씨." 하지만 곧 떠오른 생각이 있었다. 이 부름은 세상의 온갖 대중소설에서 수천 번이나 쓰여 왔다는 것이었다. 이 생각 하나가 나를 붙잡아 멈춰 세웠다. 그러나 다른 말을 찾고 있던 찰나, 소녀는 곧바로 몸을 일으켰다. 주위를 둘러보고는 눈을 아래로 떨군 채, 강가의 보도를 따라 내 곁을 재빠르게 지나갔다. 나는 곧장 그녀 뒤를 따랐으나, 그녀는 그것을 알아차렸다. 그녀는 강둑을 벗어나 길을 건너더니, 다시 인도로 걸음을 옮겼다. 나는 감히 길을 건너 그녀를 따라가지 못했다. 내 심장은 격렬하게 뛰고 있었다. 그러던 차에, 불현듯 우연한 일이 나를 도왔다.

인도 건너편에서 낯선 사람이 갑자기 모습을 드러냈다. 그는 연미복을 걸친 연령 있는 신사였지만, 그의 태도와 걸음걸이에는 그 나이에 걸맞은 점잖음이 전혀 없었다. 그는 비틀거리며 걸었고, 그러면서도 조심스레 벽에 몸을 기대고 있었다. 소녀는 화살처럼 빠르고 수줍게 달려갔다. 밤길에서 누가 자신을 따라오는 것을 바라지 않는 모든 소녀들처럼 말이다. 물론 그 비틀거리는 신사가 그녀를 따라잡지는 못했을 것이다. 그러나 나의 운명이 그에게 꾀를 부릴 길을 강요하지 않았다면 말이다. 갑자기 그 신사는 한마디 말도 없이 달리기 시작했고, 내게 낯선 소녀의 뒤를 쫓았다. 소녀는 폭풍처럼 달렸으나, 비틀거리던 그 신사는 끝내 그녀를 따라잡았다. 소녀는 외쳤다. 그리고… 나는 그 순간, 오른손에 우연히 들려 있던 훌륭한 지팡이 덕분에 속으로 행운에 감사했다. 눈 깜짝할 사이에 나는 길을 건너 소녀에게 다가갔다. 그러자 불청객은 즉시 사태를 파악하고 정신을 차려, 입을 다문 채 뒤로 물러났다. 우리가 상당한 거리를 지나갔을 때에야 그는 비로소 거칠게 항의의 말을 내뱉었으나, 그 소리는 더는 우리에게 닿지 않았다.

"제게 당신의 팔을 맡겨주세요." 나는 낯선 그녀에게 말했다. "그러면 그는 더는 감히 당신을 괴롭히지 못할 겁니다."

그녀는 침묵한 채 아직 놀람과 격정으로 떨고 있는 팔을 내게 내밀었다. 오, 그 순간만큼은 그 불청객 신사를 마음속 깊이 축복했다. 나는 소녀를 옆에서 바라보았다. 그녀는 사랑스러운 갈색 눈을 가진 소녀였다. 내가 제대로 짐작했던 것이다. 그녀의 검은 속눈썹 위에는, 놀란 마음 때문인지 혹은 앞선 슬픔 때문인지 아직 눈물이 반짝였다. 그러나 그녀의 입술 위에는 미소가 살짝 보였다. 그녀는 몰래 나를 바라보다가, 살짝 얼굴을 붉히고는 다시 눈을 내리깔았다.

"그런데 왜 저를 피해 달아나셨나요? 제가 곁에 있었더라면 당신께는 아무 일도 일어나지 않았을 텐데요."

"하지만 저는 당신을 전혀 몰랐거든요. 저는 당신도 그처럼…"

"그럼 이제는 저를 아시겠나요?"

"조금은요… 예컨대… 당신은 왜 떠셨나요?"

"아, 금세 알아채셨군요!" 하고 나는 대답했다. 그녀의 총명함에 나는 그저 기쁘기만 했다. 그런 총명함은 아름다운 이에게 결코 해가 되지 않는다.

"그래요, 제가 어떤 사람인지 단번에 알아보셨네요. 저는 여자들 앞에서 겁이 많습니다. 그리고 고백하자면, 아까 그 신사가 당신을 놀라게 했을 때, 저 또한 당신만큼이나 놀랐습니다… 지금은 딱 한 가지만 두렵습니다. 이 모든 것이 마치 꿈같다는 것, 꿈속에서도 저는 한 번도 여인과 이야기를 나눌 수 있으리라고는 생각해본 적이 없었습니다."

"어머나? 정말요?"

"그리고 제 팔이 떨리는 이유는 지금까지 한 번도 이렇게 사랑스러우면서 작고 섬세한 팔을 잡아 본 적이 없기 때문입니다. 저는 여자들과 가까이 지내는 일에서 완전히 멀어진 사람입니다. 아니, 그런 일에 익숙해져본 적이 아예 없습니다. 저는 외롭게 살아왔습니다. 여자와 어떻게 말을 나

뭐야 하는지조차 모릅니다. 바보 같은 소리를 내뱉을까 두렵습니다. 그러니 부디 솔직히 말씀해주십시오. 제가 당신을 불편하게 하진 않습니까?"

"아니에요. 전혀 그렇지 않아요. 오히려 그 반대예요. 그리고 솔직하게 말해달라고 하시니 더 말씀드릴게요. 그런 수줍음은 여자들이 좋아해요. 그리고 저도 당신이 싫지 않아요. 그러니 저희 집 근처까지 함께 걸어요."

"당신은 틀림없이 제 수줍음을 금세 걷어가시겠지요. 그러면 제게 남은 수단도 모두 끝나고 맙니다."

나는 기쁨에 들떠 대답했다.

"수단이라니요? 무슨 수단을 말하는 거죠, 무엇을 위해서요? 벌써부터 영 좋지 않게 들리네요."

"용서해주세요. 제 혀가 너무 앞섰습니다. 하지만 이런 순간에 누군가를 바라게 된다고 해서, 그게 잘못은 아니지 않습니까."

"기쁘신가요? 정말이에요?"

"틀림없습니다. 제발, 하느님의 이름으로, 신중해주십시오. 저를 한 번 판단해주십시오. 저는 스물여섯이 되었지만, 지금껏 누구와도 사귀어본 적이 없습니다. 그러니 어떻게 아름답고 현명하게 말할 수 있겠습니까. 차라리 당신께는 모든 것을 솔직히 말해드리는 편이 낫겠습니다. 마음이 가득 차면, 저는 도무지 입을 다물 수가 없습니다. 어찌 되었든… 제 말이 믿기시나요? 어느 여인도, 한 번도, 단 한 번도 없었습니다. 사소하게 아는 사이조차 없었습니다. 저는 날마다 꿈꾸고 갈망해왔습니다. 언젠가 마침내 누군가를 만나게 되기를. 오, 당신이 알기만 한다면, 저는 얼마나 자주 이처럼 사랑에 빠지곤 했는지요."

"지금도요? 어떻게요? 누구에게요?"

"누구에게도 아닙니다. 이상적인 형상에게, 꿈속에서 나타나는 그 존재에게요. 제 생각 속에서 저는 하나의 완전한 소설을 통째로 살아갑니다. 아, 당신은 저를 모릅니다. 사실입니다. 저는 여태껏 두세 명의 여자를 만난 적은 있습니다. 그러나 그들이 어떤 여자들이었던가 하면, 늘 그런 종류의 술집 여자들이어서, 그러니까… 하지만 당신은 아마 웃으시겠지요. 저는 종종 거리에서 어떤 고귀한 신분의 여인에게 말을 걸어보고 싶은 충동을 느끼곤 했습니다. 물론 그녀가 혼자 있을 때, 그리고 마땅히 수줍고, 존경할 만하고, 정열적인 여인일 것이라 짐작하면서 말입니다. 그때 제 마음속 의도는 오직 하나였습니다. 이렇게 말하는 것입니다. 제가 외로움 속에서 길을 잃고 있다는 것, 나를 밀어내지 말아달라는 것, 제가 어떤 여인도 알아갈 기회가 전혀 없다는 것. 저는 그분께 일깨워주고 싶었습니다. 여인의 의무란, 저 같은 불행한 인간의 수줍은 기도를 거절하지 않는 데에 있다는 것을요. 제가 바라는 것은 단지 두 마디입니다. 동정과 친절이 담긴 말, 처음 걸음을 내딛는 순간부터 나를 쫓아내지 말아 달라는 말. 제 말을 믿어주시고, 제가 할 말을 들어주시고, 원하신다면 제 어리석음을 두고 웃으셔도 좋고, 저를 위로하시고, 두어 마디, 오직 두어 마디만 건네주면 되는 것입니다. 그러고 나면 저는 다시는 그분을 만나려 하지 않겠노라고요…. 그래도 제 이야기가 우스우실지도 모르겠습니다. …그런데 사실, 저는 지금도 바로 그런 목적을 위해 이야기를 하고 있는 셈이군요."

"그렇게 상심하실 것 없어요. 제가 웃는 건, 어쩌면 당신이 스스로를 가장 괴롭히는 사람이기 때문이에요. 만약 정말로 한 번 시도해보셨다면, 거리에서도 잘됐을지 몰라요. 오히려 단순하면 단순할수록 더 나았겠지요. 마음씨 고운 여자라면, 아주 어리석지만 않거나, 혹은 그때 잠시 화가 나 있지 않은 이상, 당신처럼 정중히 부탁하는 몇 마디 친절한 말을 모질게 거절하진 못하거든요. 보세요, 저만 해도 그렇지 않나요. 물론 그 여인은 당신을 제정신이 아니라고 여겼을지도 모르겠지요. 저도 제 경우를 생각해보며 판단하는 거예요. 세상 사람들이 어떻게 사는지, 잘 알고 있으니까요."

"오, 감사합니다!" 하고 나는 외쳤다. "당신은 지금 제게 얼마나 큰 선의를 베풀고 계신지 모르실겁니다."

"좋아요, 좋아요! 하지만 제게 말씀해보세요. 당신은 제가 바로 그런 여자라는 것을 어떻게 알았나요? 그러니까…

당신의 표현을 빌리자면, 술집 여자가 아니라 호의와 우정을 받을 만한 사람이라는 것을요. 왜 제게 말을 걸기로 결정하셨나요?"

"왜냐고요? 당신은 혼자 계셨지 않습니까, 그 신사가 지나치게 무례해졌을 때 말입니다. 밤이었고⋯ 당신도 인정하시겠지만, 그것은 의무입니다⋯."

"아니에요, 아니에요, 그보다 더 이전부터였지요. 저 운하에서부터요. 당신은 그때 이미 제게 다가오려 하셨잖아요."

"그 자리에서인가요? 저는 무엇이라 대답해야 할지 잘 모르겠습니다, 저는 두려웠어요⋯ 아시겠지만 오늘 저는 행복했습니다. 산책을 나갔고, 노래도 했습니다. 저는 도시 밖에 있었어요. 제 생애에 그토록 행복한 순간은 아직 한 번도 없었습니다. 당신은⋯ 아마도 제게 그렇게 보였던 것이지요. 용서해주십시오, 이런 말을 다시 해야 한다니⋯ 저는 당신이 울고 있다고 생각했어요. 그런데도 다가갈 엄두를 내지 못했습니다. 제 마음이 답답했습니다. 오, 하느님! 제가 당신을 염려하는 것이 잘못이었습니까? 당신께 형제 같은 연민을 느낀 것이 죄였단 말입니까? 용서하십시오, 제가 '연민'이라는 말을 했군요⋯ 그렇습니다, 한마디로, 더 가까이 다가가고 싶다는 생각을 한 것이 혹시 당신께 무례였습니까?"

"그만하세요, 더 말씀하지 마세요."

소녀는 눈을 내리깔고, 내 팔을 가볍게 누르며 대답했다.

"제가 먼저 그렇게 말했으니 제 잘못이지만, 그래도 당신을 잘못 보지 않았다는 것이 기쁘네요…. 이제 저는 집에 다 왔어요. 이 골목 페레울록**만 건너면 됩니다…. 바로 두 걸음이에요. 그럼 안녕히… 고맙습니다…."

"그럼 우리는 이제 다시는 못 만난단 말입니까? 우리의 인연은 이제 여기서 끝나는겁니까?"

"보세요."라고 소녀가 미소 지으며 말했다. "처음엔 몇 마디만 나누면 된다고 하시더니, 지금은… 지금은 벌써… 그래도 저는 부정하고 싶진 않아요. 어쩌면 우리는 또 만나게 될지도 모르죠."

"저는 내일 다시 여기로 오겠습니다."라고 내가 말했다. "오, 부디 허락해주세요. 제가 벌써…."

"정말 참을성이 없군요. 벌써부터 뭘 요구하시다니요."

"제 말을 들어보세요."라고 나는 그녀의 말을 끊었다. "다시 이런 말씀을 드리는 것을 용서해주십시오… 하지만 보세요. 저는 내일도 다시 여기에 올 수밖에 없습니다. 저는 몽상가입니다. 그래서 삶의 현실을 너무 적게 누리며 삽니다. 방금 같은 순간들, 눈 깜짝할 사이에 스쳐 가는 이런 행

** 러시아어 переулок에서 온 말로, '골목(작은 길)'을 뜻한다.

복은 제게 너무도 드뭅니다. 그래서 저는 이 순간을 마음속에서 다시 한 번 되살리며 살지 않을 수 없습니다. 저는 당신을 온밤 동안, 온 한 주 동안, 심지어 온 한 해 동안이나 꿈꾸게 될 것입니다. 그러니 어찌 되었든 내일 이 자리에, 이 시간에 오지 않을 수 없습니다. 저는 방금 지나간 시간을 떠올리는 것만으로도 행복합니다. 이곳은 벌써 제게 소중한 곳이 되었습니다. 페테르부르크에 제게 그런 곳이 이미 두세 군데 있습니다. 저는 그중 한 곳에서, 당신처럼, 한 추억을 떠올리며 울어본 적도 있습니다…. 누가 알겠습니까. 어쩌면 당신도 불과 십 분 전쯤, 어떤 추억을 떠올리며 울고 계셨을지도요…. 하지만 용서하십시오. 저는 또다시 제 자신을 잊어버렸군요…. 어쩌면 당신도 이 자리에서, 한때는 아주 행복했던 적이 있는지도 모르겠습니다."

"좋아요."라고 소녀가 말했다. "내일 열 시쯤, 이곳으로 올게요. 이제는 그 부탁을 당신께 거절할 수 없다는 걸 알겠어요…. 사실 저는 내일, 꼭 여기 와 있어야만 해요. 그렇다고 해서 제가 당신과 은밀한 만남을 원한다고는 생각하지 마세요. 분명히 말해둘게요. 제가 여기 있어야 하는 데에는 특별한 이유가 있어요. 하지만 보세요, 차라리 지금 말해두는 편이 낫겠지요. 당신이 오셔도 해가 되지는 않아요. 우선은, 조금 전처럼 또 방해가 생길지도 모르니까요. 하지만 그건 부차적인 일이에요…. 한마디로 말하면, 저는 기꺼이 당신을 보고 싶어요…. 몇 마디 말을 나누고 싶어요. 그런데 이제 저를 판단하실 건가요? 저를 그렇게 쉽게 다시 만나주겠다고 허락하는 여자로 생각하지는 마세요. 저는 쉽게 '다시 보자'고 약속하는 사람이 아니에요, 만약…. 하지만 그건 제 비밀이에요. 다만 그전에, 우리는 한 가지 약속을 해야 해요."

"약속이라고요! 말씀하십시오! 미리 모두 말해주십시오. 저는 동의합니다. 무엇이든 각오가 되어 있습니다."라고 나는 기쁨에 겨워 외쳤다. "저는 따르겠습니다…. 제가 어떤 사람인지 아시니까요."

"바로 그렇기 때문에, 당신이 어떤 사람인지 알고 있기 때문에 내일 당신을 부르는 거예요."라고 소녀는 미소 지으며 말했다. "저는 당신이 어떤 분인지 정확히 알고 있어요. 하지만 기억하세요. 당신은 조건이 있어서 오는 거에요. 먼저, 제 부탁을 들어주세요. 자, 지금 바로 말할게요. 저를 사랑하지 마세요…. 그건 안 돼요. 진심으로 말씀드려요. 우정이라면 기꺼이 받아들일 수 있어요. 자, 여기 제 손이에요. 하지만 사랑에 빠지는 건 불가능해요. 제발 그렇게 해주세요."

"당신께 맹세합니다."라고 외치며 그녀의 손을 잡았다….

"그만해요. 맹세 같은 건 하지 마세요. 이미 알아요. 당신은 화약처럼 한순간에 터져버리는 사람이잖아요. 그렇다고 제 말을 오해하진 말아요. …당신이 알기만 한다면, 내겐 말을 나눌 사람도 없고 조언을 구할 사람도 없어요. 물론 길거리에서 그런 상대를 찾는 게 옳다고는 할 수 없겠지요. 하지만 당신은 예외예요. 당신이 어떤 사람인지, 저는 알아요. 마치 이십 년을 알고 지낸 것처럼요…. 그렇죠? 저를 실망시키진 않겠지요?"

"저는 이 스물네 시간을 도대체 어떻게 보내야 할지 모르겠습니다."

"편히 주무세요. 안녕히. 그리고 제가 당신께 남긴 말을 기억하세요. 그리고 당신이 아까 정말 아름답게 말했잖아요. 형제 같은 연민의 감정까지도 일일이 따질 필요가 있느냐고. 그 말이 참 아름다운 말이었어요. 그래서 저는 그 순간 당신께 제 자신을 맡기기로 결심했던 거예요."

"어디까지 말입니까? 어느 정도까지요?"

"안녕히. 그것은 아직 비밀로 남아 있어야 해요. 그 편이 당신에게 더 좋으니까요. 멀리서 보아야 더 소설 같아 보이지 않겠어요. 어쩌면 제가 말해드릴지도, 어쩌면 말하지 않을지도 몰라요. 저는 당신과 더 많이 이야기해야 합니다, 우리는 서로를 더 잘 알게 될 거예요."

"좋습니다. 그럼 내일, 제 이야기를 조금 더 자세히 말씀드리겠습니다. 그런데 이게 대체 무슨 일입니까? 마치 제 안에서 기적이 일어난 것만 같습니다…. 하느님, 저는 지금 어디 있습니까. 말씀해보세요, 당신은 만족하지 않습니까? 당신이 다른 사람들처럼 놀라지 않았고, 곧바로 저를 밀어내지도 않았다는 것 말입니다. 불과 이 분 만에, 당신은 저를 영원히 행복하게 만들었습니다. 영원히요. 이렇게 행복하게요. 누가 알겠습니까. 어쩌면 당신은 제가 제 자신과 화해하도록, 제 의심에서 저를 구해주신 것인지도 모릅니다…. 그러니 내일은 당신께 모든 것을 말씀드리겠습니다. 당신은 모든 것을 아셔야 합니다. 모두….”

"좋아요, 약속했어요. 그리고 당신이 먼저….”

"물론입니다."

"그럼 내일 뵈어요."

"내일 뵙지요."

그리고 우리는 헤어졌다. 나는 밤새도록 거리를 헤매고 다녔다. 집으로 돌아갈 결심이 도무지 서지 않았다. 나는 너무 행복했다…. 내일이 오기를!

두 번째 밤

"그래도 살아 계시잖아요!" 하고 나스첸카는 미소 지으며 내 두 손을 꼭 쥐었다.

"저는 벌써 두 시간 전에 여기 와 있었습니다. 오늘 제게 무슨 일이 있었는지 모르실 거예요."

"알아요, 알아요. 하지만 이제 본론으로 들어가요. 제가 왜 왔는지 아세요? 어제처럼 쓸데없는 수다를 떨러 온 게 아니에요. 보세요, 이제부터 우리는 더 슬기롭게 행동해야만 해요. 저는 어제 아주 오래도록 모든 일을 생각해 보았습니다."

"어떤 점에서 슬기롭게 말입니까? 저는 물론 기꺼이 준비되어 있습니다만, 솔직히 말해서, 제 삶에서 지금 일어나는 일보다 더 슬기로운 일은 한 번도 없었습니다."

"정말인가요? 우선 첫째로, 제 손을 그렇게 세게 쥐지 말아주세요. 둘째로, 저는 오늘 내내 당신을 생각했어요."

"그래서 어떤 결론에 이르렀습니까?"

"제가 내린 결론은 이래요. 우리는 모든 것을 완전히 처음부터 다시 시작해야 돼요. 왜냐하면 저는 오늘에서야 당신이 제게 완전히 낯선 사람이라는 것을 깨달았고, 어제의 저는 아이처럼, 작은 소녀처럼 행동했으며, 자연스럽게 그 모든 일에 제 착한 마음씨가 죄가 있다는 것을 알았기 때문이에요. 그래서 그 실수를 바로잡기 위해서는 당신에 대해 정확히 알아봐야겠다고 결심했어요. 하지만 그 누구에게서도 당신에 대해 한마디도 들을 수 없었기 때문에 당신이 제게 세세한 것까지 모든 것을 이야기해줘야 해요. 자, 어떤 사람이에요, 당신은? 어서요! 시작해요, 당신의 이야기를 들려주세요."

"제 이야기를요?"라고 나는 놀라 외쳤다. "누가 제게 이야기가 있다고 말했습니까? 저는 이야기 같은 것은 없습니다."

"그렇다면 어떻게 살아오셨다는 거예요? 이야기 하나 없이요?" 하고 그녀는 미소 지으며 나를 가로막았다.

"정말 아무 이야기 없이요. 저는 혼자 살았습니다, 혼자, 완전히 혼자! 완전히 혼자라는 것이 무엇인지 아시겠습니까?"

"어머, 혼자라니요? 그러니까… 당신은 누구와도 교류를 해본 적이 없다는 말인가요?"

"그렇습니다, 저는 언제나 혼자 살아왔습니다."

"그렇다면 어떻게 된 거죠? 아무하고도 이야기하지 않는 건가요?"

"정확히 말하자면, 누구와도 이야기를 나누지 않습니다."

"그렇지만, 당신은 대체 어떤 사람이에요? 설명해보세

요! 잠깐만요, 저 벌써 알아낸 것 같아요. 아마도 당신에게도 할머니가 계시겠죠, 저처럼요. 제 할머니는 눈이 멀었고, 제가 어디도 나가지 못하게 하셔서, 저는 거의 말하는 법을 잊어버릴 지경이었어요. 하지만 제가 이 년 전부터 고집을 부리기 시작했고, 더는 저를 붙잡아 둘 수 없다는 걸 할머니가 아셨을 때, 저를 부르시더니 바느질 바늘로 자신의 치마와 제 치마를 꿰매어 붙여버리셨어요. 그 뒤로 우리는 하루 종일 함께 앉아 있고, 할머니는 눈이 머셨는데도 양말을 뜨시고, 저는 그 옆에 앉아 바느질을 하거나, 책을 들고 큰 소리로 읽어드리곤 했어요."

"아, 하느님! 무슨 불행입니까! 아니, 저는 그런 할머니는 없습니다!"

"하지만 그런 분이 없다면, 어떻게 방 안에만 가만히 앉아 계실 수 있죠?"

"들어보세요, 당신은 제가 누구인지 알고 싶은 거죠?"

"그래요, 그래요!"

"말 그대로 정확한 의미에서요?"

"정확한 의미에서!"

"저는 — 하나의 '유형$^{(typus)}$'입니다."

"유형? 유형이라니요? 무슨 유형?" 하고 소녀는 소리 내어 웃으며 외쳤다. 마치 1년 내내 이것보다 더 웃을 만한 기회를 찾지 못했던 것처럼. "당신하고 함께 있으면 정말 즐겁군요! 보세요, 여기 벤치가 있어요, 앉아요! 여기는 아무도 지나가지 않을 거예요, 아무도 우리 말을 듣지 못해요 — 이제 당신의 이야기를 시작하세요! 당신은 저에게 조금도 솔직하지 않아요, 당신은 분명 이야기가 있으면서도 저에게 숨기고 있어요. 우선, 그 '유형'이라는 것이 대체 뭐죠?"

"유형, 유형이라니요, 그것은 원초적인 존재, 우스꽝스러운 인간입니다!"라고 나는 대답했다. 그리고 나도 그녀의 어린아이 같은 웃음에 이끌려 함께 웃고 말았다. "그것은 하나의 성격이지요. 혹시 '몽상가'가 무엇인지 아십니까?"

"몽상가라고요? 제가 그걸 모르겠어요? 저도 몽상가예요. 나는 종종 할머니 곁에 앉아 있고, 아무 생각도 떠오르지 않으면, 그때부터 몽상하기 시작하고 상상에 잠기고는, 마침내 중국의 왕자에게 시집가는 데까지 이르곤 해요. 그런데 몽상이라는 것도 참으로 멋진 것이에요, 무엇인가 생각할 거리가 있을 때는 더욱 그렇지요."라고 소녀는 매우 진지하게 덧붙였다.

"훌륭합니다! 그러니 당신이 정말 중국의 왕자에게 시집가게 된다면, 곧바로 나를 완전히 이해하게 되겠지요. 자, 들어보세요… 하지만 용서하세요, 아직 제가 어떻게 불러야 할지도 모르겠군요."

"드디어! 당신은 정말 굉장히 때맞춰 그걸 생각하셨네요?"

"아, 하느님! 그 생각이 제 머리에 전혀 떠오르지 않았습니다. 저는 그저 너무나 행복했을 뿐입니다."

"저는 나스첸카라고 불려요."

"나스첸카라고요? 더는 없습니까?"

"그것으로 충분치 않다는 말인가요, 당신은?"

"충분하지 않다니요? 아니, 많습니다, 매우 많습니다, 오히려 대단히 많습니다! 자, 그러니 이제 제 우스꽝스러운 역사를 들어보십시오!"

나는 그녀의 곁에 앉고, 진지한 태도를 취한 뒤 시작하였다.

"페테르부르크에는 ― 당신은 아직 모를지 모르겠군요, 나스첸카 ― 매우 드문 골목들이 있습니다. 이곳에 비치는 것은 페테르부르크의 모든 사람들에게 비치는 그 태양이 아니라, 전혀 다른, 새로이, 바로 이 골목들을 위하여 특별히 주문한 태양이며, 그것은 다른 특이한 빛깔을 띠고 있습니다. 이 골목들에서는, 사랑하는 나스첸카, 완전히 다른 삶이 지배하고 있는데, 그것은 우리의 주위를 흐르는 삶과는 전혀 다른 것으로, 마치 알 수 없는 왕국에서나 가능할 그런 삶이지, 우리에게서, 이토록 엄숙한 시대를 사는 우리에게서는 볼 수 없는 것입니다. 그 삶은 순전한 몽상의 세계, 뜨겁게 불타는 관념의 세계와 뒤섞여 있습니다. 그러나 동시에 ― 아, 나스첸카 ― 기가 막힐 만큼 일상적이고 평범한 것과도 뒤섞여 있습니다. 아니라면, 차마 입에 담기 어려울 정도로 지극히 싫증 나는 것일지도 모르지요."

"쳇! 하느님, 이런 서문이라니! 왜 제가 그런 이야기를 들어야 하죠?"

"들어보세요, 나스첸카. 저는 아마도 평생 동안 당신을 나스첸카라고 부르는 일을 멈추지 못할 것만 같습니다. 이곳에는 이상한 사람들이 살고 있어요, 몽상가들, 꿈꾸는 자들 말입니다. '꿈꾸는 자'란 어떤 인간도 아니고, 일종의 중간적 존재이지요. 그는 대개 어딘가 접근하기 어려운 골방에 틀어박혀, 마치 스스로를 햇빛으로부터 숨기려는 사람처럼 앉아 있는데, 그렇게 자신을 가두고 지내다 보면 그는 마침내 자신의 골방과 하나가 되어, 조개나 거북처럼 껍데기 속에 붙어버리고 말지요."

"왜, 당신 생각에, 그는 그렇게도 자기 방을 사랑하는 걸까요? 그것도 늘 초록색으로 칠해져 있고, 텅 비고, 그을린 그 방을 말입니다. 예컨대, 왜 그 우스꽝스러운 신사는, 그 우스꽝스러운 지인들 중 누가 찾아오기라도 하면, 그렇게 난처하게, 무슨 얼굴로 그를 맞아들이는 걸까요? 마치 방 안에서 방금 어떤 범죄라도 저지른 사람처럼, 가령 위조 지폐를 만들었다든가, 시인에게서 익명으로 받은 것처럼 꾸며 신문에 보낼 졸렬한 시를 막 써놓았다든가 말입니다 ― 핑계를 내자면, '시인은 이미 죽었고, 나는 그의 친구로서 그의 시를 세상에 내놓는 것이 성스러운 의무다'라고 하겠지요. 왜 대화가 그렇게 갑자기 끝나버리는 걸까요? 왜 방금 들어온 그 약간 부스스한 기색의 방문객 — 평소에는 여성들과의 농담과 웃음을 즐기는 사람인데 — 그의 입에서 웃음 한 마디, 다정한 말 한 마디조차 나오지 않는 걸까요? 분명 그 방문객은 새로 사귄 사람일 테고, 첫 방문일 겁니다. 왜 그는 갑자기 모자를 움켜쥐고는, 방금 떠올랐다는 '아주 중요한' 일을 생각해냈다며 서둘러 떠나버리는 걸까요? 왜 그는 길로 나서자마자 큰 소리로 웃어대며, 그 은둔자의 집에는 결코 다시 오지 않겠다고 맹세하는 걸까요 — 비록 그 은둔자가 세상에서 가장 좋은 사람임을 부정할 수 없는데도 말입니다? 그리고 왜 그는, 방금 말했던 그 은둔자의 얼굴을, 아이들에게 쫓기고 괴롭힘당해 온갖 시달림 끝에 간신히 의자 아래로 도망쳐 들어가, 한동안 헐떡이며 두 앞발로 코를 문지르던, 그 불쌍한 고양이의 얼굴과 비교하는 조그만 즐거움을 스스로에게 금하지 못하는 걸까요?"

"잠깐, 한 번 들어보세요."라고 나스첸카가 말하였다. 그녀는 내내 입을 벌리고, 눈을 크게 뜨고 듣고 있었다. "잠깐만요, 저는 왜 이런 일이 일어나는지 전혀 모르겠어요. 그리고 왜 저에게 이렇게 우스꽝스러운 질문을 하시는지도 모르겠어요. 하지만 제가 확실히 아는 것은, 당신이 이 모든 것을 스스로 꾸며냈다는 거예요."

"의심할 여지 없습니다."라고 나는 가장 진지한 표정으로 대답했다.

"계속해요."라고 나스첸카가 말했다. "저는 이 모든 것이 어떻게 끝나는지 아주 궁금해졌어요."

"궁금해졌군요, 나스첸카, 우리의 주인공이 그 골방에서 무엇을 했는지를 — 아니, 보다 정확히 말하면, 나 자신의 하찮은 인격 안에서 이 모든 이야기의 주인공이 바로 나였다는 것을요. 당신은 알고 싶어 합니다, 왜 내가 친구의 뜻밖의 방문에 그토록 불안해졌는지를. 당신은 알고 싶어 합니다, 왜 내 방의 문이 열리자마자 내가 얼굴을 붉혔는지, 왜 내가 손님을 맞아들이고 손님 대접의 의무를 다할 줄 몰랐는지를."

"그래요, 그래요."라고 나스첸카가 대답했다. "바로 그걸 알고 싶어요. 당신은 이야기를 아주 잘하시는데… 그런데 조금 덜 멋지게 이야기해줄 수는 없나요? 당신은 마치 책을 읽는 것처럼 이야기해요."

"나스첸카."라고 나는 거의 웃음을 참지 못하며, 심각하고 단호한 목소리로 대답했다. "사랑하는 나스첸카, 저는 제가 이야기를 잘한다는 것을 압니다. 그러나 용서하세요, 저는 다른 방식은 이해하지 못합니다. 저는 마치 솔로몬 왕의 영혼과 비슷한 존재입니다. 그 영혼은 천 년 동안 일곱 개의 봉인이 찍힌 항아리 속에 갇혀 있다가, 마침내 그 일곱 봉인이 풀어졌다고 하지요. 지금, 사랑하는 나스첸카, 우리가 이렇게 오랜 이별 끝에 서로를 다시 찾았으니 — 사실 저는 오래전부터 당신을 알고 있었고, 그것이 바로 제가 당신만을 찾고 있었다는 증거이며, 우리가 지금 만나게 된 것이 예정되어 있었다는 증거입니다 — 이제 제 머릿속에서는 천 개의 뚜껑이 한꺼번에 열리고, 저는 말의 물결을 쏟아내지 않으면 질식해버릴 것입니다. 그러니 제발, 나스첸카, 저를 끊지 말아 주시고, 인내하여 침묵 속에서 제 말을 들어주십시오. 그렇지 않으면 — 저는 바로 입을 다물어 버릴 것입니다!"

"안 돼요, 안 돼요! 결코 그러지 않을게요! 저는 더는 한 마디도 하지 않겠어요."

"저는 이야기를 늘어놓고 있는 겁니다, 나의 친구 나스첸카. 하루 동안의 내 삶에는, 내가 특별히 사랑하는 한 순간이 있습니다. 거의 모든 일과 모든 의무가 쉬고, 모든 사람들이 잠시의 휴식을 누리기 위해 집으로 서둘러 돌아가며, 그와 동시에 저녁과 밤을 위해 더욱 즐거운 계획을 세우고, 그렇게 해서 자기 마음에 맞게 자유 시간을 쓰려 하는 바로 그 순간 말입니다. 우리의 주인공도 — 왜냐하면 당신은, 나스첸카, 내가 1인칭으로 말하면 부끄러움을 범하게 되니, 3인칭으로 말하도록 허락해주어야 합니다 — 그러니 우리의 주인공도, 그는 또한 일 없이 지내는 사람은 아니기에, 다른 사람들과 똑같이 행동합니다. 그러나 그의 창백하고 어딘지 지친 듯한 얼굴에는 드문 만족감이 나타납니다. 그는 느긋하게, 차갑고 무표정한 페테르부르크 하늘에 서서히 퍼져나오는 저녁놀을 바라보는 것이 아닙니다. 내가 '바라본다'라고 말한다면 거짓말일 것입니다. 그는 그것을 바라보지 않습니다. 그는 단지 공허한 곳을 응시할 뿐입니다, 마치 아무 것도 모르고서, 어떤 더 즐거운 것이 그의 주의를 끌고 있는 듯이 말입니다. 그는 자신에게 맡겨진 아침의 일이 모두 끝났다는 것이 기쁘며, 학교 책상에서 해방된 소년처럼 즐겁습니다. 옆에서 그를 보세요, 나스첸카! 곧 깨닫게 될 것입니다. 어떤 기쁜 감정이 그의 약한 신경과 병적으로 흥분된 상상력을 즐겁게 자극하고 있다는 것을요. 그는 무언가를 생각하고 있었습니다. 혹은 저녁 식사일까요? 아니면 오늘 밤의 계획일까요? 무엇이 그토록 열심히 그의 눈길을 끌고 있었던 걸까요? 저기 근사한 마차에서 지나가는 여인에게 정중히 인사를 건네는 저 고귀해 보이는 신사일까요? 아니오, 나스첸카! 그런 사소한 것들이 그에게 무슨 의미가 있겠습니까. 그는 지금 자기만의 훌륭한 삶을 가지고 있다는 이유만으로 이미 부유하게 느낍니다. 그리고 그의 앞에서 그토록 밝게 타오르는 석양의 빛줄기는 그의 마음 속에 셀 수 없이 많은 영상과 인상을 불러일으킵니다. 이제 그는 자신이 걷는 길조차 거의 느끼지 못합니다. 예전 같았으면 사소한 일 하나에도 자극받았을 텐데 말입니다. 이제는 이미 상상력의 여신이 기이한 손길로 금빛의 근본 관념들을 그의 앞에 드리워 보였고, 그의 눈을 지금까지 알지 못했던 놀라운 세계로 열어젖힌 것입니다. 누가 알겠습니까 — 어쩌면 그 여신은 그가 걷고 있는 그 멋진 돌길에서 그를 들어 올려, 일곱 번째 크리스털 하늘로 올려 보냈는지도요."

"그를 한 번 붙잡아보세요, 그리고 갑자기 물어보는 겁니다. '지금 어디 서 계신가요? 어느 거리를 걷고 계신가요?' 아마도 그는 전혀 알지 못할 것이고, 얼굴을 붉히며 무엇인가를 더듬거리기만 할 겁니다. 그저 체면을 위한 대답을 할 뿐이지요."

"그래서 그는 몸을 잔뜩 움츠리고, 거의 놀라서 비명을 질렀을 정도였습니다. 왜냐하면 한 매우 점잖은 부인이 복도의 한복판에서 그를 불러 세우고, 잃어버린 길을 공손하게 물었기 때문이었지요. 그는 짜증이 난 채 앞으로 걸음을 옮겼고, 지나가는 사람들이 그의 뒤를 보며 웃고 있다는 것도, 한 젊은 소녀가 그 앞에서 겁먹은 듯 길을 피해 물러났다는 것도 거의 눈치채지 못했습니다. 그러나 장난스러운 그의 상상력은 이러한 모든 장면을 단숨에 붙잡았습니다 — 그 늙은 부인도, 웃고 지나가는 행인들도, 길을 내주던 그 어린 소녀도, 그리고 폰탄카 강가에서 배 위에 앉아 저녁 식사를 끓이던 농부들까지도, 마치 파리가 거미줄에 걸리듯 상상력의 그물에 모두 얽혀버렸습니다. 새로운 인상들로 가득 차 그는 집으로 돌아와 점심상 앞에 앉았습니다. 이미 오래전에 식을 마쳤지만, 그가 정신을 차린 것은 그를 돌보는, 사색적이고 언제나 우울한 마르트료나가 식탁 위의 모든 것을 치우고, 파이프를 그의 손에 건네주었을 때였습니다. 방은 어둑해졌고, 그의 영혼은 비어 있고 슬펐으며, 완전한 꿈의 세계가 소란도 없이 그의 주위를 가라앉기 시작했습니다. 작은 방 안에는 고요가 흐르고, 고독과 피로가 그의 상상력을 어루만지자, 그것은 다시 되살아나고, 다시 부글부글 끓어오르기 시작합니다 — 마치 부엌에서 쉬지 않고 흔들리며 끓고 있는, 늙은 마르트료나의 커피주전자 속의 물처럼요. 폭발음과 함께 그는 정신을 차립니다. 몽상가가 우연히 손에 들었던 책은, 아직 세 쪽을 넘기기도 전에 바닥에 떨어져 버립니다. 그의 상상력은 다시 깨어났고, 또다시 새로운 세계, 새로운 황홀한 삶이 찬란한 영상 속에서 그의 앞을 지나갑니다. 새로운 꿈, 새로운 행복. 새롭게 그에게 주어지는 한 모금의 가늘고 달콤한 독. 아, 우리 삶이, 우리의 의무가 그에게 무엇이란 말인가!"

"당신은 물을지도 모릅니다. 그가 무엇을 꿈꾸느냐고? 왜 그런 질문을 하시나요? 모든 것에 대해 꿈꿉니다… 처음에는 아무도 이해하지 못했으나 나중에는 왕관을 씌워 받은 시인의 운명, 호프만과의 우정, 성 페르툴리오의 밤, 다이아나 버논, 이반 바실리예비치의 카잔 정복에서의 잔혹한 영웅적 행위, 클라라 모브레이, 공의회 앞에 선 얀 후스, '로베르토'에서의 죽은 자들의 부활, 베레지나 전투, M. D. 백작부인의 살롱에서의 시 낭송… 단톤, 클레오파트라 에이 수오이 아만티, 콜롬나의 집, 그의 집, 그리고 그의 곁에 있는 사랑스러운 어떤 존재 — 어느 겨울 저녁, 입과 눈을 감고 그에게 속하게 되는 존재… 지금의 당신처럼, 나의 작은 천사여… 아니다, 나스첸카, 그 향락적인 게으름뱅이는 이 삶에서 무엇을 바라겠습니까? 그는 이 인생이 고단하고 초라한 삶이라고 생각합니다. 그러면서도 그는 알지 못합니다. 그에게도 언젠가는 무거운 순간이 찾아올 것이며, 그때에는 이 비참한 삶의 단 하루를 위해 그의 모든 몽상의 세월을 희생해야 한다는 것을 말입니다. 그러나 그 위협적인 시간이 그에게 닥치기 전까지는 그는 아무것도 바라지 않습니다. 왜냐하면 이미 모든 희망 위로 높이 올라가 버렸기 때문이고, 지쳐버렸기 때문이며, 그의 인생은 그 자신이 만든 것이고, 그는 매 순간 그것을 자기 마음대로 형성하기 때문입니다."

"그리고 이렇게 쉽게, 이렇게 자연스럽게 이 몽상의 세계가 세워지지요. 마치 그 안에 어떤 허위의 그림도 들어 있지 않은 것처럼. 말해보세요, 나스첸카, 왜 그런 순간들이 영혼을 그토록 짓누를까요? 왜 심장은 알 수 없는, 신비로운 까닭 때문에 그렇게 고동칠까요? 왜 그의 눈에서는 눈물이 흘러내리고, 그 눈물은 그의 창백하고 낡은 뺨을 태우듯 타고 흐를까요? 왜 밤을 꼬박 새우는 온 시간이 한순간처럼 보이며, 바닥을 모르는 기쁨과 감미로움 속에서 지나가 버릴까요? 그리고 말해보세요, 왜 새벽빛이 장미의 빛깔로 창문을 통해 방 안으로 번져들 때, 왜 황혼의 희미한 빛이 페테르부르크 특유의 그 의심스럽고도 몽상적인 빛으로 그 음침한 방을 물들일 때, 우리의 몽상가는 스스로를 지치게 하여, 침대로 몸을 던지고, 병적으로 흥분된 정신이 만들어낸 경탄 속에서 황홀한 고통을 품은 채 잠들어버리는 것일까요?"

"그리고 그 후에, 얼마나 큰 기만이 기다리고 있는지! 그의 가슴 속에서 사랑이 깨어났지요 — 바닥이 없는 기쁨과 그 모든 고통을 함께 지닌 채로… 그를 바라보세요, 그리고 스스로 판단해보세요! 당신은 믿을 수 있겠습니까, 나스첸카? 그가 그렇게도 격렬한 상상의 열정 속에서 사랑하던 그녀를 — 그가 사실은 단 한 번도 실제로는 알지 못했다는 사실을? 그는 그녀를 단지 속이는 꿈의 영상에서만 본 것일까요? 그리고 훗날, 이별의 순간이 닥쳐왔을 때, 그는 정말로 울며 그녀의 품에 쓰러져 매달렸던 것이 아닐까요? 그 모든 것이 단순한 꿈의 그림자였단 말입니까? 그리고 훗날 그는 정말로 그녀를 다시 만나지 않았단 말인가요, 고향의 강가에서 멀리 떨어진 낯선 하늘 아래, 그 기묘하고 영원한 도시에서, 눈부신 무도회 한복판에서, 황홀한 음악이 울리는 팔라초에서 — 물론, 팔라초에서 — 미르트와 장미의 그늘 아래서, 그가 그녀를 알아보고, 그녀도 급히 가면을 벗어 던지고 속삭이며 '나는 자유예요'라고 말하며, 떨리는 몸으로 그의 품에 안겼던 바로 그 순간! 그리고 그들은 한순간에 슬픔도, 이별도, 모든 고통도 잊어버리지 않았던가요? 그리고 마지막, 뜨거운 입맞춤으로 그녀가 그의 고통스러운 품에서 스스로를 떼어냈던 그 순간까지 말입니다?"

"아, 당신도 아시잖아요, 나스첸카. 우리가 얼마나 놀라고, 얼마나 불안해지고, 얼마나 얼굴을 붉히는지를요 — 마치 이웃집 정원에서 갓 훔친 사과를 주머니에 숨긴 학교의 소년처럼 — 그런데 바로 그때, 키 크고 건강한 청년, 농담하기 좋아하는 자, 불청객인 당신의 친구가 문을 열고 들어오며, 아무 일도 없었다는 듯이 외치는 겁니다. '내 친구여, 나는 방금 파블롭스크에서 온 참이오!' 하느님, 늙은 백작이 죽었다는 소식에, 말할 수 없는 행복이 다가오고 있고, 저기 파블롭스크에서 사람들이 도심으로 몰려오고 있다고 말이지요."

내 근사한 연설을 마치자 나는 침묵했다. 나는 큰 소리로 웃고 싶은 충동을 느꼈다. 왜냐하면 악의적인 영이 내 안에서 움직이고 있었고, 이미 내 생각을 지배하기 시작했으며, 내 눈이 타오르는 듯 뜨거워지는 것을 느꼈기 때문이다… 나는 나스첸카가 곧 눈을 크게 뜨고, 아이처럼, 맑고, 기쁜 웃음을 터뜨리기를 기다렸다. 그리고 나는 벌써 후회하기 시작했다. 내가 너무 멀리 나아갔고, 무익하게도 오래전부터 내 마음속에서 움직이던 것들을 털어놓았으며, 그것을 나는 마치 책을 펼치듯 이야기했는데 — 이미 오래전부터 나는 나 자신에 대해 판결을 내렸고, 그것을 소리 내어 읽는 것을 간신히 억제하고 있었으니까 — 그녀가 나를 이해할 줄은 전혀 상상도 못했는데 말이다.

그러나 놀랍게도, 그녀는 침묵했다. — 잠시 후, 그녀는 조용히 내 손을 부드럽게 쥐고, 수줍지만 깊은 동정의 눈빛으로 물었다.

"정말로… 그렇게 생각하며 살아오셨나요, 평생 동안?"

"평생 동안입니다, 나스첸카, 평생 동안."라고 내가 대답했다. "그리고 아마 그렇게 끝나게 될 것 같습니다!"

"안 돼요, 그리 되어서는 안 돼요."라고 그녀는 불안하게 말했다. "저는 평생을 제 할머니와 함께 보냈어요. 그런데 아세요? 그런 삶은… 결코 달콤하지 않아요."

"알아요, 나스첸카, 알고 있어요!" 하고 나는 외쳤다. 더는 감정을 억누를 수 없었다. "이제야 비로소, 그 어느 때보다도 선명하게 깨닫습니다. 저는 헛되이 내 가장 좋은 세월을 허비해버렸다는 것을! 이제야 그것을 알았고, 그 앎의 쓰라림을 더욱 깊이 느낍니다. 하느님께서 바로 당신을 보내주신 것입니다, 나의 선한 천사여, 그것을 제게 말씀하시고 증언해주시기 위해. 지금, 당신 곁에 앉아 당신과 이야기하고 있는 이 순간, 제게는 미래를 생각하는 것이 너무나도 괴롭습니다. 왜냐하면 그 미래는 다시금 고독을, 이 슬프고 무익한 삶을 저에게 가져다 줄 것이기 때문입니다. 오, 축복받으소서, 나의 달콤한 여신이여, 제게서 곧바로 등을 돌리지 않으셨기 때문에, 제가 제 삶의 저녁 두 순간만이라도 소리 내어 말할 수 있었기 때문에!"

"아니에요, 아니에요, 절대로 아니에요!" 하고 나스첸카가 외쳤고, 그녀의 눈에는 눈물이 고였다. "그렇게 되어서는 안 돼요. 우리는 그런 방식으로 헤어지지 않을 거예요! 저녁 두 번이 무슨 대수인가요!"

"아, 나스첸카, 나스첸카… 당신은 제가 오랜 시간 동안 제 자신과 화해하게 해주셨다는 것을 알고 계십니까? 당신은 아십니까, 제가 예전처럼 제 자신을 그렇게 나쁘게 생각하지 않게 되었다는 것을? 당신은 아십니까, 제가 더는 그렇게 괴로워하지 않을지도 모른다는 것을 — 제가 이 삶에서 죄를 지었고 잘못을 저질렀다고 여겼던 것, 왜냐하면 이런 삶 그 자체가 죄요, 잘못이라고 느꼈기 때문입니다 — 그런 것 때문에 더는 제 마음을 찢지 않을지도 모른다는 것을? 그리고 제가 과장한다고 생각하지 마세요, 나스첸카. 저에게는 때때로 너무나도 슬픈 순간들이 찾아옵니다… 그때면 나는, 내가 실제의 삶을 살아갈 능력이 없는 사람은 아닌가 하는 생각에 사로잡힙니다. 모든 평정심, 모든 현실 감각을 잃어버리는 듯하며, 마침내는 나 스스로를 저주하기도 합니다. 그리고 저의 몽상적인 밤들이 지나간 후 찾아오는 회복의 순간들 — 그 순간들은 정말로 무시무시합니다!"

"그리고 슬픔 속에는 얼마나 많은 상상력이 깃들어 있는지요! 우리는 느끼지요, 그것이 끝없는 긴장 속에서 마침내는 비어버린다는 것을 — 그 고갈될 줄 모르는 상상력이, 우리가 일찍 품었던 이상들을 잃어버릴 때, 그 이상들이 먼지와 파편으로 부서질 때. 만약 다른 삶이 존재한다면, 그것은 바로 그 파편들 위에 세워져야만 할 것입니다."

"그러나 그럼에도 영혼은 다른 무엇인가를 갈망합니다! 몽상가는 헛되이 재 속을 헤집고, 낡은 상상들 속에 손을 넣어, 그 재 속에서 하나의 불꽃을 찾아 그것을 불어 일으키고, 그렇게 얻은 불로 식어버린 마음을 덥히려 하며, 그 안에 한때 있었던 모든 것 — 영혼을 흔들던 것, 피를 끓게 하던 것, 눈물을 부르던 것, 그리고 거대하게 기만하던 모든 것을 — 다시 불러 일으키려 합니다. 아십니까, 나스첸카, 제가 어디까지 오게 되었는지? 아시겠어요, 저는 저의 '감정의 기념일'을 기념해야만 합니다. 제게는 너무나 소중했던 그 날, 그러나 실제로는 단 한 번도 존재한 적이 없었던 그 날을요, 왜냐하면 그 기념일은 오직 어리석은, 몸 없는 환상들만을 기리는 날이기 때문입니다. 하지만, 꿈의 영상에서도 우리는 벗어날 수 있습니다! 아시겠어요, 저는 이제 기꺼이 정해진 때가 되면, 예전에 제가 늘 행복했던 그 장소들을 찾아가곤 합니다. 저는 돌이킬 수 없는 과거의 힘으로 제 현재를 다시 일으켜 세우고 싶어 합니다. 그리고 나는 종종 페테르부르크의 거리와 골목들을, 고통도 목적도 없이, 그림자처럼 슬픔 속에서 서둘러 지나갑니다. 그 기억들이란 무엇이겠습니까! 나는 예컨대, 바로 여기, 이 자리, 이 시간, 이 길에서, 정확히 일 년 전, 지금과 똑같이 혼자 걸었다는 것을 기억합니다 — 지금과 똑같이 슬펐다는 것도. 그리고 그때의 몽상도 슬펐습니다. 그때도 내 삶은 조금도 가벼워지지 않았지만, 그래도 그때의 삶은 지금보다 더 쉽고, 더 고요했던 것만 같았습니다. 그때는 지금처럼 어두운 생각들이 내 안에 매달려 있지도 않았고, 양심의 음울한 압박이 밤낮으로 나를 괴롭히지도 않았습니다. 그러고 나서 나는 스스로에게 묻습니다. '너의 꿈들은 어디에 있는가?' 그리고 고개를 저으며 말합니다. '세월이 어찌 그리 빨리 흘러가는가!' 그리고 나는 다시 내게 묻습니다. '너는 그 세월로 무엇을 했는가? 너는 너의 가장 좋은 시절을 어떻게 보냈는가? 너는 정말로 살았는가, 아니면 살지 않았는가?' 그리고 이렇게 말합니다. '보아라, 세상이라는 것은 얼마나 차가워지는가. 몇 해가 지나면, 그 뒤에 기쁨 없는 고독이 오고, 슬픈 노년이 오고, 이어서 고통과 곤경이 찾아올 것이다. 몽상의 세계는 희미해지고, 꿈의 영상은 흩어져 사라지며, 시든 나뭇잎처럼 사방에 흩어져 누워 있을 것이다.' 오, 나스첸카! 오, 얼마나 힘든 일인가, 혼자 남아, 슬퍼할 만한 무엇 하나 갖지 못하고 남는다는 것은! 내가 잃어버린 그 모든 것은 아무런 값어치도 없는 것이었고, 그 어떤 것과도 바꿀 수 없는, 전적으로 사소한 것, 모두가 기만이고 꿈에 불과했으니까요."

"더는 그렇게 슬퍼하지 마세요."라고 나스첸카는 눈물을 닦으며 말했다. "이제 그만이에요! 이제 우리는 둘이 함께 있잖아요, 그래야 하는 것이고, 우리는 결코 서로에게서 멀어지지 않을 거예요. 들어보세요, 저는 단순하고 많이 배우지 못한 처녀예요, 비록 할머니가 제게 가정교사를 붙여주긴 했지만요. 그렇지만 말이에요, 저는 당신 말씀을 이해해요. 당신이 조금 전에 제게 하신 모든 말들은, 저도 할머니의 치마폭에 매여 있을 때 다 경험했던 것들이에요. 물론 저는 당신처럼 그렇게 아름답고 멋지게 말할 수는 없어요, 저는 그렇게 교육받은 사람이 아니니까요."라고 그녀는 수줍게 덧붙이며, 내 달변에 놀라는 기색을 숨기지 않았다. "하지만 저는 정말 기뻐요, 당신이 이렇게 솔직하게 말씀해주어서. 이제 저는 당신을 잘 알게 되었어요. 그리고 말해드릴까요? 저는 제 모든 이야기를 다 말씀드릴게요, 아주 솔직하게요. 그러니 저에게 조언을 해주세요. 당신은 아주 현명한 분이에요. 저에게 조언해주겠다고 약속해주세요."

"아, 나스첸카."라고 내가 대답했다. "비록 저는 일찍이 조언자가 되어본 적이 없고, 현명한 조언자라 불릴 만한 사람도 아니지만, 그래도 우리가 항상 이렇게 지낸다면, 그것은 현명한 일일 것이고, 친구란 서로에게 최선의 충고를 주는 사람 아닙니까. 자, 그러니 아름다운 나스첸카, 어떤 조언이 필요합니까? 솔직히 말씀하세요. 저는 지금 이렇게 기쁘고, 행복하고, 용기 있고, 지혜로운데요!"

"아니에요, 아니에요."라고 나스첸카는 웃으며 내 말을 끊었다. "저는 현명한 조언만 필요한 것이 아니라, 형제 같은 조언도 필요해요… 마음에서 우러난, 마치 당신이 저를 오래도록 사랑해온 것처럼 다정한 조언이요!"

"훌륭해요, 나스첸카, 훌륭해!" 하고 나는 환희에 차 외쳤다. "그리고 제가 이미 이십 년 동안 당신을 사랑해왔다고 하더라도, 지금보다 더 다정하게 사랑하지는 못했을 겁니다!"

"손을 주세요!" 하고 나스첸카가 말했다.

"여기 있어요!" 하고 나는 손을 내밀었다.

"그럼, 제 이야기를 시작해볼게요."

나스첸카의 이야기

"제 이야기의 절반은 이미 알고 있어요. 그러니까, 제게는 늙은 할머니가 있다는 것을 당신은 알고 있지요."

"그 나머지 절반이 그보다 길지만 않다면…." 하고 나는 미소지으며 끼어들었다.

"조용히 하고 들으세요! 우선 조건이 있어요. 당신이 더는 제 말을 끊지 않을 것. 그렇지 않으면 저는 곧바로 입을 다물겠어요. 그러니 침묵하고 들으세요. 제게는 늙은 할머니가 있어요. 저는 아주 어린 소녀였을 때, 아버지와 어머니가 돌아가시고 난 뒤 그분에게 왔어요. 제 생각에, 할머니는 예전에 형편이 꽤 좋았던 것 같아요. 지금도 더 나았던 시절을 종종 회상하시니까요. 할머니는 제게 프랑스어를 가르쳐 주셨고, 제가 열다섯 살이 되었을 때는 가정교사도 붙여주셨어요. — 저는 지금 열일곱이에요. — 그렇게 제 공부는 끝났어요. 그동안 저는 몇 가지 짓궂은 짓을 저질렀어요. 무엇을 했는지는 말씀드리지 않을래요. 말할 수 있는 건, 죄가 그리 크지 않았다는 것뿐이에요. 어느 날 아침, 할머니가 저를 부르시더니 이렇게 말씀하셨어요. 자신은 눈이 멀었으니 저를 지켜볼 수 없다고, 그래서 바느질 바늘을 꺼내 제 치마를 자신의 치마에 꿰매어 붙이셨어요. 그래서 우리의 처지는 마치, 평생을 이렇게 붙어 앉아 지내야 하는 것처럼 되어버렸지요, 빠져나갈 방도가 없었다면 말이에요. 말하자면: 처음에는 저는 어느 곳으로도 갈 수 없었어요. 반드시 일하고, 읽고, 배우고 — 할머니 바로 곁에 앉아 있어야 했거든요."

"한번은 제가 꾀를 내보았어요. 제 대신 테클라에게 앉아 있으라고 했어요. 테클라는 우리 집 하녀예요. 말 못하는 아이죠. 테클라는 제 자리에 아주 조용히 앉아 있었어요. 그사이 할머니는 안락의자에서 잠이 드셨고, 저는 친구 집에 갔어요. 그런데 일이 잘못돼 버린 거예요. 할머니가 제가 없는 사이에 깨어나셨고, 제가 제자리에 얌전히 앉아 있다고 생각하고 무언가를 물으셨어요. 테클라는 할머니가 말을 건다는 건 알았지만, 무슨 말인지 알아들을 수 없었어요. 그러다 어떻게 해야 할지 생각하더니, 바느질 바늘을 빼고 도망쳐 버렸지 뭐예요…."

여기서 나스첸카는 이야기를 멈추고, 큰 소리로 웃었다. 나도 그녀와 함께 웃었다. 곧 그녀는 다시 말을 이었다.

"말해둘게요, 제발 할머니를 놀리지 말아요. 제가 웃는 건, 그 일이 너무 우스워서예요… 하지만 그렇다고 해서 제가 할머니를 사랑하지 않는 건 아니에요. 오히려 조금은 사랑해요, 정말로. 그래서 저는 다시 원래 자리로 돌아가야 했고, 더는 움직일 수 없게 되었어요."

"제가 아직 말씀드리지 않은 것이 있어요. 우리 할머니에게는 작고 허름한, 나무로 된 집이 하나 있어요. 창문이 셋 달린, 할머니만큼이나 오래된 집이지요. 거기에는 다락방도 하나 있어요. 그 집에 한 세입자가 이사를 왔어요…."

"아마도 연세 지긋한 분이었겠죠?" 하고 내가 말하였다.

"물론이죠."라고 나스첸카가 대답했다. "그리고 그분은 당신보다 훨씬 침묵하는 법을 잘 아셨어요. 정말로, 그분은 거의 말을 하지 못했어요. 작고, 늙고, 마르고, 말이 없고, 눈먼 분이었죠. 그래서 결국 살아갈 수조차 없어졌고, 그렇게 돌아가셨어요. 그러고 나서 우리는 새로운 세입자를 구해야 했어요. 세입자 없이는 살 수 없었으니까요. 그것이 우리 수입의 거의 전부였고, 나머지는 할머니의 적은 연금뿐이었거든요."

"새 세입자는 우연히도 젊은이였어요, 겉모습으로 보아. 그는 아무 장사도 하지 않는 듯하여, 할머니는 그를 받아들이셨고, 그러고 나서 제게 묻는 거예요."

'나스첸카, 네 세입자는 늙었느냐 젊으냐?'

"저는 거짓말하고 싶지 않았어요. 그래서 그는 아주 젊지도, 그렇다고 노인도 아니라고 말했어요."

"'그리고 잘생겼느냐?' 하고 할머니가 또 물으셨어요."

"저는 다시 거짓말하고 싶지 않았어요. '네, 잘생겼어요, 할머니!'라고 말했지요. 그러자 할머니는 이렇게 말씀하셨어요."

'아이고, 불행이다, 불행이야! 내가 너에게 경고하마, 아가, 그 사람을 너무 많이 쳐다보지 마라! 아이고! 세상에 이

런 세상도 있구나! 새 세입자가 오는데, 그것도 잘생긴 청년이라니! 우리 시대엔 그런 일 없었단다.'

"할머니는 항상 과거 속에서 사셨어요. 그 시절엔 할머니도 젊으셨고, 햇볕은 더 따뜻하게 내리쬐고, 자두는 그렇게 빨리 시어지지 않았다고 하셨죠. 모든 것이 '내 시절엔 그랬지'라는 말로 끝났어요. 저는 잠자코 앉아, 왜 할머니가 세입자가 젊고 잘생겼는지 묻고 나서 저를 경고했는지 생각해 보았어요. 그러다가 다시 양말을 뜨면서, 코바늘의 눈을 세다가, 그 일은 금세 잊혀졌어요."

"어느 아침이었어요. 세입자가 우리 집에 와서, 방을 새로 도배해주기로 약속받았다고 말했어요. 말이 오고 가다가, 보통보다 기분이 조금 들뜬 할머니가 제게 이렇게 말했어요. '내 침실로 가서 장부를 가져오너라.'"

"저는 벌떡 일어났어요. 얼굴이 확 붉어졌고, 왜 그런지도 몰랐고, 제가 바느질 바늘로 할머니 치마에 붙어 있다는 것도 완전히 잊고 있었어요. 조심히 떼어냈어야 했는데, 갑자기 확 잡아당기는 바람에 할머니의 의자까지 같이 끌려왔지요. 그 순간 세입자가 모든 사정을 알아버렸다는 걸 깨닫자마자, 저는 얼굴이 새빨개져 그 자리에 돌처럼 굳어 서 있었고, 결국 울음을 터뜨리고 말았어요. 너무나 부끄럽고 쓰라린 순간이었기 때문에, 도저히 고개를 들 수가 없었어요."

"할머니는 '거기서 뭐 하고 서 있느냐!' 하고 소리치셨어요. 하지만 세입자는 제가 그 앞에서 부끄러워하고 있다는 것을 알아차리자, 조용히 고개를 숙이고는 방을 나갔어요."

"그날 이후로 저는, 현관에서 조금만 소리가 나도 반쯤 죽은 사람처럼 겁이 났어요. 세입자가 오는 줄 알고요. 그래서 저는 혹시 모를 일에 대비해 항상 바느질 바늘을 먼저 조심히 떼어두었지요. 하지만 그는 다시 오지 않았어요."

"몇 주가 지나고 나서, 그는 테클라를 통해 이런 말을 전해왔어요. 자기에게 프랑스어 책이 많이 있는데, 모두 좋은 책들이며, 혹시 시간이 날 때 제가 그 책들을 할머니 앞에서 읽어드리는 것이 어떻겠냐고요."

"할머니는 그 제안을 고맙게 받아들였지만, 계속 물으셨어요. '그 책들은 도덕적인 책이냐?'고요. 만약 '부도덕한 책'이라면, 할머니는 이렇게 말씀하셨어요."

'나스첸카, 그런 책은 절대 읽어서는 안 된다. 그런 책을 읽으면 나쁜 것만 배우게 된다.'

"그래서 제가 물었어요. '할머니, 제가 그 책들에서 뭘 배운다는 건데요? 그 책에 뭐가 들어 있어요?'라고요. 할머니는 이렇게 말씀하셨어요."

'아이고, 그런 책들에는 말이다, 젊은 남자들이 교양 있는 처녀들을 어떻게 유혹하는지, 마치 결혼할 것처럼 속여 부모의 집에서 데리고 나가서는 결국 그 가엾은 처녀들을 버려 비참하게 만드는 이야기가 잔뜩 들어 있다. 나는 그런 책을 많이 읽어보았단다. 그런데 그 이야기들이 얼마나 아름답게 쓰여 있는지, 밤새 읽어도 모자랄 지경이지. 그러니, 나스첸카, 그런 책은 절대 읽어서는 안 된다! 그런데, 그 사람이 가져온 책들은 대체 어떤 책이더냐?'

"'월터 스콧의 소설들이에요, 할머니.' 그러자 할머니는 이렇게 말씀하셨어요. '월터 스콧이라고? 그런데 그 안에 수상한 게 숨겨져 있는 건 아니겠지? 자세히 들여다보렴. 혹시 사랑 편지가 끼워져 있는 건 아닌가?' 그래서 제가 대답했어요. '아니에요, 할머니. 편지는 하나도 없어요.' 그랬더니 할머니가 또 말씀하셨어요. '표지 안쪽도 봐! 그런 악한 자들은 종종 거기에 편지를 숨기곤 한단다.' 그래서 저는 다시 확인해보고 말했어요. '아니에요, 할머니. 표지 안쪽에도 아무것도 없어요.' 할머니는 그제야 안심하며 말씀하셨지요. '그래? 그거 참 잘됐구나.'"

"그래서 우리는 월터 스콧을 읽기 시작했어요. 한 달쯤 지나자 벌써 책의 절반을 읽어버렸지요. 그러자 세입자 아저씨는 계속해서 다른 책들을 보내왔고, 나중엔 푸쉬킨의 책들까지 보내왔어요. 그래서 저는 점점 책 없이는 못 살게 되었고, 더는 중국 왕자에게 시집가겠다는 몽상도 하지 않게 되었어요."

"그러던 어느 날이었어요. 할머니 심부름으로 계단을 내려가다가 제가 우연히 세입자 아저씨를 마주쳤어요. 저도 얼굴이 붉어졌고, 그분도 붉어졌지만, 곧 웃으시면서 이렇게 말씀하셨어요. '그 책들, 읽으셨습니까?'"

"그래서 제가 대답했어요. '읽었어요.' 그러자 또 물으셨어요. '어떤 책이 가장 마음에 드셨나요?' 제가 말했지요. 〈아이반호〉가 좋아요. 그리고 저는 푸쉬킨을 무척 좋아하게 되었어요.'"

"그날의 대화는 그것으로 끝났어요. 일주일 뒤였어요. 이번엔 제가 스스로 무언가 가지러 나갔다가 계단에서 또 그분을 만나게 되었어요. 그분은 항상 오후 세 시쯤 집으로 돌아오셨거든요. 그때 저를 보시고 이렇게 인사하셨어요. '안녕하세요.' 그래서 저도 대답했어요. '안녕하세요.' 그러자 그분이 이렇게 물으셨어요. '그런데… 하루 종일 할머니 곁에만 앉아 있으면 지루하지 않으세요?'"

"그분이 저에게 그렇게 물었을 때, 저는 또 얼굴이 빨개졌어요. 왜 그런지도 몰랐고, 그냥 제가 부끄러웠어요. 그리고 이제는 다른 사람도 똑같은 질문을 한다는 게 마음 깊이 쓰라렸어요. 저는 대답하지 않고 그냥 지나치고 싶었지만, 그럴 힘이 없었어요."

"그랬더니 그분이 이렇게 말했어요. '들어보세요, 당신은 착한 아가씨예요! 제가 이렇게 말하는 걸 용서해주세요. 하지만 저는 당신의 할머니보다도 더 진심으로 당신에게 좋은 일이 있기를 바라는 사람입니다. 혹시… 가끔이라도 찾아갈 친구가 하나도 없나요?'"

"그래서 제가 대답했어요. '없어요, 하나도요. 마셴카뿐이었는데, 그 애는 프스코프로 가버렸어요.'"

"그랬더니 그분이 또 물으셨어요. '저와 함께 극장에 가보지 않겠습니까?'"

"저는 깜짝 놀라서 이렇게 말했어요. '극장이요? 그럼 할머니는 뭐라고 하시겠어요?'"

"그러자 그분이 말했어요. '조심해서 할머니 곁에서 살짝 떨어져 나오면 되지 않겠습니까?'"

"하지만 저는 고개를 저으며 말했어요. '안 돼요. 저는 할머니를 속이고 싶지 않아요. 안녕히 가세요.'"

"그분도 말했어요. '안녕히, 안녕히!'"

"하지만 점심을 먹은 뒤, 그분이 우리 집에 오셨어요. 의자에 앉아 꽤 오래 할머니와 이야기를 나누시며, 할머니는 밖에 나가시는지, 아는 사람들이 있는지 이것저것 묻다가 갑자기 이렇게 말씀하셨어요."

"'오늘 오페라 박스를 하나 샀습니다. 〈세비야의 이발사〉를 한다고 하더군요. 제 친구들이 저와 가고 싶다 했지만 모두 일이 생겨서 못 간다고 하고… 그래서 표가 한 장 남았습니다.'"

"그러자 할머니가 깜짝 놀라며 말했어요. '〈세비야의 이발사〉라고? 내 젊은 시절에도 하던 바로 그 이발사 말이냐?'"

"그분은 웃으면서 말했어요. '네, 바로 그 이발사입니다.' 그러고는 제 쪽을 보셨어요. 저는 그 눈길에 모든 뜻을 알아차렸고, 얼굴이 다시 뜨겁게 달아올랐고, 가슴은 설레서 뛰기 시작했어요."

"그러자 할머니가 손뼉을 치며 말했어요. '아이고, 나는 젊었을 때 로지나 역을 맡아 연기한 적도 있지! 아마추어 극장에서 말이야.'"

"그러고는 세입자 아저씨가 물었어요. '혹시… 오늘 저와 함께 가주시겠습니까? 그렇지 않으면 제 표가 그냥 헛되이 날아가게 됩니다.'"

"그러자 할머니는 이렇게 말씀하셨어요. '좋아요, 저는 괜찮아요. 왜 못 가겠소? 그리고 우리 나스첸카는 아직 한 번도 극장에 가본 적이 없지 않느냐.'"

"세상에, 그날이 얼마나 기뻤는지 몰라요! 우리는 곧장 준비를 하고 극장으로 갔어요. 할머니는 비록 눈이 멀었지만 음악을 듣고 싶어 하셨고, 그뿐만 아니라 정말 좋은 분이시라 저에게 즐거움을 허락해 주기 좋아하셨거든요. 하지만 우리 스스로는 결코 그곳에 갈 엄두를 내지 못했을 거예요."

"아! 저는 아직도 '세비야의 이발사'가 제게 어떤 감동을 주었는지 다 말하지 못하겠어요. 그런데 그날 저녁 내내, 세입자 아저씨는 저를 무척 다정하게 바라보았고, 제가 느낄 수 있을 만큼 따뜻하고 친절하게 말을 걸어 주었어요. 저는 금세 알아차렸어요. 그분이 저를 시험해 보려는 거라는 걸요. 바로 그날 아침, 저에게 둘이서 산책하자고 했던 것처럼요. 그날 밤의 기쁨이란! 저는 너무도 자랑스럽고 행복한 마음으로 잠자리에 들었고, 가슴은 열이 난 듯 뛰었어요. 밤새도록 '세비야의 이발사'만 꿈꾸었고요."

"저는 그가 이제 더 자주 우리 집에 올 거라고 생각했어요. 하지만 전혀 그렇지 않았어요. 그는 거의 모습을 보이지 않았고, 많아야 한 달에 한 번 찾아왔는데, 그것도 늘 우리를 극장에 초대하기 위해서였어요. 우리는 그와 함께 두 번 더 극장에 갔을 뿐이에요."

"저는 만족하지 못했어요. 그가 제가 할머니 곁에서 너무도 갇힌 삶을 사는 것을 안타깝게 여긴다는 걸 알았지만, 그뿐이었어요. 저는 점점 평정을 잃기 시작했고, 침착하게 앉아 있지도, 제대로 일하지도 못했어요. 어떤 때는 이유 없이 웃어버리고, 할머니에게 장난을 치기도 했고, 그러다 다시 갑자기 펑펑 울어버리기도 했어요. 결국 제 몸도 상하기 시작했고, 저는 거의 병이 날 지경이 되었어요."

"극장에 가던 시절이 끝나자, 그는 아예 우리 집에 오지 않기 시작했어요. 계단에서 마주칠 때면 — 우리는 늘 같은 계단에서 마주쳤어요 — 그는 무척 엄숙하고 말없이 인사만 하고는 얼른 아래층으로 내려갔어요. 저는 계단 위쪽에서,

온몸의 피가 머리끝까지 치솟는 것 같아 얼굴이 체리처럼 새빨개진 채 서 있곤 했어요. 그저 그를 보기만 해도 그랬어요."

"이제 이야기도 거의 끝이에요. 정확히 1년 전, 5월이었어요. 그가 우리 집에 와서 할머니께 이렇게 말했어요. '이 일을 그만두었습니다. 그래서 1년 동안 모스크바로 가야 할 듯합니다.' 저는 그 말을 듣는 순간 얼굴이 새하얗게 질렸고, 거의 쓰러지듯 긴 의자 위에 주저앉았어요. 할머니는 아무것도 눈치채지 못하셨고, 그분은 방을 넘겨준 뒤 조용히 인사하고 떠나갔어요."

"제가 어떻게 했어야 했을까요? 저는 생각하고 또 생각했어요. 그리고 마침내 결심했지요. 다음 날이면 세입자 아저씨가 떠난다고 했고, 저는 그날 밤, 할머니가 잠드신 뒤 모든 것을 끝내기로 마음먹었어요."

"그래서 제가 필요하다고 생각한 것들 — 옷가지며 소소한 물건들을 모두 하나로 묶었고, 그 꾸러미를 들고는, 살아 있는지 죽은 것인지도 모를 심정으로 다락방에 있는 그의 방으로 갔어요. 계단을 오르는데, 마치 한 시간을 기어 올라가는 듯했어요."

"문을 열자, 그는 너무 놀라 소리를 질렀어요. 저를 유령이라도 본 줄 알았던 거예요. 저는 거의 서 있지도 못했고, 그는 급히 물을 가져다주었어요. 제 가슴은 터질 듯 뛰고, 머리는 어지럽고, 정신은 흐려졌어요. 겨우 눈을 제대로 뜨고 나서야, 저는 꾸러미를 그의 침대 위에 내려놓고 그 옆에 앉아 얼굴을 두 손으로 가리고, 큰 소리로 울음을 터뜨렸어요."

"그는 단 한순간에 모든 사정을 알아차린 듯했어요. 창백한 얼굴로 제 앞에 서서 저를 불쌍하다는 듯 바라보았어요. 그러고는 말했어요. '…들어보세요, 나스첸카. 저로선 아무것도 할 수 없습니다. 저는 가난한 사람이에요. 지금 저는 아무것도 가진 게 없어요. 제 자리를 잡고 있지도 않아요. 제가 당신과 결혼한다면, 우리는 도대체 무엇으로 살아간단 말입니까?'"

"우리는 한참 동안 이런저런 이야기를 나누었어요. 하지만 결국 저는 더는 참지 못하고 말해버렸어요. 저는 할머니 곁에서 더는 살 수 없다고, 저는 도망칠 거라고, 이제 더는 바느질 바늘로 제 치마를 붙잡아두게 내버려두지 않겠다고… 저는 그와 함께 모스크바로 가고 싶다고, 그분 없이는 살 수 없다고요."

"사랑과 부끄러움과 자존심이 한꺼번에 제 안에서 터져 나왔고, 저는 거의 기절하듯 침대에 쓰러졌어요. 거절당할까 봐 얼마나 무서웠는지 몰라요."

"그는 몇 분 동안 말없이 앉아 있었어요. 그러고는 자리에서 일어나 제 손을 잡고 말했어요. '…들어보시오, 사랑스러운 나스첸카. 제가 맹세하오. 단 한 번이라도 가능해지는 순간이 온다면, 저는 반드시 당신과 결혼할 것이오. 당신은 저를 틀림없이 행복하게 만들어줄 거요. 저는 이제 모스크바로 떠나, 일 년간 머물게 될 것이오. 그곳에서 제가 성공할 수 있기를 기대하오. 제가 돌아왔을 때, 그리고 그때까지도 당신이 저를 사랑하기를 그치지 않았다면… 그때 우리는 꼭 행복해질 것이오. 지금은… 지금은 불가능하오. 지금 저는 당신에게 아무 약속도 할 수 없소. 약속할 권리도 없고요. 다만… 일 년 안에 제가 성공하지 못한다 해도, 언젠가는 반드시 그렇게 될 것이오. 물론 당신이 다른 누구에게 마음을 주지 않는다면 말이오. 나는 당신을 얽매어둘 권리가 없소… 감히 그러지도 못하오.'"

"그분은 그렇게 말했고, 다음 날 아침 떠나버렸어요. 우리는 할머니께 아무 말도 하지 않기로 했어요. 그분이 그렇게 하자고 했거든요. 그리고 이제 제 이야기는 거의 끝났어요. 어느새 온전히 일 년이 지났고… 그분은 돌아왔어요. 벌써 사흘 전부터 여기 있었대요. 그런데, 그런데…."

나는 참을 수 없어서 외쳤다. "어떻게 된 거죠? 무슨 일이죠?"

그러자 나스첸카가 고통스러운 표정으로 대답했다. "지금까지… 단 한 번도 모습을 보이지 않았어요. 아무 소식도 없고요."

그녀는 말을 멈추고, 몇 분 동안이나 고개를 떨군 채 침묵했다. 그러다가 두 손으로 얼굴을 가리더니, 가슴을 찢는 듯한 울음을 흘렸다. 그 순간, 내 심장까지 저며드는 듯 아팠다. 이렇게 끝난다는 것은, 나는 조금도 예상하지 못한 전개였다.

나는 조심스러운 마음으로 입을 열었다.

"나스첸카! 나스첸카, 제발… 신의 이름으로, 그렇게 울지 마세요! 어떻게 그렇게 단정할 수 있죠…? 어쩌면 아직 그가 오지 않은 것 아닐까요?"

그러나 나스첸카는 단호하게 고개를 흔들었다.

"와 있어요! 그는 여기 와 있어요, 그건 제가 알아요. 그가 떠나기 전날 저녁, 우리는 약속을 했어요. 제가 지금 막 당신께 말한 모든 이야기를 나눈 뒤, 우리는 강변을 따라 걸어 이 자리, 바로 이 벤치에 앉아있어요. 나는 더 이상 울지 않고, 그가 하는 말을 슬프게 들었지요… 그는 돌아오자마자 우리 집에 올 거라고 했어요. 그리고 제가 그를 포기하지 않는다면, 우리는 할머니께 모든 것을 이야기하자고 했어요. 이제 그는 돌아왔어요. 저는 알아요. 그런데… 그는 오지 않아요."

그녀는 다시 주체하지 못하고 울음을 터뜨렸다.

"오, 신이시여!" 하고 나는 절망적으로 외쳤다. "이 슬픔을 달랠 방법은 정말 없는 건가요?" 나는 당황하여 자리에서 벌떡 일어났다. "말해보세요, 나스첸카. 혹시… 제가 그에게 직접 찾아가보면 어떨까요?"

그녀는 고개를 번쩍 들며 말했다. "그럴 수는 없어요! 어떻게 그런 일이 가능하죠?"

"그래요, 물론 안 되겠지요. 그렇게 하면 안 되겠죠." 나는 가라앉은 목소리로 대답했다. "하지만… 그에게 편지를 쓰는 건 어때요?"

"안 돼요. 절대 안 돼요!" 그녀는 단호하게 소리치고, 다시 고개를 떨군 채 나를 보지 않았다.

"왜요?" 나는 생각을 놓지 않으려 애쓰며 말했다. "하지만 들어보세요, 나스첸카. 편지에도 여러 종류가 있어요. 그리고… 아, 바로 그거예요! 모든 건 그 편지에 달렸어요! 제 말을 믿으세요. 나쁜 조언은 하지 않을게요. 아직 모든 것이 잘될 수도 있어요! 당신은 이미 첫걸음을 내디뎠잖아요 — 그렇다면 이제 와서 왜…."

그러나 그녀는 고개를 저으며 절망적으로 외쳤다.

"불가능해요, 절대로 안 돼요! 마치 제가 그 사람에게 매달리는 것처럼 보일 거잖아요."

"아, 사랑하는 나스첸카, 그렇지 않아요. 당신은 옳아요. 그는 당신에게 약속을 했으니까요. 그리고 모든 정황을 보아, 그는 섬세하고 진심으로 선한 사람이에요. 상황을 잘 보세요. 그는 약속으로 묶여 있어요. '다른 누구와도 결혼하지 않겠다, 결혼한다면 당신과만 하겠다'고 말했잖아요. 그리고 그는 당신에게 완전한 자유를 주었어요. 마음이 변하면 떠나도 된다고요… 그러니 이런 경우라면, 당신이 먼저 움직일 권리가 있어요. 다시 말해, 당신은 그의 말에 기대어 첫 걸음을 내딛을 수 있는 거예요."

"그럼… 당신이라면 어떻게 쓸 건가요?"

"뭘요?"

"그 편지요."

"저라면… 이렇게 쓸 거예요."

'존경하는 선생님께.'

"그 문구가 꼭 필요할까요?"

"아마도요! 왜 아니겠어요?"

그리고 편지 내용:

'저는 당신께 글을 씁니다.

제 성급함을 용서해주세요. 그러나 지난 1년 동안, 희망만이 제 유일한 행복이었습니다. 제가 지금 이 불확실한 나날을 견디지 못한다고 해서 잘못된 일일까요? 당신이 돌아온 지금, 혹시 마음이 변하신 건 아닌지 두렵습니다. 만약 그렇다면, 저는 노여워하지도, 원망하지도 않겠습니다. 당신을 탓할 권리가 저에게는 없으니까요. 그것은 제가 짊어져야 할 운명입니다. 당신은 고귀한 분이에요. 당신은 제 조급한 몇 줄 때문에 비웃지도, 노하지도 않을 거예요. 생각해 주세요. 이것은 한 소녀가 쓴 글이에요. 세상에 혼자 남겨져, 가르쳐줄 사람도, 조언해줄 사람도 없고, 자기 마음조차 제대로 다룰 줄 몰랐던 그 가엾은 소녀가요. 하지만 잠시라도 제 마음속에 의심이 스며들었다면 용서해 주세요. 당신을 그렇게 깊이 사랑했고, 지금도 여전히 사랑하는 이가 드린 말에 당신이 상처받을 리는 없으니까요.'

나스첸카의 눈이 번쩍이며 환하게 빛났다. "그래요, 바로 그래요! 제가 생각한 그대로예요! 아, 당신은 정말 제 의심을 지워주었어요. 하느님이 당신을 제게 보내주신 거예요. 감사해요, 정말 감사해요!"

나는 그녀의 환한 얼굴을 바라보며 대답했다. "왜요? 제가 하느님이 보낸 사람이라서요?"

"네, 바로 그 때문이에요."

"아, 나스첸카! 그렇다면 우리가 같은 시대를 살아간다는 이유로 다른 사람들도 감사해야 하나요? 저는 오히려 당신을 만난 것에 대해 감사해요. 제 평생에 당신을 기억하게 될 것이니까요."

"됐어요, 이제 그만 말씀하세요! 그런데 들어보세요. 그와 저는 약속했어요. 그가 돌아오면 곧바로 소식을 전해주기로요. 그 방법은, 제가 아는 착하고 순진한 몇 사람 — 그 일에 대해 아무것도 모르는 사람들이죠 — 그들에게 편지를 맡기기로 했어요. 만약 편지로는 다 전하기 어렵다고 느껴진다면, 그가 돌아온 바로 그날, 정확히 열 시에 이곳으로 와서 저와 만나기로도 했고요."

"저는 알아요. 그는 돌아왔어요. 그런데 오늘이 벌써 사흘째예요. 저는 이 자리에서 헛되이 그를 기다리고 있어요. 편지도 오지 않았어요."

"내일은 할머니 곁을 도저히 벗어날 수가 없어요. 그러니 제 편지를 그 착한 사람들에게 맡겨 주세요. 그들이 그에게 전해줄 거예요. 그리고… 만약 답장이 오면, 당신이 직접… 이 자리로 가져와 주세요. 밤 열 시에요."

나는 외쳤다. "하지만 편지요, 편지! 무엇보다 편지가 먼저 쓰여야 하잖아요! 그러니 모든 일은 결국 내일에야 시작될 수 있겠군요."

나스첸카는 조금 당황한 듯 말했다. "편지라니요… 편지라… 그런데…"

그러나 그녀는 말을 끝맺지 못했다. 얼굴을 나에게서 돌리더니, 장미처럼 붉게 물들었다. 그리고 바로 그 순간, 내 손에 이미 오래전에 쓰여 봉해진 편지 한 통이 살며시 쥐어졌다. 나는 그 모습을 본 순간, 어떤 다정하고 소중하고 상냥한 기억이 번개처럼 스쳐 지나갔다.

"R-o-s-i-n-a…." 나는 조용히 외웠다.

그러자 그녀도 함께 말했다. "Rosina."

우리는 동시에 그 이름을 노래처럼 불렀다. 나는 기쁨에 겨워 거의 그녀를 끌어안을 뻔했다. 나스첸카는 눈물을 머금고 있으면서도 미소지으며 붉어졌다.

"이제 됐어요! 안녕히 계세요!" 그녀는 활기차게 말했다. "여기 편지가 있어요. 그리고 이곳이 주소예요. 여기에 갖다 주시면 돼요. 내일 만나요! 내일까지요!"

그녀는 힘있게 내 두 손을 꼭 잡고, 고개를 끄덕이더니 화살처럼 빠르게 사라졌다.

나는 오래도록 그 자리에서 움직이지 못한 채 서 있었다. 그녀가 보이지 않게 될 때까지, 가능한 한 오래 그녀의 모습을 눈으로 따라가며.

그리고 그녀가 완전히 사라진 뒤에도, 한 문장만이 머릿속에서 울려 퍼졌다.

"내일까지! … 내일까지!"

세 번째 밤

오늘은 음울한 비가 내리는 날이었다. 햇빛 한 줄기 비치지 않는, 마치 다가올 나의 노년과도 같은 흐린 날이었다. 이상한 생각들이 나를 뒤덮었다. 음울한 감정들이, 아직 나 자신에게조차 명확히 규명되지 않은 질문들이 머릿속으로 밀려들었으나, 그것을 풀어낼 의지도 힘도 내게는 없었다. 모든 것을 밝히는 일은 나의 몫이 아니다.

오늘 우리는 서로를 만나지 못할 것이다. 어제 헤어질 때, 하늘에는 이미 구름이 드리워지기 시작했고 안개가 피어올랐다. 나는 내일 날씨가 좋지 않을 거라고 말했다. 그녀는 대답하지 않았다. 스스로 한 말을 부정하고 싶지 않았던 것이다. 그녀에게는 이날이 맑고 밝은 날이어야만 했고, 그들의 행복을 흐릴 먹구름은 단 하나도 있어서는 안 되었던 것이다.

'비가 오면 오늘 우리는 만나지 못해요. 그러면 저는 오지 않을 거예요.'

나는 그녀가 비 정도는 개의치 않으리라 생각했다. 그러나 그녀는 나타나지 않았다.

어제는 우리의 세 번째 만남, 세 번째 밝은 밤이었다.

하지만 기쁨과 행복이 어찌 사람을 이토록 아름답게 만드는가! 사랑이 그 마음을 어떻게 불태우는가! 마치 자기 마음을 통째로 다른 이의 마음 속에 쏟아붓고 싶은 듯하고, 세상 모든 것이 즐겁고, 모든 것이 미소 짓기를 바라는 듯하다. 그리고 이 기쁨은 얼마나 전염성이 강한가! 어제 그녀의 말씨에는 다정함이 가득했고, 마음의 너그러움이 흘러넘쳤다. 그녀는 나를 얼마나 따뜻하게 대해주었는가, 얼마나 다정하게 나를 위로하고 용기를 북돋아주었는가! 아, 행복은 얼마나 많은 매력을 불러오는가!

그리고 나는? … 나는 그녀가 보여준 모든 것을 순금처럼 받아들였고, 그녀가… 그녀가…

그러나, 오, 하느님… 내가 어떻게 그런 생각을 할 수 있었단 말인가! 어떻게 그렇게 눈먼 사람이 될 수 있었단 말인가! 모든 것이 이미 다른 사람을 향한 마음으로 가득 차 있었는데도 — 그녀의 친절도, 그녀의 애정 어린 태도도, 모두 다 그 사람을 곧 다시 만나게 되리라는 기쁨에서 비롯된 것이었는데! 그녀가 바란 것은, 그 기쁨을 나도 함께 나누어 갖기 바라서였을 뿐이었는데. 그녀가 혹시라도 오지 않았다면, 우리는 헛되이 기다렸을 것이고 그녀는 슬프고 의기소침해졌을 것이다. 그렇지 않았다면, 그녀의 모든 몸짓이 그렇게까지 다정하고 가볍게 빛나지는 않았을 것이다. 그리고 기묘하게도 — 그녀의 나에 대한 배려는 두 배로 커져 있었다. 마치 그녀가 무의식적으로, 자기 마음속에서 타오르는 희망을 그대로 나에게도 나누어주려는 듯이.

마침내 나스첸카는 너무도 다정하고 부드러운 모습을

보였다. 마치 내가 그녀를 사랑한다는 것을 이미 알고 있고, 그 불쌍한 사랑을 가엾게 여겨 감싸주려는 듯이. 우리가 불행할 때, 남의 불행 또한 더 깊이 느낄 수 있게 되는 법이다.

나는 열린 마음으로 그녀에게 갔고, 다시 만나게 되리라는 기대마저 거의 품지 않았다. 지금 내가 느끼는 감정을 그때는 전혀 알지 못했다. 이 모든 것이 바라는 결말로 이어지지 않으리라는 것도.

그녀는 기쁨으로 환히 빛나고 있었고, 어떤 대답을 기다리고 있었다. 그 대답은 바로 그녀 자신이었다. 그녀가 와야 했고, 누군가의 부름에 달려 나와야 했다.

나스첸카는 나보다 한 시간이나 먼저 도착해 있었다. 처음에는 모든 것에 웃었고, 내가 하는 말마다 웃음을 터뜨렸다. 나는 말을 꺼냈지만, 곧 침묵하고 말았다. 그때 그녀가 말했다.

"제가 왜 이렇게 기쁜지 아세요? … 왜 당신을 보면 이렇게 기쁜지, 왜 오늘같이 당신을 사랑하는지 아세요?"

"왜죠?" 나는 물었고, 가슴이 멎을 듯 뛰었다.

"당신이 저를 사랑하지 않기 때문이에요. 다른 사람이었으면 불안해하고, 달려들고, 불평하고, 조르기 시작했겠죠. 하지만 당신은… 전혀 달라요."

그러면서 그녀는 내 손을 그토록 세게 움켜쥐었는데, 나는 거의 비명을 지를 뻔했다.

그리고 그녀는 웃었다.

잠시 뒤, 그녀는 아주 진지한 얼굴로 말했다.

"하느님이시여! 당신은 도대체 어떤 친구인가요! 정말이에요, 하느님이 당신을 제게 보내주신 거예요! 당신이 아니었다면 저는 어떻게 되었을까요! 당신은 얼마나 사심이 없고, 얼마나 고귀한 분인지! 제가 결혼하게 되면 우리는 정말 가까운 친구가 될 거예요. 거의 형제처럼요. 저는 당신을 사랑할 거예요, 그 사람만큼은 아니더라도… 거의 그만큼이나요…."

그 순간, 내 마음은 한없이 무거워졌다. 그런데도 마음 한구석에는 쓸쓸한 조롱 같은 감정이 스쳤다. 나는 말했다. "당신에게는 지금 열이 있어요. 두려워서 그래요. 그는 오지 않을지도 모른다고 생각하는 거죠."

그녀는 대답했다. "정말… 그런가요? 제가 조금만 덜 행복했더라면, 아마 당신의 의심과 꾸지람 때문에 울었을 거예요. 하지만 당신은 오히려 제 정신을 차리게 해주었어요. 곰곰이 생각해보면… 맞아요. 당신 말이 옳았어요. 그래요! 저는 스스로를 제어하지 못하고 있어요. 저는 온전히 '기다림' 속에서 살고 있어요. 모든 것을 너무 쉽게, 너무 많이 느껴버려요. 이제… 감정 얘기는 그만해요."

그때 우리는 발걸음 소리를 들었다. 어둑한 빛 속에서 누군가가 우리 쪽으로 걸어오고 있었다. 우리는 동시에 떨었고, 나스첸카는 거의 외마디 비명을 내지를 뻔했다. 나는 그녀의 손을 놓고 마치 자리를 피해 가려는 듯 몸을 돌렸다. 그러나 그것은 헛된 기대였다. 그 사람이 아니었다.

나스첸카가 말했다. "왜 그렇게 놀라셨어요? 왜 제 손을 놓았나요?" 그러면서 그녀는 다시 내 손을 내밀었다. "우리는 함께 그를 맞이하고 싶어요. 그가 우리가 서로를 얼마나 사랑하는지 보도록 하고 싶어요."

나는 외쳤다. "우리가 서로를… 사랑한다고요?" 그리고 나는 속으로 생각했다. "오, 나스첸카, 나스첸카! 당신은 방금 얼마나 많은 말을 한 것인가! 그런 사랑 때문에 가슴은 얼음처럼 차가워지고, 또 한없이 고통스러워지는 법이다. 당신의 손은 얼음처럼 차갑고, 내 손은 불처럼 뜨겁다. 당신은 얼마나 눈먼 사람인가, 나스첸카! 오, 인간이 얼마나 많은 순간에 설명할 수 없이 행복해지는가! 하지만… 나는 당신에게 나쁜 사람이 될 수 없어요."

마침내, 내 가슴은 벅차오르다 못해 넘쳐흘렀다.

"들어보세요, 나스첸카."라고 나는 외쳤다. "제가 오늘 하루 종일 무엇을 했는지 아세요?"

"뭔데요? 빨리 말해요. 왜 지금까지 아무 말도 하지 않았죠?"

"우선, 나스첸카, 당신 일이란 일은 다 마쳤어요. 편지도 전달했고, 당신이 말한 착한 사람들도 찾아갔죠. 그리고…

그리고 나서 집으로 돌아가 잠에 들었어요."

"그게 다예요?" 하고 그녀는 웃으며 내 말을 끊었다.

"거의 그뿐이에요."라고 나는 애써 마음을 다잡으며 대답했다. 바보 같은 눈물이 차오르는 것이 느껴졌기 때문이다. "당신을 다시 보기 직전에 깨어났어요. 마치 그 순간을 위해 잠들었던 것처럼요. 내가 어떤 상태였는지 잘 모르겠어요. 당신에게 이 모든 걸 이야기하려고 나섰죠. 마치 시간이 나를 위해 가만히 멈춘 듯했고, 그 순간의 분위기와 감정이 영원히 내 속에 살아 있는 듯했고, 단 한 순간이 영원히 이어져 내 삶 전체가 그 자리에 고정된 듯했어요… 잠에서 깨어났을 때는 오래전에 어딘가에서 들었던, 잊혀졌던 달콤하고 음악적인 한 가락이 다시 기억 속에서 떠오르는 것 같았고, 그리고 지금…."

"아, 세상에…." 하고 나스첸카가 내 말을 끊었다. "그게 지금 무슨 소리예요? 하나도 모르겠어요."

"아, 나스첸카, 이 기묘한 감정을 어떻게든 표현해보고 싶었어요."라고 나는 탄식하듯 말했는데, 그 속에는 아직 멀리 남아 있는 희미한 희망이 숨어 있었다.

"됐어요, 그만해요!" 하고 그녀가 말했다. 그리고 단 한 순간에 얼굴 전체가 장난기와 생기로 가득 찼다.

그녀는 갑자기 놀라울 만큼 말이 많아지고 밝아졌다. 내 팔을 붙잡고 웃었고, 나에게도 웃으라고 했다. 내가 조금이라도 무거운 말을 하면 그 말은 그녀에게 오래 이어지는 진심 어린 웃음을 터뜨리게 했다… 나는 점점 화가 나기 시작했고— 그녀는 즉시 장난을 멈추었다.

"들어보세요."라고 그녀가 말하기 시작했다. "제가 당신에게 감사해야 할 일은, 당신이 저를 사랑하지 않았다는 사실이에요. 사람은 그에 따라 대할 줄도 알아야 하니까요! 그렇지만 그래도요, 완고하신 나의 주인님, 당신도 저에게 감사해야 해요. 제가 얼마나 단순한 사람인지, 얼마나 마음에 떠오르는 생각들을—그 어리석은 것들까지도—전부 당신께 털어놓는지를 생각해보세요."

"들어보세요! 열한 시예요."라고 나는 말했다. 멀리 시청의 탑에서 일정한 시각을 알리는 종소리가 울려왔다. 그녀는 갑자기 조용해졌고, 웃음을 멈춘 채 그 종소리를 세었다.

"그래요, 열한 시."라고 마침내 그녀가 떨리고 불안정한 목소리로 말했다.

나는 즉시, 내가 그녀를 놀라게 했다는 사실을 후회했고, 종소리를 세게 만든 것이 바로 내 탓이라는 생각에 나 자신을 한참 동안이나 원망했다. 그녀 때문에 마음이 무거워졌고, 어떻게 해야 그 잘못을 바로잡을지 알 수 없었다. 그래서 나는 그녀를 위로하려 애쓰며, 남자가 이곳에 나타나지 않은 이유들을 찾기 시작했고, 여러 가지 추측들을 차례로 늘어놓았다. 이런 순간에는 누구라도 속이기 쉬운 법이고,

그 어떤 사소한 위로라도 듣기만 하면 기뻐하며, 조금이라도 변명이 될 만한 것이 있으면 그것으로 만족하는 법이다.

"그러니까 그건 아주 우스운 일이에요."라고 나는 열을 띠며 말하기 시작했다. 내 설명이 너무나도 명확하다는 사실이 괜히 자랑스럽기도 했다. "그 사람이 오지 못했을 뿐이에요. 당신도, 나도 거기서 헛되이 기다린 거고요, 나스첸카. 그래서 나는 시간 감각조차 잊어버렸던 거죠… 생각해보세요… 아마 어떤 편지를 받았을지도 몰라요. 만약 그가 올 수 없었다면, 편지로 그 사실을 알려야 했을 거예요. 그리고 편지라면 아무래도 내일이 되어야 도착하겠죠. 제가 내일 그 편지를 찾으러 가서, 곧바로 당신에게 알려드릴게요. 아직 남은 가능성은 천 가지도 넘어요. 혹은… 그 사람이 집에 없어서 편지를 받지 못했을 수도 있어요. 아니면… 아직 읽지도 못했을지도 모르죠! 뭐든 가능해요!"

"그래요, 맞아요!" 하고 나스첸카가 말했다. "그건 제가 미처 생각하지 못한 부분이었어요. 물론이에요, 모든 게 가능하죠."라고 그녀는 말을 이었다. 그러나 그녀의 목소리에는 어딘가 슬픈 불협화음이 담겨 있었고, 숨겨진 또 하나의 생각이 그 뒤에 살짝 숨어 있는 듯했다.

"그러니까 들어보세요, 당신이 해야 할 일이 있어요."라고 그녀는 말을 이었다. "내일 가능한 한 이른 시간에 가보세요. 그리고 무언가라도 소식이 있다면 즉시 저에게 알려주세요. 제 집이 어디인지 이미 알고 계시죠."라고 그녀는 자신의 주소를 알려주었다.

그러더니 그녀는 갑자기 내게 한없이 다정하고 조심스러워졌다. 내 말을 아주 주의 깊게 들으려는 듯했으나, 내가 몇 가지 질문을 하자 그녀는 다시 침묵했고, 난처해하며 얼굴을 돌렸다. 나는 그녀의 눈을 바라보았다 — 정말로, 그녀는 울고 있었다.

"어떻게…? 그게 가능한 일이에요? 아… 당신은 정말 아이와도 같군요! 이제 그만 울어요!"

그녀는 스스로를 가라앉히기 위해 애쓰듯 억지로 웃으려 했지만, 몸은 떨리고, 가슴은 요동쳤다.

"당신 생각을 했어요." 오랜 침묵 끝에 그녀가 말했다. "당신은 너무나도 좋은 사람이에요. 제가 그걸 모르고 지나갈 수 있었다면, 저는 돌덩이였을 거예요. 그런데 방금 문득 이런 생각이 들었어요. 제가 두 분을 비교하고 있었다는 걸요. 왜 그는… 당신이 아니죠? 왜 그는 당신 같지 않은 걸까요? 그는 당신보다 못한 사람이에요. 그런데도 저는 당신보다 그를 더 사랑해요."

나는 아무 대답도 하지 못했다. 그녀는 내 대답을 기다리는 것처럼 보였다.

"아마도 저는 아직 그를 제대로 이해하지 못했거나, 아니면 그를 충분히 알지 못한 거겠죠. 사실 말이에요, 저는 그가 무서웠어요. 그는 언제나 그렇게 엄숙했고… 사실은 조금 거만해 보이기도 했어요. 물론, 그건 겉모습일 뿐이고, 그의 마음에는 저보다 더 많은 따뜻함이 있다는 걸 알아요. 제가 짐을 들고 그의 방에 갔을 때 저를 바라보던 그의 눈빛을 기억해요. 그렇지만 저는 언제나 그를 존경했고, 마치 우리가 같은 자리에 서 있는 사람이 아닌 것처럼 느껴졌어요."

"아니에요, 나스첸카." 내가 대답했다. "그건, 당신이 그를 세상 무엇보다, 그리고 자신보다도 더 사랑한다는 뜻이에요."

그녀는 말을 멈추고, 내 팔을 힘주어 움켜쥐었다. 나는 감격에 목이 메어 아무 말도 할 수 없었다. 그렇게 잠시 시간이 흘렀다.

"그는 오늘은 정말 오지 않을 거예요." 마침내 그녀가 말했다. "벌써 너무 늦었어요."

"내일은 올 거예요." 나는 어딘가 자신에 찬 목소리로 대답했다.

"그래요." 그녀는 다시 조금 밝아진 목소리로 말했다. "이제 저도 알겠어요. 그는 내일 올 거예요. 그러니까, 내일 봐요! 내일까지! 만약 비가 오면… 아마 저는 못 올지도 몰라요. 하지만 모레는 어떤 일이 있어도 올 거예요, 무슨 일이 일어나더라도요. 당신도 꼭 오세요. 당신을 보고 싶어요."

그리고 우리가 작별하려 할 때, 그녀는 손을 내게 건네며 환한 눈으로 나를 바라보고 말했다.

"이제 우리는 영원히 이어져 있어요. 그렇지 않나요?"

"아, 나스첸카, 나스첸카! 당신이 알기만 한다면… 내가 얼마나 외로운지!"

아홉 시 종소리가 울리자, 더는 방 안에 앉아 있을 수가 없어, 옷을 챙겨 입고 궂은 날씨도 아랑곳하지 않고 밖으로 나갔다. 그곳에 가서 우리의 벤치에 앉았다. 그녀의 집이 있는 거리까지도 갔으나, 부끄러움에 발걸음을 돌렸고, 창문을 쳐다보지도 못했다. 쓸쓸함과 침울함 속에 나는 집으로 돌아왔다. 얼마나 무거운 시간인가! 날씨만 좋았더라면, 나는 밤새 걸었을 것이다.

하지만 내일이면, 그러니…

오늘도 편지는 오지 않았다. 물론 그럴 수밖에 없다. 둘은 이미 함께 있을 테니까.

네 번째 밤

선하신 하느님, 모든 일이 이렇게 끝나다니!

나는 아홉 시에 도착했다. 그녀는 이미 와 있었다. 나는 멀리서도 그녀를 알아볼 수 있었다. 우리의 첫 만남 때처럼, 그녀는 난간에 팔꿈치를 기대고 서 있었고, 내가 다가오는 것도 듣지 못하고 있었다.

"나스첸카!" 나는 목숨 걸고 격한 마음을 누르며 그녀를 불렀다.

그녀는 재빨리 나를 향해 돌아섰다.

"자." 그녀가 말했다. "어서요!"

나는 놀라 그녀를 바라보았다.

"자, 편지는요? 편지 가져오셨어요?" 그녀는 난간을 꼭 붙잡은 채 말했다.

"아니요, 편지는… 없습니다." 나는 마침내 대답했다.

"그럼… 그는 아직도 오지 않았다는 거예요?"

그녀는 무섭도록 창백해졌고, 오랫동안 움직임 없이 나를 바라보았다. 나는 그녀의 마지막 희망을 짓밟아버린 셈이었다.

"그렇다면… 하느님이 그를 지키시길." 마침내 기운 빠진 목소리로 그녀가 말했다. "그가 나를 이렇게 버렸다면… 하느님이 그의 길을 인도하시길."

아직 몇 초 동안은 그녀가 마음을 가라앉히려 애쓰는 듯 보였다. 그러나 갑자기 그녀는 고개를 돌려 난간에 몸을 기대더니, 그 자리에서 와락 울음을 터뜨렸다.

"이제 그만, 그만하세요!" 내가 말렸다. 그러나 나는 더 말을 이을 힘이 없었다. 내가 무슨 말을 할 수 있었겠는가?

"저를 위로하려 들지 마세요." 그녀가 말했다. "그 사람 편을 들지도 말고, 그가 올 거라고도 말하지 말아요. 그랬다면… 그는 이렇게 잔인하고, 무정하게 저를 버리진 않았을 거예요. 왜죠? 왜죠? 혹시 제 편지 때문인가요, 그 불행한 제 편지 때문에인가요?"

그녀의 목소리는 눈물에 잠겨 끊겼다.

"아, 이게 얼마나 말로 다 못할 만큼 끔찍한 일인지 아세요?" 그녀는 계속했다. "한 줄도 없어요! 그 사람이 만약 제게, 제가 그에게 필요 없다고, 저를 버린다고, 그렇게라도 썼더라면… 그랬다면 차라리 견딜 수 있었을 거예요. 그런데 지금은, 사흘 동안 단 한 줄도 없다니! 얼마나 쉬운가요? 자신을 사랑한, 불쌍하고 의지할 곳 없는 소녀 하나를 상처 주는 일! 그게 그의 죄라면, 그 죄가 고작 제가 그를 사랑한다는 것이라면… 아, 지난 사흘 동안 제가 얼마나 고통을 받았는지! 하느님, 하느님! 제가 먼저 그에게 갔었다는 걸 생각하면, 제가 그 앞에서 자신을 낮추고, 울기까지 했다는 걸 떠올리면! 그런데 그다음엔!…"

그녀는 갑자기 나를 돌아보았다. 눈부시게 검은 눈동자

가 빛을 머금고 있었다.

"이건… 이건 그럴 리 없어요. 불가능해요! 우리 둘 중 누군가가 잘못 생각하고 있는 거예요. 아마 그 사람은 아직 편지를 받지 못한 걸지도 몰라요. 지금 이 순간까지 아무것도 모르는 걸지도! 어떻게 이런 잔혹한 일이 있을 수 있죠? 제발 말해줘요, 하느님의 이름으로… 설명해줘요… 저는 이런 무정함을 이해할 수 없어요."

"단 한 마디도 없었다니! 세상에서 가장 비천한 사람에게도 동정은 베풀어지는 법인데! 혹시 그가 무언가를 들은 건 아닐까요? 누가 저를 헐뜯은 건 아닐까요? 당신은 어떻게 생각해요?"

"나스첸카, 내일 제가 당신을 대신해서 그를 찾아가겠습니다."

"그리고요?"

"그에게 모든 걸 묻고, 모든 걸 말할 거예요."

"그리고요? 그리고요?"

"당신이 그에게 편지를 쓰세요. 거절하지 마세요, 나스첸카. 저는 그에게 당신을 책임지라고 요구할 겁니다. 그는 모든 걸 알게 될 거고… 만약—"

"아니에요, 제 친구. 아니에요." 그녀가 내 말을 끊었다. "이제 그만해요. 더는 아무 말도 없어요. 제 입에서도 단 한 마디도, 단 한 줄도 나가지 않을 거예요. — 됐어요! 저는 이제 그를 모릅니다. 그를 사랑하지도 않아요! 저는 그를 잊어… 버릴 거예요!"

그녀는 말을 잇지 못했다.

"진정하세요, 나스첸카. 여기 앉아요." 나는 그녀를 벤치로 이끌며 그렇게 말했다.

"저는 진정했어요. 됐어요! 모든 건 끝났어요. 이건 그냥 눈물일 뿐이에요. 곧 마를 거예요."

내 가슴은 벅차올라 있었다. 무언가 말하고 싶었지만, 말은 나오지 않았다.

"제 말 들어요." 그녀가 내 손을 붙잡고 말을 이었다. "말해주세요… 당신이라면 그렇게 하진 않았을 거라고. 당신은, 당신에게 스스로 찾아온 사람을 저버리지 않았을 거라고… 당신은 그런 사람의 약하고 어리석은 마음을 비웃어 얼굴에 던져버리지 않았을 거라고! 당신이라면 그 아이를 불쌍히 여겼을 거예요. 그는 혼자였고, 자기 자신을 지키는 방법도 모르고, 당신을 사랑한다는 이유로 자신을 지키지 못했다는 걸… 그는 죄도 없고… 아무 잘못도 하지 않았다는 걸… 당신은 생각해주었겠죠. 아, 하느님, 하느님!"

"나스첸카!" 나는 결국 참지 못하고 소리쳤다. "나스첸카! 당신은 제 마음을 짓이겨요! 제 가슴을 갈기갈기 찢어놓고 있어요, 나스첸카! 더는 침묵할 수 없어요! 이제는… 제 마음속에 있는 것을 말해야만 해요."

나는 벌떡 일어나 버렸다. 그녀는 놀라 내 손을 붙잡고 나를 바라보았다.

"무슨 일이죠?" 그녀가 마침내 물었다.

"제 말을 들어요, 나스첸카." 나는 단호히 말했다. "지금 제가 말하려는 것은 다 어리석고, 다 무모한 짓이에요! 결코 이루어질 수 없는 일이라는 걸 저도 알아요. 하지만… 그래도 저는 침묵할 수 없어요. 미리 용서해주세요. 부디 제 무모함을 용서해주세요."

"어떻게 된 거죠? 무슨 말이에요?" 그녀는 울음을 멈추고 나를 똑바로 바라보았다. 그 아득하면서도 예리한 눈빛 속에는 설명할 수 없는 호기심이 번쩍이고 있었다.

"그건 불가능해요. 하지만… 저는 당신을 사랑해요, 나스첸카! 그게 전부예요. 이제 모든 말은 끝났어요. 이제 보세요… 당신이 예전처럼 제게 말할 수 있는지, 그리고 제가 앞으로 무슨 말을 하든 들을 수 있는지…."

"무슨 말이에요? 그게 무슨 결말로 이어진다는 거죠?" 나스첸카가 내 말을 끊었다. "저는 당신이 저를 사랑한다는 걸 알고 있었어요. 하지만 아주 조금이라고만 생각했죠. 아… 하느님!"

"처음엔 저의 사랑도 작았어요, 나스첸카. 하지만 이제는… 당신이 짐 보따리를 들고 그 사람에게 갔던 그때처럼, 지금의 제 사랑도 그만큼 강해졌어요. 아니, 그보다 더해요.

그때는 그가 아무도 사랑하지 않았지만, 당신은 그를 사랑하고 있었잖아요."

"무슨 말을 하는 거예요? 저는 아무것도 이해할 수 없어요. 그런데 말해줘요… 왜? 아니, 왜가 아니라, 어떻게… 그런 일이… 오, 하느님! 제가 바보 같은 말을 하고 있네요! 그런데 당신은…." 나스첸카는 완전히 어찌할 줄 몰라 하며, 눈을 내려 깔았다.

"제가 어떻게 해야 하죠, 나스첸카? 저는 죄인이에요. 잘못한 거예요… 하지만, 아니, 아니에요! 저는 죄인이 아니에요. 제 가슴이 말해요, 제가 옳다고. 제가 당신을 해치지 않았다고. 저는 당신의 친구였고… 지금도 여전히 당신의 친구예요. 보세요, 나스첸카, 제 눈에서 눈물이 떨어지고 있어요. 떨어지게 두죠. 누구에게도 해를 끼치지 않아요. 곧 마를 거예요…."

"앉아요." 그녀가 그렇게 말했다.

"아니에요, 나스첸카. 앉지 않겠어요. 더는 여기 있을 수 없어요. 당신도 저를 다시는 보지 못할 거예요. 저는 할 말을 모두 하고… 떠날 거예요. 당신은 제 마음을 몰랐을 거예요. 제가 당신을 사랑한다는 것을 절대 말하지 않았을 거예요. 지금 이 순간에도, 제 이기심으로 당신을 괴롭히고 싶지 않아요. 아니에요! 하지만 더는 참을 수 없었어요. 당신이 먼저 그 이야기를 꺼냈잖아요. 당신이 죄인이에요. 모든 건 당신 때문이에요. 하지만 저는 잘못이 없어요. 당신은 저를 밀어낼 수 없어요."

"아니에요, 아니에요! 당신을 밀어내지 않을 거예요." 나스첸카가 말했다. 그녀는 가능한 한 자신의 슬픔을 숨기려 했다.

"당신은 저를 내쫓지 않아요. 아니에요! 하지만 저는… 제가 스스로 도망쳐야만 해요. 저는 곧 떠날 거예요. 하지만 그 전에 모든 것을 말해야 해요. 왜냐하면… 우리가 이렇게 이야기하는 동안에도 저는 차분히 앉아 있을 수 없었어요. 당신이 울고 있을 때, 제 가슴엔… 나스첸카, 당신을 향한 사랑이 너무나 많았어요, 너무나도 많았어요. 그리고 제 사랑으로는 당신을 도울 수 없다는 이 쓰라림… 그것이 견딜 수 없이 아팠어요. 저는 침묵할 수 없었어요. 말해야 했어요, 나스첸카. 말하지 않고는 견딜 수가 없었어요!"

"그래요, 그래요! 말씀해요, 저에게 계속 말해주세요!" 나스첸카는 드물게 드러내는 격정으로 이렇게 말했다. "제가 이렇게 당신과 이야기하는 것이… 당신에게는 이상하게 느껴질지도 몰라요. 하지만… 말해주세요! 저도 대답할게요. 제 모든 것을 말할게요."

"당신은 저를 불쌍히 여길 뿐이에요, 나스첸카. 연민일 뿐이에요, 내 친구여! 이미 일어난 일은 돌이킬 수 없어요. 입 밖으로 나온 말도 다시 담을 수 없죠. 그렇지 않나요? 이제 당신은 모든 것을 알았어요. 바로 그거예요! 그게 핵심이에요. 좋아요, 그럼 이제 모든 것이 분명해졌어요. 하지만 이제 들어요…"

"당신이 거기 앉아 울고 있을 때, 저는 이렇게 생각했어요 ―아, 제발… 제가 무슨 생각을 했는지 말하게 해줘요. 저는 생각했어요… '아니야, 이렇게 될 리가 없어, 나스첸카! 이럴 수는 없어!' 하고요. 그러다가 또 생각했죠. 어제도, 그저께도 계속해서 생각했어요, 나스첸카… '내가 반드시 느끼게 될 거야. 그녀는, 어떤 이유에서건, 마침내 나를 사랑하게 될 테지. 그녀 스스로 "거의 사랑한다"고 말했으니까. 그렇다면… 그보다 더 무엇을 바라겠는가?' 이게… 제가 말하려던 거의 모든 말이에요. 그리고 이제 마지막으로 말해야 할 것은… 만약 당신이 저를 사랑하게 된다면 ―아무것도, 아무것도 더 필요 없다는 거예요! 들어요, 내 친구여. 당신은 언제나 제 친구예요. 저는 한없이 보잘것없고, 어리석고, 초라한 인간이에요. 하지만 그건 중요하지 않아요. 지금 말하는 것은… 제 비탄일 뿐이에요, 나스첸카. 나는 당신을 그렇게, 그렇게 사랑할 거예요. 설령 당신이 여전히… 제가 모르는 그 사람을 사랑한다 하더라도, 제 사랑은 결코 당신에게 짐이 되지 않을 거예요. 당신은 매 순간 느낄 수 있을 거예요. 당신 곁에서 뛰고 있는 한 가슴을 ―고맙고, 끝없이 고마워하며 뜨겁게 뛰는 그 가슴을. 당신을 위해… 아, 나스첸카, 나스첸카! 당신은 도대체… 저를 무엇으로 만들어버린 겁니까!"

"울지 마세요, 당신이 우는 걸 저는 원치 않아요." 나스첸카가 잽싸게 일어서며 말했다. "일어나요, 제발 일어나서 저와 함께 걸어요. 울지 마세요." 그녀는 내 손수건으로 내 눈물을 닦아주었다. "자, 와요. 어쩌면… 제가 당신에게 무언가 말할지도 몰라요… 그래요, 이제 그는 저를 버렸어요. 그는 저를 잊어버렸어요. 비록 제가 아직도 그를 사랑하고 있지만요 — 저는 당신에게 거짓을 말하고 싶지 않아요 — 하지만 들어요. 제게 대답해주세요."

"만약에… 이를테면… 제가 당신을 사랑하게 된다면, 그러니까… 만약 제가… 아, 친구! 어떻게 제가 그런 생각을 했을까요? 당신의 사랑을 두고 웃어버렸던 걸요, 당신이 저를 사랑하지 않는 게 다행이라고 당신께 감사하기까지 했던 걸요! 아, 하느님! 어떻게 제가 그걸 미리 깨닫지 못했을까요? 내가 그렇게 어리석을 수가… 하지만… 이제 저는 모든 것을 당신께 말하기로 결심했어요."

"들어요, 나스첸카. 무슨 말인지 아세요? 저는 당신을 떠날 겁니다. 정말이에요, 저는 그저 당신을 괴롭힐 뿐이에요. 이제 당신은, 제가 말한 것 때문에, 저를 비웃었다는 죄책감까지 갖게 되었어요. 저는 원치 않아요. 당신이 지금의 고통 말고도 다른 무언가를 짊어지는 걸… 물론 제가 잘못했죠,

나스첸카. 하지만 용서해주세요."

"멈춰요. 제 말을 끝까지 들어줘요. — 기다려줄 수 있어요?"

"무엇을요? 무엇을 기다리라는 거예요?"

"저는 그 사람을 사랑해요. 하지만 그건 곧 사라질 거예요. 반드시 사라져야만 해요. 그렇지 않으면 있을 수 없는 일이니까요. 그리고… 이미 사라지기 시작했어요. 제가 느껴요. 누가 알겠어요? 어쩌면 오늘 중으로 다 지나가버릴지도… 왜냐하면 저는 그를 미워하니까요. 제가 울고 있을 때 그는 저를 조롱했으니까요. 그런데 당신은 여기서 저와 함께 울어주었어요. 그는 저를 경멸하지만, 당신은 저를 경멸하지 않아요. 당신은 저를 사랑해요. 그는 저를 사랑하지 않아요. 그리고 마침내… 저 역시 당신을 사랑해요 — 정말로, 바로 당신이 저를 사랑하는 것처럼요. 제가 이미 말한 적도 있고, 당신도 직접 들었잖아요. — 그래서 저는 당신을 사랑해요. 왜냐하면 당신은 그보다 더 나은 사람이고, 그보다 더 고결한 사람이고, 왜냐하면… 왜냐하면 그는…"

그녀의 격정은 너무 커서 말을 잇지 못했다. 그녀는 머리를 내 어깨에, 그리고 가슴에 기대고는 쓰라리게 울었다. 나는 그녀를 달래고, 말을 건넸지만 그녀는 들을 수 없었다. 그녀는 내 손을 계속 꼭 쥔 채, 눈물을 흘리며 말했다.

"잠시만요, 잠시만요… 곧 멈출게요. 당신에게 말하고

싶어서… 제발 오해하지 말아요, 이 눈물은… 그냥 약함 때문이에요. 조금만 기다리면 곧 지나갈 거예요."

마침내 그녀는 울음을 그치고 눈물을 닦아냈다. 그리고 우리는 다시 걸음을 옮겼다. 나는 말을 꺼내려 했지만, 그녀는 계속해서 잠시만 기다려달라고 했다. 우리는 침묵 속에 걸었다. 마침내 그녀가 회복되자, 다시 말하기 시작했다.

"이제야, 비로소…." 그녀는 힘 없고 떨리는 목소리로 말을 이었다. "제발 저를 변덕스럽다거나 경박하다고 생각하지 말아요. 이렇게 쉽게 잊어버리는 사람이라고 생각하지 말아요. 저는 그를 일 년 동안 온전히 사랑했어요, 그리고 하느님의 이름으로 맹세할게요 ― 저는 단 한 번도, 한순간도 마음속으로 그에게 불성실했던 적이 없어요. 그는 저를 조롱했어요. 하느님이 그와 함께하시길! 하지만 그는 제 마음을 상처내고 모욕했어요. 저는 이제 그를 사랑하지 않아요. 왜냐하면 저는 오직 고결한 사람만 사랑할 수 있고, 저를 이해해주는 사람만 사랑할 수 있고, 정직한 사람만 사랑할 수 있기 때문이에요. 저도 그런 사람이니까요. 그런데 그는 제 그릇에 맞지 않아요 ― 그래요, 하느님이 그와 함께하시길! 차라리 이렇게 된 게 나아요. 그렇지 않았다면, 저는 나중에야 그가 어떤 사람인지 알게 되어 더 큰 실망과 고통을 겪었을 테니까요. 누가 알겠어요, 친애하는 친구."

그녀는 내 손을 더 세게 쥐며 말을 이었다. "누가 알겠어요? 어쩌면 제 그 모든 사랑이 스스로 만든 착각, 환상에 불과했는지도요. 어쩌면 아주 사소한 것들에서 시작된 건지도 몰라요. 제가 할머니 곁에 갇혀 살았기 때문일 수도 있고요! 아마도 저는 다른 사람을 사랑하게 되어야 했는지도 몰라요. 그가 아니라, 저를 불쌍히 여겨준… 다른 사람을. 그리고… 그리고… 그 사람 얘기는 그만하고요."

나스첸카는 격정 속에서 흐느끼며 말을 멈추었다. "제가 이제 당신께 꼭 말하고 싶은 게 있어요. 만약 당신이 — 제가 그를 사랑했다는 것에도 불구하고… 아니, 사랑 했었다는 것에도 불구하고 — 여전히 말해주는 거라면… 만약 당신 스스로 느끼기에, 당신의 사랑이 제 마음속 옛사랑을 밀어낼 만큼 크다고 느낀다면. 만약 당신이 저를 불쌍히 여겨주고, 제 운명대로 혼자 버려두지 않겠다고, 위로 없이, 희망 없이 내버려두지 않겠다고 생각한다면. 만약 당신이 저를 언제나 사랑해주겠다고 한다면. 이미 지금 저를 사랑하고 있다면… 저도 맹세할게요. 제 감사와… 제 사랑은 마침내 당신의 사랑에 걸맞게 될 거라고요. 이제… 제 손을 받아주시겠어요?"

"나스첸카!" 나는 흐느끼며 외쳤다. "나스첸카! 오, 나스첸카!"

"이제 됐어요!" 그녀는 겨우 자신을 억누르며 말했다.

"이제 모든 말은 끝났죠, 그렇죠? 그래요 — 그리고 당신은 행복하고, 저도 행복해요. 그러니 이제 그 이야기는 그만해요. 다른 이야기를 해봐요!"

"그래요, 나스첸카. 그 얘기는 충분해요. 이제 저는 행복해요. 자, 나스첸카, 다른 이야길 합시다. 바로 지금, 뭐든 말할 준비가 되어 있어요."

그러나 우리는 아무 말도 제대로 하지 못했다. 우리는 웃고, 울고, 아무 의미도 맥락도 없는 말들을 천 마디나 쏟아냈다. 한동안은 산책로를 걸었고, 또 한동안은 갑자기 방향을 틀어 길을 건너갔다. 그러다가 다시 멈춰 서서 강가로 내려갔다. 우리는 마치 아이들 같았다.

"지금 저는 혼자 살아요, 나스첸카." 내가 말했다. "하지만 내일은 — 물론 저는 가난해요, 전 재산이 천이백 루블뿐이지만, 그게 뭐 대수겠어요."

"그렇지요, 아무 상관 없어요. 그리고 할머니도 연금이 있으니까 우리에게 짐이 되지 않으실 거예요. 그래도 할머니는 우리가 함께 모셔야 해요."

"물론이죠, 할머니도 함께 모셔야 해요… 그런데 마트료나도…"

"그래요, 그리고 우리에겐 페클라도 있죠!"

"마트료나는 아주 좋은 사람이에요. 단 하나 단점이 있다면… 상상력이 없다는 거죠. 그렇지만 그게 무슨 문제겠어요."

"상관없어요, 둘이 함께 있으면 되지요. 그런데 내일 당신은 우리 집으로 와야 해요."

"어떻게요? 당신네 집으로요? 좋아요, 준비되어 있어요."

"그래요, 당신은 우리 집에서 지낼 거예요. 우리 집, 저 위에, 다락방에서요. 그 방은 비어 있어요. 전에 한 명의 세입자가 있었는데, 나이 든 양반 부인이었죠. 그런데 그분이 떠나셨어요. 그리고 할머니는 — 저 알고 있어요 — 젊은 남자를 들이고 싶어 하세요. 제가 '왜 젊은 남자를 들이려 하세요?' 하고 물으니, 할머니는 이렇게 말하셨어요. '그게 낫지. 나는 이제 늙었단다. 하지만 나스첸카, 내가 너를 시집보내려고 저러는 건 아니야.' 그런데 저는, 보세요, 그렇게 말했어요. '할머니는 바로 그걸 노리고 있는 거죠.'라고요."

"오, 나스첸카!"

그리고 우리는 둘 다 크게 웃었다.

"좋아요, 그러면! 그런데 당신은 어디에 살고 있죠? 제가 그걸 잊어버렸어요."

"저기 붉은 다리 근처, 바라니코프의 집에서 살아요."

"큰 집인가요?"

"네, 꽤 큰 집이죠."

"아, 알아요. 예쁜 집이죠. 하지만 그 집은 떠나고 우리 집으로 이사 와요."

"내일이에요, 나스첸카, 바로 내일! 제가 임대료를 조금 밀렸지만, 그건 아무렇지 않아요. 곧 월급을 받을 테니까요."

"하지만 있잖아요, 저는 아마 수업을 시작할 거예요. 다른 사람들을 가르치면서 저도 배우게 될 테니까요."

"그거 정말 훌륭해요! 그리고 저는 공직에서 사례금을 받을 거예요, 나스첸카."

"그러니까 내일, 당신은 제 세입자가 되는 거군요."

"그래요. 그리고 우리는 오페라에 가요. 지금 '세비야의 이발사'를 공연하고 있거든요."

이렇게 이야기를 나누면서 우리는 마치 안개 속을 걷는 것처럼, 우리 안에서 무슨 일이 일어나고 있는지도 모르고 걸었다. 때로는 걸음을 멈추고 한참을 한 자리에서 이야기했고, 또 때로는 앞으로 갔다가 뒤로 걸으며 웃고 울었다. 나스첸카는 갑자기 집에 가고 싶다고 했고, 나는 그녀를 붙들 용기가 없었으며 오히려 그녀를 배웅하고 싶었다. 우리는 길을 따라 걸었고, 십오 분쯤 지나 갑자기 다시 강가, 우리가 앉았던 그 벤치에 이르렀다. 그녀는 한숨을 쉬었고, 눈에는 다시금 눈물이 가득 고였다. 나는 당황했다… 그러나 그녀가 내 손을 붙잡았고, 우리는 다시 열심히 이야기를 나누며 걸음을 옮겼다.

"이제 집에 갈 시간이에요, 제 생각에는 벌써 너무 늦었어요." 마침내 나스첸카가 말했다.

"그렇지요, 나스첸카. 하지만 저는 지금 잠을 잘 수 없고, 집에 돌아갈 생각도 없어요."

"저도 아마 잠들 수 없을 거예요. 그러면… 저를 따라와 주시겠죠?"

"물론이지요!"

"하지만 이제는 정말 집으로 가요, 가야 해요!"

"명예를 걸고 약속해요." 나는 웃으며 대답했다.

"그렇다면 가요!"

"가요!"

"하늘 좀 보세요, 나스첸카! 내일은 정말 놀라운 날이 될 거예요! 저 파란 하늘 좀, 저 황홀한 달빛 좀 보세요! 저기, 저 누르스름한 구름이 달을 삼키는 것 같아요. 보세요! …아니, 다시 모습을 드러내네요. 보이죠?"

그러나 나스첸카는 구름을 보지 않았다. 그녀는 말없이, 마치 돌처럼 굳어 서 있었다. 그리고 한순간 뒤, 그녀는 떨기 시작했고, 조심스럽게 내게 더 가까이 몸을 붙였다. 그녀의 손이 내 팔 위에서 떨리고 있었다. 나는 그녀를 바라보았다. 그녀는 나에게 더 단단히 몸을 기댔다.

바로 그때, 한 젊은 남자가 우리 곁을 지나갔다. 그는 갑자기 걸음을 멈추고, 날카로운 눈빛으로 우리를 바라보더니, 그리고 나서 몇 걸음을 더 내디뎠다.

내 심장은 떨렸다.

"나스첸카." 나는 거의 속삭이듯 말했다. "누굽니까, 나스첸카?"

"그 사람이에요!" 그녀는 숨죽여 말하며, 나에게 더 가까이 다가붙었다. 나는 거의 다리에 힘을 잃을 지경이었다.

"나스첸카, 나스첸카! 너였구나!" 등 뒤에서 목소리가 들렸다. 그리고 바로 다음 순간, 그 젊은 남자는 몇 걸음을 우리 쪽으로 내디뎠다.

나스첸카가 내지른 외침! 그녀가 얼마나 놀라 몸을 떨었는지! 어떻게 그녀가 나에게서 몸을 떼어내고 그에게로 달려갔는지! 나는 그저 돌처럼 굳어 서서 두 사람을 바라보고 있을 뿐이었다. 그런데 그녀가 그의 손을 내밀어 잡고, 그의 품에 몸을 던진 바로 그 순간, 그녀는 갑자기 다시 내 쪽으로 몸을 돌렸다. 폭풍처럼, 번개처럼. 눈 깜짝할 새에 내 앞에 서더니, 내가 마음을 가다듬기도 전에 두 팔을 내 목에 감고, 나에게 뜨겁게 입을 맞추었다. 그리고 한마디 말도 없이 다시 그 사람에게로 달려가 그의 손을 붙잡고 그를 끌어당기듯 데리고 가버렸다.

나는 오랫동안 그 자리에 서서 그들의 뒷모습을 바라보고 있었다… 마침내, 그들은 내 시야에서 사라졌다.

아침

 나의 밤은 아침으로 가서야 끝났다. 날씨는 아름답지 않았다. 비가 내렸고, 굵은 빗방울이 창틀을 흔들어댔다. 방 안은 어둑했고, 밖은 더욱 쓸쓸하고 음울했다. 머리가 지끈거렸고, 열기가 사지 끝을 스치듯 기어다녔다.

 "편지예요, 바튜슈카(주인님). 시내 우체국에서 왔습니다." 마트료나가 말했다.

 "편지? 누구에게서?" 나는 자리에서 뛰어오르며 외쳤다.

 "모르겠어요, 바튜슈카. 여기요, 아마도 적혀 있을 거예요. 누가 보냈는지."

 나는 봉인을 뜯었다. 그에게서 온 것이었다. 나스첸카가 쓴 편지였다.

 "아, 용서해 주세요, 용서해 주세요! 무릎을 꿇고 제발 저를 용서해 달라고 빌어요. 저는 당신을 배신했고, 저 자신도 배신했어요. 그건 꿈이었어요, 환영이었어요… 오늘 저는 당신 때문에 마음이 아팠어요. 용서해 주세요, 용서해 주세요! 저를 탓하지 말아 주세요, 저는 당신에 대해 마음을 바꾼 게 아니에요. 제가 말했지요, 당신을 사랑하게 될 거라고. 그리고 지금, 저는 실제로 당신을 사랑해요 — 그 사람보다 더. 오, 하느님, 제가 만약 두 사람을 동시에 사랑할 수만 있다면! 아, 당신이 그 사람이라면!"

'아, 그가 당신이라면!' 나는 속으로 되뇌었다. 나스첸카, 네 말이 떠올랐다.

"하느님이 아실 거예요, 지금이라도 제가 당신을 위해 무엇을 할 수 있을지! 저는 알아요, 당신 마음이 얼마나 무겁고 슬플지. 제가 당신을 상처 입혔어요. 그러나 아시지요, 사랑하는 사람 사이엔 상처도 오래 기억되지 않는다는 것을. 그리고… 당신은 저를 사랑하고 있잖아요!"

"당신의 사랑에 감사드려요. 그 사랑은 제 기억 속에 달콤한 꿈처럼 간직되어 있어요. 잠에서 깨어난 뒤에도 오래도록 떠올리게 되는 그런 꿈처럼요. 당신이 그날 밤 저에게 형제처럼 진심을 털어놓고, 부서진 제 마음을 그렇게도 고결하게 받아 지켜주고 치유해주려 했던 그 순간을 저는 영원히 잊지 않을 거예요."

"당신이 저를 용서해 준다면, 당신의 기억은 제게 더욱 소중해질 거예요. 영원히 마음에서 사라지지 않을 깊고도 감사한 감정이 더해져서요. 저는 이 추억을 성실히 간직할 거예요. 제 마음은 그것을 버리지 않을 거예요 ─ 그리할 수 없을 만큼 굳건하거든요. 그리고 어제도 제 마음은, 마치 본래 있어야 할 자리로 돌아가듯, 아주 빠르게 다시 그에게로 되돌아갔어요."

"우리는 또다시 만나게 될 거예요. 당신은 우리 집에 오시겠지요. 거절하지 않을 거예요. 그리고 당신은 영원히 제 친구, 제 형제가 되어줄 거예요. 당신이 저를 다시 보게 될 때, 저에게 손을 내밀어 주시겠지요… 그렇지요? 손을 내밀어 줄 거죠! 당신은 저를 용서했지요, 그렇지 않나요? 여전히 저를 사랑해 주시는 거죠, 전처럼?"

"오, 저를 사랑해 주세요. 저를 버리지 말아 주세요. 저는 지금 이 순간 당신을 너무나 사랑해요. 그리고 저는… 당신의 사랑을 받을 자격이 있어요, 소중한 제 친구! 다음 주에 우리의 혼례가 열려요. 그는 사랑으로 제게 돌아왔고, 단 한 번도 저를 잊은 적이 없었어요. 제가 그에 대해 쓰더라도 노여워하지 말아 주세요. 저는 그와 함께 당신을 찾아뵙고 싶어요. 당신도 그를 좋아하게 될 거예요. 그렇지요?"

"용서해 주세요 — 그리고 저의 나스첸카를 사랑해 주세요."

나는 그 편지를 천천히 읽어 내려갔다. 눈물이 흘러내렸다. 마침내 편지는 내 손에서 미끄러져 떨어졌고, 나는 두 손으로 얼굴을 가렸다.

잠시 뒤, 마트료나가 방으로 들어와 거미를 쫓는 일을 계속했다. 나는 그녀를 바라보았다. 그녀는 아직 제법 활기 있는 늙은 여자였지만, 어찌된 일인지 — 문득 내 눈에는 몹시 슬프고, 주름지고, 쇠잔한 모습으로 보였다. 왜 그런지는 알 수 없었다. 그리고 이상하게도 내 방 전체가 그 늙은 여자의 모습처럼 갑자기 낡아 보였다. 벽도, 마룻대도 빛이 바래고, 모든 것이 쓸쓸하게 보였다. 눈앞의 풍경이 어찌해선지 창밖 맞은편 집마저 허물어져 가는 듯 보였다. 장식은 금이 가고, 문양은 어두워지고, 벽은 얼룩져 가는 듯했다.

아마도 그것은, 구름 사이로 잠시 모습을 드러냈던 햇살이 다시 비구름 뒤로 숨어버려 모든 것이 한순간에 어두워졌기 때문일 것이다. 혹은 그보다 더한 까닭 — 나의 앞날 전체가 갑자기 그렇게도 쓸쓸하고 비탈진 풍경처럼 느껴졌기 때문일 것이다. 나는 내가 이 방에서 지금보다도 열다섯 해는 늙어 있을 것을 보았다. 여전히 외로이, 그리고 여전히 이 마트료나와 함께. 그 오랜 세월 동안 그녀 역시 조금도 지혜로워지지 않은 채로.

하지만 내가, 나스첸카, 내 상처를 되새길 수 있을까? 내가 어떻게 네 맑고 흠없어야 할 행복의 하늘에 음울한 구름을 드리울 수 있겠는가? 어찌 네 마음에 쓰라린 비난을 얹어 네 기쁨의 순간에 죄 없는 양심의 가책을 안겨줄 수 있겠는가? 어찌 네가 신부의 길을 가기 위해 머리 위에 얹게 될 그 가냘픈 꽃송이 하나라도 내 손으로 상하게 할 수 있겠는가? 오, 결코 — 결코 그럴 수 없다!

너의 하늘은 언제나 맑게 빛나야 한다. 너의 미소는 슬픔에 가려지지 않고 온전히 빛나야 한다. 그리고 너는 축복받아야 한다. 너의 행복한 순간을 한 번이라도 우연히 한 외로운 사람의 가슴에 내어준 것만으로도.

오, 나의 하느님! 단 한 순간의 황홀함이라니! 그러나 — 그 한순간이란 것이 설령 인간의 일생 전체를 두고 보아도 결코 하찮다 말할 수 있을까?

★ 저자 노트

일기의 저자와 일기 자체는 물론 허구이다. 그럼에도 이러한 기록의 필자와 같은 인물들은 우리 사회가 형성된 환경을 고려할 때, 단지 존재할 수 있을 뿐 아니라 오히려 필연적으로 존재해야 함이 분명하다. 나는 대중의 시야 앞에, 통상적으로 하는 것보다 더 명확히, 최근 과거의 성격 가운데 하나를 드러내고자 하였다. 그는 아직 생존해 있는 한 세대의 대표자 가운데 한 사람이다. 「지하」라 명명된 이 단편에서, 이 인물은 자신을, 그리고 자신의 견해를 소개하며, 마치 자신이 우리 가운데 출현하게 된 연유와 출현할 수밖에 없었던 원인들을 설명하고자 시도한다. 두 번째 단편에는 그의 생애의 특정 사건들에 관한 이 인물의 실제 기록들이 덧붙여져 있다.

지하에서 쓴 수기

1부. 지하

1

나는 병든 인간이다... 나는 악의에 찬 인간이다. 나는 보기 흉한 인간이다. 내 간이 병들었다고 나는 믿는다. 그러나 내 병에 관하여 나는 아무것도 알지 못하며, 무엇이 나를 앓게 하는지조차 확실히 알지 못한다. 나는 이를 위해 의사를 찾아가지 않으며, 지금껏 한 번도 찾아간 적이 없다. 나는 의학과 의사를 존중함에도 그렇다. 게다가 나는 극도로 미신을 믿는 인간이라, 의학을 존중할 만큼 충분히 미신에 사로잡혀 있다(나는 미신을 믿지 않을 만큼 충분히 교육받았으나, 그럼에도 나는 미신적이다). 아니다, 나는 악의 때문에 의사를 찾아가기를 거부한다. 이는 아마 그대가 이해하지 못할 것이다. 그러나 나는 이해한다. 물론, 이러한 경우 악의를 품고 내가 정확히 누구를 모욕하고 있는지 나는 설명할 수 없다. 의사를 찾아가지 않는다고 해서 내가 그들을 '갚아줄' 수 없다는 것을 나는 너무도 잘 알고 있다. 이 모든 행위로 상하게 되는 이는 오직 나 자신뿐이며, 그 누구도 아니다—이를 누구보다도 잘 알고 있다. 그러나 그럼에도 내가 의사를 찾아가지 않는 이유는 악의 때문이다. 내 간이 나쁘다, 좋다—더 나빠지게 내버려두어라!

나는 그렇게 살아온 지 오래였다—스무 해 동안이나. 이제 나는 마흔 살이다. 나는 관직에 있었으나, 지금은 아니다. 나는 악의에 찬 관료였다. 나는 거칠었으며, 그렇게 하는 데서 쾌감을 느꼈다. 나는 뇌물을 받지 않았다. 보시다시피, 그렇기에 나는 적어도 그 점에서나마 보상을 찾아야만 했다. (서투른 농이지만, 지워버리지는 않겠다. 나는 이것이 매우 기지 있는 말처럼 들릴 것이라 생각하며 적었으나, 스스로 보건대 이는 그저 비열한 방식으로 잘난 체하려는 욕망이었음을 깨달았으므로, 오히려 일부러 지우지 않겠다!)

나의 책상으로 정보를 얻기 위해 청원인들이 찾아오면, 나는 그들을 향해 이를 갈곤 했으며, 누구든 불행하게 만드는 데 성공하면 극도의 기쁨을 느꼈다. 나는 거의 언제나 성공하곤 했다. 대개 그들은 모두 소심한 자들이었다—물론, 그들은 청원인이었으니 말이다. 그러나 거만한 자들 가운데 특히 한 장교만은 내가 도저히 참을 수 없었다. 그는 결코 고개를 숙이지 않았으며, 그의 칼집을 역겨울 만큼 시끄럽게 울려댔다. 나는 그 칼집 소리 때문에 그와 18개월 동안 불화를 이어갔다. 마침내 나는 그를 이겼다. 그는 더는 그것을 딸랑거리지 않았다. 그러나 그것은 내 젊은 시절의 일이었다.

그러나 아시오, 신사 여러분, 나의 악의 가운데 가장 핵심적인 점이 무엇이었는가를? 어찌하여냐 하면, 그 모든 점, 곧 그것의 참된 가시는, 내가 끊임없이—심지어 가장 격렬한 울분의 순간에도—내면에서는 나 스스로 부끄러워하고 있었다는 사실에 있었다. 나는 내 안에서, 내가 악의에 찬 인간이기는커녕, 심지어 원한에 찬 인간조차 아니라는 것을 의식하고 있었으며, 그저 무작정 참새들을 놀래켜대며 그 일로 스스로를 즐겁게 하고 있을 뿐이었다. 나는 입에 거품을 물고 날뛸 수도 있었으나, 나에게 놀잇감 인형 하나를 가져다주고, 설탕을 넣은 찻잔 하나를 건네주면, 어쩌면 나는 달랠 수 있었을 터였다. 나는 진심으로 감동받기까지 할 수도 있었으나, 아마 그 뒤에는 틀림없이 스스로에게 이를 갈며, 부끄러움에 잠을 이루지 못한 채 여러 달 밤을 지새우곤 했을 것이다. 그것이 바로 내 방식이었다.

방금 전에 내가 악의에 찬 관료였다고 말한 것은 거짓이었다. 나는 악의 때문에 거짓말을 했다. 나는 그저 청원인들과 그 장교를 가지고 스스로를 즐기고 있었을 뿐이며, 실은 나는 결코 악의에 찬 인간이 될 수 없었다. 나는 매 순간 내 안에, 그것과는 전혀 상반되는 요소가 많고도 아주 많다는 것을 의식하고 있었다. 나는 이 반대되는 요소들이 내 안에서 들끓고 있음을 확연히 느꼈다. 그것들이 평생토록 내 안에서 들끓으며, 어딘가로 빠져나갈 틈을 갈망해왔다—그러나 나는 허락하지 않았다, 허락하지 않았다, 일부러 그것들이 나오지 못하도록 허락하지 않았다. 그것들은 나를 부끄러움으로 괴롭혔고, 나를 경련으로 몰아넣었으며—나를 병들게 했다, 끝내, 얼마나 나를 병들게 했던가! 자, 제군들, 지금 내가 무언가에 대해 회한을 토로하고 있다고, 무언가에 대해 제 용서를 구하고 있다고 그대들은 상상하고 있지는 않은가? 나는 그대들이 그렇게 상상하고 있음이 틀림없다고 생각한다…. 그러나, 그대들이 그러건 말건 나는 개의치 않음을 단언한다….

악의에 찬 인간이 될 수 없었던 것만이 아니었다, 나는 그 무엇도 될 줄 몰랐다: 악의에 찬 이도, 친절한 이도, 패륜한 자도, 정직한 자도, 영웅도, 벌레 같은 존재도 모두 될 줄 몰랐다. 이제 나는 내 모퉁이에서 생을 마저 살아가며, 지적 인간은 결코 진지하게 무엇이 될 수 없고, 오직 어리석은 자만이 무엇인가가 된다는, 악의적이며 무익한 위안으로 나 자신을 조롱하고 있다. 그렇다, 열아홉 세기의 인간은 반드시, 도덕적으로도 응당, 무엇보다 성격 없는 존재여야만 한다. 성격을 가진 인간, 행동하는 인간은 무엇보다 제한된 존재이다. 이것이 사십 년 동안의 나의 신념이다. 이제 나는 마흔 살이며, 아시다시피, 마흔이라는 나이는 한 사람의 생애 전체이다. 아시다시피, 그것은 지극한 노년이다. 마흔을 넘겨 더 오래 사는 것은 버릇없고, 상스러우며, 부도덕하다. 마흔을 넘겨 사는 이는 누구인가? 이에 성실하고 정직하게 대답해보라. 내가 말해주겠다: 어리석은 자들과 무가치한 족속들이다. 나는 모든 노인들에게 정면으로 그렇게 말한다,

그 모든 존귀한 노인들, 그 모든 은빛 머리카락의 엄숙한 노년들에게! 나는 온 세상에게 정면으로 그렇게 말한다! 나는 그렇게 말할 권리가 있다, 왜냐하면 나는 앞으로 예순까지 살아갈 것이기 때문이다. 일흔까지! 여든까지! … 잠깐, 숨을 좀 돌리게….

신사 여러분은 틀림없이 내가 그대를 즐겁게 하려 한다고 상상하고 있을 것이다. 그러나 그대들은 그 점에서도 잘못 짚고 있다. 나는 그대들이 상상하는 바와 같이, 혹은 상상할지도 모르는 바와 같이 결코 그렇게 유쾌한 인간이 아니다. 그러나 이 모든 수다에 짜증이 난 그대들(그리고 그대들이 짜증 내고 있음을 나는 느낀다)은, 나에게 도대체 내가 누구냐고 묻고 싶은 심정일 것이다—그렇다면 나의 대답은 이렇다, 나는 대학 사무관이다. 나는 먹을 것을 마련하기 위해(오직 그 이유 하나를 위해) 관직에 있었고, 작년에 먼 친척이 유언으로 6,000루블을 남기자마자 즉시 관직을 떠나, 나의 모퉁이에 틀어박혔다. 예전에도 나는 이 모퉁이에 살았으나, 이제는 아예 이를 보금자리로 삼았다. 내가 사는 방은 도시 변두리의 비참하고 소름끼치는 방이다. 내 하인은 늙은 시골 출신의 여자로, 우둔함 때문에 심성이 사납고, 게다가 언제나 지독한 악취가 난다. 페레르부르크의 기후가 내게 좋지 않으며, 내 보잘것없는 형편으로는 이곳에서 사는 일이 매우 비싸다는 말을 나는 듣고 있다. 그러나 그러한 모든 지혜롭고도 경험 많은 충고자들과 감시자들보다 내가 그 사실을 더 잘 알고 있다…. 그럼에도 나는 페테르부르크에 남아 있다; 나는 페테르부르크를 떠나지 않는다! 떠나지 않는 이유는… 에흐! 내가 떠나든 떠나지 않든 그 무엇에도 전혀 중요하지 않기 때문이다.

그러나 품위 있는 한 사람이 가장 기쁜 마음으로 이야기할 수 있는 것은 무엇이겠는가?

자기 자신이다.

그래서 나는 나 자신에 대해 이야기할 것이다.

2

이제 나는, 신사 여러분이 그것을 듣고자 하든 듣고자 하지 않든, 내가 어찌하여 벌레조차 되지 못하였는지를 말하고자 한다. 나는 여러 차례 벌레가 되려고 애썼다는 사실을 격절한 마음으로 고하겠다. 그러나 나는 그 일조차 해낼 능력이 없었다. 나는 맹세한다, 신사 여러분, 과도한 의식은 병—참되고 철저한 병이다. 인간의 일상적 필요를 위해서는, 보통의 인간적 의식이면 족하였을 것이다. 곧, 우리 불행한 열아홉 세기의 교양 있는 인간에게 주어진 몫의 절반, 혹은 사분의 일만으로도 충분하였을 터인데, 특히 온 지구 위에서 가장 이론적이며 의도적인 도시인 페테르부르크에 사는 불운한 자에게는 더욱 그러하였다.(도시에는 의도적인 것과 비의도적인 것이 있다.) 예컨대 이른바 직선적 인간, 행동하는 인간이라 불리는 이들이 살아가는 데 필요한 정도의 의식이면 충분하였을 것이다. 나는 틀림없이 신사 여러분이, 내가 행동하는 인간들을 희롱하고자, 멋을 부리려는 가장된 태도로 이 모든 것을 쓰고 있다고 여길 것이라 짐작한다. 더구나 교양 없는 가장된 태도로, 내가 예전 그 장교처럼 칼집을 딸랑거리고 있다고 여길 것이다. 그러나 신사 여러분, 누가 자신의 병을 자랑하며, 나아가 그 병을 내세우며 으스댈 수 있겠는가?

그러나, 결국 모든 이가 그러지 않는가; 사람들은 저마다 자신의 병을 자랑하며, 어쩌면 나 역시 누구보다 더 그렇게 하고 있는지도 모른다. 이 점을 두고 다툴 필요는 없다; 나의 주장은 터무니없었다. 그러나 나는 여전히 단호히 믿고 있다, 많은 의식, 아니 모든 종류의 의식이 실로 병이라는 것을. 나는 그 주장에 고집스럽게 매달린다. 잠시 그 문제도 제쳐두자. 내게 말해보라: 어찌하여 바로 그 순간들—그렇다, 바로 그 순간들—내가 '선하고 아름다운 것'의 모든 미묘한 결을 누구보다 예민히 느낄 수 있을 때, 마치 작정이라도 한 듯, 나는 그러한 것들을 느끼는 데 그치지 않고 추한 일들을 행하곤 하는가, 그러한…. 짧게 말해, 모든 이가 어쩌면 저지르기도 하는 행위들, 그러나 내게는 마치 일부러라도, 결코 저질러서는 안 된다고 가장 뚜렷이 의식하는 바로 그 순간에 틀림없이 찾아오는 행위들인 것이다. 선함과 '선하고 아름다운 것'을 의식하면 할수록, 나는 더 깊이 내 진흙탕 속으로 가라앉았고, 마침내는 그 속에 온전히 잠겨버리기를 더더욱 기꺼워하였다. 그러나 핵심은, 이러한 모든 일이 내게서 우연히 일어난 것이 아니라, 마치 필연적으로 그러해야만 했던 것처럼 보였다는 데 있다. 그것이야말로 내 가장 정상적인 상태인 듯하였고, 조금도 병이나 타락이 아닌 듯하였기에, 마침내 나는 이러한 타락에 맞서려는 모든 욕망을 잃어버렸다. 끝내 나는 거의 믿게 되었고(어쩌면 실제로 믿었는지도 모른다), 이것이 어쩌면 나의 정상적 상태일지도 모른다고 생각하게 되었다. 그러나 처음, 그 시작에서, 나는 그 투쟁 가운데 얼마나 큰 고통을 겪었던가! 나는 다른 이들도 나와 같으리라 믿지 않았으며, 평생토록 이 사실을 비밀로 감추었다. 나는 부끄러워하였다(아마 지금도 부끄러워하고 있을 것이다): 나는 역겨운 페테르부르크의 어느 밤, 다시금 내 모퉁이로 돌아오며, 그날 또다시 혐오스러운 행위를 저질렀고, 이미 저질러진 일은 되돌릴 수 없으며, 이를 위해 비밀스럽게, 내면에서 스스로를 갉아먹고, 갉아먹고, 자신을 찢고 소모시키며, 마침내 그 쓰라림이 일종의 부끄럽고 저주스러운 감미로 변하고, 끝내—참된 실제의 향락으로 변하곤 했다는 사실을 예민히 의식하는 지경에 이르렀다! 그렇다, 향락으로, 향락으로! 나는 이를 주장한다. 내가 이 이야기를 꺼낸 까닭은, 다른 이들도 이러한 향락을 느끼는지, 나는 그것을 사실대로 알고 싶어하기 때문이다. 설명하겠다; 그 향락은 자신의 타락을 지나치게 의식함에서 비롯한 것이었다; 마지막 경계에 다다랐음을 느끼는 데서 비롯한 것이었다, 그것이 끔찍하다는 것, 그러나 달리 될 수 없다는 것, 피할 길이 없다는 것, 결코 다른 인간이 될 수 없다는 것, 설령 시간이 남아 있고, 신념이 남아 있어, 다른 무엇이 되려 한다 해도, 아마 기꺼이 변하려 하지 않을 것이라는 것, 혹은 변하고자 소망한다 하더라도 아무것도 하지 않으리라는 것—왜냐하면, 실상 그가 변할 무엇이란 애초에 존재하지 않을지도 모르기 때문이다.

그리고 가장 나쁜 점, 곧 그 모든 것의 뿌리는, 이 모든 일이 지나치게 예리한 의식의 정상적이고 근본적인 법칙들과, 그 법칙들에서 직접적으로 생겨나는 관성에 완전히 부합하고 있었다는 데 있었다. 따라서 인간은 변할 수 없을 뿐 아니라, 실로 아무것도 할 수 없게 되는 것이다. 그러므로 예리한 의식의 결과로서는, 인간이 패륜한 자가 되는 데에 아무런 책임이 없다는 결론이 뒤따르게 된다. 그러나 패륜한 자가 제 스스로 자신이 패륜한 자임을 깨달은 뒤에, 그와 같은 결론이 그에게 무슨 위안이 되겠는가. 그만두자…. 에흐, 나는 많은 허튼소리를 늘어놓았으나, 무엇을 설명했단 말인가? 이러한 일 속에 어떻게 향락이 있는지를, 어떻게 설명한

단 말인가? 그러나 나는 설명하겠다. 나는 그 바닥까지 파고들 것이다! 그러하기에 나는 펜을 든 것이다….

나는, 예컨대, 자존심이 매우 강하다. 나는 꼽추나 난쟁이처럼 의심이 많고 모욕을 잘 느끼는 인간이다. 그러나 진실로 말하건대, 나는 때로는 만일 누군가가 내 뺨을 때렸다면 나는 어쩌면 오히려 기뻤을지도 모른다는 순간들이 있었다. 진지하게 말하건대, 나는 그 속에서도 어떤 기묘한 향락을 발견하였을지 모른다―물론 절망의 향락이다. 그러나 절망 속에는 가장 격렬한 향락이 있으며, 특히 자신의 처지가 절망적임을 극도로 예리하게 의식할 때 그러하다. 게다가 사람이 뺨을 얻어맞는다면―그때는 자신의 존재가 한 줌의 진흙으로 문질러져 버린다는 의식이 확실히 그를 압도할 것이다. 가장 나쁜 점은, 어느 쪽으로 보더라도 결국 모든 일에서 항상 내가 가장 큰 책임을 져야 했다는 사실이다. 그리고 무엇보다도 모욕적인 것은, 내 잘못이 아닌데도, 다시 말해 자연의 법칙 때문에 어쩔 수 없이 그러하였다는 점이었다. 첫째, 내가 내 주변의 누구보다도 영리하였기에 죄를 면할 수 없었다. (나는 언제나 나 자신을 내 주변의 누구보다 영리하다고 여겨왔으며, 때로는―믿기 어려우리만치―그 사실이 부끄러웠다. 어쨌든 나는 평생토록, 마치 눈길을 피하듯, 사람들의 얼굴을 똑바로 바라보지 못했다.) 둘째로, 설령 내가 관대함을 지녔다 하더라도, 그 관대함이 무익하다는 의식 때문에 나는 더욱 고통을 겪었을 것이다. 나는 결코 관대함에서 비롯되어 무언가를 해낼 수 없었을 것이다—용서도 할 수 없었을 것이다. 왜냐하면 나를 때린 이는 어쩌면 자연의 법칙 때문에 나를 때렸을 것이며, 자연의 법칙을 용서할 수는 없기 때문이다. 또한 잊을 수도 없었을 것이다. 그것이 자연의 법칙 때문이었다 하더라도, 모욕은 모욕이기 때문이다. 끝으로, 설령 내가 관대함이 아닌 다른 무엇이 되려 하여, 반대로 내게 손을 댄 자에게 복수하고자 마음먹었다 하더라도, 나는 누구에게도 어떤 일에도 복수할 수 없었을 것이다. 왜냐하면 나는 아무것도 하지 않겠다는 결심을 끝내 내릴 수 없었을 것이기 때문이다—비록 할 수 있었다 하더라도 말이다. 어째서 나는 결심하지 못했는가? 바로 그 점에 관하여 나는 몇 마디 덧붙이고자 한다.

3

신사 여러분, 자기 스스로를 지켜내고, 또한 일반적으로 복수할 줄 아는 사람들에게서는, 그 일이 어떻게 이루어지는가? 이렇다—그들이, 이를테면, 복수의 감정에 사로잡히는 순간, 그들의 존재 전체에는 오직 그 감정 하나만이 남게 된다. 그런 신사는, 마치 뿔을 숙이고 돌진하는 격분한 황소처럼 곧장 목표를 향해 내달리며, 그를 멈출 수 있는 것은 벽뿐이다. (그런데 말이다, 이러한 신사들—곧 '직선적'인간, 행동하는 인간—은 벽을 마주할 때 진정으로 당혹해한다. 그들에게 벽은, 우리처럼 생각만 하고 결국 아무것도 하지 않는 인간에게 그러하듯, 비켜갈 구실이 아니다. 우리는 언제나 그러한 구실을 매우 반기지만, 실은 스스로도 그 구실을 잘 믿지 않는다. 아니다, 그들은 진심으로 당혹해한다. 벽은 그들에게 어떤 안정, 도덕적 위안, 종말 같은 것을 지닌다—어쩌면 신비로운 무엇까지도…. 그러나 벽에 관해서는 나중에 이야기하겠다.)

나는 이러한 직선적 인간을 진정한 정상인으로 간주한다. 상냥한 어머니인 자연이 그를 세상에 내보내실 때 바라셨던 모습 그대로의 인간 말이다. 나는 그러한 인간이 부러워서 얼굴이 새파랗게 질릴 정도이다. 그는 어리석다. 그 점은 나도 부정하지 않는다. 그러나 어쩌면 정상인은 어리석어야 하는지도 모른다, 누가 아는가? 어쩌면 그것이 매우 아름다운 것일지도 모른다. 그리고 내가 이 의심—그렇게 부른다면—에 더욱 설득되는 까닭은, 이를테면 정상인의 반대라 할 만한 인간, 곧 예리한 의식의 인간을 보았을 때이다. 그 인간은, 물론, 자연의 품에서 태어난 것이 아니라 실험실의 용광로에서 태어난 것이다(이는 거의 신비주의에 가깝지만, 신사 여러분, 나 또한 그렇게 의심하고 있다). 이 '제조된 인간'은, 그 반대되는 존재 앞에 서면, 자신의 과도한 의식에도 불구하고 진정으로 자신을 인간이 아니라 쥐라고 여긴다. 그것은 예리한 의식을 지닌 쥐일지라도, 쥐다. 반면 상대는 인간이고, 그러므로 기타 등등, 기타 등등이다. 그리고 가장 비참한 점은, 그 자신이, 바로 그 자신이 스스로를 쥐라 여긴다는 사실이다. 누구도 그렇게 하라고 요구하지 않았는데도—이것이 결정적인 지점이다.

이제 이 쥐가 실제로 행동하는 모습을 살펴보자. 가령 그 쥐가 모욕을 느꼈다고 하자(그리고 쥐는 거의 언제나 모욕을 느낀다). 그도 역시 복수를 바란다. 어쩌면 그 속에는 자연과 진리의 인간(l'homme de la nature et de la vérité)보다 더 많은 악의가 축적되어 있을지도 모른다. 그 악의를 자신의 적에게 쏟아붓고자 하는 비열하고 역겨운 열망은, 어쩌면 자연과 진리의 인간보다 더 역겨운 방식으로 그 속에서 곪아간다. 왜냐하면 타고난 어리석음으로 인해 자연과 진리의 인간은 자신의 복수를 순전한 정의라고 여기지만, 예리한 의식 때문에 이 쥐는 그 정의를 믿지 않기 때문이다.

이제 마침내 실제 행위, 복수라는 행위 자체에 이르자. 불행한 쥐는, 단 하나의 근본적이고 역겨운 문제 외에도, 의심과 질문의 형태로 그 주위에 더 많은 역겨움을 만들어내고, 하나의 질문에 무수한 미해결의 질문을 덧붙여, 마침내 그 주위에는 필연적이고도 치명적인 독한 혼합물, 악취 나는 혼탁한 혼합물이 끓어오르게 된다. 그것은 의심과 감정, 그리고 행동하는 인간들이 심판자나 중재자인 양 그의 주위에 장중하게 서서 건강한 옆구리를 부여잡고 웃으며 그에게 내뱉는 경멸이 뒤섞인 것이다. 결국 그에게 남은 일이라고는 앞발을 한 번 허공에 휘저으며 그 모든 것을 떨쳐버리고, 스스로도 믿지 않는 가식적 경멸의 미소를 띤 채, 치욕스럽게 제 쥐구멍으로 기어들어가는 일뿐이다.

그리고 그 역겨운, 악취 나는 지하의 은신처에서, 모욕받고 짓밟히고 조롱당한 그 쥐는 즉각 차갑고도 악의에 찬, 무엇보다도 영구한 악의를 품고 살아가기 시작한다. 그 상처를 마흔 해 동안이나, 가장 사소하고 치욕스러운 세부에 이르기까지 기억하며, 매번 스스로 그 세부를 더 치욕스럽게 덧붙인다. 자신의 상상으로 스스로를 악의적으로 괴롭히고 고문한다. 그는 자신의 상상을 스스로도 부끄러워하겠지만, 그럼에도 모든 것을 다시 떠올리고, 모든 세부를 되풀이하고, 자신에게 일어날 수도 있다고 상상되는 전대미문의 일들을 날조하며, 그 어느 것도 용서하지 않는다.

어쩌면 그는 복수를 시작하겠지만, 조각조각, 시시하고 비열한 방식으로, 아궁이 뒤에서, 이름을 숨긴 채, 자신에게 복수할 권리가 있다고도 믿지 않으며, 복수가 성공하리라고도 믿지 않으며, 또 그 모든 노력으로 인해 자신이 상대보다 백 배 더 고통받을 것임을 알기 때문에 그렇게 한다. 상대는—감히 말하건대—아마 손톱 하나 다치지 않을 터인데도 말이다. 그리고 그는 죽음의 침상에서조차, 모든 세월 동안 불어난 이자를 얹어, 또다시 그 모든 일을 떠올릴 것이다, 그리고….

그러나 바로 그 차갑고도 가증스러운, 절반은 절망이고 절반은 믿음인 상태, 스스로를 슬픔 가운데 서른 해가 아니라 사십 해 동안이나 의식적으로 지하에 생매장하듯 묻어두는 그 상태, 자신의 처지가 절망적임을 예리하게 인식하면서도 한편으로는 그것을 의심하는 그 상태, 충족되지 못한 욕망들이 안으로 뒤틀려 지옥처럼 소용돌이치는 그 상태, 영원히 굳게 결의하였다가도 다음 순간 곧바로 후회하는 그 뜨거운 진동의 열병 속에—내가 말한 그 기묘한 향락의 맛이 깃들어 있는 것이다. 그것은 너무나 미묘하고 분석하기도 어려워서, 조금만 둔한 사람은 물론이거니와, 신경이 강한 사람들에게는 그 한 조각조차 이해되지 않을 것이다. 그리고 그대들은 아마 이렇게 비웃으며 덧붙일 것이다. "아마도 일생에 한 번도 뺨을 맞아본 적이 없는 사람들은 이해할 수 없겠지." 그렇게 말함으로써 그대들은 정중한 체하면서, 내게도 인생에서 뺨을 맞아본 경험이 있으리라고 암시할 것이다. 나는 틀림없이 그대들이 그렇게 생각하고 있으리라 짐작한다. 그러나 마음을 놓아도 좋다, 신사 여러분. 나는 뺨을 맞아본 적이 없다. 그대들이 어찌 생각하든 나에게는 전혀 중요하지 않다. 어쩌면 나는 내 생애 동안 뺨을 너무 적게 때렸다는 사실을 오히려 후회하고 있을지도 모른다. 그러나 그만하자… 그토록 그대들에게 흥미진진한 이 화제에 대하여는 더 말하지 않겠다.

나는 이제, 신경이 강한 까닭에 어떤 종류의 미묘한 향락을 이해하지 못하는 사람들에 관하여 침착하게 계속하려 한다. 이러한 신사들이 어떤 상황에서는 황소처럼 크게 울부짖는다 하더라도—그리고 그 일이 그들에게 가장 큰 영예라 할지라도—이미 말했듯, 그들은 불가능한 것과 맞닥뜨리는 즉시 가라앉아 버린다. 불가능이란 무엇인가? 돌벽이다! 어떤 돌벽인가? 바로 자연의 법칙, 자연과학의 귀결, 수학이다. 예컨대 그대들이 원숭이의 후손이라는 것이 증명되기만 하면, 얼굴을 찡그려 보아야 아무 소용 없다. 사실로 받아들여야 한다. 그대들이 자기 살 한 방울이 다른 천 인간의 목숨보다 더 귀하다는 것을, 그리고 이러한 결론이 이른바 모든 덕성과 의무, 온갖 편견과 공상에 대한 최종적 해결이라는 것을 증명해 보이면, 그대들은 이를 받아들일 수밖에 없다. 도리란 없다. 왜냐하면 2×2=4라는 사실은 수학의 법칙이기 때문이다. 한번 반박해보라, 할 수 있는지.

신사 여러분, "이것은 항변해도 소용없다, 2×2=4라는 사실과 같은 경우다!" 하고 그들은 분명히 외칠 것이다, 나는 맹세한다. 자연은 그대들의 허락을 구하지 않으며, 그대들의 소망과는 아무런 상관이 없다. 그대가 그 법칙들을 좋아하든 싫어하든, 자연을 있는 그대로 받아들여야 하며, 따라서 자연의 모든 결론 역시 받아들여야 한다. 벽은 벽일 뿐이다 … 기타 등등, 기타 등등.

하늘이시여! 그러나 내가 자연의 법칙이며 산수의 법칙을 무엇 하러 신경 써야 한단 말인가, 내가 어떤 이유에서인지 그 법칙들이 싫고, 2×2=4라는 사실이 싫을 때에? 나는 물론, 머리를 들이받아 그 벽을 뚫을 힘이 없다면 돌벽을 부술 수 없다. 그러나 단지 그것이 돌벽이라는 이유만으로, 그리고 내가 그걸 부술 힘이 없다는 이유만으로 그것에 화해하려 들지는 않을 것이다.

마치 그러한 돌벽이 정말 위안이라도 되는 양, 2×2=4만큼이나 참된 이유 때문에 그 안에 어떤 화해의 말이 담겨 있기라도 하는 양—오, 어리석음 가운데의 어리석음이여! 얼마나 더 나은가, 이 모든 것을 이해하는 것이, 이 모든 것을 인정하는 것이—모든 불가능들과 돌벽들을. 그리고 그 불가능과 돌벽 가운데 하나와도 화해하지 않는 것이, 그것과 화해하는 일이 역겨울 때에는. 가장 필연적이며 논리적인 결합들을 따라가며, 영원한 주제에 관하여 가장 혐오스러운 결론들에 이르는 것이—결국 돌벽에 대해서조차, 어딘가로 보자면 그 책임이 자신에게 있다고 느끼게 되는 결론들 말이다. 비록 다시 말하지만, 실상 그에게는 아무런 책임이 없다는 것이 대낮만큼이나 명백함에도. 그리고는 이빨을 갈며 말없는 무력 속으로 가라앉아, 사치스러운 관성 속에서 되씹는 것이다. 자신에게는 원한을 품을 상대조차 없다는 사실을. 자신의 악의가 향할 대상이 없으며, 어쩌면 앞으로도 영원히 없을 것이라는 사실을. 그것이 하나의 속임수이며, 사기놀이이며, 카드 절도의 눈속임 같은 것이라는 사실을. 그것이 어디까지나 뒤범벅이고, 무엇이 무엇인지, 누가 누구인지조차 알 수 없는 혼란이라는 사실을. 그러나 이러한 모든 불확실과 눈속임에도 불구하고, 여전히 마음속에는 통증이 남아 있으며, 모르면 모를수록 그 통증은 더 심해진다는 사실을.

4

"하, 하, 하! 그러다가는 이가 아픈 데서조차 향락을 찾게 되겠군요," 하고 그대들은 웃으며 외칠 것이다.

"그렇다면 어떠하단 말인가? 이앓이 속에도 향락은 있다," 하고 나는 대답한다. 나는 한 달 내내 이앓이를 앓아본 적이 있으며, 그 속에 향락이 있다는 것을 안다. 물론 그 경우 사람들은 침묵 속에서 악의를 품고 있지는 않고 신음한다. 그러나 그 신음은 솔직한 신음이 아니라 악의에 찬 신음이며, 바로 그 악의가 모든 요점이다. 고통받는 자의 향락은 그 신음 소리로 표현된다. 만일 그 신음 속에 향락이 없다면 그는 신음하지 않을 것이다. 이것은 좋은 보기이다, 신사 여러분. 나는 이 점을 좀 더 발전시키겠다.

그 신음은 무엇보다도 먼저 그대들 고통의 목적 없음 전체를 드러낸다. 그 목적 없음은 그대들의 의식에게 모욕적이다. 그대들이 경멸하여 침을 뱉는, 자연의 법칙 전체를 드러내는 것이기도 하지만, 자연은 아무렇지도 않은데 그대들만 고통받는 그 사실도 드러낸다. 그 신음은 또 적을 벌할 길은 없지만 고통만은 있다는 의식을 드러내며, 아무리 바겐하임 같은 이들이 있더라도 결국 그대들은 완전히 치아의 노예라는 의식을 드러낸다. 누군가가 원하기만 하면 치아의 통증은 멈출 것이고, 원하지 않는다면 석 달 동안이라도 계속될 것이며, 마침내 그대가 여전히 완고하여 항의한다 하더라도, 그대의 만족을 위해 남는 일이라고는 주먹으로 제 뺨을 때리거나 벽을 힘껏 내리치는 일뿐이며, 그 이상은 아무것도 없다는 사실을 드러낸다. 이 치명적인 모욕들, 정체 모를 누군가에게서 오는 이 조소들은 끝내 어떤 향락으로 귀결되며, 때로는 극도의 관능에 이르기도 한다.

나는 그대들에게 묻는다, 신사 여러분. 열아홉 세기의 교양 있는 인간이 이앓이로 고통받던 이틀째 혹은 사흘째 되는 날의 신음소리를 가끔 들어보라. 그는 첫날처럼 신음하지 않는다. 첫날은 단지 이가 아프기 때문에 신음했고, 아무렇게나 신음했으며, 거친 농부와 다를 바 없었다. 그러나 이제 신음은 그와 다르다. 이제 그는 진보와 유럽 문명에 영향을 받은 인간, 다시 말해 오늘날 말하듯 "흙과 민족적 요소에서 단절된" 인간이다. 그의 신음은 역겨워지고, 혐오스러울 만큼 악의에 차게 되며, 꼬박 낮과 밤을 이어진다. 그리고 물론 그는 그 신음이 자신에게 아무런 이익도 주지 않는다는 것을 누구보다 잘 알고 있다. 그는 자신이 아무 이유 없이 자신과 남을 찢고 괴롭히고 있다는 것을 잘 알고 있다. 그는 자신이 애써 벌이는 그 '공연'을 보고 있는 청중, 즉 그 가족이 그를 혐오하며, 그에게 한 푼어치의 신뢰도 두지 않으며, 마음속으로는 그가 다르게, 더 단순하게, 더 꾸밈없이 신음할 수도 있다는 것을 알고 있으며, 그가 그저 비위가 상하고 악의가 넘쳐 그러고 있을 뿐이라는 것도 알고 있다는 사실을 알고 있다. 바로 이 인식과 굴욕 속에 관능적 쾌락이 깃들어 있다.

그는 마치 이렇게 말하고 있는 것과 같다. "내가 너희를 괴롭히고 있지, 너희의 가슴을 찢고 있지, 집안 모두를 잠 못 이루게 하고 있지. 좋다, 그렇다면 너희도 깨어 있으라. 매 순간 내가 이앓이를 한다는 사실을 느껴라. 나는 이제 너희에게 영웅이 아니다, 내가 예전에 보이려 했던 그런 인간이 아니다. 나는 그저 역겨운 인간, 사기꾼에 지나지 않는다. 좋다, 그렇다면 그대로 두어라! 네가 나를 꿰뚫어보는 것이 나는 매우 기쁘다. 너희가 내 역겨운 신음을 듣기 불편하다? 좋다, 불편하라. 이제 곧 더 역겨운 음조 하나를 들려주겠다…."

신사 여러분, 그대들은 아직도 이해하지 못하는가? 아니다, 우리가 이해하기 위해서는 우리의 발전과 우리의 의식이 더 멀리 가야 하는 것이다. 그대들은 웃는가? 잘되었다. 나의 농담은, 신사 여러분, 물론 천박하고, 거칠고, 산만하며, 자신감조차 없다. 그러나 그것은 나 자신을 존중하지 않기 때문이다. 의식하는 인간이 스스로를 존중할 수 있겠는가?

5

사람이, 스스로의 타락이라는 감정 그 자체에서 향락을 찾으려 하면서, 동시에 자신에 대한 존경을 한 점이라도 품을 수 있겠는가? 나는 지금 이 말을 어떤 점잔빼는 회한에서 하고 있는 것은 아니다. 실은 나는 "용서해 주세요, 아버지, 다시는 그러지 않겠습니다"라고 말하는 일을 평생토록 견디지 못했다. 그것을 말할 능력이 없어서가 아니라—오히려 그와는 반대로, 나는 그것을 너무도 잘 말할 수 있었고, 또 얼마나 기묘한 방식으로 말할 수 있었던가! 나는 마치 일부러라도, 아무런 죄가 없는 경우에 골칫거리에 빠져들곤 했다. 그것이야말로 가장 역겨운 부분이었다. 그와 동시에 나는 진심으로 감동하고 참회했고, 눈물을 흘리기도 했으며, 물론 스스로를 속였다. 나는 조금도 연기하고 있지 않았고, 그때 내 가슴 속에는 아픈 느낌이 있었다…. 그러나 그 일에 대해서라면 자연법칙조차 책망할 수 없을 것이다. 그럼에도 자연의 법칙은 내 삶 내내 무엇보다도 나를 불쾌하게 만들었다. 이 모든 것을 떠올리는 것조차 역겹지만, 당시에도 이미 역겨웠다. 물론 잠시 후면 나는 분노 속에서 깨닫곤 했다—이 모든 것이 거짓임을, 혐오스러운 거짓이며, 젠체하는 거짓임을. 곧 이 모든 참회와 감동과 개혁의 맹세가 그렇다는 것을. 그대들은 묻겠다, 어째서 나는 이런 짓을 하며 스스로를 괴롭혔는지. 대답하겠다. 두 손을 얹고 가만히 앉아 있는 것이 너무 지루했기 때문이다. 그래서 재롱을 부리기 시작한 것이다. 실제로 그러하다. 신사 여러분, 그대들 스스로를 더 주의 깊게 관찰해보라. 그러면 그것이 사실임을 이해할 것이다. 나는 스스로를 위해 모험을 만들어내고, 하나의 삶을 꾸며내곤 했다. 최소한 어떤 식으로든 살아보기 위해서였다. 얼마나 여러 번이나 그런 일이 있었던가—이를테면, 일부러, 아무 이유도 없이, 상처받은 척하기 위해 화를 내는 일 말이다. 물론 스스로도 안다. 아무 일에도 상처받지 않았음을, 그저 '상처받은 체'를 하고 있음을. 그러나 결국 자신을 점점 몰아붙여 실제로 상처받은 사람처럼 만들어버린다. 내 생애 내내 나는 이런 장난을 하고 싶은 충동에 시달렸고, 마침내 그것을 억제할 수 없게 되었다. 또 한 번—사실 두 번—나는 애써 사랑에 빠지려 했던 적이 있다. 나는 고통도 겪었다, 신사 여러분, 진심으로 말하건대. 내 마음 깊은 곳에서는 그 고통을 믿지도 않았고, 조롱의 희미한 기척만 있었지만, 그래도 고통 속에 있었다. 그것도 제대로 된, 정통 방식으로. 나는 질투했고, 제정신이 아니었으며… 그리고 이 모든 것이 권태 때문이었다, 신사 여러분, 순전히 권태 때문이었다. 관성이 나를 짓눌렀기 때문이다. 그대들도 알다시피, 의식의 직접적이고 정당한 열매는 관성이다. 곧, 의식적으로 두 손을 얹고 앉아 있는 것이다. 나는 이미 이를 언급하였다. 다시 말한다, 더욱 강조하며 말한다. 모든 '직선적' 인간, 행동하는 인간들이 행동할 수 있는 까닭은, 그들이 어리석고 한정된 존재이기 때문이다. 어찌 설명하겠는가? 내가 말해주겠다. 그들은 자신들의 한정됨 때문에 1차적 원인을 2차적 원인으로 오해하며, 그 속에서 틀림없는 기초를 다른 누구보다도 빨리, 쉽게 찾았다고 스스로를 설득하기 때문이다. 그리고 마음이 편안해진다. 마음의 편안함—그것이 가장 중요하다. 행동을 시작하기 위해서는 무엇보다도 먼저 마음이 완전히 편안해야 하며, 한 점의 의심도 남아 있어서는 안 된다. 그렇다면, 예를 들어 내가 어떻게 마음을 편안히 할 수 있단 말인가? 내가 기초로 삼을 수 있는 1차적 원인은 어디에 있는가? 근본은 어디에 있는가? 나는 그것을 어디서 가져올 수 있단 말인가? 나는 사유를 시작한다. 그러면 나에게서는 모든 1차적 원인이 곧바로 또 다른, 더 근본적인 원인을 불러오고, 그것은 다시 더 근본적인 원인을 불러오며—

무한히 계속된다. 이것이 바로 모든 의식과 반성의 본질이다. 이것 또한 자연의 법칙임이 틀림없다.

그렇다면 결국 결과는 무엇인가? 동일한 것이다. 방금 복수에 관해 이야기했던 것을 기억하라. (물론 그대들은 전혀 이해하지 못했을 것이다.) 나는 사람이 복수하는 까닭은 그것이 정의롭다고 보기 때문이라 말했다. 그러므로 그는 1차적 원인을 찾은 것이다. 곧 정의라는 원인이다. 그리고 그는 모든 면에서 마음이 평온해지고, 따라서 복수를 침착하고 성공적으로 수행하며, 자신이 정의롭고 정직한 일을 하고 있다고 확신한다. 그러나 나는 그 속에서 어떠한 정의도 보지 못하며, 어떠한 덕성도 찾지 못한다. 그러므로 내가 복수하려 한다면, 오직 악의 때문에일 것이다. 악의는 물론 모든 것을 압도할 수도 있다. 내 모든 의심을 잠재우고, 충분히 1차적 원인의 역할을 대신할 수도 있다. 바로 그것이 원인이 아니기 때문이다. 그러나 내가 악의조차 없다면, 어찌한단 말인가(방금도 나는 그 이야기를 시작했었다, 그대들도 알다시피)? 그 저주스러운 의식의 법칙 때문에, 내 안의 분노는 화학적 분해를 겪는다. 그것을 조사하려 들면, 대상은 허공으로 흩어지고, 이유들은 증발하며, 범인은 찾을 수 없고, 잘못은 잘못이 아니라 환영이 되어버리며, 이앓이 같은 것—아무도 탓할 수 없는 것—이 되고 만다. 그러므로 남는 길은 하나뿐이다. 곧 할 수 있는 한 세게 벽을 치는 것이다.

그래서 근본 원인을 찾지 못한 채 손을 내저으며 포기한다. 그리고 사유 없이, 반성 없이, 1차적 원인 없이, 적어도 잠시만이라도 의식을 밀어내고, 감정에 몸을 맡겨보라. 미워하든 사랑하든, 단지 두 손을 얹고 앉아 있지 않기 위해서. 그러면 모레쯤에는, 늦어도 이틀 뒤에는, 스스로를 속였다는 사실 때문에 자신을 경멸하게 될 것이다.

결과는 무엇인가? 비누방울과 관성이다.

오, 신사 여러분, 아시겠는가—어쩌면 나는 스스로를 지적 인간이라고 여길지 모른다. 그러나 그 까닭은 내 생애 내내 나는 어떤 일도 시작하지도, 끝내지도 못했기 때문이다. 그렇다, 나는 수다쟁이다. 해롭지 않으나 성가신 수다쟁이—우리 모두가 그렇듯. 그러나 어찌한단 말인가, 모든 지적 인간의 직접적이며 유일한 소명은 바로 수다—곧, 체로 물을 떠넘기는 듯한 의도적 잡담이기 때문이다.

6

오, 내가 아무것도 하지 않은 이유가 단순히 나태함 때문이었더라면! 하늘이시여, 그렇다면 나는 스스로를 얼마나 존경했겠는가. 나는 나 자신을 존경했을 것이다. 왜냐하면 적어도 나는 게으를 수 있는 능력—내 안에서 긍정적이라 부를 만한 하나의 성질—을 지니고 있다는 것을 믿을 수 있었을 테니. 질문: 그는 어떤 인간인가? 대답: 나태한 자. 아,

그런 말을 스스로에 대하여 듣는다는 것은 얼마나 즐거운 일이었겠는가! 그것은 내가 확정된 존재라는 뜻이며, 내게 관하여 말할 있는 무언가가 존재한다는 뜻이기 때문이다. "나태한 자"—이것은 하나의 호칭이며 소명이고, 일종의 경력이다. 농담이 아니다, 실로 그렇다. 그랬더라면 나는 스스로의 권리로 최고의 클럽의 일원이 되었을 것이며, 끊임없이 자신을 존중하는 데서 나의 직업을 찾았을 것이다.

나는 라피트(Lafitte)의 감식가라는 사실 하나에 평생을 걸고 자부하던 어떤 신사를 알고 있다. 그는 그것을 자신의 확고한 덕성이라 여겼으며, 일생 단 한 번도 자신을 의심한 적이 없었다. 그는 평온한 양심으로 죽었을 뿐 아니라, 거의 승리의 양심으로 죽어갔다. 그리고 그는 전적으로 옳았다. 그렇다면 나 역시 나 자신을 위한 하나의 경력을 선택했을 것이다. 나는 나태한 자이자 대식가가 되었을 것이다. 단순한 대식가가 아니라, 이를테면 모든 '선하고 아름다운 것'을 사랑하는 기질을 지닌 대식가 말이다. 어떠한가, 신사 여러분? 나는 오래전부터 이러한 환상을 품어왔다. 그 '선하고 아름다운 것'은 마흔 살이 된 지금 나의 마음을 짓누르고 있다. 그러나 그것은 마흔의 일이다. 그때였다면—오, 그때였다면 사정이 완전히 달랐을 것이다!

나는 그것과 조화를 이루는 하나의 활동 형태를 발견했을 것이다. 좀 더 정확히 말하자면, 모든 '선하고 아름다운 것'의 건배를 위하여 술을 들이켜는 활동이다. 나는 틈만 나면 잔에 눈물을 한 방울 떨어뜨리고는, 그것을 '선하고 아름다운 것' 모두를 위하여 마셨을 것이다. 나는 모든 것을 선하고 아름다운 것으로 바꾸었을 것이다. 가장 역겨우며 의심의 여지 없는 쓰레기 속에서도, 나는 선하고 아름다운 것을 찾아냈을 것이다. 나는 젖은 스펀지처럼 눈물을 짜냈을 것이다. 이를테면, 어떤 화가가 명랑하고 화사한 그림을 그린다면, 나는 즉시 그 화가의 건강을 위하여 술을 마셨을 것이다. 왜냐하면 나는 모든 '선하고 아름다운 것'을 사랑하기 때문이다. 또 어떤 작가가 『As You Will』이라는 글을 썼다면, 나는 즉시 "그 누구든 그대가 원하는 사람"을 위하여 술을 마셨을 것이다. 왜냐하면 나는 모든 '선하고 아름다운 것'을 사랑하기 때문이다.

나는 그 일을 이유로 존중받기를 요구했을 것이다. 나를 존중하지 않는 자가 있다면 누구든지 괴롭히며 다녔을 것이다. 나는 평온히 살고, 품위 있게 죽었을 것이다. 아, 얼마나 매력적인가—완벽하게 매력적이지 않은가! 그리고 나는 얼마나 잘 빠진 둥근 배를 키워냈을 것이며, 얼마나 훌륭한 삼중턱을 만들었을 것이며, 얼마나 짙은 자홍빛의 코를 지녔을 것이며, 그래서 누구든지 나를 바라보며 이렇게 말했을 것이다. "보라, 이건 자산이다! 보라, 이건 실제로 존재하는, 탄탄한 무엇이다!" 그리고 그대들이 무어라 말하든, 이 부정

⁽否走⁾의 시대에 자신에 대해 그런 말을 듣는다는 것은 실로 대단히 기분 좋은 일이다.

7

그러나 이러한 것들은 모두 황금 같은 꿈이다. 오, 말해 보라, 누가 처음으로 선언하였는가, 누가 처음으로 공언하였는가, 인간이 자신에게 불리한 일을 하는 까닭은 단지 자신의 이해를 알지 못하기 때문이며, 만일 인간이 계몽되고, 자신의 참된 정상적 이익에 눈이 뜨인다면, 인간은 즉시 불리한 일을 그치고, 즉시 선하고 고귀해질 것이라고. 왜냐하면 계몽된 인간은 자신의 진정한 이득을 이해함으로써 선함 속에서만, 그리고 그 외의 어떤 것에서도 자신의 이득을 보게 될 것이며, 그리고 우리 모두가 알다시피, 단 한 사람도 의식적으로 자신의 이익에 반하여 행동할 수 없으므로, 결과적으로, 다시 말하면 필연적으로, 그는 선을 행하기 시작할 것이라고. 오, 그 어린아이! 오, 순진하고도 무구한 아이! 우선, 수천 년 동안 언제 인간이 오직 자신의 이익을 따라 행동한 적이 있었단 말인가? 사람이 자신의 이익을 완전히 이해하면서도 그것을 뒤로 제쳐두고, 다른 길로, 위험과 재난을 향하여 곧바로 돌진한 수백만의 사실은 어찌한단 말인가. 그 길로 가도록 강요한 이는 누구도 아니며, 그 무엇도 아니었는데, 마치 평탄한 길이 마음에 들지 않아 고의적으로, 완고하고 고집스럽게, 거의 어둠 속에서 다른 어려운, 터무니없는 길을 찾아 나선 것이다. 그러므로 나는 생각하니, 이 완고함과 뒤틀림이 그들에게는 어떤 이익보다도 더 즐거웠던 것이다…. 이익! 이익이란 무엇인가? 그리고 그대는 인간의 이익이 무엇으로 이루어져 있는지를 완전한 정확성으로 규정할 수 있단 말인가? 만일 어떤 경우에 인간의 이익이, 때로는 자신에게 해로운 것을 바라는 데 있을 뿐 아니라, 반드시 그러한 것을 바라는 데 있어야 한다면, 그 경우에는 어떻게 되는가? 그렇다면 원리는 완전히 가루가 되어 흩어질 것이다. 그대는 어떻게 생각하는가—그러한 경우들이 존재하는가? 그대는 웃는다. 웃어도 좋다, 신사 여러분. 그러나 내게 대답해보라. 인간의 이익은 완전한 확실성을 가지고 계산된 적이 있었는가? 그 가운데 어떤 것들은 포함되지 않았을 뿐 아니라, 어떤 범주에도 결코 포함될 수 없는 것들이 있지 않은가? 보라, 신사 여러분, 그대들은 내 아는 바로는 인간의 모든 이익 목록을 통계적 평균 수치와 정치경제학적 공식들로부터 가져왔다. 그대들의 이익은 번영, 부, 자유, 평화—기타 등등이다. 그러므로, 예컨대 어떤 사람이 공공연히 그리고 의식적으로 그 목록 전체에 반대하여 나아간다면, 그대들 생각으로는, 그리고 물론 내 생각으로도, 그는 암흑주의자이거나 철저한 광인일 것이다. 그렇지 않은가? 그러나 놀라운 것은 이 점이다. 왜 그런지, 모든 통계학

자들, 현자들, 인류애의 애호가들은 인간의 이익을 계산할 때 반드시 하나를 빠뜨린다. 그들은 그것을 그에 합당한 방식으로 그 계산에 넣지 않으며, 전체 계산은 바로 그것에 달려 있다. 대수로운 일은 아닐 것이다. 그저 그것을—그 이익을—목록에 추가하기만 하면 된다. 그러나 곤란한 점은, 이 기묘한 이익이 어떤 분류에도 들지 않으며, 어떤 목록에도 자리할 수 없다는 것이다. 이를테면 내게 한 친구가 있다…. 에흐! 신사 여러분, 물론 그대들의 친구이기도 하다. 실은 누구에게나, 누구에게나, 친구인 사람이다! 이 신사는 어떤 일을 준비할 때, 이성의 법칙과 진리의 법칙에 따라 자신이 어떻게 행동해야 하는지를 즉시 우아하고도 명료하게 설명해 준다. 더 나아가, 그는 인간의 참된 정상적 이익에 관하여 흥분과 열정을 가지고 말하며, 자신의 이익을 이해하지 못하고 덕성의 참된 의미를 이해하지 못하는 근시안적 어리석은 자들을 조롱한다. 그런데 십오 분도 지나지 않아, 외부의 어떠한 갑작스러운 자극도 없이, 단지 그 안에서 그의 모든 이익보다 강력한 어떤 것이 작동하여, 그는 전혀 다른 방향으로 나아간다—곧 그 자신에 관하여 방금 말한 바와 반대되는 방식으로, 이성의 법칙에 반하여, 자신의 이익에 반하여, 요컨대 모든 것에 반하여 행동한다…. 내가 경고하건대, 내 친구는 복합적 인격이며, 그러므로 개인으로서 그를 비난하기는 어렵다. 사실은, 신사 여러분, 거의 모든 인간에게 사기의 가장 큰 이익보다도 더 소중한 무언가가 실재한다는 것이며, 아니면(비논리적으로 되지 않기 위하여 말하자면) 하나의 가장 이로운 이익이 존재한다는 것이다(우리가 바로 방금 누락되었다고 언급한 그 이익), 그것은 다른 모든 이익보다 중요하고 더 이로운 것으로, 인간은 그것을 얻기 위하여 필요하다면 모든 법칙에 반하여—즉 이성, 명예, 평화, 번영—요컨대 모든 훌륭하고도 유익한 것들에 반하여 행동할 준비가 되어 있는 것이다. "그러나 결국 그것도 이익이 아닌가" 하고 그대들은 반박할 것이다. 그러나 용서하라, 나는 이 점을 명확히 하겠다. 이는 말장난이 아니다. 문제는, 이 이익이 모든 분류를 파괴하는 성질을 지니고 있으며, 인류의 이익을 위하여 인류애의 애호가들이 구축해온 모든 체계를 끊임없이 산산조각 낸다는 것이다. 실은 그것은 모든 것을 뒤흔든다. 그러나 그 이익을 그대들에게 말하기에 앞서, 나는 내 자신을 먼저 희생하고자 한다. 그러므로 나는 담대히 선언한다. 이러한 모든 훌륭한 체계들, 인류에게 그들의 참된 정상적 이익을 설명하여, 그들이 당연히 그 이익을 추구함으로써 즉시 선하고 고귀해지게 하려는 모든 이론들은—내 견해로는—지금까지는 단순히 논리적 연습에 지나지 않는다. 그렇다, 논리적 연습이다. 왜냐하면, 인간이 자신의 이익을 추구함으로써 도덕적으로 재생될 것이라는 이 이론을 유지하는 일은, 내 생각에는 거의 다음을 단언하는 것과 같기 때문이다. 이를테면 버클을 따라, 문명이 발전함에 따라 인간이 더 온화해지고, 따라서 더 피에 굶주리지 않게 되며, 전쟁에 더 부적합하게 된다고 말하는 것처럼. 논리적으로는 그의 논증에서 그런 결론이 도출되는 것처럼 보인다. 그러나 인간은 체계와 추상적 연역을 너무나 사랑하여, 자신의 논리를 정당화하기 위하여 고의적으로 진리를 뒤틀 준비가 되어 있으며, 자신의 감각이 증언하는 바를 부정할 준비가 되어 있다. 내가 이 예를 드는 이유는 이것이 가장 현저한 사례이기 때문이다. 주위를 둘러보라. 피는 강물처럼 흐르고 있으며, 가장 즐거운 방식으로 흘러가고 있다. 마치 그것이 샴페인인 것처럼. 버클이 살았던 이 열아홉 세기 전체를 보라. 나폴레옹—위대한 자와 현재의 자를 보라. 북아메리카—영원한 연방을 보라. 슐레스비히-홀슈타인의 희극을 보라…. 그렇다면 문명이 우리 안에서 무엇을 누그러뜨린단 말인가? 문명이 인류에게 가져다준 유일한 이득은 더 다양한 감각의 능력뿐이며, 그 이상은 전혀 없다. 그리고 이 다면성의 발달로 말미암아 인간은 유혈에 향락을 찾는 단계에 이르렀다. 실로, 이미 그러한 지경에 이르렀다. 그대들은 알아차리지 못했는가? 가장 문명화된 신사들이 가장 정교한 도살자들이었으며, 그들 앞에서는 아틸라와 스텐카 라진조차 빛을 잃는다. 단지 그들이 아틸라와 라진처럼 눈에 띄지 않는 것은, 그들이 너무 자주 출현하며, 너무 흔하며, 우리에게 너무 익숙해졌기 때문이다. 어떠한 경우에도, 문명은 인류를 더 피에 굶주리지 않게 만든 것이 아니라, 적어도 더 추하게, 더 혐오스럽게 피에 굶주리게 만들었다. 옛날에는 인간은 유혈에서 정의를 보았으며, 양심을 편안히 한 채 자신이 마땅하다고 여기는 자들을 말살하였다. 이제 우리는 유혈을 혐오스럽다고 생각하면서도, 그 혐오스러운 일을 여태보다 더 큰 열정으로 수행하고 있다. 어느 쪽이 더 나쁜가? 그대들이 스스로 판단하라. 로마 역사의 한 사례를 용서하라. 클레오파트라는 노예 소녀들의 가슴에 금핀을 찔러넣고, 그 비명과 몸부림에서 즐거움을 얻었다고 한다. 그대들은 이렇게 말할 것이다. 그것은 비교적 야만적인 시대의 일이라고. 그리고 지금도 비교적 야만적인 시대라고, 왜냐하면 지금도 핀은 찔러지고 있으므로. 인간은 야만의 시대보다 더 명확히 보는 법은 배웠으나, 이성이나 과학이 명하는 대로 행동하는 데에는 아직 매우 멀었다고. 그러나 그대들은 완전히 확신한다. 인간이 오래된 나쁜 습관 몇 가지를 버리고, 상식과 과학이 인간 본성을 완전히 재교육하여 정상적 방향으로 돌려놓으면, 그는 의도적인 과오를 그칠 것이라고. 다시 말해서, 자기의 정상적 이익에 반하여 행동하고 싶어도, 마치 강제라도 받는 듯 행동할 수 없게 될 것이라고. 그뿐 아니다. 그때가 되면, 그대들은 말한다, 과학 자체가 인간에게 가르칠 것이라고. (내 생각에는 불필요한 사치이지만.) 인간에게는 결코 기벽이나 의지가 있었던 적이 없으며, 인간은 피아노 건반이나 오르간의 버튼과 비슷한 존재이며, 그 밖에 자연의 법칙이라는 것들이 있어서, 인간이 하는 모든 일은 그가 원해서 하는 것이 아니라 그 자체가, 자연의 법칙에 의해, 이루어진 것이라고. 그러므로 우리는 자연의 법칙들을 발견하기만 하면 된다. 그러면 인간은 더 이상 자신의 행위에 대한 책임을 질 필요가 없으며, 그의 삶은 극도로 쉬워질 것이다. 그때는 물론, 인간의 모든 행위가 자연의 법칙에 따라 수학적으로, 백팔천까지의 대수표처럼, 목록에 기입될 것이다. 아니, 더 좋게는, 백과사전적 사전류의 훈계서가 출판될 것이며, 그 속에서 모든 것이 너무나 명확하게 계산되고 설명될 것이므로 세상에는 더 이상 사건도 모험도 존재하지 않게 될 것이다.

그렇다면—이 모든 것은 그대들이 말하는 바이다—새로운 경제 관계가 성립될 것이며, 모든 것이 이미 준비되고 수학적 정확성으로 계산되어, 모든 가능한 의문이 눈 깜짝할 사이에 사라질 것이다. 단지 그 모든 가능한 대답이 이미 마련되어 있기 때문일 것이다. 그때는 '수정궁'이 세워질 것이다. 그리고…. 요컨대 그때는 평온한 시절이 올 것이다. 물론 보증할 수는 없다(이것은 나의 논평이다). 예컨대 그때가 어찌나 끔찍하게 지루할 것인지에 대하여는 말이다(모든 것이 계산되고 목록에 기입되었을 때 무엇을 하겠는가?). 그러나 다른 한편으로는 모든 것이 지극히 합리적일 것이다. 물론 지루함은 인간을 무엇이든지 하게 만들 수 있다. 사람의 가슴에 금핀을 찔러넣는 것도 지루함 때문이다. 그러나 그 모든 것은 문제가 되지 않을 것이다. 나쁜 점은(다시 말하지만 이것은 나의 논평이다), 나는 감히 말하건대 그때 사람들은 그 금핀조차 고맙게 여길 것이다. 인간은 어리석다. 그대도 알다시피, 현저하게 어리석다. 아니다, 인간은 조금도 어리석지 않다. 다만 그는 이토록 배은망덕하여, 온 창조 세계 어디에서도 이와 같은 존재를 찾을 수 없을 것이다. 예컨대, 나는 조금도 놀라지 않을 것이다. 갑자기, 아무 이유도 없이, 모든 번영의 한가운데에, 천박한—아니, 반동적이며 냉소적인—얼굴을 한 신사가 일어나, 우리 모두를 향하여 옆구리에 팔을 끼고 이렇게 말한다면 말이다. "이보시오, 신사 여러분, 차라리 이 모든 것을 걷어차 버리고 합리주의를 바람 속에 흩뜨려버리면 어떻겠소. 이 모든 대수표 따위는 악마에게나 던져버리고, 다시 한번 제멋대로 어리석은 방식으로 살아보면 어떻겠소!" 이것 또한 문제가 되지 않을 것이다. 그러나 성가신 점은, 그는 분명히 추종자를 얻게 될 것이라는 사실이다—그것이 인간의 본성이다. 그리고 그 모든 일은 가장 어리석은 이유—굳이 언급할 가치조차 없어 보이는 이유—때문일 것이다. 즉 인간은 어디에서나, 언제나, 누구든, 자신의 이성이나 이익이 명하는 바가 아니라, 자신이 원하는 대로 행동하기를 선호해왔다는 점 때문이다. 그리고 인간은 자신의 이익에 반대되는 것을 선택할 수도 있으며, 때때로 반드시 그러한 것을 선택해야 할 때도 있다(이것이 나의 생각이다). 인간 자신의 자유롭고 구속받지 않는 선택, 인간 자신의 변덕, 그것이 아무리 광포하더라도, 인간 자신의 기분이 때로는 광란에 이르기까지 달아오른 그 기분—바로 그것이 우리가 간과한 '가장 이로운 이익'이다. 그것은 어떤 분류에도 들지 않으며, 모든 체계와 모든 이론이 끊임없이 산산조각 나는 지점이다. 그런데 이 지혜로운 이들은 어떻게 인간이 정상적이며 덕성 있는 선택을 원한다고 단정한 것인가? 그들은 무엇을 근거로 인간이 합리적으로 이로운 선택을 원해야 한다고 생각한 것인가? 인간이 원하는 것은 단지 독립된 선택일 뿐이다. 그 독립성이 무엇을 요구하든, 어디로 이끌든 상관없이 말이다. 그리고 선택이라는 것—과연 무엇이 선택인지—그것은 악마만이 아는 일이다….

8

"하! 하! 하! 그러나 사실상 선택이라는 것은 존재하지 않소, 뭐라 말하든지 간에," 하고 그대들은 킥킥거리며 끼어들 것이다. "과학은 인간을 분석하는 데 성공하여, 이미 우리가 알기로 선택과 이른바 자유의지라는 것은 다른 아무것도 아니라—"

잠깐, 신사 여러분, 사실 나는 그 말로 스스로 시작하려 하였다. 나는 고백하건대, 다소 겁이 났다. 나는 막 말하려고 했다, 선택이 무엇에 달려 있는지 악마만이 알고 있으며, 어쩌면 그것이 매우 좋은 일일지도 모른다고. 그러나 나는 과학의 가르침을 기억해내고… 멈추어 섰다. 그런데 그대들이 먼저 그 이야기를 시작했다. 참으로, 언젠가 우리의 모든 욕망과 변덕에 대한 어떤 공식이 발견된다면—즉 그것이 무엇에 의존하며, 어떠한 법칙으로 생겨나고, 어떻게 발전하며, 한 경우와 다른 경우에 무엇을 향하고 있는지에 대한 설명, 곧 진정한 수학적 공식—그렇다면 아마 인간은 즉시 욕망을 느끼지 않게 될 것이다. 실로, 틀림없이 그러할 것이다. 누가 규칙에 따라 선택하기를 원하겠는가? 게다가 인간은 즉시 인간에서 오르간의 건반 같은 존재로, 혹은 그 비슷한 무엇으로 변하게 될 것이다. 욕망도 없고, 자유의지도 없고, 선택도 없는 인간이란 무엇인가? 오르간의 버튼이 아니고 무엇이겠는가? 어떻게 생각하는가? 그 가능성을 계산해보자—그러한 일이 일어날 수 있는가, 없는가?

"흠!" 하고 그대들은 결론지을 것이다. "우리의 선택은 흔히 우리의 이익에 대한 그릇된 관점에서 비롯된 오류요. 우리는 때때로 완전한 허튼소리를 선택하는데, 그것이란, 우리 자신의 어리석음으로 인하여 그 허튼소리 속에서 어떤 상상된 이익에 도달하는 가장 손쉬운 수단을 보기 때문이다. 그러나 이러한 모든 것이 종이에 설명되고 정리된다면(이는 완전히 가능한 일인데, 자연의 어떤 법칙은 인간이 영원히 이해할 수 없으리라고 가정하는 것은 경멸스럽고 무의미한 일이기 때문이다), 그렇다면 이른바 욕망은 더 이상 존재하지 않게 될 것이다. 왜냐하면 욕망이 이성과 충돌한다면 우리는 그때 욕망하지 않고 이성적으로 판단할 것이며, 이성을 유지하면서도 욕망은 무의미하게 두고, 이성에 반하여 스스로를 해치려는 의지를 품는 일은 불가능할 것이기 때문이다. 그리고 모든 선택과 판단은 실제로 계산될 수 있으므로—언젠가 우리의 이른바 자유의지의 법칙이 발견될 것이기 때문에—농담이 아니라, 언젠가 그것들로 구성된 일종의 표가 생성될 수 있으며, 우리는 정말로 그 표에 따라 선택하게 될지도 모른다. 예컨대 언젠가 그들이 나에게, 내가 어떤 사람에게 '코를 길게 내밀었던' 것은, 그렇게 할 수밖에 없었기 때문이며, 바로 그런 방식으로 해야 했기 때문이라고 계산하여 증명한다면, 그때 내게 남는 자유란 무엇이겠는가? 특히 내가 학식 있는 사람이고, 어디선가 학위를 받은 사람이라면 말이다. 그러면 나는 내 인생 전체를 삼십 년 앞서 계산할 수도 있을 것이다. 요컨대, 만일 이것이 성립된다면, 우리에게 남는 일은 아무것도 없을 것이다. 어쨌든 우리는 그렇게 이해해야 할 것이다. 그리고 실로 우리는 끊임없이 우리 자신에게 반복해야 할 것이다, 이러이러한 때와 이러 이러한 사정에서 자연은 우리의 허락을 구하지 않으며, 우리는 자연을 있는 그대로 받아들여야 하고, 우리의 기호에 맞추어 자연을 빚어내려 해서는 안 된다고. 그리고 우리가 정말로 공식과 규칙의 표를 갈망하고, 나아가… 화학적 도가니를 갈망한다면, 어찌하겠는가. 우리는 그 도가니 또한 받아들여야 한다. 그렇지 않으면 그것은 우리의 동의 없이 받아들여질 것이기 때문이다…"

그러나—바로 여기서 나는 멈춘다! 신사 여러분, 내가 지나치게 철학적이다 하더라도 용서해주기 바란다. 이는 사십 년 동안 지하에 있었던 결과이다! 나의 기호를 조금만 허락해달라. 보라, 신사 여러분, 이성은 훌륭한 것이다. 이는 논쟁의 여지가 없다. 그러나 이성은 이성일 뿐이며, 인간 본성의 이성적 측면만을 만족시킬 뿐이다. 반면 의지는 전체 삶, 즉 이성과 모든 충동을 포함한 전체 인간 삶의 발현이다. 그리고 우리의 삶이 이러한 발현 속에서 종종 무가치하다 하더라도, 그것은 삶이며 단순히 제곱근을 추출하는 일이 아니다. 예컨대 나는, 생의 모든 능력을 충족시키기 위해 자연스럽게 살고자 하며, 단지 사유 능력만을 충족시키기 위해서가 아니다. 곧 내 생의 능력의 이십분의 일에 불과한 능력만을 위해서가 아니다. 이성은 무엇을 아는가? 이성은 다만 그것이 배우는 데 성공한 것만을 안다(어쩌면 영원히 배우지 못할 것도 있을 것이다. 이는 보잘것없는 위안이지만,

왜 솔직히 말하지 않겠는가?) 그리고 인간 본성은 전체로서, 그 속에 있는 모든 것으로, 의식적이든 무의식적이든, 행동하며, 잘못되더라도 살아간다. 나는 의심한다, 신사 여러분, 그대들이 나를 연민의 눈길로 바라보고 있음을. 그대들은 나에게 다시 말할 것이다. 계몽되고 발달한 인간, 즉 요컨대 미래의 인간은 의식적으로 자신에게 불리한 것을 욕망할 수 없으며, 그것은 수학적으로 증명될 수 있다고. 나는 전적으로 동의한다. 그것은 — 수학에 의해 — 증명될 수 있다. 그러나 나는 백 번째로 반복한다. 딱 하나의 경우, 오직 하나의 경우에 인간은 의식적으로, 의도적으로, 자신에게 해로운 것을, 어리석은 것을, 매우 어리석은 것을 욕망할 수 있다. 단지 아주 어리석은 것이라도 욕망할 권리를 갖기 위하여, 그리고 단지 이성적이기만 한 것만을 욕망해야 한다는 의무에 얽매이지 않기 위하여. 물론 이 매우 어리석은 것, 우리의 이 변덕은 실은, 신사 여러분, 다른 어떤 것보다 우리에게 더 이로울 수도 있다. 특히 어떤 경우에는 그렇다. 그리고 특히 그것이 명백히 우리에게 해를 끼치고, 이익에 관한 우리의 가장 건전한 이성적 결론에 반하더라도, 그것은 다른 어떤 이익보다 더 이로울 수도 있다. 왜냐하면 어떠한 경우에도 그것은 우리에게 가장 소중하고 가장 중요한 것—즉 우리의 개성, 우리의 개체성을 보존해주기 때문이다. 어떤 이들은 이것이 실로 인류에게 가장 소중한 것이라고 주장한다.

선택은 물론, 선택이 원한다면, 이성과 조화할 수 있다. 그리고 특히 그것이 남용되지 않고 한계 안에 머무른다면, 선택은 유익하며 때로는 칭찬할 만하기도 하다. 그러나 매우 자주, 아니 대부분의 경우, 선택은 이성에 전적으로, 완고하게 반항한다… 그리고… 그리고… 신사 여러분, 그러한 경우에도 그것이 유익하며, 때로는 칭찬할 만하다는 것을 아는가? 신사 여러분, 인간이 어리석지 않다고 가정해보자. (실로, 인간이 어리석다면 누가 현명하겠는가 하는 점 하나만으로도 그 가정을 거부할 수 없다.) 그러나 인간이 어리석지 않다면 그는 괴물처럼 배은망덕하다! 현저하게 배은망덕하다. 실은 나는 인간에 대한 가장 훌륭한 정의는 '배은망덕한 두발짐승'이라는 것이라 믿는다. 그러나 이것이 전부가 아니다. 이것은 그의 최악의 결함도 아니다. 그의 최악의 결함은 그의 영원한 도덕적 비틀림이다. 영원히―홍수의 날부터 슐레스비히-홀슈타인 시기까지. 도덕적 비틀림이며, 따라서 건전한 분별력의 결여이다. 왜냐하면 건전한 분별력의 결여는 오랫동안 도덕적 비틀림 외에는 그 어떤 원인도 없다는 것이 인정되어 왔기 때문이다. 시험해보라. 그리고 인류의 역사를 살펴보라. 그대는 무엇을 보게 되는가? 그것이 장대한 광경인가? 장대하다고 말하고 싶다면 그렇게 말하라. 예컨대 로도스의 거상을 보라. 그것은 무언가 가치가 있다. 아나옙스키 씨는 그것에 대하여, 어떤 이들은 그것이 인간의 손으로 만들어졌다고 하고, 다른 이들은 그것이 자연 자체의 창조물이라고 주장한다고 증언한다. 그것이 다채로운가? 아마 다채로울 것이다. 모든 시대, 모든 민족의 예복과 군복을 생각해보라—그것만으로도 가치가 있다. 그리고 평상복을 생각한다면, 그것은 끝이 없다. 어떤 역사학자도 그 일을 해낼 수 없을 것이다. 그것이 단조로운가? 아마 단조로울 것이다. 싸우고 또 싸우는 일. 지금도 싸우고 있으며, 처음에도 싸웠고, 마지막에도 싸웠다—그대도 인정하겠지만, 그것은 거의 지나칠 만큼 단조롭다. 요컨대 세계의 역사에 관하여는 무엇이든 말할 수 있다—가장 혼란스러운 상상 속에 떠오르는 어떤 것이라도. 단 한 가지 말할 수 없는 것은, 그것이 이성적이라는 말이다. 그 말은 입에 걸린다. 그리고 실로, 끊임없이 벌어지는 기묘한 일은 이렇다. 인생에는 도덕적이고 이성적인 사람들, 현자들, 인류애의 애호가들이 끊임없이 나타난다. 그들은 일생의 목표를 이 세상에서 가능한 한 도덕적이고 이성적으로 사는 데 두고, 이웃들에게 하나의 등불이 되고자 한다. 즉 이 세상에서도 도덕적이고 이성적으로 사는 것이 가능하다는 것을 보여주기 위하여. 그러나 우리는 모두 알고 있다. 바로 그 사람들이 시간이 지나면 반드시 자신에게 불성실해졌으며, 어떤 기묘한 장난, 종종 가장 추잡한 장난을 저질렀다는 것을. 이제 나는 그대들에게 묻는다. 이러한 기묘한 성질을 지닌 존재에게 무엇을 기대할 수 있는가? 인간에게 모든 지상적 축복을 쏟아부어라. 인간을 행복의 바다에 잠기게 하여, 표면에는 행복의 거품만 보이게 하라. 그에게 경제적 번영을 주어, 그가 할 일이라고는 잠자고, 과자를 먹고, 종족 보존에 힘쓰는 일뿐이게 하라. 그런데도 그는 순전히 배은망덕에서, 순전히 악의에서 그대들에게 어떤 추잡한 장난을 저지를 것이다. 그는 자기 과자를 위험에 빠뜨릴 것이며, 가장 치명적인 쓰레기, 가장 비경제적인 허황된 것을 의도적으로 욕망할 것이다. 단지 이 긍정적 이성 안에 자신의 치명적 환상 요소를 끼워 넣기 위해. 인간은 바로 이 환상적 꿈, 저속한 어리석음을 보존하기를 원할 것이다. 단지 자신에게 증명하기 위하여—마치 그것이 꼭 필요한 것처럼—인간이 여전히 인간이며, 자연의 법칙이 위협하듯 곧 달력이 시키는 것밖에는 욕망할 수 없게 되는 그러한 피아노 건반이 아니라는 것을. 그리고 이것으로 끝이 아니다. 인간이 실로 피아노 건반에 지나지 않는다 하더라도, 자연과학과 수학이 그것을 그에게 증명한다 하더라도, 그때조차 그는 이성적이 되지 않을 것이다. 그는 단순한 배은망덕에서, 단순히 자기 뜻을 이루기 위하여, 의도적으로 어떤 도착된 짓을 할 것이다. 그리고 수단을 찾지 못한다면 그는 파괴와 혼란을 꾸며낼 것이며, 온갖 종류의 고통을 꾸며낼 것이다. 오직 자기 뜻을 이루기 위하여! 그는 세상을 향해 저주를 퍼부을 것이며, 인간만이 저주할 수 있다(이것이 그의 특권이며, 다른 동물과 구별되는 최초의 특징이다). 아마도 그 저주만으로 그는 자신의 목적—즉 자신이 인간이지 피아노 건반이 아님을 스스로 납득하는 목적—을 달성할 것이다! 만약 그대들이 말하길, 이러한 모든 것—혼란과 어둠과 저주까지도—역시 계산되고 목록에 기입될 수 있으며, 그것을 미리 계산할 수 있게 되는 순간 모든 것이 멈추고, 이성이 다시 자기 권리를 찾게 될 것이라고 한다면, 그때 인간은 이성에서 벗어나기 위하여, 자신의 뜻을 이루기 위하여, 일부러 미쳐버릴 것이다! 나는 그것을 믿는다. 나는 그것에 대하여 보증한다. 왜냐하면 인간의 모든 과업은 실로 매 순간 자신이 인간이지 피아노 건반이 아니라는 것을 스스로에게 증명하는 데 있는 것처럼 보이기 때문이다! 그것이 자신의 피부를 잃어버리는 대가라 할지라도, 심지어 식인 행위가 되더라도! 그리고 이러한 사정 속에서—욕망이 아직도 우리가 알지 못하는 어떤 것에 의존하고 있음에—기뻐하지 않을 수 있겠는가?

그대들은 나에게 소리를 지를 것이다(그렇게까지 나를 상대해줄 마음이 있다면 말이다). 아무도 나의 자유의지를 건드리는 것이 아니며, 다만 나의 의지가 스스로, 자기 자신의 자유의지로, 나 자신의 정상적 이익과, 자연과 산술의 법칙과 일치하기를 바랄 뿐이라고.

하늘이시여, 신사 여러분, 우리가 목록 작성과 산술에

이르게 되었을 때, 곧 모든 것이 2×2=4에 지나지 않게 되었을 때, 도대체 어떤 자유의지가 남는다고 말하는가? 2×2=4는 나의 의지와 무관하게 성립한다. 그것을 자유의지라 할 수 있단 말인가!

9

신사 여러분, 나는 농담하고 있으며, 나 자신도 내 농담이 훌륭하지 않다는 것을 알고 있다. 그러나 그대들도 알다시피, 모든 것을 농담으로만 받아들일 수는 없다. 나는 아마도 마지못해 농담하고 있는 것인지도 모른다. 신사 여러분, 나는 물음들에 시달리고 있다. 그것들에 대답해달라. 예컨대 그대들은 인간을 옛 습관에서 치료하고 과학과 건전한 이성에 따라 그의 의지를 개조하길 원한다. 그러나 어떻게 그대들은 그것이 가능하다는 것뿐 아니라, 그러한 방식으로 인간을 개조하는 것이 바람직하다는 것을 아는가? 그리고 무엇이 그대들을 인간의 성향이 개조되어야 한다는 결론으로 이끄는가? 요컨대, 어떻게 그대들은 그러한 개조가 인간에게 이로울 것이라는 것을 아는가? 그리고 문제의 근원으로 들어가자면, 어떻게 그대들은 이성의 결론과 산술이 보증하는 그의 실로 정상적 이익에 반하여 행동하지 않는 것이 인간에게 언제나 틀림없이 유리하며 인류에게 반드시 하나의 법칙이 되어야 한다고 확신하는가? 지금까지, 이는 그대들의 가정일 뿐이다. 그것은 논리의 법칙일 수는 있으나, 인류의 법칙은 아니다. 신사 여러분, 그대들은 아마도 내가 미쳤다고 생각하는가? 나로 하여금 스스로 변호하게 해달라. 나는 인간이 으뜸으로 창조적인 동물이며, 의식적으로 어떤 목적을 향해 노력하도록 예정되어 있고, 공학―즉 길이 어디로 이어지든, 끊임없이 영원히 새로운 길을 만드는 일―에 몰두하도록 예정되어 있다고 인정한다. 그러나 그가 때때로 접선을 따라 벗어난 길로 가고 싶어하는 까닭은, 어쩌면 그가 길을 만들도록 예정되어 있기 때문이며, 또한 어쩌면 아무리 '직선적인' 실천적 인간이 어리석다 하더라도, 그 길이 거의 언제나 어디엔가 이어진다는 생각이 때때로 떠오르기 때문일 것이고, 그 길이 이끄는 목적지는 그것을 만드는 과정보다 덜 중요하다는 생각 때문일 것이며, 그리고 가장 중요한 것은 건전한 아이가 공학을 경멸하여 치명적인 나태함―우리가 모두 알고 있듯 모든 악의 어머니이다―에 굴복하지 않도록 보호하는 일이라는 생각 때문일 것이다. 인간이 길을 만들고 창조하기를 좋아한다는 것은 의심의 여지가 없는 사실이다. 그러나 왜 그는 파괴와 혼란도 그토록 열렬히 사랑하는가? 그것을 말해달라! 그러나 그 점에 관해서는 내가 두어 마디 말하고 싶다. 혹시 인간이 혼란과 파괴를 사랑하는 까닭은(그가 때때로 그것을 사랑한다는 데에는 아무 이의도 제기될 수 없다) 그가 본능적으로 자신의 목적에 도달하고 자신이 건축하고 있는 건물을 완성하는 일을 두려워하기 때문은 아닌가? 누가 아는가, 어쩌면 그는 그 건물을 멀리서 사랑할 뿐 가까이에서는 전혀 사랑하지 않을 수도 있으며, 어쩌면 그는 그 건물을 짓는 것만을 사랑하고 그 안에서 사는 것을 원치 않을 것이며, 완성된 그것을 가축(les animaux domestiques)—이를테면 개미나 양 따위—의 사용에 맡기고 떠나버릴 것이다. 이제 개미들은 전혀 다른 취향을 가지고 있다. 그들은 그런 양식의, 영원히 지속되는 경이로운 건물—개미집—을 가지고 있다.

개미집과 더불어 개미라는 점잖은 종족이 시작되었고, 아마도 개미집과 더불어 끝날 것이다. 이는 그들의 인내와 건전한 감각에 대하여 더없는 신용을 주는 일이다. 그러나 인간은 경박하고도 모순된 피조물이며, 아마도 체스 플레이어처럼, 게임의 끝이 아니라 그 과정 자체를 사랑하는 것인지도 모른다. 그리고 누가 아는가(확실히 말할 수는 없다), 아마도 이 땅에서 인류가 힘써 나아가는 유일한 목적은 바로 이 끝임없는 도달의 과정, 다시 말해 삶 그 자체에 있으며, 도달해야 할 대상 속에 있지 않을 수도 있다. 그 대상은 언제나 하나의 공식, 즉 '2×2=4'만큼이나 확정적인 것으로 표현되어야 하는데, 이러한 확정성은 삶이 아니라, 신사 여러분, 죽음의 시작이다. 어쨌든 인간은 언제나 이러한 수학적 확실성을 두려워해왔으며, 지금 이 순간의 나 역시 그것을 두려워하고 있다. 가령 인간이 아무것도 하지 않고 이 수학적 확실성만을 추구한다 하더라도, 그를 위해 바다를 건너고, 그 추구 속에서 목숨을 희생한다 하더라도, 막상 그것을 성취하고, 실로 그것을 발견하게 되는 일을 그는 두려워한다는 것을 나는 그대들에게 보증한다. 그는 그것을 발견하고 나면 더는 찾을 것이 남지 않는다는 것을 느끼는 것이다. 노동자들은 그들의 일을 마치면 적어도 품삯을 받으며, 선술집에 가고, 그 다음에는 경찰서로 끌려가고—그렇게 일주일 동안은 할 일이 있다. 그러나 인간은 어디로 갈 수 있는가? 어쨌든 인간은 그러한 목적들을 성취했을 때 어딘가 어색한 기색을 보이는데, 그는 도달하는 과정을 사랑하지만, 도달해버린 상태는 그리 좋아하지 않는다. 그리고 물론 그것은 매우 터무니없는 일이다. 실은 인간은 우스운 피조물이다. 모든 것 안에 일종의 농담이 있는 것처럼 보인다. 그럼에도 불구하고, 수학적 확실성은, 결국, 참을 수 없는 무엇이다. '2×2=4'는 내게 단순히 무례함의 한 조각으로 보인다. '2×2=4'는 양손을 허리에 얹고 길을 가로막으며 침을 뱉는 건방진 멍청이이다. 나는 '2×2=4'가 훌륭한 것임을 인정한다. 그러나 모든 것에 마땅한 몫을 준다면, '2×2=5' 또한 때때로 매우 매력적인 것이다.

그리고 왜 그대들은, 이토록 굳세고, 이토록 승전하듯 확신하는가, 정상적이며 긍정적인 것—다시 말해, 복리에 이

바지하는 것만이—인간에게 유리하다고? 이성은 그 이익에 관하여 잘못하고 있는 것은 아닌가? 인간은 혹시 복리 외에 다른 무엇을 사랑하지는 않는가? 어쩌면 그는 고통을 똑같이 사랑하는 것은 아닌가? 어쩌면 고통은 복리만큼이나 그에게 큰 이익인 것은 아닌가? 인간은 때때로 기묘할 정도로, 열정적으로, 고통을 사랑하며, 그것은 하나의 사실이다. 이를 입증하기 위해 보편사를 들먹일 필요도 없다. 그저 그대 자신에게 물어보라, 그대가 인간이며, 조금이라도 살아온 적이 있다면. 나의 개인적 의견으로는, 오직 복리만을 돌본다는 것은 분명히 교양 없는 일로 보인다. 좋든 나쁘든, 때때로 사물을 부수는 일조차 매우 기분 좋을 때가 있다. 나는 고통의 편도, 복리의 편도 들고 있지 않다. 나는 다만… 나의 변덕의 편을 들며, 필요할 때 그것이 보장되기를 바랄 뿐이다. 예컨대, 보드빌 따위에서는 고통이 제자리를 잃을 것이다. 나는 그것을 안다. '수정궁'에서는 그것이 생각조차 할 수 없는 일이다. 고통은 의혹, 부정을 뜻하며, 그곳에 어떤 의혹이라도 존재할 수 있다면, '수정궁'이 무슨 소용이 있겠는가? 그럼에도 나는, 인간이 결코 참된 고통—즉 파괴와 혼란—을 포기하지 않을 것이라 생각한다. 왜냐하면 고통은 의식의 유일한 기원이기 때문이다. 내가 처음에 인간에게 의식은 가장 큰 불행이라고 천명하였음에도, 나는 인간이 그것을 소중히 여기며, 어떤 만족과도 바꾸지 않으리라는 것을 알고 있다. 의식은, 예컨대, '2×2=4'보다도 무한히 우월하다. 일단 수학적 확실성을 갖게 되면, 더 이상 할 일도, 이해할 일도 남지 않는다. 남는 것은 오직 오감을 병 속에 봉해버리고 관조 속에 잠기는 일뿐일 것이다. 반면 의식에 붙들려 있으면, 비록 같은 결론에 이른다 하더라도, 적어도 때때로 자신을 채찍질할 수 있으며, 그것이 적어도 그대를 조금은 생동하게 할 것이다. 반동적이기는 하나, 육체적 벌은 아무것도 없는 것보다는 낫다.

10

그대들은 결코 파괴될 수 없는 수정궁을 믿고 있으며—그 궁전에 은밀히 혀를 내밀거나 코를 길게 내밀 수도 없는 그런 궁전을 말이다. 그리고 어쩌면 바로 그 때문에 나는 이 건축물이 두려운 것이다. 그것이 수정으로 되어 있으며 결코 파괴될 수 없고, 그대들이 은밀하게라도 그것을 향해 혀를 내밀 수 없기 때문이다.

보라, 만약 그것이 궁전이 아니라 닭장이라면, 나는 비를 피하기 위해 그 안에 기어들어갈 수도 있을 것이다. 그러나 비를 막아준다는 이유 하나만으로 나는 그 닭장을 궁전이라고 부르지는 않을 것이다. 그대들은 웃으며 말할 것이다. 그런 상황에서는 닭장도 저택만큼 충분히 좋지 않느냐고. 그렇다, 나는 대답한다, 만약 인간이 단지 비를 피하기 위해서만 살아야 한다면.

그러나 만일 내가 인생의 목적이 그것뿐이 아니라고 마음속에 품고 있다면, 그리고 살아야 한다면 차라리 저택에서 살아야 한다고 생각한다면 어떻게 되는가. 그것이 나의 선택이며, 나의 욕망이다. 그대들이 나의 선호를 바꾸지 않는 한, 그것을 근절할 수 없을 것이다. 좋다, 바꿔보라, 다른 무엇으로 나를 유혹해보라, 다른 이상을 제시하라. 그러나 그동안 나는 닭장을 저택으로 받아들이지 않을 것이다. 수정궁이 한갓 망상일 수도 있으며, 자연의 법칙과 양립할 수 없을 수도 있고, 내가 그것을 발명한 것은 오직 나 자신의 어리석음 때문, 그리고 나의 세대 특유의 구식 비이성적 습관 때문일 수도 있다. 그러나 그것이 나와 무슨 상관인가? 그것이 양립할 수 없다는 사실은 아무런 차이를 만들지 않는다. 왜냐하면 그것은 나의 욕망 속에 존재하며, 아니, 나의 욕망이 존재하는 한 그것도 존재하기 때문이다. 어쩌면 그대들은 또 웃고 있는가? 마음껏 웃어라. 나는 배고픈데도 만족하는 척하는 것보다는 어떤 조롱이든 감수하겠다. 나는 어쨌든 알고 있다. 나는 결코 타협, 반복되는 영(零)을 받아들이지 않을 것이다. 단지 그것이 자연의 법칙과 일치하며 실제로 존재한다는 이유 하나만으로 말이다. 나는 나의 욕망의 정점으로서, 천 년 임대의 빈민용 건물들과, 어쩌면 치과의 간판까지 매달린 건물 덩어리를 받아들이지 않을 것이다. 나의 욕망을 파괴하라, 나의 이상을 근절하라, 나에게 더 나은 것을 보여주라, 그러면 나는 그대를 따르겠다. 그대들은 아마 말할 것이다. 그런 수고를 들일 가치가 없다고. 그러나 그 경우 나는 그대들에게 똑같은 대답을 해줄 수 있다. 우리는 지금 진지하게 논하고 있다. 그러나 그대들이 나에게 주의를 기울이려 하지 않는다면, 나는 그대들과의 교제를 끊겠다. 나는 나의 지하 굴속으로 물러갈 수 있다.

그러나 내가 살아 있고 욕망을 지닌 한, 나는 그런 건물에 벽돌 하나라도 가져다 놓느니 차라리 내 손이 말라붙어 떨어져 나가기를 바랄 것이다! 방금 전에 내가 수정궁을 거부한 까닭이, 단지 그곳에서는 혀를 내밀 수 없다는 한 가지 이유 때문이라고 그대들이 상기시키지 말라. 나는 혀를 내미는 것을 그토록 좋아하기 때문이라고 말한 적이 없다. 어쩌면 내가 분개한 것은, 그대들의 온갖 건축물 가운데 혀를 내밀 수 없을 만큼 완전한 건축물이 단 하나도 없었기 때문인지도 모른다. 반대로, 만일 사정이 그렇게 되어, 내가 혀를 내밀고자 하는 모든 욕망을 잃게 된다면, 나는 감사의 뜻으로 내 혀가 잘려나가는 일조차 감수할 것이다. 사정이 그렇게 될 수 없고, 사람이 본보기 아파트들에 만족해야만 한다는 것은 나의 탓이 아니다. 그렇다면 왜 나는 이러한 욕망을 지닌 채로 만들어졌는가? 내가 이렇게 구성된 까닭이, 결국 나의 전체 구조가 기만이라는 결론에 이르기 위함이란 말인가? 이것이 나의 전부란 말인가? 나는 그것을 믿지 않는다.

그러나 그대들은 아는가? 나는 확신한다. 우리 지하 인간들은 굴레를 씌워두어야 한다고. 우리가 사십 년 동안 지하에서 말없이 앉아 있을지라도, 한 번 햇빛 속으로 나와 터져 나오기만 하면, 우리는 말하고 또 말하고 또 말한다….

11

신사 여러분, 결국 요약하면 이렇다. 아무것도 하지 않는 편이 더 낫다! 의식적인 관성이 더 낫다! 그러니 지하 만세다! 내가 정상적인 인간을 마지막 한 방울의 쓸개즙까지도 부러워한다고 말했을지라도, 나는 지금의 그 자리, 그 모습으로는 결코 그의 자리에 있고 싶지 않다(그렇다 하더라도 나는 그를 부러워하기를 멈추지 않을 것이다). 아니다, 아니다. 어쨌든 지하의 삶이 더 유리하다. 거기에서는 적어도 사람은…. 하늘이시여, 그러나 지금도 나는 거짓말을 하고 있다! 나는 지금 거짓말을 하고 있다, 왜냐하면 나 자신은 알고 있기 때문이다. 더 나은 것은 지하가 아니라, 전혀 다른 무엇인가—내가 갈망하고 있으나, 결코 찾을 수 없는 어떤 다른 무엇인가—라는 것을! 빌어먹을 지하여!

나는 또 한 가지 더 나은 점을 말해주겠다. 그것은, 내가 방금 쓴 것들 가운데 단 하나라도 내가 스스로 믿고 있다면 그게 더 나을 것이라는 사실이다. 신사 여러분, 나는 그대들에게 맹세한다. 내가 써놓은 것들 가운데 내가 진정으로 믿고 있는 것은 단 하나도, 한 마디도 없다. 즉, 어쩌면 나는 그것을 믿고 있을지도 모른다. 그러나 동시에 나는 느끼고 의심한다. 내가 구두장이처럼 거짓말하고 있다는 것을.

"그렇다면 왜 이 모든 것을 쓴 것이냐?" 하고 그대들은 나에게 말할 것이다.

"나는 그대를 사십 년 동안 아무 일도 없는 지하에 넣어두고, 그 다음에 그대의 지하방으로 내려가 그대가 어떤 단계에 이르렀는지 확인해야만 하겠다! 어떻게 사람이 사십 년 동안 아무 일도 없이 남겨질 수 있단 말인가?"

"이 얼마나 수치스럽고, 얼마나 치욕스러운가?" 하고 그대들은 아마도 경멸스레 고개를 흔들며 말할 것이다. "그대는 삶을 갈망하면서도, 삶의 문제들을 논리라는 뒤얽힌 실타래로 해결하려 한다. 그대의 공격은 집요하고, 뻔뻔스러우며, 동시에 얼마나 겁에 질려 있는가! 그대는 허튼소리를 떠들고 그것에 만족해한다. 그대는 뻔뻔한 말을 하고는 끊임없이 두려움에 떨어 사과한다. 그대는 아무것도 두렵지 않다고 선언하면서, 동시에 우리의 호의에 들기 위해 애쓴다. 그대는 이빨을 갈고 있다고 선언하면서, 동시에 우리를 즐겁게 해보려고 재치를 부린다. 그대는 자신의 재치가 재치가 아니라는 것을 알고 있으면서, 그 문학적 가치에 스스로 만족해한다. 아마도 그대는 실제로 고통을 겪었을지도 모른다. 그러나 그대는 자신의 고통을 존중하지 않는다. 그대는 진실성을 가지고 있을지도 모른다. 그러나 그대는 겸손이 없다. 가장 하찮은 허영으로 그대는 자신의 진실성을 공공연한 조롱거리로 내던진다. 그대는 분명히 무언가 말하려는 것이 있지만, 마지막 한마디를 숨기고 있다. 그것을 말할 결단이 없기 때문이며, 그대에게 있는 것은 비겁한 **뻔뻔함**뿐이다. 그대는 의식을 자랑하지만, 그대는 스스로의 토대에 확신이 없다. 그대의 정신은 작동할지라도, 그대의 심장은 어둡고 부패해 있으며, 순수한 마음 없이는 온전하고 진정한 의식이 있을 수 없다. 그리고 그대는 얼마나 참견하고, 얼마나 우겨대고, 얼마나 일그러지는가! 거짓이다, 거짓이다, 거짓이다!"

물론 그대들이 말하는 것은 모두 내가 스스로 꾸며낸 것이다. 이것 또한 지하에서 비롯된 것이다. 나는 사십 년 동안 마룻바닥 아래 틈을 통해 그대들의 소리를 들어왔다. 내가 그것들을 스스로 지어낸 것이다. 다른 무엇을 지어낼 수 있었겠는가. 암기한 것도 당연하며, 문학적 형태를 띠게 된 것도 당연하다….

그러나 그대들은 정말 그렇게도 순진하여, 내가 이 모든 것을 인쇄해 그대들에게 읽히기까지 하리라고 생각하는가? 그리고 또 하나의 문제, 내가 왜 그대들을 "신사 여러분"이라 부르고, 왜 실제로 그대들이 나의 독자인 양 그대들에게 말을 거는가? 내가 고백하려 하는 것과 같은 이야기는 결코 인쇄되지도, 다른 사람에게 보여지지도 않는다. 어쨌든 나는 그럴 만큼 강한 의지를 지니지도 않았으며, 굳이 그래야 할 이유도 보지 못한다. 그러나 그대들도 알다시피 어떤 기분이 불현듯 떠올랐고, 나는 반드시 그것을 실현하고 싶다. 설명해보겠다.

모든 사람은 남들에게는 말할 수 없고 오직 친구에게만 말할 수 있는 추억을 지니고 있다. 또 친구에게조차 털어놓지 못하고 오직 자기 자신에게만, 그것도 은밀히 말할 수 있는 일들도 있다. 그러나 그보다 더한 것, 즉 사람은 자기 자신에게조차 말하기를 두려워하는 일들이 있으며, 모든 점잖은 사람은 그러한 것들을 여러 개 마음속에 감추고 있다. 점잖은 사람일수록 그러한 것들은 더욱 많다. 어쨌든 나는 최근에야 비로소 나의 초년기의 몇몇 모험들을 기억해내기로 결심했다. 지금까지 나는 그것들을 언제나 피했고, 어느 정도의 불안함과 함께 멀리했다. 그런데 이제 나는 그것들을 되새길 뿐 아니라 실제로 기록하기로 결심했으니, 인간이 과연 자기 자신에게조차 완전히 솔직해질 수 있는지, 그리고 온전한 진실 앞에서 겁을 먹지 않을 수 있는지를 시험해보고 싶은 것이다. 덧붙여 말하자면, 하이네는 진실한 자서전은 거의 불가능하며, 인간은 필연적으로 자기 자신에 대해 거짓말을 하게 마련이라고 했다. 그는 루소가 그의 고백록에서 자신에 대해 거짓을 말했다고, 심지어 허영심으로 인해 의도적으로 거짓을 말했다고 여겼다. 나는 하이네가 옳다고 확신한다. 인간은 어떤 때에는 순전한 허영심 때문에 자기 자신에게 대죄에 가까운 죄를 덧씌울 수도 있으며, 나는 그러한 허영심이 어떤 것인지 충분히 이해한다. 그러나 하이네가 판단한 대상은 세상에 자기 고백을 내놓은 사람들이다. 나는 오직 나 자신을 위해 쓴다. 그리고 내가 독자들에게 말하듯이 글을 쓰는 것처럼 보이더라도, 그것은 단지 그런 형식으로 쓰는 것이 나에게 더 쉽기 때문임을 미리 선언해두고 싶다. 그것은 형식일 뿐, 공허한 형식일 뿐이다―나는 결코 독자를 갖지 못할 것이다. 나는 이미 이 점을 명확히 밝혔다….

나는 이 기록들을 작성함에 있어 어떤 제약도 받고 싶지 않다. 어떠한 체계나 방법도 시도하지 않을 것이다. 나는 기억나는 대로 적어 내려갈 것이다.

그러나 여기에서, 아마 누군가가 내 말꼬리를 잡아 나에게 묻게 될 것이다. 정말로 독자를 예상하지 않는다면, 그대는 왜 자신과 그런 약속을 하는가―게다가 종이 위에서까지―곧 어떠한 체계나 방법도 취하지 않겠다든지, 기억나는 대로 적겠다는 둥, 그런 모든 말들 말이다. 왜 그런 설명을 하는가? 왜 사과하는가?

바로 그 때문이다, 하고 나는 대답한다.

그러나 그 모든 속에는 하나의 심리가 통째로 숨어 있다. 어쩌면 단지 내가 겁이 많기 때문일지도 모른다. 그리고 또 어쩌면, 글을 쓰는 동안 좀 더 점잖아 보이기 위해 의도적으로 내 앞에 어떤 청중을 상상하는 것일지도 모른다. 아마 그 밖에도 수천 가지 이유가 있을 것이다. 다시 말하자면, 내가 글을 쓰는 목적은 도대체 무엇인가? 그것이 대중을 위한 것이 아니라면, 나는 왜 이 사건들을 단지 내 마음속에서만 떠올리고 종이에 옮기지 않은 채 남겨두지 않는가?

그렇다, 그 점은 타당하다. 그러나 종이 위에 적는 것이 더 중후하고, 더욱 인상적이다. 나는 그 안에서 나 자신을 더 나은 방식으로 비판할 수 있을 것이고, 내 문체도 다듬을 수 있을 것이다. 게다가 글을 쓰는 일로부터 실제의 위안을 얻게 될지도 모른다. 이를테면 오늘, 나는 특히 먼 과거의 한 기억에 짓눌려 있다. 며칠 전 그것이 내 마음속에 생생하게 되살아났고, 지금까지도 떨쳐내지 못하는 성가신 곡조처럼 나를 따라다닌다. 그렇지만 나는 어떻게든 그것을 떨쳐내야만 한다. 나는 이러한 회상을 수백 개나 가지고 있다. 그러나 때때로 그 수백 개 가운데 하나가 돌출되어 나를 억누르곤 한다. 무슨 까닭인지 나는 그것을 글로 적으면 떨쳐낼 수 있을 것이라 믿는다. 왜 시험해보지 않겠는가?

게다가 나는 무료하며, 할 일이 전혀 없다. 글쓰기는 일종의 '일'이 될 것이다. 사람들은 일이 인간을 인정 많고 정직하게 만든다고 말한다. 그렇다면 어쨌든 나에게도 하나의 기회가 있는 셈이다.

오늘은 눈이 내린다, 누렇게 칙칙한 눈이. 어제도 내렸고, 며칠 전에도 내렸다. 아마도 저 젖은 눈이, 지금까지 떨쳐내지 못하고 있는 그 사건을 나에게 떠올리게 했던 모양이다. 그러니 떨어지는 눈을 핑계로 이야기를 하나 적어보도록 하자.

2부. 젖은 눈을 핑계로

어두운 오류의 굴복 아래에서
나의 열정적인 권유의 말이
그대의 기절해가던 영혼을 비로소 떼어내어 놓았을 때,
그리고 괴로움 속에 엎드린 채 뒤틀리며
그대는 저주를 담아 떠올렸도다
그대를 에워싸던 그 악을.
그리고 잠들어 있던 그대의 양심이, 근심하며
회상의 고통스러운 불길에 시달릴 때,
그대는 드러냈도다, 흉측하게 둘러싸여 있던
내가 오기 전, 그대 삶의 그 흐름을.
그때 나는 갑자기, 병들어가는 그대를 보았도다,
그리고 울며, 괴로움 어린 얼굴을 숨기는 그대를,
혐오에 뒤흔들리고, 광기에 사로잡히고, 공포에 얼어붙은 채,
치욕스러운 추억들에 사로잡혀 있었도다.
네크라소프(줄리엣 소스키스 번역).

1

그 당시 나는 고작 스물네 살이었다. 나의 삶은 이미 그 때부터 음울하고, 질서 없고, 야만인처럼 고독하였다. 나는 누구와도 사귐을 만들지 않았으며, 아예 말하기조차 피했고, 점점 더 나 자신의 굴속에 파묻혀 들어갔다. 사무실에서 일할 때 나는 누구에게도 시선을 돌리지 않았으며, 동료들이 나를 단지 괴상한 자로 여길 뿐 아니라—나는 언제나 그렇게 느꼈다—일종의 혐오로까지 바라보고 있다는 것을 너무나 잘 알고 있었다. 나는 종종 의아해했다. 왜 나 말고는 아무도 자신이 혐오의 눈초리를 받고 있다고 생각하지 않는 것일까 하고. 서기들 가운데 한 사람은 지독히도 혐오스러운, 마마자국으로 덮인 얼굴을 지니고 있었고, 그 표정은 정말로 범죄자처럼 보였다. 그런 흉측한 얼굴을 하고 나는 감히 누구를 바라보지도 못했을 것이다. 또 다른 한 사람은 턱없이 더럽고 낡은 제복을 입고 있어, 가까이 가면 역한 냄새가 났다. 그러나 이 두 신사 중 어느 누구도—옷차림이나 용모나 성격 어느 것에 대해서도—스스로를 조금도 의식하지 않았다. 그들 중 누구도 자신이 혐오감을 사고 있다고는 상상하지 않았으며, 설령 상상했더라도 그들은 개의치 않았을 것이다—자신들의 상관이 그런 눈으로만 보지 않는다면 말이다. 이제 와 나는 분명히 알게 되었다. 나의 끝없는 허영심과 내가 스스로에게 부여한 지나치게 높은 기준 때문에, 나는 자주 나 자신을 격렬한 불만으로 바라보았고, 그 불만은 혐오에 가까웠으며, 그래서 나는 그 감정을 모든 이가 나에게 품고 있다고 은밀히 여겼던 것이다. 이를테면 나는 나의 얼굴을 미워했다. 나는 그것이 역겨운 것이라 생각했고, 나의 표정 어딘가에는 비열한 무엇이 깃들어 있다고까지 의심했다. 그래서 매일 사무실에 들어설 때마다 가능한 한 독립적인 태도를 취하려 하였고, 비굴하다는 의심을 받지 않기 위해 거만한 표정을 짓고자 애썼다. "내 얼굴이 못생겼을지는 모른다," 하고 나는 생각했다. "그러나 거만하고, 표정 풍부하고, 무엇보다도 지극히 총명한 인상이라도 주게 하자." 그러나 나의 용모가 그러한 자질을 결코 표현할 수 없다는 사실을 나는 고통스럽고도 확실하게 알고 있었다. 그리고 무엇보다도 최악이었던 것은, 나는 그것이 실은 멍청해 보인다는 생각을 하고 있었다는 점이다. 나는 그저 조금만이라도 총명해 보일 수 있다면 만족했을 것이다. 사실, 만약 동시에 내 얼굴이 유달리 총명해 보일 수만 있다면, 나는 내 표정이 비열해 보이는 것조차 감수했을 것이다.

물론 나는 서기들 모두를 하나하나 증오했고, 모두를 경멸했으며, 동시에 그들을 두려워하기까지 했다. 사실 때때로 나는 그들을 나 자신보다 더 높이 평가하기도 했다. 경멸과 숭상의 사이를 나는 전혀 예기치 않게 번갈아 오갔던 것이다. 교양 있고 점잖은 인간이라면 누구나, 스스로에게 터무니없이 높은 기준을 부여하지 않고는 허영심을 가질 수 없으며, 어떤 순간에는 자기 자신을 경멸하고 거의 미워하지 않을 수 없다. 그러나 내가 그들을 경멸하든, 혹은 그들이 나보다 뛰어나다고 생각하든, 나는 누구를 마주칠 때마다 거의 언제나 눈을 떨구곤 했다. 나는 누구의 시선을 견딜 수 있는지 실험해보기도 했으나, 언제나 내가 먼저 눈을 피했다. 이것은 나를 미칠 지경으로 괴롭혔다. 나는 우스꽝스러워 보일까 하는 병적인 두려움까지 지니고 있었고, 그래서 외적인 모든 것에서 전통적 관습을 노예처럼 애착했다. 나는 흔한 틀 속에 떨어져 버리는 것을 즐겼고, 내 안의 그 어떤 기이함도 전적으로 두려워했다. 그러나 내가 어떻게 그것을 지켜낼 수 있었겠는가? 나는 시대의 인간답게 병적으로 예민했다. 그들 모두는 멍청했고, 양 떼처럼 서로 비슷했다. 어쩌면 사무실에서 내가 유일하게 스스로를 비겁한 노예라고 여긴 사람일지도 모른다. 그리고 나는 더 발달되었기 때문에 스스로를 그렇게 여기고 있다고 생각했다. 그러나 그것은 단지 그렇게 여기기만 한 것이 아니라, 실제로 그러했다. 나는 비겁했고, 나는 노예였다. 나는 이 말을 조금의 당혹도 없이 한다. 우리 시대의 모든 점잖은 인간은 반드시 비겁하고 노예여야만 한다. 그것이 그의 정상적 상태다. 나는 이에 대해 확고한 신념을 지니고 있다. 그는 바로 그러한 목적을 위해 만들어지고 구성된 존재다. 그리고 그것은 지금, 우연한 사정 때문에만 그런 것이 아니라, 언제 어디서나, 모든 시대에, 모든 점잖은 인간은 필연적으로 비겁하고 노예일 수밖에 없다. 그것은 전 세계의 모든 점잖은 사람에게 내려진 자연의 법칙이다. 만일 그들 가운데 누군가가 무언가에 대해 용맹한 모습을 보인다면, 그는 결코 위안을 얻거나 스스로 도취되어서는 안 된다. 그는 다른 무언가 앞에서는 언제나 비겁함을 드러낼 것이다. 그것은 언제나, 필연적으로 그렇게 끝난다. 오직 당나귀와 노새만이 용맹할 뿐이며, 그것도 벽에 몰리기 전까지만 그렇다. 그들은 실로 아무런 의미도 없으니, 그들에게 주의를 기울일 필요도 없다.

그 시절 나를 괴롭힌 또 하나의 사정이 있었다. 나와 같은 사람은 단 한 명도 없었고, 나는 누구와도 닮지 않았다는 사실이었다. "나는 홀로이고, 그들은 모두다," 하고 나는 생각하며 곰곰이 헤아렸다.

이로부터 분명해지는 것은, 내가 아직 젊은이였다는 점이다.

전혀 반대가 되는 일도 가끔 일어났다. 사무실에 가는 것이 가끔은 지독히도 역겨웠고, 사태는 그러한 지경에 이르러 나는 종종 아픈 채로 집에 돌아오곤 했다. 그러나 아무 이유도 없이, 돌연히 회의와 무관심의 한 국면이 찾아오곤 했다(나에게는 모두 것이 국면을 따밀 일이있다). 그러면 나는 나 자신의 편협함과 까다로움을 비웃었으며, 나를 향해 낭만적이라 꾸짖었다. 어떤 때에는 누구와도 말하기를 원하지 않았으나, 또 어떤 때에는 말을 나누는 것뿐 아니라 그들과 교제를 도모할 생각까지 하곤 했다. 나의 까다로움은 이유도 없이, 갑작스레 사라지곤 했다. 누가 아는가, 어쩌면 나는 실제로는 그러한 성질을 지닌 적도 없었고, 단지 꾸민 것이었으며, 책에서 얻은 영향이었을지도. 나는 지금까지도 그 문제를 결정하지 못했다. 한 번은 나는 실로 그들과 완전히 친해지기도 했고, 그들의 집을 방문했고, '프레퍼런스'를 하며 놀았고, 보드카를 마셨고, 승진 이야기를 나누기도 했다…. 그러나 여기서 나는 잠시 곁길로 새어야겠다.

일반적으로 말하자면, 우리는 러시아에서 독일이나—더욱이 프랑스—식의, 아무 영향도 받지 않는 그 어리석은 초월적 낭만주의파들을 결코 가진 적이 없다. 설령 지진이 일어나고, 프랑스 전역이 바리케이드에서 멸망한다 해도, 그들은 여전히 그대로 남아 있을 것이며, 변화한 체조차 하는 품위도 없이, 죽는 순간까지도 그 초월적 노래를 계속 부를 것이다. 왜냐하면 그들은 어리석기 때문이다. 우리는 러시아에서는 바보가 없다. 그것은 널리 알려진 사실이다. 이 점이 우리를 외국과 구별해준다. 그러므로 그러한 초월적 성격의 인간들은 우리에게는 순수한 형태로 존재하지 않는다. 그들이 존재한다는 생각은 그 당시의 우리의 "현실주의" 언론인들과 평론가들—언제나 코스탄조글로스와 삭스아저씨

표트르 이바니치를 찾아내고 그것을 우리의 이상으로 받아들이는 자들—에게서 비롯된 것으로, 그들은 우리의 낭만주의파들을 중상하여 독일이나 프랑스의 초월적 부류와 동일한 것으로 오해한 것이다. 반대로, 우리의 낭만주의파의 특징은 유럽의 초월적 유형과 절대적으로, 또 직접적으로 대립하며, 그 어떤 유럽의 기준도 그들에게 적용될 수 없다. (이 "romantic"이라는 말을 사용하도록 허락해달라—오래되고 존경받는 단어이며 훌륭한 역할을 해왔고 모두에게 익숙한 말이니.) 우리 낭만주의파의 특징은 모든 것을 이해하고, 모든 것을 보고, 종종 우리의 가장 현실적인 정신보다도 비교할 수 없을 만큼 더 명확하게 보는 것이다. 누구도, 그 무엇도 받아들이지 않되, 동시에 그 어떤 것도 경멸하지 않는 것이다. 정책상 굴복하고 양보하는 것이다. (예컨대 정부 비용으로의 무상 거주, 연금, 훈장 같은) 유용한 실천적 목적을 결코 시야에서 놓치지 않으며, 모든 열광 속에서도, 시집의 모든 권수 속에서도 줄곧 그 목적을 주시하는 것이다. 그리고 동시에 "선과 미"를 죽는 순간까지도 자신 안에 온전하게 보존하며, 부수적으로는 그 자신조차도, 마치 솜으로 싸인 진귀한 보석처럼 보존하는 것이다. 단지 "선과 미"의 이익을 위해서라도. 우리의 낭만주의파는 광활한 인간이며, 우리의 모든 악당들 가운데서도 가장 대단한 악당이다, 하고 나는 그대들에게 보증할 수 있다…. 실제로 경험으로 말할 수 있다. 물론, 그가 총명하다면 말이다. 그러나 내가 무슨 말을 하는 것인가! 낭만주의파는 언제나 총명하며, 나는 단지 이렇게 말하고 싶었을 뿐이다. 어리석은 낭만주의파들이 우리가 가진 적이 없었던 것은 아니나, 그들은 계산에 넣을 것도 못 된다. 그들이 어리석었던 까닭은, 젊음의 한창 시절에 스스로 독일인으로 타락하여 그들의 진귀한 보석을 좀 더 편안히 보존하기 위해, 어디 먼 곳—바이마르나 흑림(Black Forest)을—선호하며 정착해버렸기 때문이다.

나는 이를테면, 나의 관청 일을 진심으로 경멸했고, 단지 그 일 속에 내가 몸담고 있었고 그 일로부터 봉급을 받고 있었기 때문에, 그것을 공공연히 욕하지 않았을 뿐이다. 어쨌든 주목할 것은, 내가 그것을 공공연히 욕하지 않았다는 점이다. 우리 낭만주의파는 차라리 정신이 나가버릴지언정—그러나 그것은 아주 드문 경우지만—공공연히 욕설을 퍼붓지는 않을 것이다, 다른 어떤 진로가 눈앞에 있지 않는 한에서는. 그리고 그는 절대로 내쫓기지 않는다. 기껏해야, 정말로 미쳐버린다면 "스페인의 왕"이라는 이름으로 정신병원에 실려 갈 뿐이다. 그러나 러시아에서는 오로지 여윈 금발의 사람들만 제정신을 잃는다. 수없이 많은 낭만주의파들이 그들의 후일의 생애에서 관직에서 상당한 지위에 이른다. 그들의 다면성은 주목할 만하다! 그리고 서로 모순되는 감정들에 대한 그들의 능력은 얼마나 놀라운가! 나는 그 시절에도 이 생각으로 위안을 얻었고, 지금도 같은 의견을 지니고 있다. 그래서 우리에게는, 타락의 심연 속에서도 결코 이상을 잃지 않는, 이른바 "광범위한 성격들"이 무수히 많은 것이다. 비록 그들은 그 이상을 위해 손가락 하나 까딱하지 않으며, 철저한 도둑질과 악행을 저지른다 해도, 그들은 눈물로 그들의 첫 이상을 간직하며 마음속에서는 놀랍도록 정직하다. 그렇다, 우리 가운데에서만, 가장 고질적인 악당이 본래의 악당됨을 조금도 버리지 않은 채, 마음속에서는 절대적으로, 고결하게 정직할 수 있는 것이다. 나는 반복한다. 우리 낭만주의파들은 종종 너무도 노련한 악당이 되어("악당"이라는 말은 애정을 담아 사용한다), 돌연히 그러한 현실 감각과 실천적 지식을 드러내어, 그들의 상관과 일반 대중을 경악 속에 감탄만 하게 만들곤 한다.

    그들의 다면성은 실로 놀랍고, 그것이 훗날 무엇으로 발전할지, 미래가 우리에게 무엇을 준비하고 있을지 하늘만이 알 것이다. 결코 보잘것없는 재료가 아니다! 나는 이 말을 어리석거나 허세 섞인 애국심에서 하는 것이 아니다. 그러나 나는 그대들이 또다시 내가 농담하고 있다고 여기리라는 것을 확신한다. 혹은 전혀 반대로, 내가 실제로 그렇게 믿는다고 확신할지도 모른다. 어쨌든, 신사 여러분, 나는 두 견해 모두를 나에게 주어진 명예이자 호의로서 기꺼이 받아들일 것이다. 그리고 나의 곁길을 용서해주기 바란다.

나는 물론 동료들과 우정을 유지하지 않았으며, 곧 그들과 충돌하게 되었고, 젊음과 미숙함 속에, 나는 심지어 그들에게 인사하는 일조차 포기해버렸으니, 마치 모든 관계를 끊어버린 듯이 행동했다. 그러나 그 일은 단 한 번만 나에게 일어났던 일이다. 나는 대체로 언제나 홀로였다.

무엇보다도 나는 대부분의 시간을 집에서 독서를 하며 보냈다. 나는 내 안에서 끊임없이 들끓고 있던 모든 것을 외부의 인상으로 억누르려 애썼다. 그리고 내가 가진 유일한 외부의 수단은 독서였다. 독서는 물론 큰 도움이 되었다—나를 흥분시키고, 즐거움과 고통을 주었다. 그러나 때로는 너무나 두렵도록 지루했다. 사람은 모든 것에도 불구하고 움직임을 갈망하게 마련이며, 나는 갑자기 가장 하찮고 음침하며 지하의 혐오스러운 악행 속으로 빠져들었다. 나의 비참한 정욕들은 날카롭고 아렸으며, 이는 나의 끊임없고 병적인 신경 과민 때문이었다. 나는 울음과 경련을 동반한 히스테리적 충동을 지니고 있었다. 독서 외에는 어떤 힘도 없었다. 즉, 내 주위에는 내가 존중할 만한 것도, 나를 이끌 만한 것도 전혀 없었다. 나는 우울에 짓눌려 있었고, 부조리와 대비를 향한 히스테리적 욕구가 있었으며, 그래서 나는 악행에 빠졌다. 나는 이것을 스스로를 정당화하기 위해 말한 것이 아니다…. 아니다! 내가 거짓말을 하고 있다. 나는 스스로를 정당화하고 싶었던 것이다. 나는 이 작은 언급을 나 자신의 이익을 위해 덧붙인다, 신사 여러분. 나는 거짓말하고 싶지 않다. 나는 거짓말하지 않겠다고 스스로 맹세했었다.

그래서 나는 비밀스럽게, 소심하게, 고독 속에서, 밤마다 더러운 악행을 탐닉했으며, 그 가장 혐오스러운 순간에도 한번도 나를 떠난 적 없는 수치심을 느꼈고, 그 순간들에는 거의 저주를 내뱉을 지경에 이르렀다. 이미 그때, 내 영혼 속에는 지하 세계가 존재하고 있었다. 나는 누군가에게 보이는 것을, 마주치는 것을, 알아보이는 것을 무서워했다. 나는 여러 음침한 장소들을 드나들었다.

어느 날 밤, 술집 앞을 지나가다가 환히 불 켜진 창문을 통해 몇몇 신사들이 당구 큐대로 서로 싸우는 것을 보았고, 그중 하나가 창문 밖으로 내던져지는 것을 보았다. 다른 때였다면 나는 극도로 혐오감을 느꼈을 것이다. 그러나 그때의 나는 그러한 기분에 사로잡혀 있었다. 나는 창문 밖으로 던져진 그 신사를 실로 부러워했다—그리고 그를 너무나 부러워한 나머지 술집 안, 당구방 안으로까지 들어갔다. "어쩌면," 하고 나는 생각했다. "나도 싸움을 벌이게 되고, 그러면 저들이 나를 창문 밖으로 던져버릴지도 모른다."

나는 취한 상태가 아니었다—그러나 사람은 어떻게 하겠는가—우울은 인간을 그런 히스테리적 지경으로 몰아넣는다. 그러나 아무 일도 일어나지 않았다. 나는 심지어 창문 밖으로 던져질 만한 자격조차 갖추지 못했던 듯하며, 싸움도 하지 못한 채 돌아가야 했다.

한 장교가 처음부터 나를 제자리에 앉혀버렸다.

나는 당구대 곁에 서 있었고, 무지한 탓에 길을 막고 있었는데, 그 장교는 지나가려 했다. 그는 내 어깨를 잡고 한마디 말도 없이—아무런 경고도 설명도 없이—내가 서 있던 자리에서 나를 다른 자리로 옮겨놓고는, 마치 나를 보지도 못한 듯이 지나가버렸다. 나는 폭행을 당했더라도 용서할 수 있었을 것이다. 그러나 나를 보지도 않은 듯 옮겨버린 그 행위만은 용서할 수 없었다.

하늘이시여, 나는 그때 무엇을 내주었을지 모른다, 진짜 규범 있는, 더 점잖고, 말하자면 더 문학적인 싸움을 위해서라면. 나는 파리처럼 취급당한 것이었다. 그 장교는 육척이 넘었고, 나는 빼빼 마른 작은 인간이었다. 그러나 싸움의 주도권은 내 손에 있었다. 항의 한마디만 했더라면 나는 틀림없이 창문 밖으로 던져졌을 것이다. 그러나 나는 마음을 바꾸었고, 억울해하며 물러나는 길을 택했다.

나는 술집에서 곧장 집으로 돌아왔고, 당혹과 번민에 잠겼으며, 다음 밤에도 전날과 같은 음란한 의도를 품고 다시 나갔다. 전날보다도 더 비밀스럽게, 더 비굴하게, 더 비참하게, 거의 눈물을 머금고서—그러나 나는 또다시 나갔다. 그렇다고 해서, 내가 장교에게서 도망친 것이 비겁함 때문이라고 생각하지는 말라. 나는 마음속으로는 한 번도 비겁했던 적이 없었으나, 행동에서는 언제나 비겁했던 것이다. 서둘러 웃지 말라—나는 이 모든 것을 설명할 수 있다고 그대들에게 보증한다.

아, 그 장교가 만일 결투에 응할 만한 사람 중 하나였더라면! 그러나 아니다. 그는 고골의 피로고프 중위처럼, 큐대로 싸우거나 경찰에 호소하는 방식을 선호하던 그 부류의 신사들(하늘이시여, 지금은 오래전에 멸종한!) 가운데 하나였다. 그들은 결투를 하지 않았으며, 나 같은 민간인과의 결투는 도저히 용납할 수 없는, 극히 부적절한 절차라고 여겼고—결투라는 것 자체를 전적으로 불가능한 것, 자유사상적이고 프랑스적인 무엇으로 바라보았다. 그러나 그들은 남을 괴롭힐 준비는 언제든 되어 있었다, 특히 그들이 육척이 넘을 때에는.

나는 비겁함 때문에 슬그머니 물러난 것이 아니라, 끝이 없는 허영심 때문에 물러난 것이다. 나는 그의 육척을 두려워한 것이 아니었다. 매를 맞거나 창문 밖으로 던져지는 것을 두려워한 것도 아니었다. 나는 육체적 용기는 충분히 있었을 것이다, 그대들에게 보증한다. 그러나 나는 도덕적 용기가 없었다. 내가 두려워한 것은, 그곳에 있던 모든 사람들—오만한 마커에게서부터 기름때 묻은 칼라를 한 악취 나는 뾰루지투성이의 가장 하찮은 서기들에 이르기까지—

모두가 나를 비웃고, 내가 항의하며 문학적 언어로 그들에게 말하기 시작할 때 나를 이해하지 못할 것이라는 점이었다. 왜냐하면 '명예의 문제'—명예가 아니라, 명예의 문제$^{(point\ d'honneur)}$는—우리 사이에서는 오직 문학적 언어로만 말할 수 있기 때문이다. 일상 언어로는 '명예의 문제'를 암시할 수도 없다. 나는 완전히 확신하고 있었다(나의 낭만주의에도 불구하고 현실 감각은 살아 있었다!). 그들은 배를 잡고 웃어댈 것이며, 그 장교는 단순히 나를 때릴 뿐만 아니라—즉, 모욕 없이 때리는 것이 아니라—틀림없이 무릎으로 내 등을 찌르고, 당구대를 빙 둘러 나를 걷어차고, 그제야 아마도 불쌍히 여겨 창문 밖으로 떨어뜨릴 것이라고.

물론 이 하찮것없는 사건이 나에게는 그걸로 끝날 리가 없었다. 나는 그 장교를 그 뒤로도 거리에서 자주 마주쳤고, 늘 극도로 주의 깊게 살폈다. 그가 나를 알아보았는지는 확신할 수 없었다. 알아보지 못했다고 나는 짐작했는데, 몇 가지 징후로 판단한 것이다. 그러나 나는—나는 악의와 증오로 그를 노려보았고, 그렇게 몇 해 동안이나 계속되었다. 세월이 흐를수록 나의 원한은 더욱 깊어졌다. 처음에는 나는 그 장교에 대해 남몰래 탐문하기 시작했다. 아는 사람이 전혀 없으니 나로서는 쉬운 일이 아니었다. 그러나 어느 날, 내가 멀찍이서—마치 그에게 묶여 끌려가는 사람처럼—그의 뒤를 밟고 가고 있을 때, 누군가가 길에서 그의 성을 큰 소리로 부르는 것을 듣게 되었고, 나는 그리하여 그의 성을 알게 되었다. 또 한 번은 그의 하숙까지 뒤따라가서, 문지기에게 열 코페크를 주고, 그가 어느 층에 사는지, 혼자 사는지 다른 사람과 함께 사는지, 그리고 문지기에게서 알아낼 수 있는 것이라면 무엇이든―모조리 알아냈다. 어느 아침, 나는 필을 한 번도 놀려본 적이 없었음에도 불구하고, 문득 이 장교의 악행을 폭로하는 풍자를 소설 형식으로 써보겠다는 생각이 떠올랐다. 나는 열성을 다해 그 소설을 썼다. 그의 악행을 폭로했고, 심지어는 과장하기까지 했다. 처음에는 그의 성을 조금만 바꾸어도 누구나 알아볼 수 있게 해두었으나, 곰곰이 생각한 끝에 성을 더 고쳐서 알아보기 어렵게 만들었다. 그리고 그 이야기를 오뗏체스뜨븨엔니야 자삐스끼 (Otetchestvenniya Zapiski)* 에 보냈다. 그러나 그 당시에는 그런 공격적 글들이 유행이 아니었고, 내 이야기는 인쇄되지 않았다. 그것은 나에게 커다란 울분이었다.

어떤 때는 나는 원한에 사무쳐 숨이 막힐 것 같았다. 마침내 나는 이 적에게 결투를 신청하기로 결심했다. 나는 그에게 사과를 간청하면서, 거절할 경우 결투를 암시하는, 훌륭하고 매력적인 편지를 한 통 써냈다. 그 편지는, 만약 그 장교가 '선하고 아름다운 것'에 대한 최소한의 이해라도 지

---

* 19세기 러시아의 대표적 문예·사회 비평 잡지

니고 있었다면, 그는 분명 내 목에 와락 끌어안으며 우정을 청했을 만큼 절묘하게 쓰여 있었다. 그리고 그랬다면 얼마나 멋졌겠는가! 우리 둘은 얼마나 훌륭하게 지냈겠는가! "그는 자신의 높은 계급으로 나를 보호해줄 수 있었을 것이고, 나는 나의 교양과 … 나의 사상으로 그의 정신을 계발해줄 수도 있었을 것이며, 그리하여 무슨 일이든 벌어질 수도 있었을 것이다." 생각해보라, 이것은 그가 내게 모욕을 준 뒤 무려 이 년이 지나서 벌어진 일이었고, 나의 도전은 그 모든 교묘한 포장과 변명에도 불구하고 가소로운 시대착오였을 것이다. 그러나, 하늘이시여, 감사하게도(나는 지금도 눈물로써 전능하신 이를 찬미한다) 나는 그 편지를 그에게 보내지 않았다. 그 편지를 보냈더라면 어떤 일이 벌어졌을지를 생각하면, 나의 등골에는 지금도 서늘한 한기가 흘러내린다.

그러던 어느 순간 나는 가장 단순한 방식으로, 그러나 기막힌 기지로 나 자신에게 복수하였다. 번뜩이는 생각이 돌연 내게 떠올랐던 것이다. 나는 때때로 축일이면 오후 네 시쯤 네프스키의 볕 드는 쪽을 산책하곤 했다. 산책이라기보다는 셀 수 없이 많은 고통과 굴욕과 원한의 연속이었지만, 아마도 나는 바로 그것을 원했던 모양이다. 나는 마치 장어처럼 꼬물거리며 보기 흉하게 비켜 다녔고, 장군들, 근위 장교들과 우싸르 장교들, 혹은 숙녀들을 위해 줄곧 길을 내

주었다. 그럴 때면 심장에 경련 같은 비틀림이 일었고, 내 초라한 옷차림과, 이 비천하고 비루한 자그마한 몸뚱이의 허둥거림을 생각하는 것만으로도 등줄기 전체가 뜨겁게 달아올랐다. 이는 꼬박 순교와도 같은 상태였고, 끊임없이 밀려드는, 견딜 수 없는 굴욕이었다. 곧 이어, 끊임없는 직접적 감각으로 바뀌는 생각, 즉 나는 이 세상 모든 이의 눈에 그저 파리 한 마리, 역겹고 추한 파리 한 마리일 뿐이라는 생각이 나를 짓눌렀다. 물론 나는 그들 누구보다도 더 지적이고, 더 고도로 발달되어 있고, 더 섬세한 감정을 지니고 있기는 했지만, 그래도 나는 끊임없이 누구에게나 길을 내어주는, 누구에게나 모욕당하고 상처받는 파리였다. 내가 왜 스스로에게 이런 고문을 가했는지, 왜 네프스키로 갔는지, 나는 모른다. 그저 기회만 있으면 거기에 빨려들 듯이 끌렸을 뿐이다.

이미 그때 나는 첫 장에서 말한 그 즐거움의 물결을 느끼기 시작하고 있었다. 그 장교와의 사건 이후에는, 전보다 더욱 강하게 그곳으로 끌렸다. 바로 네프스키에서 그를 가장 자주 만날 수 있었고, 나는 그를 보며 스스로를 괴롭힐 수 있었기 때문이다. 그 또한 축일에 주로 그곳을 걸었다. 장군들이나 고위 인사들을 만나면 그 역시 비켜나갔고, 역시나 장어처럼 그들 사이를 비집고 지나갔으나, 나 같은 사람들, 혹은 나보다 옷차림이 더 나은 이들에 대해서는, 그는 그저 그들 위를 걸어갔다. 마치 그의 앞에는 허공만 있는 듯이 곧장 걸어갔고, 어떤 경우에도 비켜서지 않았다. 나는 그를 바라보며 원한을 곱씹고… 항상 분개하며 그에게 길을 내어주었다. 거리에서조차 그와 대등할 수 없다는 사실이 나를 격분시켰다.

"왜 반드시 네가 먼저 비켜서야만 하는가?" 나는 때때로 새벽 세 시에 벌떡 깨어, 히스테리적 격노 속에서 스스로에게 묻곤 했다. "왜 너고, 왜 그가 아닌가? 규정이 있는 것도 아니다. 글로 쓰인 법도 없다. 세련된 사람들이 만나면 예의상 서로 절반씩 비켜서는 것이 보통 아닌가. 그는 절반 비키고, 너도 절반 비키고, 서로를 존중하며 지나가면 되는 것이다."

그러나 그런 일은 한 번도 일어나지 않았고, 나는 언제나 비켜섰으며, 그는 내가 길을 내주는 것조차 알아차리지 못하였다. 그러자, 보라, 번득이는 생각이 내게 떠올랐다! "만일." 나는 생각했다. "그를 마주쳐도 내가 비켜서지 않는다면 어떻게 될까? 만일 내가 일부러 비켜서지 않고, 설령 그와 부딪치게 되더라도 그대로 간다면? 그러면 어떻게 되는 것일까?" 이 대담한 생각은 나를 사로잡아 내내 놓아주지 않았다. 나는 줄곧, 무섭도록 선명하게 그 생각만을 꿈꾸었고, 실제로 그 일을 실행할 때 내가 어떻게 해야 할지를 더욱 생생하게 그려보기 위해, 일부러 더 자주 네프스키 거리에 가곤 했다. 나는 황홀했다. 이 결심은 내게 갈수록 더 현실적이고 실현 가능해 보였다.

"물론 나는 실제로 그를 밀쳐버리지는 않을 것이다," 나는 이미 기쁨 속에서 한층 온화해진 마음으로 생각하였다. "나는 단지 비켜서지 않을 것이며, 달려가다가 부딪칠 것이다. 아주 세게가 아니라, 그저 서로 어깨로 스치는 정도—예의가 허락하는 만큼. 그가 나를 밀어붙이는 바로 그만큼만, 나도 그에게 밀어붙일 것이다." 마침내 나는 완전히 마음을 굳혔다. 그러나 준비에는 많은 시간이 들었다. 우선 나의 계획을 실행하려면 평소보다 훨씬 더 체면을 갖춘 차림새가 필요했고, 그래서 복장을 궁리해야 했다. "만일 우발적으로, 이를테면 공공연한 소동이라도 벌어진다면(그리고 그곳의 구경꾼들은 가장 세련된 사람들이다. 백작 부인이 산책하고, D 공작이 그곳을 지나며, 문학계 인물들이 모두 그곳에 온다), 나는 단정하게 차려입어야 한다. 그런 차림새 자체가 존중을 이끌어내며, 사회의 눈에는 그와 나를 대등하게 보이도록 해줄 것이다."

이 목적을 위해 나는 월급 일부를 가불해 달라고 요청하고, 튜르킨의 가게에서 검은 장갑 한 켤레와 단정한 모자를 샀다. 검은 장갑은 처음 고려했던 레몬빛 장갑보다 더 품위 있고 '봉통(bon ton)'**해 보였다. "색이 지나치게 현란하다. 괜

** 프랑스어로 세련된, 상류사회식 품위를 뜻함.

히 눈에 띄려는 것처럼 보인다." 그리하여 나는 레몬빛 장갑을 사지 않았다. 나는 오래전부터 흰 뼈 단추가 달린 좋은 셔츠 하나를 준비해 두었다. 나를 막고 있는 것은 외투뿐이었다. 외투 자체는 매우 좋은 것이었고, 따뜻하기도 했다. 그러나 솜이 들어가 있었고, 너구리 털 깃이 달려 있었으니 그것은 천박함의 극치였다. 나는 어떠한 희생을 치르더라도 그 깃을 바꾸어야만 했고, 장교들처럼 비버 털 깃으로 갈아야 했다. 이 목적을 위해 나는 고스티니 드보르를 들락거렸고, 여러 차례 시도한 끝에 값싼 독일산 비버 털 한 조각을 골랐다. 이런 독일산 비버 털은 금방 닳고 초라해지지만, 처음에는 대단히 그럴싸해 보였고, 나는 단 한 번만 그것을 사용하면 되었다. 나는 값을 물었으나, 여전히 너무 비쌌다. 오랫동안 궁리한 끝에, 나는 너구리 깃을 팔기로 결심했다. 나머지 돈—내게는 상당한 액수였던 그 돈—은, 나는 내 직접 상관인 안톤 안토니치 셰또치킨에게 꾸기로 마음먹었다. 그는 소박한 사람이었지만, 엄숙하고 신중한 사람이었다. 그는 누구에게도 돈을 빌려주지 않는 이였지만, 내가 관직에 들어올 때, 높은 인물이 특별히 나를 그에게 추천해 준 일이 있었다.

나는 끔찍할 만큼 괴로웠다. 안톤 안토니치에게 돈을 빌리는 일은 내게 괴물 같은, 수치스러운 일이었다. 나는 이틀, 사흘 동안 잠을 이루지 못했다. 사실 그 무렵 나는 원래도 잠을 제대로 자지 못했고, 열이 오르고 있었으며, 가슴은 막막하게 가라앉았다가 또 갑자기 두근거리고, 두근거리고, 두근거렸던 것이다. 안톤 안토니치는 처음에는 놀라더니, 곧 찡그렸고, 그러다 생각에 잠기더니, 마침내 내게 돈을 빌려주었다. 내가 서면으로 보증을 쓰고, 보름 뒤 월급에서 그 금액을 공제하도록 허락하는 조건으로.

이러한 방식으로 마침내 모든 것이 준비되었다. 보기 흉한 너구리 털은 근사한 비버 털로 대체되었고, 나는 조금씩 일을 시작하였다. 즉흥적으로, 아무렇게나 행동해서는 안 되었다. 계획은 능숙하게, 단계적으로 수행되어야 했다. 그러나 고백하건대, 여러 차례의 시도 끝에 나는 절망하기 시작했다. 우리는 도무지 서로 부딪칠 수가 없었던 것이다. 나는 모든 준비를 갖추었고, 마음도 단단히 먹었으며—곧 부딪칠 것처럼 보였지만—나는 어느새 다시 한번 그를 피해 비켜섰고, 그는 나를 알아차리지도 않은 채 지나가고 말았다. 나는 그에게 다가갈 때마다 하늘이시여, 내게 결단력을 허락하소서 하고 기도하기까지 했다. 한번은 완전히 마음을 굳혔지만, 그 끝은, 내가 거의 그의 코앞 여섯 치 거리까지 갔을 때 갑자기 기운이 빠져 그만 비틀거리며 그의 발치에 넘어지는 것이었다. 그는 아무렇지도 않게 나를 가볍게 넘어서 지나갔고, 나는 공처럼 옆으로 굴러가 버렸다. 그날 밤 다시 나는 앓아누웠고, 열과 망상 속에서 뒤척였다.

그리고 돌연 모든 일이 가장 행복하게 끝났다. 전날 밤, 나는 그 치명적인 계획을 더는 실행하지 않고 모두 포기하기로 결심했고, 바로 그것을 확인하기 위한 목적으로 마지막으로 네프스키에 나갔던 것이다. 갑자기, 내 적으로부터 세 걸음 떨어진 지점에서, 나는 뜻밖에도 마음을 정했다—나는 눈을 감았고, 우리는 전력으로 서로를 향해 어깨와 어깨가 맞부딪히며 돌진했다! 나는 한 치도 비켜서지 않았고, 완전히 대등한 입장에서 그를 지나쳤다! 그는 뒤돌아보지도 않고, 못 본 체했다. 그러나 그는 단지 가장한 것일 뿐이다, 나는 그 사실을 확신한다. 지금까지도 나는 확신하고 있다! 물론 나는 힘으로는 졌다—그가 더 강했으니—그러나 그게 요점은 아니었다. 요점은, 나는 목적을 달성했고, 나의 존엄을 지켰으며, 한 발짝도 양보하지 않았고, 공공연하게 그와 대등한 사회적 지위를 주장했다는 것이었다. 나는 모든 것에 완전히 복수했다는 감정으로 집으로 돌아왔다. 나는 황홀했다. 나는 승리감에 들떠 이탈리아 아리아를 불렀다. 물론, 사흘 뒤 내게 무슨 일이 일어났는지는 당신들에게 굳이 말하지 않겠다. 첫 장을 읽어보았다면 짐작할 수 있을 것이다. 그 장교는 그 후 전출되었다. 이제 그는 보이지 않은 지 십사 년이 되었다. 그 착한 사나이는 지금 무엇을 하고 있을까? 그는 지금 누구를 밟고 지나가고 있을까?

2

 그러나 방탕의 시기는 끝나곤 했고, 나는 언제나 그 뒤에 심하게 앓았다. 그 뒤에는 가책이 뒤따랐고—나는 그것을 떨쳐버리려 애썼다. 나는 너무도 아팠다. 그러나 차츰차츰, 나는 그 역시 익숙해졌다. 나는 모든 것에 익숙해졌고, 아니, 차라리 스스로 그것을 견디기로 체념하였다. 그러나 나에게는 모든 것을 화해시키는 도피처가 하나 있었으니—그것은 곧 "선과 아름다움" 속으로 숨어드는 것이었고, 물론 꿈 속에서였다. 나는 끔찍한 몽상가였고, 구석진 내 모퉁이에 틀어박혀 석 달 동안이나 내내 꿈을 꾸곤 했다. 그리고 그 순간들만큼은, 독일산 비버 깃을 외투에 달아놓고 닭심장의 동요 속에서 허둥대던 그 신사와는 전혀 닮지 않았다는 것을 당신들은 믿어도 좋다. 나는 돌연 영웅이 되었다. 나는 육 척 장교가 나를 찾아온다 해도 들이지 않았을 것이다. 그런 때에는 그를 눈앞에 떠올리는 것조차 할 수 없었다. 나의 꿈이 무엇이었고, 어떻게 그것만으로 나 자신을 만족시킬 수 있었는지는 지금 말하기 어렵다. 그러나 그때에는 나는 그것으로 충분히 만족했다. 아니, 사실 지금도 어느 정도 만족하고 있다. 특히 방탕 뒤에는 꿈이 더없이 달콤하고 생생했다. 그 꿈들은 가책과 함께 왔고, 눈물과 함께 왔고, 저주와 열광과 함께 찾아왔다. 그 순간들에는, 정말로 몰아치는 도취가 있었고, 행복이 있었으니, 그 안에는 아이러니의 그림자조차 없었다, 명예를 걸고 말하건대. 나는 믿음이 있었고, 희망이 있었고, 사랑이 있었다. 그런 때 나는 눈이 멀 정도로 믿었으니, 어떤 기적, 어떤 외부의 계기에 의해 모든 것이 갑자기 펼쳐지고, 확장되며, 어떤 적절한 활동의 전망—은혜롭고, 선하며, 무엇보다도 이미 완성된 활동(그 활동이 무엇인지 나는 알지 못했으나, 중요한 것은 그것이 이미 마련되어 있다는 것이었다)—이 바로 내 앞에 펼쳐질 것이며— 나는 백마를 타고 월계관을 쓰고 거의 빛 속으로 나아갈 것이라고 믿어버렸다. 가장 앞자리가 아니라는 것은 나는 상상조차 할 수 없었고, 바로 그 때문에 나는 현실에서는 아주 기꺼이 가장 낮은 자리를 차지하고 있었다. 영웅이 되거나, 진흙 속에 기어들어가거나—그 사이에는 아무것도 없었다. 그것이 내 파멸이었다. 왜냐하면 진흙 속에 있을 때 나는, 다른 때 나는 영웅이었다고 스스로를 위로했으며, 그 영웅이라는 허울은 그 진흙을 가리는 외투였기 때문이다. 보통 사람에게는 스스로를 더럽히는 것이 수치였지만, 영웅에게는 너무 고귀하여 완전히 더럽혀질 수 없었고, 그래서 그는 자신을 더럽혀도 되는 것이었다. 주목할 것은, 이 "선과 아름다움"의 발작이 방탕의 시기에도 나를 찾아왔다는 점이며, 그것도 내가 가장 밑바닥에 닿아 있을 때 찾아왔다는 사실이다. 그 발작들은 간헐적으로, 마치 스스로를 상기시키기라도 하듯 찾아왔으나, 방탕을 몰아내지는 못했다. 오히려 그 대조로 인해 방탕에 한층 자극을 더해주었고, 겨우소 그 소스 노릇을 할 만큼만 존재했다. 그 소스는 모순과 고통으로 이루어져 있었고, 괴로운 내적 분석의 가시들로 채워져 있었으며, 이 모든 아픔과 찌르듯한 감정들은 내 방탕에 일종의 자극적 풍미, 심지어는 의미를 부여했다. 사실 그것은 방탕이라는 요리에 딱 맞는, 식욕을 돋우는 소스 역할을 완벽히 해냈던 것이다. 거기에는 어떤 깊은 의미가 있었다. 그리고 나는 서기들의 단순하고, 비천하고, 직선적인 방탕으로는 절대로 만족하지 못했을 것이며, 그 더러움을 견디지도 못했을 것이다. 그렇다면 무엇이 나를 그 밤마다 거리로 끌어냈을까? 아니다, 나는 이 모든 것에서 벗어나는 더 고귀한 방식을 가지고 있었다.

그리고 하늘이시여, 그 꿈들 속에서, 그 "선과 아름다움 속으로의 비상"에서 내가 느꼈던 그 무슨 사랑, 그 무슨 자애로움이란! 비록 그것은 환상적인 사랑이었고, 현실의 어느 인간에게도 적용된 사랑이 아니었으나, 그 사랑은 너무도 넘쳐흘러서, 꿈에서 깨어난 뒤에는 그것을 현실에 적용하려는 충동마저 느끼지 못했다. 그러한 적용은 오히려 불필요한 것이었다. 그러나 모든 것은 게으르고도 황홀한 전환을 거쳐, 예술의 영역, 곧 시인들과 소설가들에게서 대개 훔쳐오고 온갖 필요에 맞추어 변형한, 삶의 아름다운 형상들의 세계로 만족스럽게 흘러들어갔다. 예컨대 나는 모든 사람 위에서 승리하였다. 모든 사람은, 물론, 먼지와 재로 변했으며, 저절로 나의 우월함을 인정하지 않을 수 없었고, 나는 그들 모두를 용서하였다. 나는 시인이었고, 고귀한 신사였으며, 사랑에 빠졌고, 수백만의 재산을 물려받아 즉시 인류에 바쳤으며, 동시에 모든 사람 앞에서 내 수치스러운 행위들을 고백했는데—그 수치스러운 행위들은 물론 단순한 수치뿐 아니라, 그 속에 "선과 아름다움"이 깃들어 있었으며, 어느 정도는 만프레드 풍격$^{(Manfred\ style)}$의 것이었다. 모두가 나에게 입맞추며 울었고(그렇지 않다면 그들은 바보가 아니겠는가), 나는 맨발로 굶주린 채 새로운 사상을 설교하며, 반동주의자들에 맞서 승리의 아우스테를리츠를 치렀다. 그러자 군악대가 행진곡을 연주하고, 사면령이 선포되고, 교황은 로마에서 브라질로 물러나는 데 동의하였다. 그리고 이탈리아 전체를 위한 무도회가 코모 호숫가의 빌라 보르게제에서 열렸고, 그 목적을 위해 코모 호수는 로마 근교로 옮겨졌다. 그 뒤에는 덤불 속의 한 장면이 이어졌고, 그 다음에도 계속, 계속 이어졌다—여러분이 이미 다 알고 있는 바로 그것 아니겠는가? 당신들은 말할 것이다, 내가 스스로 고백한 눈물과 열광이 다 끝난 뒤에 이런 것들을 공공연히 끌어내는 것은 천박하고 비열하다고. 그러나 왜 천박한가? 당신들은 내가 이것을 부끄러워한다고 상상하는가, 그리고 이것이 당신들 인생에서 겪어온 그 어떤 것보다 더 어리석었다고 생각하는가, 신사 여러분? 그리고 나는 단언하건대, 이 상상들 가운데 일부는 결코 나쁘게 구성된 것이 아니었다…. 모든 것이 코모 호숫가에서 벌어진 것은 아니었다. 그럼에도 당신들은 옳다—이것은 참으로 천박하고 비열하다. 그리고 가장 비열한 것은, 지금 내가 당신들에게 스스로를 변명하려 하고 있다는 사실이다. 그리고 그보다 더 비열한 것은, 바로 지금 내가 그 사실을 지적하고 있다는 점이다. 그러나 이제 그만두자, 더 계속하면 끝이 없을 것이다. 한 걸음 내딛을 때마다 이전보다 더욱 비열해질 테니….

나는 꿈꾸기에 사로잡혀 지낸 지 석 달을 넘기지 못하곤 했다. 그 무렵이면 언제나 참을 수 없는 충동이 일어나 사회 속으로 뛰어들고 싶어졌기 때문이다. 사회 속으로 뛰어든다는 것은, 즉 관청의 상관인 안톤 안토니치 셰또치킨을 방문하는 것을 뜻했다. 그는 내 일생에서 유일하게 지속적으로 알고 지낸 사람인데, 지금도 나는 그 사실을 스스로 기이하게 여긴다. 그러나 나는 오직 그런 시기가 찾아왔을 때만 그를 보러 갔다. 내 꿈들이 황홀경의 절정에 이르러 갑자기 동료들과 온 인류를 껴안는 것이 불가피해질 만큼 되었을 때였다. 그리고 그러한 목적을 위해서는 적어도 실제로 존재하는 한 인간이 필요했던 것이다. 하지만 나는 반드시 화요일에 안톤 안토니치를 찾아가야 했다—그의 방문일이었기 때문이다. 그래서 나는 인류 전체를 끌어안고 싶은 이 격렬한 욕망이 반드시 화요일에 떨어지도록 조절해야만 했다.

이 안톤 안토니치는 파이브 코너스에 있는 어느 집의 4층에서 살고 있었다. 천장이 낮은 네 개의 방—하나보다 하나가 더 작았고—특히 검소하고 누르스름한 인상을 주는 방들이었다. 그에게는 두 딸과, 차를 따라주는 숙모가 있었다. 그 딸들은 하나는 열세 살, 다른 하나는 열네 살이었고, 둘 다 들창코였다. 나는 그 애들이 언제나 속삭이고 킥킥대고 있었기 때문에 몹시 부끄러웠다. 집주인은 대개 서재에서, 탁자 앞의 가죽 소파에, 백발의 신사와 함께 앉아 있었다. 그 신사는 보통 우리 사무실 동료이거나 다른 부서의 동료였다. 나는 그곳에서 두세 명 이상의 손님을 본 적이 없었고, 언제나 똑같은 사람들이었다. 그들은 소비세에 관하여, 원로원에서의 사무에 관하여, 봉급에 관하여, 승진에 관하여, 각하 전하님에 관하여, 그리고 그를 기쁘게 하는 가장 좋은 방법에 관하여, 이런저런 이야기를 나누었다. 나는 그들 곁에서 바보처럼 네 시간씩 꼼짝 않고 앉아 그들을 들으면서, 무엇을 말해야 할지 모르겠고 감히 한마디도 붙이지 못한 채 버티는 인내심을 발휘했다. 나는 멍청해졌고, 몇 번은 땀이 흐르는 것이 느껴졌으며, 어떤 마비 상태에 압도되기도 했다. 그러나 그것은 나에게 유쾌했고, 또 유익하기도 했다. 집으로 돌아오면, 나는 온 인류를 껴안고 싶은 욕망을 잠시 미루어둘 수 있었다.

그러나 나는 또 한 사람, 일종의 아는 이가 있었으니, 시모노프였다. 그는 내 옛 학교 친구였다. 나는 실제로 페테르부르크에 여러 명의 학교 친구들이 있었으나 그들과 사귀지 않았고, 길에서 마주쳐도 고개를 끄덕이는 일조차 그만두었다. 나는 지금의 부서로 옮긴 것이, 단지 그들과의 교제를 피하고, 혐오스러운 내 어린 시절과의 모든 연결을 끊기 위한 것이었다고 믿는다. 저주받을 학교여, 그리고 그 끔찍했던 형벌 같은 세월이여! 간단히 말해, 나는 세상에 나오자마자 학교 친구들과 갈라섰다. 거리에서 아직 고개를 끄덕여 주던 두어 명이 남아 있었는데, 그 중 하나가 시모노프였다. 그는 학교 때 아무런 두드러짐도 없었고, 조용하고 침착한 성품이었으나, 나는 그에게서 일정한 독립성과 심지어 정직함까지 발견했다. 그가 특별히 어리석었다고는 나는 추측하지 않는다. 나는 한때 그와 몇몇 다정다감한 시간을 보낸 적도 있었으나, 그것은 오래가지 않았고, 어쩐지 갑자기 흐려져 버렸다. 그는 이러한 회상을 분명 불편해했고, 나는 그가 내가 다시 그런 어조를 꺼낼까 두려워하고 있다고 생각했다. 나는 그가 나를 꺼린다고 의심했으나 확신할 수 없었기 때문에 그래도 계속 그를 찾아갔다.

그래서 어느 날, 더는 내 고독을 견딜 수 없었고, 목요일이라 안톤 안토니치의 문이 닫혀 있으리라는 것을 알고, 나는 시모노프를 떠올렸다. 그의 4층 방으로 올라가면서, 그는 나를 달가워하지 않을 것이고 그를 찾아가는 것은 실수라는 생각이 들었다. 그러나 언제나 그랬듯이, 그런 생각은 나를, 마치 일부러 그러는 듯, 곤란한 처지 속으로 밀어 넣었고, 나는 들어갔다. 시모노프를 본 지 거의 1년 만이었다.

3

나는 그와 함께 두 명의 옛 학교 친구들을 보았다. 그들은 어떤 중요한 일을 의논하고 있는 듯했다. 그들 모두는 내가 들어가는 것을 거의 알아차리지도 않았는데, 이는 이상한 일이었다. 나는 그들을 여러 해 동안 만나지 않았기 때문이다. 그들은 분명 나를 하찮은 파리 정도로 여기는 듯했다. 학교에서도 그렇게 대우받은 적은 없었는데, 비록 그들이 나를 모두 미워하긴 했지만 말이다. 나는 물론, 그들이 지금의 나를 멸시하리라는 것은 알고 있었다. 관청에서 성공하지 못한 것, 초라하게 몰락하도록 스스로를 방치한 것, 옷차림조차 볼품없다는 것—그 모든 것이 그들에게는 나의 무능과 하찮음을 나타내는 표지로 보였기 때문이다. 그러나 나는 이런 정도의 경멸까지는 예상하지 못했다. 시모노프는 내가 나타난 것을 분명 놀라워했다. 옛날에도 그는 내가 오면 늘 놀란 듯한 표정을 보이곤 했다. 이 모든 것은 나를 어리둥절하게 만들었다. 나는 앉았고, 다소 비참한 기분이 든 채 그들이 하는 말을 듣기 시작했다.

그들은 다음 날 먼 지방으로 떠나는 그들의 동료 즈베르코프라는 장교에게 고별 만찬을 마련하려고 열띤 대화를 나누고 있었다. 이 즈베르코프도 나와 함께 학교에 다녔던 인물이었다. 나는 상급 반에 올라가면서 그를 특히 미워하기 시작했었다. 하급 반에 있을 때 그는 단지 예쁘장하고 장난기 많은, 모두에게 사랑받는 소년에 불과했다. 그러나 나는 하급 반에서도 이미 그를 미워했는데, 바로 그가 예쁘장하고 장난기 많은 소년이라는 이유 때문이었다. 그는 늘 공부가 형편없었고 올라갈수록 더 나빠졌지만, 빽이 세서 좋은 성적으로 졸업했다. 학교 마지막 해에 그는 이백 명의 농노가 딸린 영지를 상속받았고, 우리 대부분은 가난했으므로, 그는 우리 앞에서 으스대기 시작했다. 그는 지독하게 천박했지만, 동시에 그 으스대는 태도 속에서도 본래 성미가 좋은 인물이었다. 명예와 품위에 대한 피상적이고 공상적이며 허황된 관념에도 불구하고, 아주 소수를 제외한 우리 모두는 헛되이 즈베르코프에게 굴종했고, 그가 더 으스댈수록 더욱 굴종했다. 그리고 그 굴종에는 어떤 이해관계가 있었던 것도 아니라, 단지 그가 자연의 은총을 받은 사람이었기 때문이었다. 게다가 우리 사이에는, 즈베르코프가 예절과 사교적 품위의 전문가라는 일종의 공인된 관념이 있었다. 바로 이 점이 나를 특히 격분하게 했다. 나는 그의 뚝뚝한 자신만만한 말투가 싫었다. 자신이 한 기발한 농담들을 스스로 찬탄하는 태도도 싫었는데, 그 농담들은 대개 끔찍하게 어리석었지만 그는 언사가 대담했다. 나는 그의 잘생겼으나 멍청한 얼굴이 싫었고(그러나 그 얼굴과 내 총명한 얼굴을 바꿀 수 있다면 기꺼이 바꾸었을 것이다), 1840년대에 유행하던 그의 거드름 피우는 군인풍도 싫었다. 그의 미래의 여성 정복에 대해 떠벌이던 방식도 싫었는데(그는 장교의 견장을 단 뒤에야 여자를 공략할 용기를 냈고, 그날을 초조하게 기다리고 있었다), 끊임없이 벌이게 될 결투들에 대해 자랑하는 것도 싫었다. 나는 내가 늘 말이 없는 사람이었음에도, 어느 날 그의 학교 동료들과 함께 한가한 시간에 그의 미래 여성 관계에 대해 이야기하며 햇살 속 강아지처럼 장난스러워진 즈베르코프가 갑자기 자기 영지의 마을 처녀들을 한 명도 빠짐없이 건드리지 않을 생각이 없으며, 그것이 자신의 '영주권$^{(droit de seigneur)}$'이고, 농노들이 감히 항의한다면 그들을 모조리 매질하고 세금을 두 배로 올릴 것이라고—수염 난 악당들이라며—떠벌리던 순간에 그에게 달려들었던 일을 기억한다. 우리 비굴한 무리는 그에게 박수를 쳤으나, 나는 그 하찮은 놈에게 박수치는 것이 역겨워 그를 공격했다. 그때는 내가 그를 이겼다. 그러나 즈베르코프는 멍청했지만 생기 있고 건방졌기에, 그 모든 것을 웃어넘겼고, 내가 거둔 승리는 완전한 것이 아니었다. 웃음은 그의 편이었다. 그 후에도 그는 여러 차례 나를 이겼는데, 악의 없이, 농담처럼,

아무렇게나 그랬다. 나는 분노와 경멸 속에서 침묵하며 대꾸하지 않았다. 우리가 학교를 떠날 때 그는 나에게 다가오려 했고, 나는 그를 뿌리치지 않았다. 나는 그가 나에게 다가온 것이 영광스러웠기 때문이다. 그러나 우리는 곧, 그리고 지극히 자연스럽게 갈라섰다. 그 뒤 나는 그가 중위로서의 군영 생활에서 성공을 거두고 방탕하게 지낸다는 소문을 들었다. 그러고는 그의 군에서의 성공담도 들려왔다. 그 무렵 그는 거리에서 나를 못 본 척하기 시작했고, 나는 그가 나처럼 하찮은 인간에게 인사함으로써 스스로를 곤란하게 만들까 두려워한다고 의심했다. 나는 그를 한 번 극장에서 보았다, 3층 박스석에서였다. 그 무렵 그는 견장을 달고 있었다. 그는 고대 장군의 딸들에게 잘 보이려고 이리저리 몸을 비틀어대고 있었다. 3년 사이 그는 꽤 상했지만, 여전히 근사하고 약삭빠른 구석이 있었다. 서른이 되면 살이 찔 것이라는 사실은 분명했다. 바로 그 즈베르코프를 위해 내 옛 학교 친구들이 고별 만찬을 마련하려고 하고 있었던 것이다. 그들이 지난 3년 동안 그와 교류를 유지해 온 것이었으나, 속으로는 그가 자신들과 동등하다고 여기지 않는다는 것도—나는 확신한다—알고 있었다.

시모노프에게 온 두 방문객 중 하나는 페르피치킨이었는데, 그는 러시아식이 된 독일인이었으며, 원숭이 같은 얼굴을 한 작은 사내로, 누구든 늘 조롱하던 얼간이였고, 하급

학년 시절부터 나에게 지독한 적대감을 드러내던 자였다. 그는 상스럽고 뻔뻔하며 허세를 부리는 인물로, 개인적 명예에 대단히 예민한 체했으나, 물론 속으로는 비참한 겁쟁이였다. 그는 즈베르코프에게 이해관계로 아첨하던 무리 가운데 하나였고, 그에게서 돈을 자주 꿨다. 시모노프의 또 다른 방문객인 트루돌류보프는 별로 눈에 띌 것 없는 인물로, 군 복무 중인 키 큰 청년이었으며, 냉랭한 얼굴을 하고 있었고, 비교적 정직했으나 온갖 성공을 숭배하며 오직 승진만을 생각하는 자였다. 그는 즈베르코프와 먼 친척 관계라는 듯했고, 우스워 보이지만 그 사실 덕에 우리 사이에서 어느 정도의 중요성을 갖고 있었다. 그는 언제나 나를 아무런 존재감도 없는 사람으로 여겼고, 나에 대한 그의 태도는 정중하다고는 할 수 없었으나 참을 만한 수준이었다.

"그러면 우리 셋이서 각자 7루블씩 내면, 모두 21루블이고, 그 정도면 괜찮은 저녁을 먹을 수 있겠지. 즈베르코프는, 물론, 계산하지 않을 거고." 하고 트루돌류보프가 말했다.

"당연하지, 우리가 그를 초대하는 거니까." 하고 시모노프가 결론지었다.

"생각해 보겠나," 하고 페르피치킨이 불손한 하인처럼 장군의 훈장을 자랑하듯 뜨겁고 잘난 체하며 끼어들었다. "즈베르코프가 우리가 전부 계산하게 내버려 둘 거라고? 그는 체면상 받아들이겠지만, 샴페인 여섯 병은 시킬걸."

"우리 넷이서 여섯 병이나 필요하겠어?" 하고 트루돌류보프가, 여섯 병이라는 말에만 주목하며 말했다.

"그러니까 우리 셋, 거기에 즈베르코프까지 넷, 21루블. 내일 다섯 시, 호텔 드 파리에서." 하고 준비를 맡은 시모노프가 마무리했다.

"왜 21루블이지?" 하고 나는 약간 흥분해, 서운한 척하며 물었다. "나까지 계산하면 21루블이 아니라 28루블 아닌가."

나는 이렇게 갑작스럽고 예기치 않게 스스로를 초대하는 것이 도리어 우아하게 보일 것 같았고, 그들이 한순간에 굴복하여 나를 존중의 눈으로 바라볼 것이라고 생각했다.

"너도 함께하고 싶은 거냐?" 하고 시모노프가, 전혀 기뻐하는 기색 없이, 나를 바라보는 것을 피하는 듯이 말하였다. 그는 나를 훤히 알고 있었다.

그가 나를 그렇게까지 꿰뚫고 있다는 사실이 나를 격분케 했다.

"왜 안 되지? 나도 그의 오랜 학창 시절 동창일 텐데, 너희가 나를 빼놓은 것이 서운하다고 인정해야겠군." 하고 나는 다시 속이 부글부글 끓어오르며 말했다.

"그런데 우리가 너를 어디서 찾는단 말이냐?" 하고 페르피치킨이 거칠게 끼어들었다.

"너는 줄곧 즈베르코프와 친하지도 않았잖아." 하고 트루돌류보프가 찡그리며 덧붙였다.

그러나 나는 이미 그 생각을 움켜쥐었고 결코 놓을 생각이 없었다.

"그건 누구도 판단할 권리가 없는 문제라고 생각하는데." 하고 나는 마치 커다란 일이 일어난 듯한 떨리는 목소리로 반박했다. "오히려 내가 지금 그것을 원하게 된 이유가, 그와 항상 좋은 사이가 아니었기 때문일지도 모르지."

"하, 도무지 알 수가 없군… 이런 미묘한 말투로는." 하고 트루돌류보프가 비웃었다.

"네 이름을 올리겠다." 하고 시모노프가 나를 향해 결정하듯 말했다. "내일 다섯 시, 호텔 드 파리다."

"돈은 어떻게 하고?" 하고 페르피치킨이 작게 말하며 시모노프에게 나를 가리켰다가, 말끝을 흐렸다. 시모노프조차 난처해했기 때문이었다.

"그만하면 됐어." 하고 트루돌류보프가 일어서며 말했다. "그가 그렇게 오고 싶다는데, 오게 두지."

"하지만 이건 우리 친구들끼리의 사적인 일이라고." 하고 페르피치킨이 모자를 집어들며 심술궂게 말했다. "공식적인 모임이 아니란 말이야."

"어쩌면 우리는 전혀 원하지 않을 수도…."

그들은 떠났다. 페르피치킨은 나에게 아무 인사도 하지 않고 나갔고, 트루돌류보프는 간신히 고개만 끄덕였다. 시모노프와 단둘이 남은 나는, 그의 짜증과 당혹스러운 기색

속에서 묘한 시선을 받았다. 그는 앉지도 않았고 나에게 앉으라고 말하지도 않았다.

"흠… 그렇지… 그러면 내일. 지금 너의 분담금을 내겠나? 그냥 알아두려고 묻는 것뿐이야." 하고 그는 곤혹스러워하며 중얼거렸다.

나는 새파랗게 달아올랐고, 그러자 오래전부터 시모노프에게 15루블을 빚지고 있었다는 사실이 떠올랐다—사실 나는 결코 잊은 적이 없었으나, 갚지 않았을 뿐이었다.

"시모노프, 알겠지만, 내가 여기 올 때는 전혀 생각도 못 했네…. 잊고 있었다니 정말 속상하군…."

"됐어, 됐어, 아무렇지 않아. 내일 저녁 식사 뒤에 내면 돼. 그저 알고만 싶었을 뿐이야…. 제발, 그러지 말게…."

그는 말을 끊고, 더욱 짜증스러운 기색으로 방 안을 거닐기 시작했다. 그러면서 발뒤꿈치로 바닥을 쿵쿵 울리기 시작했다.

"내가 방해하고 있나?" 하고 나는 몇 분 정도 침묵 끝에 물었다.

"아!" 하고 그는 움찔하며 말했다. "그게—솔직히 말하면—그래. 나는 누굴 좀 만나러 가야 하네… 바로 근처지." 하고 그는 미안해하는 듯한 목소리로, 다소 당황하여 덧붙였다.

"하늘이시여, 왜 진작 말하지 않았나?" 하고 나는 내 모자를 움켜쥐며 외쳤다. 스스로도 놀랄 만큼 태연한 기색이었다.

"바로 근처야… 두 걸음도 아니지." 하고 시모노프는, 그의 성미와 전혀 맞지 않는 분주한 태도로 나를 현관까지 배웅하며 되풀이했다. "그러니까 내일 다섯 시, 꼭이네." 하고 그는 계단 아래로 내려가는 나를 향해 외쳤다. 그는 나를 떼어내서 몹시 기뻐했다. 나는 분노로 가득 차 있었다.

"도대체 무슨 마가 들려서, 내가 왜 스스로를 그들에게 들이미는 짓을 한 거지?" 하고 나는 이를 갈며 길을 성큼성큼 걸었다. "저런 악당, 저런 돼지 같은 즈베르코프를 위해! 물론 가지 않는 편이 낫지. 물론 그들에게 코웃음 치면 돼. 나는 아무 의무도 없어. 내일 우편으로 시모노프에게 편지를 보내겠어…."

그러나 나를 더욱 격노케 한 것은, 내가 분명히 갈 것이라는 사실을, 반드시 갈 것이라는 사실을 스스로 알고 있었다는 점이었다. 그리고 내가 갈수록 더 무례하고 더 부적절해질수록, 오히려 나는 더욱 확실히 갈 것이었다.

그리고 내게는 실제로 방해가 되는 장애도 있었다. 나는 돈이 없었다. 내게 있는 전부는 9루블 뿐이었고, 그 가운데 7루블은 하인 아폴론에게 한 달치 삯으로 주어야 했다. 나는 그에게 그것밖에 주지 않았고—그는 스스로 꾸려가야 했다.

그의 성미를 생각하면 그에게 삯을 주지 않는 것은 불가능했다. 그러나 그 친구, 나의 골칫거리에 대해서는 다음에 이야기하겠다.

그럼에도 나는 내가 갈 것이고, 그의 삶은 주지 않을 것임을 알고 있었다.

그날 밤 나는 가장 흉측한 꿈들을 꾸었다. 놀랄 것도 없었다. 저녁 내내 나는 학교 시절의 비참한 나날들에 대한 기억에 눌려 있었고, 그것을 떨쳐낼 수 없었기 때문이었다. 나는 나를 부양하던 먼 친척들에 의해 학교에 보내졌고, 그 후로는 그들에 대한 소식을 들은 적이 없었다. 그들은 이미 그들의 책망에 짓눌린, 이미 의심에 괴로워하던, 그리고 모든 이를 사납게 불신하는 침울하고 말없는 아이였던 나를 그곳에 보냈다. 학교 친구들은 내가 그들 가운데 누구와도 닮지 않았다는 이유로 나를 악의적이고 무자비한 조롱으로 맞이했다. 그러나 나는 그 조롱을 견딜 수 없었다. 그들끼리는 비열할 정도로 쉽게 서로에게 굴복했지만, 나는 그럴 수가 없었다. 나는 처음부터 그들을 미워했고, 겁먹고 상처받은 과도한 자존심 속에 나 자신을 모두로부터 가두었다. 그들의 거칠음은 나를 역겹게 했다. 그들은 내 얼굴과 서툰 몸짓을 냉소적으로 비웃었다. 그렇지만 그들 자신의 얼굴이야말로 얼마나 어리석게 생겼던가. 우리 학교에서는 아이들의 얼굴이 특별한 방식으로 퇴화하고 더욱 멍청해지는 듯 보였다. 얼마나 많은 잘생긴 아이들이 우리 학교로 왔던가! 그러나 몇 년 지나지 않아 그들은 모두 혐오스러워졌다. 나는 열여섯 살에도 그들을 음울하게 바라보았고, 이미 그들의 생각이 얼마나 하찮은지, 그들의 추구, 놀이, 대화가 얼마나 어리석은지 놀라곤 했다. 그들은 본질적인 것들을 이해하지 못했고, 그토록 인상적이고 눈앞의 문제들에도 아무런 관심을 두지 않았으며, 그래서 나는 그들이 나보다 열등하다고 여길 수밖에 없었다. 그것은 상처받은 허영심 때문이 아니었고, 제발 그 진부한 말—"나는 단지 몽상가였을 뿐, 그들은 이미 삶을 이해하고 있었다"—따위는 나에게 들이밀지 말아 달라. 그들은 아무것도 이해하지 못했으며, 현실 삶에 대한 관념조차 없었고, 나는 신의 이름으로 맹세하건대 그것이야말로 내가 그들에게 가장 분노했던 이유였다. 반대로, 가장 명백하고 눈앞의 현실조차 그들은 기괴할 만큼 멍청하게 받아들였고, 그때부터 이미 성공을 숭배하는 데 익숙해져 있었다. 무엇이 정당하든 억압받고 업신여김을 당하는 것은 그들은 뻔뻔하고 수치스럽게 비웃었다. 그들은 지위를 곧 지성이라 여겼고, 열여섯 살밖에 되지 않았으면서도 벌써부터 안정된 자리를 이야기하고 있었다. 물론 그들의 바보스러움도 한 몫 했고, 어린 시절 늘 둘러싸여 있던 나쁜 본보기들의 영향도 컸다. 그들은 끔찍할 정도로 타락해 있었다. 물론 그 타락의 상당 부분은 얄팍하고, 냉소를 가장하는 허울뿐이었으며, 그들의 타락 속에서도 젊음과 생생함의 기미는 보이곤 했다. 그러나 그 신선함조차 매력적이지 않았고, 어떤 난봉스러운 형태로 드러났다. 나는 그들을 끔찍하게 미워했다. 그러나 어쩌면 나는 그들 중 누구보다도 더 나쁜 인간이었을지도 모른다. 그들은 나를 같은 방식으로 갚아 주었고, 나에 대한 혐오감을 숨기지 않았다. 그러나 그때 나는 그들의 애정을 원치 않았다. 오히려 나는 끊임없이 그들의 굴욕을 바랐다. 그들의 조롱에서 벗어나기 위해 나는 일부러 공부에 모든 노력을 기울여 맨 꼭대기까지 올라갔다. 그것은 그들에게 깊은 인상을 남겼다. 게다가 시간이 지나자 그들 중 누구도 읽지 못하는 책들을 내가 이미 읽었고, 우리 학교 교과과정에 속하지도 않은 것들을 내가 이해하고 있다는 사실을 그들 모두가 차츰 깨닫기 시작했다. 그들은 그것을 야만적일 만큼 비웃었지만, 도덕적으로는 영향을 받았다. 특히 선생님들이 그 점을 눈여겨보기 시작하자 그랬다. 조롱은 사라졌지만, 적대감은 남았고, 차갑고 긴장된 관계가 우리 사이에 굳어졌다. 결국 나는 그것을 견딜 수 없게 되었다. 시간이 흐르자 나는 사회와 친구에 대한 갈망을 품게 되었다. 나는 몇몇 학교 친구들과 친해지려고 시도했다. 그러나 어찌된 영문인지, 그들과의 친분은 언제나 어색했고, 얼마 못 가 저절로 끝나버리곤 했다. 단 한 번, 나는 친구를 가진 적이 있었다. 그러나 나는 이미 마음속 깊은 곳에서 폭군이었다. 나는 그에게 무한한 지배력을 행사하고 싶어

했고, 그로 하여금 자기 주변을 경멸하도록 만들려 했다. 나는 그에게 완전히 주위와 단절할 것을 요구했다. 나는 그를 향한 내 열렬한 애정으로 그를 겁먹게 했고, 그를 눈물과 히스테리로 몰아넣었다. 그는 단순하고 헌신적인 영혼이었다. 그러나 그가 나에게 온전히 자신을 내맡기자마자, 나는 즉시 그를 미워하기 시작했고, 그를 밀쳐냈다—마치 그에게서 내가 원하는 것은 그를 이기고, 그를 굴복시키는 것뿐이었던 것처럼. 그러나 나는 그들 전부를 굴복시킬 수 없었다. 게다가 내 친구는 그들과도 달랐고, 사실 아주 드문 예외였다. 학교를 떠나자마자 내가 한 첫 번째 일은 내가 예정되었던 특정 직업을 포기하는 것이었는데, 그것은 모든 관계를 끊고, 과거를 저주하며, 발의 먼지를 털어내기 위해서였다…. 그런데 하늘이시여, 그런 일을 해 놓고 왜, 대체 왜, 내가 시모노프에게 터벅터벅 걸어갔단 말인가!

다음 날 이른 아침 나는 흥분하여 잠에서 깨어 벌떡 일어났다. 마치 모든 일이 당장 벌어질 것처럼 느껴졌기 때문이었다. 그러나 나는 그날 내 삶에 어떤 근본적인 변화가 찾아오리라, 그리고 반드시 올 것이라 믿고 있었다. 아마도 그것이 드물었기 때문이었을까, 외부에서 일어나는 어떤 사소한 일도 언제나 내게는 삶의 근본적 변화가 눈앞에 다가온 듯한 느낌을 주곤 했다. 그러나 나는 평소처럼 사무실에 갔고, 준비를 하기 위해 두 시간 일찍 집으로 살그머니 돌아왔다. 나는 생각했다. 내가 가장 먼저 도착해서는 안 된다는 것, 그렇지 않으면 그들이 내가 오는 것을 기뻐한다고 생각할 것이기 때문이었다. 그러나 이런 '중요한 점'은 천 개도 넘었고, 그 모든 것들이 나를 동요시키고 압도했다. 나는 내 손으로 부츠를 두 번째로 닦았다. 아폴론은 하루에 두 번 부츠를 닦는 것을 자신의 임무 이상이라고 여겼기에, 세상 무엇도 그에게 그것을 시킬 수는 없었다. 나는 그가 경멸하는 눈길을 보낼까 두려워 복도에서 몰래 솔을 훔쳐 닦았다. 그 다음 나는 내 옷을 세심하게 살펴보았고, 모든 것이 낡고, 해지고, 초라해 보인다고 생각했다. 나는 스스로를 너무 허술하게 방치해버렸던 것이다. 내 제복만큼은 아마 단정해 보였지만, 나는 제복 차림으로 저녁 식사에 갈 수는 없었다. 가장 심각한 문제는 바짓단 무릎 부분에 커다란 노란 얼룩이 있었다는 것이었다. 나는 그 얼룩이 내 개인적 품위의 십분의 구를 앗아갈 것 같은 불길한 예감을 느꼈다. 그러면서도 그것을 그렇게 생각하는 것 자체가 얼마나 보잘것없는 일인지 잘 알고 있었다. "하지만 지금은 생각할 때가 아니다. 이제야말로 진짜 일이 벌어지는 때다." 나는 그렇게 생각했고, 가슴이 철렁 내려앉았다. 나는 그때 이미 모든 사실을 괴물처럼 과장하고 있다는 것을 잘 알고 있었다. 그러나 어찌할 수가 없었다. 나는 내 자신을 통제할 수 없었고, 이미 열병에 떨고 있었다. 나는 절망 속에서 상상했다. 그 '악당' 즈베르코프가 얼마나 차갑고 경멸스럽게 나를 맞을지, 트루돌류보프라는 우둔한 바보가 얼마나 완고하고 굴복하지 않는 경멸의 눈길을 보낼지, 페르피치킨이라는 벌레 같은 놈이 즈베르코프에게 잘 보이려고 얼마나 뻔뻔한 무례로 나를 비웃을지, 시모노프는 이 모든 것을 어떻게 받아들이며 내 비굴한 허영심과 기백 없음 때문에 나를 얼마나 경멸할지—그리고 무엇보다 치명적으로 고통스러운 것은, 이 모든 일이 얼마나 하찮고, 비문학적이며, 진부하게 벌어질 것인가 하는 점이었다. 물론 가장 좋은 방법은 가지 않는 것이었다. 그러나 그것은 도저히 불가능했다. 내가 무엇인가 해야겠다는 충동을 느끼면, 나는 그쪽으로 곤두박질치고 마는 사람이기 때문이었다. 나는 이후 내내 스스로를 조롱했을 것이다. "그래, 겁먹었지. 너는 진짜 일을 앞에 두고 겁먹은 거야, 겁먹은 거라고!" 반대로, 나는 그 '잡동사니 무리'에게 내가 결코 그렇게 무기력한 인간이 아니라는 것을 증명하고 싶은 열망으로 불타고 있었다. 무엇보다도, 이 비겁한 열병의 가장 격렬한 발작 속에서도 나는 그들을 제압하고, 압도하고, 내 편으로 끌어들이는 상상을 했으며—적어도 나의 '사고의 고결함과 명백한 재치'를 통해 말이다. 그들은 즈베르코프를 버리고, 그는 한쪽에 앉아 침묵하고 부끄러워하며, 나는 그를 짓눌러버릴 것이다. 그리고 어쩌면 우리는 화해하여 영원한 우정을 위해 건배할 것이다. 그러나 나에게 가장 쓰라리고 굴욕적인 것은, 그때 이미—완전히, 확실하게—나는 그 모든 것이 실제로는 아무 필요도 없으며, 정말로 그들을 짓누르거나 굴복시키거나 끌어들이고 싶은 마음조차 없고, 설령 내가 그것을 이룬다 해도 그 결과 따위는 조금도 중요하지 않다는 것을 알고 있었다는 사실이었다. 하늘이시여, 나는 하루가 빨리 지나가기를 얼마나 간절히 바랐던가! 나는 말로 표현할 수 없는 고통 속에서 창가로 다가가, 움직이는 창틀을 열고, 굵고 젖은 눈발이 어둠 속에서 뒤엉켜 떨어지는 모습을 바라보았다. 마침내 나의 초라한 작은 시계가 쉿 하고 다섯 시를 알렸다. 나는 모자를 움켜쥐고, 하루 종일 월급을 기다리고 있었으나 어리석게도 먼저 말을 꺼내려 하지 않던 아폴론을 보지 않으려고 하며, 그와 문 사이를 스치듯 빠져나와, 내 마지막 반 루블을 써가며 고급 썰매에 올라탔고, 호화로운 모습으로 '호텔 드 파리' 앞에 도착했다.

4

나는 전날부터 내가 가장 먼저 도착하리라 굳게 믿고 있었다. 그러나 그것은 누가 가장 먼저 도착하느냐의 문제가 아니었다. 그들은 없을 뿐 아니라, 나는 우리가 쓰기로 한 방을 찾는 데조차 애를 먹었다. 식탁은 차려져 있지도 않았다. 그것은 무엇을 의미하는가? 여러 차례 질문한 끝에 나는 식당 종업원들로부터 저녁 식사가 다섯 시가 아니라 여섯 시로 주문되었다는 것을 알아냈다. 이 사실은 부페에서도 확인되었다. 나는 그들에게 계속 묻는 것이 정말 부끄러웠다. 아직 다섯 시 이십오 분에 불과했다. 만약 저녁 시간을 바꾸었다면 적어도 나에게는 알려주어야 하지 않는가—그것 때문에 우편이 존재하는 것이며, 나를 나 스스로의 눈앞에서, 그리고… 그리고 종업원들 앞에서조차 우스꽝스러운 처지에 빠뜨리지 않기 위해서 말이다. 나는 자리에 앉았다. 하인이 식탁을 차리기 시작하였다. 그는 그 자리에 있음으로써 나를 더욱 굴욕스럽게 만들었다. 여섯 시가 가까워지자 방 안에 촛불이 들여왔다. 비록 그 방에는 이미 등이 켜져 있지만 말이다. 그러나 종업원은 내가 도착했을 때 곧바로 촛불을 가져올 생각조차 하지 않았던 것이다. 이웃방에는 두 명의 음울하고 성난 듯한 사람들이 서로 다른 두 식탁에서 말없이 저녁을 먹고 있었다. 좀 더 먼 방에서는 큰 소리와 심지어 고함 같은 소리가 들려왔다. 한 무리의 사람들의 웃음소리와, 프랑스어로 내지르는 역겨운 작은 비명들이 섞여 들렸다. 그 저녁 식사에는 여인들이 있었다. 정말 역겨운 일이었다. 나는 좀처럼 그렇게 불쾌한 순간을 겪은 적이 없었다. 그래서 여섯 시 정각에 그들이 모두 함께 도착했을 때, 나는 마치 그들이 나를 구하러 온 사람들인 양 그들을 보자마자 기뻤고, 내가 노여움을 드러내야 한다는 사실조차 잊어버렸다.

즈베르코프는 그들 맨 앞에서 걸어 들어왔다. 분명히 그가 주도하는 인물인 듯했다. 그는 그들 모두와 함께 웃고 있었다. 그러나 나를 보자 즈베르코프는 몸을 약간 꼿꼿이 세우고, 허리를 살짝, 다소 유쾌한 태도로 굽히며 일부러 천천히 걸어 나에게 다가왔다. 그는 마치 장성이 격식을 갖추듯, 다소 신중하게 예의를 차리며 나와 악수했다. 손을 내밀면서도 무엇인가를 피하려는 듯한 태도였다. 나는 그가 방에 들어오자마자 특유의 가늘고 날카로운 웃음을 터뜨리고, 그 천박한 농담과 재치라고 부르기도 민망한 말들을 늘어놓을 것이라 생각해왔다. 나는 전날부터 그 모든 것에 대비하고 있었다. 그러나 나는 이런 양반 흉내의 혜택을 베푸는 듯한 태도, 이런 고위 관리 같은 정중함을 전혀 예상하지 못했다. 그렇다면 그는 모든 점에서 자신이 나보다 말할 수 없이 우월하다고 느끼고 있다는 말인가! 만일 그가 이런 고위 관리 같은 억눌린 어조로 나를 모욕하려는 의도를 품고 있었다면, 별일이 아니라고 나는 생각했다—나는 어떻게든 그에게 보복할 수 있을 터였다. 그러나 만일 그 우둔한 자가, 모욕할 뜻도 없이, 진심으로 자신이 나보다 우월하며 나를 시혜적 시선으로 바라보는 것이 어울린다고 생각했다면? 그런 가정만으로도 나는 숨이 막히는 듯했다.

  "그대가 우리와 함께하고 싶어 한다는 말을 듣고 나는 놀랐다"고 그는 새로이 혀짤배기 소리를 내며 질질 끌어 말하기 시작했다. "그대와 나는 서로 아무 교류도 없었던 듯하다. 그대는 우리를 피하고 있다. 그러나 그럴 필요는 없다. 우리는 그대가 생각하는 것처럼 그렇게 무서운 사람들이 아니다. 아무튼, 이렇게 다시 인사를 나누게 되어 기쁘다."

그리고 그는 아무렇지도 않은 듯 창가에 모자를 내려놓으려 돌아섰다.

"오래 기다렸소?"라고 트루돌류보프가 물었다.

"어제 그대들이 말한 대로 나는 다섯 시에 도착했소"라고 나는 터질 듯한 짜증을 담아 큰소리로 대답했다.

"우리가 시간을 바꿨다는 것을 그에게 알리지 않았나?" 하고 트루돌류보프가 시모노프에게 말했다.

"아니, 알리지 않았다. 잊어버렸지"라고 그는 아무런 유감의 기색도 보이지 않은 채 대답했고, 나에게 사과 한마디 없이 전채 요리를 주문하러 나가버렸다.

"그대는 한 시간 내내 여기 있었단 말이오? 오, 가엾기도 하지!" 하고 즈베르코프는 냉소적으로 외쳤다. 그의 생각에 이런 일은 틀림없이 우스꽝스러워야만 했기 때문이었다. 그 악당 페르피치킨은 강아지가 캥캥 짖듯 역겨운 킥킥거림으로 뒤따랐다. 나의 처지가 그에게도 더없이 우스꽝스럽고 난처하게 보였던 것이다.

"조금도 우스운 게 아니오!"라고 나는 점점 더 격해지며 페르피치킨에게 외쳤다. "내 잘못이 아니라 다른 사람들의 잘못이오. 그들이 나에게 알려주지 않은 것이오. 그것은… 그것은… 그것은 실로 터무니없는 일이었소."

"터무니없을 뿐만 아니라 또 다른 무엇이기도 하오"라고 트루돌류보프는 순진하게 내 편을 들며 중얼거렸다. "그대는 그것을 충분히 꾸짖고 있지 않소. 그것은 단순히 무례한 행위였소, 물론 고의적인 것은 아니었겠지만. 그리고 시모노프가 어떻게… 흠!"

"내게 그런 짓을 했다면," 하고 페르피치킨이 말했다. "나는…"

"그대는 무언가를 미리 주문했어도 되었을 것이오" 하고 즈베르코프가 말을 끊었다. "혹은 우리를 기다리지 말고 그저 저녁 식사를 달라고 했어도 되었을 터이오."

"그런 정도는 그대의 허락이 없어도 할 수 있었을 것이오"라고 나는 딱딱하게 쏘아붙였다. "내가 기다린 것은…."

"앉읍시다, 제군들" 하고 시모노프가 들어오며 외쳤다. "모든 것이 준비되었소. 샴페인은 내가 보증하오, 훌륭하게 얼려져 있소…. 그대의 주소를 몰랐으니, 어디서 그대를 찾을 수 있었겠소?" 그는 갑자기 나를 향해 그렇게 말했으나, 다시금 나와 눈을 마주치려 하지 않는 듯 보였다. 분명히 그는 나에게 무언가 불만을 품고 있는 것이었다. 아마도 어제 있었던 일이 원인이었을 것이다.

모두 자리에 앉았다. 나도 자리에 앉았다. 둥근 식탁이었다. 내 왼편에는 트루돌류보프, 오른편에는 시모노프가 앉아 있었다. 즈베르코프는 맞은편에, 페르피치킨은 그의 곁에, 그와 트루돌류보프 사이에 앉아 있었다.

"말해보게, 그대는… 관청에 있나?" 하고 즈베르코프는 계속해서 나에게 관심을 보였다. 내가 당황해하자 그는 진지하게 나에게 친절하게 굴고, 이른바, 기운을 북돋워주어야겠다고 생각한 듯했다.

"저자는 내가 그의 머리에 병이라도 집어던지기를 바라는 건가?" 하고 나는 격분하며 생각했다. 낯선 환경 속에서 나는 비정상적으로 예민해져 있었다.

"엔—— 관청에 있소" 하고 나는 접시에 시선을 떨어뜨린 채 퉁명스럽게 대답했다.

"그러면 괘-찮은 자-리를 얻었나? 그런데 무-엇 때문에 원래의 자-리를 떠난 건가?"

"무-엇 때문이냐 하면, 내가 원래의 자리를 떠나고 싶었기 때문이오" 하고 나는 그보다 더 질질 끌어 말하며, 스스로를 간신히 억누르고 있었다. 페르피치킨은 허파에 바람이라도 든 듯 폭소했다. 시모노프는 비꼬듯 나를 바라보았다. 트루돌류보프는 먹던 것을 멈추고 호기심을 담아 나를 보기 시작했다.

즈베르코프는 움찔했지만, 애써 못 본 체하려 했다.

"그리고 보수는?"

"보수라니?"

"그러니까, 그대의 봉-급 말일세?"

"왜 나를 캐묻는 겐가?" 그러나 나는 곧장 내 봉급이 얼마인지 말했다. 나는 끔찍할 만큼 얼굴이 붉어졌다.

"별로 근사하지는 않군" 하고 즈베르코프는 장중하게 말했다.

"그걸로는 카페에서 외식하기도 어렵겠군" 하고 페르피치킨은 뻔뻔스럽게 덧붙였다.

"내 생각에도 아주 빈약하군" 하고 트루돌류보프는 근엄하게 덧붙였다.

"그런데 그대는 어쩌면 그리 여위었나! 그대는 완전히 달라졌군!" 하고 즈베르코프는 목소리에 악의의 기미를 띠며, 건방지고 동정하는 듯한 시선으로 나와 내 옷차림을 훑었다.

"아, 부끄러움은 던져두게" 하고 페르피치킨은 킥킥대며 외쳤다.

"친애하는 분, 분명히 말씀드리지만, 나는 부끄러워하고 있지 않소" 하고 나는 마침내 터뜨렸다. "들리오? 나는 이 카페에서, 다른 이가 아니라 내 스스로의 비용으로 식사를 하고 있소—그 점을 명심하게, 페르피치킨 씨."

"무-엇? 여기에 있는 모든 사람이 스스로의 비용으로 식사하고 있는 것 아닌가? 그대는…" 하고 페르피치킨은 바닷가재처럼 붉어진 얼굴로 나를 노려보며 펄펄 뛰었다.

"바-로 그것이오" 하고 나는 이미 도를 넘었다는 것을 느끼며 대답했다. "그리고 나는 우리가 보다 지적인 이야기를 하는 편이 좋을 것이라 생각하오."

"자네는 자네의 지성을 뽐내려는 건가 보지?"

"걱정 말게, 여기서 그럴 자리는 전혀 없으니."

"왜 그렇게 떠들어대는 건가, 자네? 관청에서 제정신을 잃은 건가?"

"그만두게, 제군들, 그만!" 하고 즈베르코프가 위엄 있게 외쳤다.

"참으로 어리석군" 하고 시모노프는 중얼거렸다.

"실로 어리석지. 우리는 친구들끼리 한 동료를 위해 송별 만찬을 벌이려 모였는데 자네는 말다툼을 벌이고 있으니" 하고 트루돌류보프는 거칠게 말하며, 오직 나만을 향해 말했다. "자네가 스스로 초대해달라고 나선 것이니, 전체의 조화를 깨지 말게."

"그만, 그만!" 하고 즈베르코프가 외쳤다. "그만두게들, 제군들, 이 자리엔 어울리지 않네. 차라리 내가 그제야 결혼할 뻔한 일을 이야기해보지…."

그리고 나서, 이 신사가 이틀 전 거의 결혼할 뻔했다는 익살스러운 이야기가 이어졌다. 그러나 그 이야기에는 결혼에 관한 말은 한마디도 없었고, 대신 장군들과 대령들, 그리고 카메르융커들이 장식처럼 등장했으며, 즈베르코프는 그들 가운데서 거의 선두를 차지하고 있었다. 이 이야기는 호응하는 웃음으로 맞이되었고, 페르피치킨은 아예 비명을 지르듯 웃어댔다.

아무도 나에게는 주의를 기울이지 않았고, 나는 짓눌린 듯 굴욕감에 사로잡혀 앉아 있었다.

"하늘이시여, 이들은 내 사람이 아니다!" 하고 나는 생각했다. "그리고 나는 그들 앞에서 얼마나 바보 같은 꼴을 보였는가! 그러나 페르피치킨에게는 너무 많이 허용했어. 저 짐승들은 내가 그들과 함께 앉아 있는 것이 그들에게 영광이라도 되는 양 생각하고 있다. 그들은 그것이 나에게 영광이 아니라 그들에게 영광이라는 사실을 이해하지 못하는군! 내가 여위었다고! 내 옷차림! 하, 빌어먹을 바지! 즈베르코프는 들어오자마자 무릎의 노란 얼룩을 알아봤지…. 그러나 무슨 소용인가! 나는 즉시 일어나, 바로 이 순간에, 모자를 집어 들고 아무 말 없이… 경멸을 담아 떠나야 한다! 그리고 내일 도전장을 보낼 수 있지. 저 악당들! 내가 7루블 때문에 신경이라도 쓴다고 생각하겠지. 그들은… 젠장! 7루블 따윈 상관없다. 나는 지금 당장 떠날 거야!"

물론 나는 그대로 남았다. 나는 난처함 속에서 셰리와 라피트를 잔으로 들이켰다. 이에 익숙하지 않았던 나는 금세 취기가 올랐다. 와인이 머리에 오를수록 내 짜증은 더해져 갔다. 나는 한순간 그들 모두를 가장 노골적인 방식으로 모욕하고는 떠나버리고 싶었다. 내 능력을 보여줄 순간을 붙잡고 싶은 마음, 그리하여 그들이 "저자는 우스꽝스럽지만 영리하긴 하지" 하고 말하게 만들고 싶은 마음… 그리고… 그리고… 아무렴, 모두 지옥에나 떨어져라!

나는 감긴 눈으로 그들을 건방지게 훑어보았다. 그러나 그들은 나를 완전히 잊은 듯했다. 그들은 시끄럽고, 고함치고, 즐겁게 떠들어댔다. 즈베르코프는 줄곧 이야기를 하고 있었다. 나는 듣기 시작했다. 즈베르코프는 어느 활달한 여인에 관한 이야기를 하고 있었는데, 마침내 그 여인이 자신의 사랑을 고백하게 만들었다는 것이었다(물론, 그는 말 그대로 말도 안 되는 거짓말을 하고 있었다). 그리고 이런 일이 가능하도록 도와준 이는 그의 친한 친구, 후사르 연대의 장교이자 삼천 농노를 거느린, 콜랴 공작이라고 했다.

"그런데 삼천 농노를 가진 그 콜랴라는 공작은, 오늘 밤 그대를 전송하러 올 생각조차 하지 않았군" 하고 나는 갑자기 끼어들었다.

잠시 동안 모두가 침묵했다. "그대는 벌써 취했군" 하고 트루돌류보프가 마침내 나에게 말할 필요를 느낀 듯, 경멸 섞인 눈길을 던지며 말했다. 즈베르코프는 말없이 나를 바라보았는데, 마치 나를 벌레라도 되는 양 살피는 시선이었다. 나는 눈을 떨구었다. 시모노프는 서둘러 샴페인으로 잔을 채웠다.

트루돌류보프는 잔을 들었다. 나를 제외한 모두가 그를 따라 잔을 들었다.

"그대의 건강과, 여정의 행운을 위하여!" 하고 그는 즈베르코프에게 외쳤다. "옛 시절을 위하여, 우리의 앞날을 위하여, 만세!"

그들은 모두 잔을 비우고, 즈베르코프에게 몰려가 그에게 입맞추었다. 나는 움직이지 않았고, 내 앞의 가득 찬 잔은 손도 대지 않은 채 그대로 있었다.

"왜, 그대는 마실 생각이 없는가?" 하고 트루돌류보프가 참을성을 잃고 나를 향해 위협적으로 몸을 돌리며 고함쳤다.

"나는 따로, 내 몫으로, 연설을 하고 싶네… 그 다음에 마시겠네, 트루돌류보프 씨."

"성가신 놈!" 하고 시모노프가 중얼거렸다. 나는 의자에서 몸을 곧추세우고, 열에 들뜬 사람처럼 잔을 움켜쥐었다. 어떤 비범한 일을 저지를 준비를 하면서도, 정작 내가 무엇을 말하려는지 스스로조차 알지 못했다.

"조용히!" 하고 페르피치킨이 외쳤다. "이제 재치의 장이 열리겠군!"

즈베르코프는 무슨 일이 닥칠지 알고 있기에 매우 엄숙하게 기다렸다.

"즈베르코프 중위님," 하고 나는 시작했다. "나는 진부한 말, 진부한 말장수들, 그리고 코르셋을 두른 자들을 증오한다네… 이것이 첫 번째 항목이고, 뒤이어 둘째가 있지."

일동이 술렁였다.

"둘째 항목은 이렇다: 나는 저속함과 저속한 말장난을 증오한다네. 특히 저속한 말장난을 하는 자들! 셋째 항목: 나는 정의와 진리와 정직을 사랑하네." 하고 나는 거의 기계적으로 계속했다. 왜냐하면 나는 공포에 몸서리치기 시작했고, 어떻게 이런 말을 하고 있는지 도무지 알 수 없기 때문이다. "나는 사유를 사랑하네, 즈베르코프 씨, 나는 진정한 동지애를 사랑하네, 동등한 입장에서의 동지애를… 흠… 나는… 그러나, 어찌되었든, 왜 안 되겠나? 나는 자네의 건강을 위하여 마실 것이네, 즈베르코프 씨. 체르케스 처녀들을 유혹하고, 조국의 적들을 쏘고, 그리고… 그리고… 그대의 건강을 위하여, 즈베르코프 씨!"

즈베르코프는 자리에서 일어나, 나에게 고개를 숙이고 말했다.

"대단히 감사하오." 그는 끔찍하게 모욕을 느껴 창백해졌다.

"저놈을 지옥에나!" 하고 트루돌류보프가 주먹으로 탁자를 내리치며 고함쳤다.

"그래, 저런 놈은 따귀 한 대 맞아야 해!" 하고 페르피치킨이 앙칼지게 소리쳤다.

"그를 내쫓아야 한다"고 시모노프가 중얼거렸다.

"한마디도 하지 마시오, 신사 여러분, 어떤 몸짓도 하지 마시오!" 하고 즈베르코프는 장중하게 외치며 일반의 분노를 막았다. "여러분의 마음은 알겠지만, 그의 말에 얼마나 가치가 있는지는 내가 스스로 그에게 보여주겠소."

"페르피치킨 씨, 자네는 방금 내게 던진 말에 대해 내일 책임을 져야 하네!" 하고 나는 의젓하게 몸을 돌려 페르피치킨에게 크게 말했다.

"결투 말인가? 물론이지." 하고 그가 대답했다. 그러나 아마도 내가 결투를 신청하는 모습이 너무 우스꽝스럽고, 내 외모와도 전혀 어울리지 않았기 때문에, 페르피치킨을 포함해 모두가 땅에 주저앉을 만큼 웃어댔다.

"그래, 그냥 놔두게, 당연하지! 그는 완전히 취했어." 하고 트루돌류보프가 혐오스럽다는 듯 말했다.

"내가 그가 우리와 함께하도록 허락한 것을 평생 용서하지 못할 거야," 하고 시모노프가 다시 중얼거렸다.

나는 속으로 "지금이야말로 저놈들의 머리 위로 병을 던질 때다" 하고 생각했다. 나는 병을 집어 들고… 내 잔을 가득 채웠다…. "아니, 끝까지 앉아 있는 편이 낫겠지," 나는 다시 생각했다. "내가 나가버리면 너희들은 기뻐하겠지. 내가 나가게 만들 수 있는 것은 아무것도 없다. 나는 여기 계속 앉아 마실 것이다, 끝까지, 일부러, 너희들을 털끝만큼도 중요하게 여기지 않는다는 표시로. 나는 여기 앉아 마실 것이다, 여기는 술집이고, 나는 입장료를 냈으니까. 나는 여기 앉아 마실 것이다, 너희들을 장기판의 졸들—생기 없는 졸들—로 여기기 때문이다. 나는 여기 앉아 마실 것이다… 그리고 노래할 수도 있다면 노래하겠다, 그래, 노래하겠다, 나는… 노래할 권리가 있으니까…. 흠!"

그러나 나는 노래하지 않았다. 나는 단지 그들 누구도 보지 않으려 애썼다. 나는 가장 무심한 태도들을 취했고, 그들이 먼저 내게 말을 걸어주기만을 조바심 속에 기다렸다. 그러나 아아, 그들은 나에게 말을 걸지 않았다! 그리고 오, 그 순간에 나는, 얼마나 간절히, 얼마나 간절히 그들과 화해하기를 바랐던가! 여덟 시가 되고, 마침내 아홉 시가 되었다. 그들은 식탁에서 소파로 자리를 옮겼다. 즈베르코프는 안락의자에 몸을 뻗고 둥근 탁자 위에 한 발을 올려놓았다. 거기로 술이 가져다 놓였다. 그는 실제로 자기 돈으로 세 병을 주문했다. 물론 나는 그들 곁으로 오라는 초대조차 받지 못했다. 그들은 모두 소파에 모여 앉았다. 그들은 거의 경건할 정도로 그의 말을 들었다. 분명 그들은 그를 좋아하고 있었다. "무엇 때문에? 무엇 때문에?" 나는 의아해했다. 때때로 그들은 취한 감흥에 북받쳐 서로 입을 맞추었다. 그들은 캅카스에 관해, 참된 열정의 본성에 관해, 관직의 아담한 자리들에 관해, 포다르젭스키라는, 그들 누구도 실제로는 알지 못하는 한 기병대 장교의 수입에 관해 이야기했고, 그 액수의 큼에 기뻐했으며, 그들 누구도 본 적 없는 D 공작부인의 비범한 우아함과 아름다움에 관해 이야기했다. 그러고 나서는 셰익스피어가 불멸이라는 이야기로 넘어갔다.

나는 경멸스레 미소 짓고 방의 다른 편, 소파 맞은편에서 식탁에서 난로까지, 그리고 다시 돌아오며 이쪽저쪽을 걸었다. 나는 그들 없이도 충분히 지낼 수 있다는 것을 보여주려고 필사적으로 애썼고, 그러면서도 일부러 내 구두로 소리를 내며 굽으로 쿵쿵거렸다. 그러나 모든 것이 헛수고였다. 그들은 아무런 주의를 기울이지 않았다. 나는 여덟 시부터 열한 시까지, 바로 그 자리에서 식탁에서 난로까지, 그리고 다시 돌아오며 그들 앞을 오락가락 걸을 인내를 가지고 있었다. "나는 내 마음대로 걷는 것이고, 누구도 나를 막을 수 없다." 방에 들어오는 웨이터는 때때로 걸음을 멈추고 나를 바라보았다. 나는 너무 자주 돌아선 탓에 약간 어지러웠고, 순간순간 내가 열병에 들린 것 같은 감각에 사로잡히기도 했다. 그 세 시간 동안 나는 세 번이나 땀에 흠뻑 젖었다 다시 말라버렸다. 때때로, 극심하고 예리한 통증처럼, 십 년, 이십 년, 사십 년이 지나고—사십 년이 지난 뒤에도—나는 내 인생에서 가장 추하고, 가장 우스꽝스럽고, 가장 끔찍했던 그 순간들을 역겨움과 굴욕으로 기억하리라는 생각이 가슴을 찔렀다. 누구도 나보다 더 뻔뻔스럽게 스스로를 망가뜨릴 수는 없었을 것이고, 나는 그것을 완전히, 완전히 깨닫고 있었으나, 그럼에도 불구하고 나는 식탁에서 난로까지 오락가락 걷고 있었다. "아, 너희가 내가 어떤 생각과 감정을 지닐 수 있는지, 내가 얼마나 교양 있는지를 알기만 한다면!" 나는 때때로 소파 위에 앉아 있는 내 적들에게 마음속으로 말을 걸며 그렇게 생각했다. 그러나 내 적들은 마치 내가 방 안에 없기라도 한 듯 행동했다. 단 한 번—정말 딱 한 번—그들이 나를 향해 몸을 돌린 적이 있었는데, 바로 즈베르코프가 셰익스피어에 관해 이야기하고 있을 때, 내가 갑자기 경멸스러운 웃음을 터뜨렸을 때였다. 나는 너무나 억지스럽고 소름끼칠 만큼 역겨운 방식으로 웃었고, 그들은 곧바로 대화를 끊고, 몇 분 가량 동안 조용하고 엄숙하게 내가 식탁에서 난로까지 오락가락 걸으며 그들을 완전히 무시하는 모습을 지켜보았다. 그러나 아무 일도 일어나지 않았다. 그들은 아무 말도 하지 않았고, 다시 몇 분 뒤에는 또다시 나를 보지 않는 듯 행동하기 시작했다. 열한 시가 되었다.

"친구들아." 하고 즈베르코프가 소파에서 일어서며 외쳤다. "이제 모두들 나가자, 저기로!"

"그렇지, 그렇지." 다른 이들이 동의했다. 나는 즈베르코프에게 휙 몸을 돌렸다. 나는 너무 시달리고, 너무 지쳐서, 이 모든 걸 끝내기 위해서라면 차라리 목이라도 그어버릴 수 있을 것만 같았다. 열이 올랐고, 땀에 젖은 내 머리카락이 이마와 관자놀이에 들러붙어 있었다.

"즈베르코프, 자네에게 사과하네." 나는 갑자기, 단호하게 말했다. "페르피치킨, 자네에게도, 모두에게, 모두에게 사과하네. 내가 여러분 모두를 모욕했어!"

"아하! 자넨 결투는 체질이 아니지, 이 영감탱이." 하고 페르피치킨이 악의로 가득 차서 쏘아붙였다.

그 말은 내 심장에 날카롭게 꽂혔다.

"아니야, 페르피치킨, 내가 두려워하는 건 결투가 아니야! 나는 내일이라도 자네와 결투할 준비가 되어 있어, 우리가 화해하고 난 뒤에! 사실 반드시 해야 한다고 생각해, 그리고 자네도 거절할 수 없지. 나는 결코 결투를 두려워하지 않는다는 걸 보여주고 싶어. 자네가 먼저 쏴. 나는 공중을 향해 쏠 테니."

"스스로를 위로하고 있군." 시모노프가 말했다.

"미쳤군, 완전히 헛소리야." 트루돌류보프가 말했다.

"하지만 비켜. 왜 우리 길을 막는 거지? 뭘 원하는데?" 하고 즈베르코프가 경멸하듯 대답했다.

그들의 얼굴은 모두 달아올라 있었고, 눈빛은 번들거렸다. 몹시 취해 있었다.

"즈베르코프, 자네의 우정을 구하네. 내가 자네를 모욕했지만…"

"모욕했다고? 자네가 나를 모욕했다고? 알아두게, 절대로, 어떤 상황에서도, 자네는 나를 모욕할 수 없어."

"네 정돈 됐지. 비켜!" 트루돌류보프가 마무리했다.

"올림피아는 내 거야, 친구들아, 그렇게 결정!" 하고 즈베르코프가 외쳤다.

"우린 자네 권리를 시비하지 않지, 시비하지 않지." 다른 이들이 웃으며 대답했다.

나는 누군가에게 침을 뱉은 듯한 기분으로 서 있었다. 무리는 소란스럽게 방을 나갔다. 트루돌류보프는 어떤 멍청한 노래를 불러대기 시작했다. 시모노프는 잠시 뒤에 남아 계산하는 웨이터들에게 팁을 주었다. 나는 갑자기 그에게 다가갔다.

"시모노프! 6루블만 줘!" 나는 필사적인 결심으로 말했다.

그는 극심한 놀라움 속에서, 텅 빈 눈으로 나를 바라보았다. 그도 취해 있었다.

"설마 너, 우리와 같이 가겠다는 건 아니겠지?"

"그렇네."

"돈 없어." 하고 그는 딱 잘라 말했고, 경멸하는 듯한 웃음을 흘리며 방을 나갔다.

나는 그의 외투를 붙잡았다. 악몽이었다.

"시모노프, 자네에게 돈이 있는 걸 봤네. 왜 나에게 거절하지? 내가 건달인가? 나를 거절하지 말게: 자네가 안다면, 자네가 내가 왜 이 돈을 구하는지 알기만 한다면! 내 모든 미래가, 내 모든 계획이 그 돈에 달려 있네!"

시모노프는 돈을 꺼내 거의 나에게 내던지듯 던졌다.

"수치심이 없다면 가져가라!" 하고 그는 무자비하게 말하고는, 그들을 따라잡으려고 뛰어나갔다.

나는 잠시 혼자 남았다. 어질러진 방, 저녁 식사의 흔적, 바닥에 깨진 와인잔, 엎질러진 와인, 담배꽁초들, 머릿속에서 술 기운과 섬망이 뒤섞여 피어오르는 냄새, 가슴 깊이 파고드는 고통, 그리고 마침내 모든 것을 보고 들은, 내 얼굴을 호기심 어린 눈으로 들여다보는 웨이터까지.

"나는 그들에게 가겠어!" 하고 내가 외쳤다. "그들이 모두 무릎을 꿇고 내 우정을 구걸하게 만들든지, 아니면 내가 즈베르코프의 뺨을 때리든지!"

5

"그래, 이것이구나, 드디어 이것이구나—현실과의 접촉이라는 것이," 하고 나는 곤두박질치듯 계단을 내려가며 중얼거렸다. "이것은 교황이 로마를 떠나 브라질로 가는 일과는 아주 다르지, 코모 호수에서의 무도회와도 아주 다르고!"

"네가 지금 이 일을 비웃는다면 너는 인간 말종이다," 하는 생각이 번개처럼 스쳤다.

"상관없어!" 하고 나는 스스로에게 대답했다. "이제 모든 것은 잃어버렸어!"

그들의 자취는 어디에도 보이지 않았다. 그러나 그것은 문제가 아니었다—그들이 어디로 갔는지 나는 알고 있었기 때문이다.

현관 계단에는 허름한 농민 외투를 걸친 야간 썰매꾼이 한 명 서 있었다. 아직도 계속 내리는 축축하고, 어딘가 따뜻하기까지 한 눈이 그의 외투 위에 수북이 쌓여 있었다. 눅눅하고 김이 서렸다. 작은 얼룩덜룩 털빛의 말 또한 눈에 뒤덮여 있었고, 기침을 하고 있었다는 것을 나는 아주 똑똑히 기억하고 있다. 나는 투박하게 만든 썰매 쪽으로 뛰어갔다. 그러나 발을 올려 타려는 순간, 방금 시모노프가 나에게 6루블을 던지듯 내밀던 장면이 떠올라 나를 구부러뜨렸고, 나는 마치 자루처럼 썰매 안으로 넘어져 떨어졌다.

"아니, 나는 이 모든 것을 만회하기 위해 많은 것을 해야 한다," 하고 나는 외쳤다. "그러나 나는 반드시 만회하겠다, 아니면 오늘 밤 이 자리에서 죽어버리겠다. 출발해!"

우리는 떠났다. 내 머릿속에서는 모든 것이 광란처럼 회오리쳤다.

"그들이 내 우정을 구걸하기 위해 무릎을 꿇을 리는 없지. 그것은 신기루야, 싸구려 신기루, 역겨운, 낭만적이고 환상적인—그건 또 다른 코모 호수의 무도회일 뿐이야. 그러므로 나는 즈베르코프의 뺨을 때려야만 해! 그것이 나의 의무야. 그러니 결정된 셈이지, 나는 그의 뺨을 때리기 위해 내달리고 있는 것이다. 빨리 가라!"

마부는 고삐를 잡아당겼다.

"들어가자마자 곧바로 뺨을 갈겨주겠다. 그 전에 몇 마디 말을 덧붙여야 할까? 아니다. 그냥 들어가서 그대로 갈겨주면 된다. 그들은 모두 응접실에 앉아 있을 것이고, 그는 올림피아와 함께 소파에 앉아 있겠지. 저 빌어먹을 올림피아! 언젠가 내 외모를 비웃고 나를 거절했던 그 여자! 나는 올림피아의 머리채를 잡아당기고, 즈베르코프의 귀를 잡아당기겠지! 아니, 한쪽 귀만 잡고 그 귀를 붙들고 방 안을 빙 돌아다니도록 하겠다. 그러면 그들 모두가 나를 때리기 시작하고 결국 나를 내던지겠지. 사실 그럴 가능성이 가장 크다. 상관없다! 어쨌든 나는 먼저 그에게 뺨을 때릴 것이다. 주도권은 나에게 있다. 그리고 명예의 법칙에 따르면 그것이 전부다. 그는 낙인이 찍히게 되고, 그 어떤 구타로도—오직 결투로밖에—그 뺨을 씻어낼 수 없다. 그는 결투를 할 수밖에 없게 될 것이다. 이제 그들이 나를 때리게 내버려두자. 때려라, 저 배은망덕한 족속들아! 트루돌류보프는 힘이 세니 나를 가장 세게 때릴 것이고, 페르픽킨은 틀림없이 옆으로 달려들어 내 머리카락을 잡아당길 것이다. 그러나 상관없다, 상관없다! 바로 그것을 위해 가는 것이니까. 저 멍청이들은 마침내 이 모든 비극을 보게 될 것이다! 그들이 나를 문밖으로 질질 끌고 갈 때 나는 그들에게 외칠 것이다, 실은 그들이 내 새끼손가락 하나만도 못한 존재들이라고. 가자, 마부야, 가자!" 하고 나는 마부에게 고함쳤다. 내가 너무나 사납게 고함친 탓에 그는 말을 몰아 채찍을 휘둘렀다.

"우리는 새벽에 결투를 치를 것이다. 그것은 이미 결정된 일이다. 사무실 일은 끝났다. 페르픽킨이 방금 그것에 대해 농담을 했다. 그런데 권총은 어디서 구하지? 시시한 소리! 월급을 먼저 당겨 받아 사면 된다. 화약과 탄환은? 그것은 조력자의 몫이지. 그런데 이 모든 일이 새벽까지 어떻게 이루어질 수 있단 말인가? 그리고 조력자는 어디서 구하지? 나는 친구가 한 명도 없다. 시시한 소리!" 하고 나는 더욱더 열을 올리며 외쳤다. "그것은 중요하지 않다! 거리에서 처음 만나는 사람에게 조력자가 되어 달라고 하면 된다. 물에 빠진 사람을 보면 누구든지 끄집어낼 의무가 있는 것과 마찬가지다. 가장 기상천외한 일이 벌어질 수도 있다. 심지어 내가 내일 국장에게 조력자가 되어 달라고 부탁한다고 해도, 그는 기사도 정신 하나만으로 그 부탁을 들어주고 비밀을 지켜줄 것이다! 안톤 안토니치가…"

사실은, 바로 그 순간에, 내 계획이 얼마나 역겨울 정도로 터무니없고 그 반대 측면이 얼마나 어리석은 것인지—그 어떤 사람보다도 나 자신에게 더욱 선명하고 생생하게 떠오르고 있었다. 하지만….

"가자, 마부야, 가자, 이 망할 놈아, 가자!"

"어휴, 손님!" 하고 그 고단한 일꾼이 말했다.

찬 서늘한 전율이 갑자기 내 온몸을 훑고 지나갔다. 지금이라도… 곧장 집으로 돌아가는 편이 낫지 않을까? 하늘이시여, 하늘이시여! 내가 어제 왜 스스로 그 저녁 자리에 끼겠다고 한 것인가? 그러나 안 된다, 불가능하다. 내가 3시간 동안 테이블에서 아궁이까지 오가며 걸어 다닌 그 수치가? 아니다, 그들은, 바로 그들이며 그들만이 그 3시간의 망신에 대해 대가를 치러야 한다! 그들은 이 치욕을 씻어내야 한다! 몰라라!

그렇다면 그들이 나를 관헌에 넘기면? 감히 그럴 수는 없다! 스캔들이 두려워서라도 못 할 것이다. 그런데 즈베르코프가 너무나 경멸하여 결투를 거부한다면? 그는 분명 그렇게 할 것이다. 그러나 그런 경우에는 내가 보여줄 것이다…. 나는 내일 그가 우편마차 역에서 떠날 때 나타날 것이고, 그의 다리를 붙잡겠다. 그가 마차에 오를 때 그의 외투를 잡아뜯겠다. 그의 손에 이를 박아 물겠다. "절망한 인간을 어디까지 몰고 갈 수 있는지 보라!" 그는 내 머리를 내리칠 것이고, 뒤에서 그들이 나를 마구 두들길 것이다. 그러나 나는 모여든 군중에게 소리쳐 외칠 것이다. "보라, 이 젊은 자가! 체르케스의 소녀들을 정복하러 떠나면서도 내 얼굴에 침뱉게 하고도 도망치는 자를!"

물론, 그 뒤로는 모든 것이 끝장날 것이다! 사무실은 흔적도 없이 사라질 것이다. 나는 체포되고, 재판을 받고, 면직되고, 감옥에 갇히고, 시베리아로 유배될 것이다. 상관없다! 15년 뒤, 감옥에서 풀려나면 나는 걸인 신세로, 누더기를 걸친 채 그를 찾아 떠날 것이다. 어느 지방 도시에서 그를 찾게 되겠지. 그는 결혼하여 행복할 것이다. 이미 다 큰 딸도 있을 것이다…. 나는 그에게 말할 것이다. "이 괴물아, 내 움푹 파인 뺨과 이 누더기를 보라! 나는 모든 것을 잃었다―나의 경력, 나의 행복, 예술, 학문, 사랑했던 여인까지도, 모두 그대 때문이었다. 여기 권총이 있다. 나는 내 권총을 발사하러 왔고… 그리고 나는… 그대를 용서한다." 그러고는 하늘로 향해 발사할 것이며, 그는 그 뒤로 나에 관한 이야기를 두 번 다시 듣지 못하리라….

나는 실제로 눈물이 날 지경까지 갔는데, 그 순간조차 이 모든 것이 푸시킨의 『실비오』와 레르몬토프의 『가면무도회』에서 그대로 가져온 것임을 너무나 잘 알고 있었다. 그때 갑자기 견딜 수 없을 만큼 부끄러움이 몰려왔다―너무나 부끄러워서 나는 말을 멈춰 세우고, 썰매에서 내려, 거리 한복판의 눈 위에 우뚝 서 있었다. 마부는 한숨을 쉬며 경악한 표정으로 나를 바라보았다.

어떻게 해야 하는가? 그곳으로 계속 갈 수도 없었다―

그것은 분명 어리석은 짓이었고, 그렇다고 이대로 끝낼 수도 없었다. 왜냐하면 그렇게 끝내면 마치…. 하늘이시여, 어떻게 그런 식으로 끝낼 수 있겠는가! 그런 모욕을 당하고서!
"안 된다!" 하고 나는 외치며 다시 썰매 안으로 몸을 던졌다.
"이것은 정해진 것이다! 운명이다! 몰아라, 몰아라!"

그리고 조급함에 못 이겨 나는 마부의 뒤통수를 한 대 갈겼다.

"손님, 뭐하시는 겁니까? 왜 때리십니까?" 농부가 고함쳤지만, 채찍을 휘둘러 말채찍을 때렸고, 말은 뒷발질을 시작했다.

젖은 눈이 커다란 덩어리로 펄펄 쏟아지고 있었다. 나는 그것을 아랑곳하지 않고 옷의 단추를 풀어헤쳤다. 다른 모든 것은 잊혀졌고, 마침내 뺨을 후려치기로 결심한 뒤였으므로, 그것이 지금, 바로 지금 일어나리라는 것을, 그리고 그 어떤 힘으로도 그것을 멈출 수 없으리라는 것을 소름끼치도록 느꼈다. 텅 빈 가로등들은 장례식의 횃불처럼 눈 내리는 어둠 속에서 음울하게 빛나고 있었다. 눈은 내 외투 속으로, 상의 속으로, 넥타이 속으로 파고들어 거기서 녹아내렸다. 나는 몸을 여미지 않았다—어차피 모든 것은 이미 잃어버린 것이었다.

마침내 우리는 도착했다. 거의 의식을 잃을 지경으로 나는 썰매에서 뛰어내려 계단을 뛰어오르고, 문을 두드리고 발로 차기 시작했다. 다리와 무릎이 유난히 풀려 버린 듯한, 무서운 허약함이 밀려왔다. 문은 재빨리 열렸는데, 마치 내가 올 것을 미리 알고 있었던 것처럼 보였다. 사실, 시모노프가 혹시 다른 신사가 올 수도 있다고 미리 알려 둔 데다가, 이곳은 미리 통지하고 일정한 절차를 지켜야만 하는 장소였기 때문이다. 그것은 한때 경찰에 의해 폐지된 "모자 가게"들 가운데 하나였다. 낮에는 실제로 상점이었으나, 밤에는 소개장을 가진 사람이라면 다른 목적을 위해 방문할 수 있었다.

나는 어둑한 가게 앞홀을 재빨리 지나 익숙한 응접실로 들어섰다. 그곳에는 촛불 하나만 켜져 있었고, 나는 놀라 멈춰 섰다. 아무도 없었다. "그들은 어디 있소?" 나는 누구에게인가 물었다. 그러나 이미 그 시각에는, 물론, 모두 흩어져 버린 뒤였다. 내 앞에는 멍청한 미소를 띠고 서 있는 한 사람이 있었는데, 예전에 나를 본 적이 있는 바로 그 "마담"이었다. 1분 뒤, 문이 열리더니 다른 사람이 방 안으로 들어왔다.

나는 아무것도 아랑곳하지 않은 채 방 안을 성큼성큼 거닐었고, 아마도 혼잣말을 하고 있었던 듯하다. 나는 죽음에서 구원받은 듯한 느낌이었고, 그 감각을 온몸으로 기쁘게 의식하고 있었다. 나는 그 뺨을 때렸을 것이다, 반드시, 반드시 그랬을 것이다! 그러나 이제 그들은 여기에 없고… 모든 것은 사라지고 변해버렸다! 나는 둘러보았다. 아직 내 상태를 이해할 수가 없었다. 나는 기계적으로 방 안으로 들어온 소녀를 바라보았다. 곧바로 곧은 짙은 눈썹을 가진, 희고 젊고 다소 창백한 얼굴, 어딘가 진지하고 놀란 듯한 눈을 스쳐 보았다. 그 눈길은 즉시 나를 끌어당겼고, 만약 그녀가 미소를 짓고 있었다면 나는 분명 그녀를 미워했을 것이다. 나는 정신을 완전히 추슬러 모으지 못한 채, 마치 힘을 주어 바라보는 듯 점점 더 그녀를 유심히 바라보기 시작했다. 그녀의 얼굴에는 어딘가 소박하고 선량한 기색이 있었는데, 이상할 만큼 심각한 무엇도 함께 깃들어 있었다. 나는 그것이 이곳에서 그녀의 앞길을 막고 있으리라 확신했고, 저 멍청한 자들 가운데 누구도 그녀를 알아보지 못했을 것이다. 그러나 그렇다고 해서 그녀를 미인이라고 부를 수는 없었다. 그녀는 키가 크고, 건장하고, 균형 잡힌 몸매였으나, 매우 소박하게 차려입고 있었다. 그 순간 내 안에서 구역질나는 무언가가 꿈틀대기 시작했다. 나는 그녀에게 곧장 다가갔다.

우연히 나는 거울을 들여다보았다. 지쳐 만신창이가 된 내 얼굴이 극도로 역겨워 보였다. 창백하고, 노기 서리고, 비천하게 일그러져 있었으며, 머리카락은 헝클어진 채였다. "좋다, 상관없다, 이것이 나는 기쁘다," 나는 생각했다. "내가 그녀에게 혐오스럽게 보인다는 사실이 기쁘다. 그것이 마음에 든다."

6

 어딘가 병풍 뒤에서 시계가 켁켁거리기 시작했다. 무언가 눌린 듯, 누군가가 그것을 목졸라 죽이는 듯한 소리였다. 비정상적으로 길게 이어지는 켁켁거림 뒤에, 날카롭고 불쾌하며, 뜻밖에 급작스러운 종소리가 뒤따랐다. 마치 누군가가 갑자기 앞으로 뛰쳐나오는 듯한 소리였다. 시계는 2시를 쳤다. 나는 잠에서 깨어났으나, 사실 잠든 것도 아니고 거의 반쯤 의식이 있는 채로 누워 있었다.

 좁고, 비좁고, 낮은 천장의 방 안은 거의 완전히 어둠에 잠겨 있었다. 방 안은 거대한 옷장과 수북한 종이 상자들, 갖가지 허드레물과 잡동사니로 가득 찬 상태였다. 탁자 위에서 타고 있던 촛불은 거의 다 타버려 간헐적으로 희미한 불꽃을 깜빡일 뿐이었다. 몇 분만 지나면 완전히 암흑이 될 터였다.

 나는 곧 제 정신을 차렸다. 모든 것이, 마치 잠복해 있다가 다시 나를 덮치려 하는 것처럼, 아무런 노력도 없이 단번에 기억으로 되살아났다. 실은 방금 전까지 거의 의식이 없던 그 순간에도 어떤 한 지점만은 기억 속에서 사라지지 않은 채 계속 남아 있었고, 그 점을 중심으로 내 꿈들이 우울하게 맴돌고 있었던 것이다. 그러나 이상한 점은, 오늘 하루 동안 내게 일어났던 일들이 지금 막 깨어난 이 순간에는 아주 멀리, 아주 오래전의 일처럼 느껴졌다는 것이었다. 마치 이미 오래전에 모든 것을 다 겪고 지나온 사람처럼.

머릿속은 술기운으로 가득했다. 무엇인가가 내 위에서 떠돌며 나를 깨우고, 자극하고, 안절부절 못하게 만들고 있었다. 비참함과 악의가 다시 밀려올라 내 안에서 출구를 찾는 듯했다. 갑자기 내 곁에서 두 개의 크게 뜬 눈이 나를 호기심과 집요함을 담아 바라보고 있는 것이 보였다. 그 눈빛은 차갑게 동떨어져 있었고, 침울했으며, 어딘가 완전히 먼 곳에 가 있는 듯했다. 그 눈빛은 나를 짓누르는 듯했다.

으스스한 생각이 내 머릿속에 떠올라 온몸을 휘감았다. 그것은 마치 축축하고 곰팡내 나는 지하실에 들어갈 때 느끼는 소름 끼치는 감각이었다. 그 두 눈이 이제서야 나를 보고 있다는 사실에는 무언가 부자연스러운 것이 있었다. 나는 또렷이 떠올렸다. 지난 2시간 동안 나는 이 존재에게 한 마디도 건네지 않았고, 그것이 전혀 불필요하다고 여겼으며, 어떤 이유에서인지 그 침묵이 오히려 나를 만족시키기까지 했다는 사실을. 그러나 이제 나는 갑자기 아주 생생하게 깨달았다. 진정한 사랑이 그 완성으로 삼는 것을, 사랑도 없이, 천박하고 뻔뻔하게 먼저 시작해버리는 그 추악한 관념, 마치 거미처럼 소름 끼치는 그 사악한 생각을. 우리는 꽤 오랫동안 그렇게 서로를 바라보았다. 그러나 그녀는 내 눈 앞에서도 시선을 떨구지 않았고, 그 표정 역시 변하지 않았다. 마침내 나는 불편함을 느끼기 시작했다.

"당신 이름은 뭐지?" 나는 이 모든 것을 끝내기 위해 불쑥 물었다.

"리자." 그녀는 거의 속삭이듯 대답했지만, 어딘가 전혀 호의적이지 않았고, 시선을 돌렸다.

나는 침묵했다.

"날씨가… 눈이… 정말 역겨워!" 나는 거의 혼잣말하듯, 낙담한 채로 팔을 베고 천장을 바라보며 말했다.

그녀는 대답하지 않았다. 이것은 끔찍했다.

"당신은 늘 페테르부르크에 살았나?" 나는 1분 뒤 거의 화가 난 듯 그녀 쪽으로 고개를 약간 돌리며 물었다.

"아니요."

"어디서 왔지?"

"리자." 그녀는 마지못해 대답했다.

"독일 사람인가?"

"아니, 러시아 사람이에요."

"여기엔 오래 있었나?"

"어디요?"

"이 집 말이야?"

"보름이요."

그녀의 말투는 점점 더 끊어졌다. 촛불이 꺼졌다. 이제 나는 그녀의 얼굴을 분간할 수 없었다.

"부모가 있나?"

"네… 아니… 있어요."

"그들은 어디 있지?"

"거기… 리가요."

"그들은 뭐하는 사람들이지?"

"오, 아무것도 아니에요."

"아무것도? 왜, 그럼 어떤 계층인가?"

"상인들이에요."

"늘 그들과 함께 살았나?"

"네."

"나이는?"

"스무 살이요."

"왜 그들을 떠났지?"

"오, 아무 이유도 없어요."

그 대답은 "그만 좀 하세요. 속이 메스껍고, 슬퍼요."라는 뜻이었다.

우리는 침묵했다.

신만이 아시겠지만, 나는 왜 나가지 않았는지 알 수 없었다. 나는 점점 더 아프고 음울해졌다. 전날의 이미지들이 내 의지와는 상관없이 혼란스럽게, 제멋대로 내 기억 속을 스쳐 지나가기 시작했다. 그 아침, 불안한 생각들로 가득 차 사무실로 서둘러 가던 중 내가 보았던 어떤 것이 문득 떠올랐다.

"나는 어제 그들이 관을 나르는 걸 봤어, 그런데 거의 떨어뜨릴 뻔했지." 나는 우연히, 말을 걸고 싶어서가 아니라, 그저 흘러나오는 대로 그렇게 말했다.

"관을?"

"그래, 헤이마켓에서. 지하실에서 들고 올라오고 있었어."

"지하실에서?"

"지하실이 아니라, 반지하에서. 아, 너도 알잖아… 아래층… 사창가였지. 사방이 더러웠어…. 달걀껍질, 쓰레기들… 악취가 났어. 역겨웠지."

침묵.

"이런 날에 묻히다니 참 끔찍하지 않아?" 나는 침묵하지 않기 위해 말문을 열었다.

"끔찍하다니, 왜?"

"눈이 오고, 축축하고."(나는 하품했다.)

"상관없어." 그녀는 짧은 침묵 뒤, 갑자기 그렇게 말했다.

"아니, 끔찍하지."(나는 다시 하품했다.) "무덤 파는 인부들은 눈 맞으며 욕을 했겠지. 무덤 안에도 물이 고였을 거야."

"왜 무덤에 물이 고여?" 그녀는 어느 정도 호기심을 띤 듯했으나, 더 거칠고 퉁명스럽게 말했다.

나는 갑자기 짜증이 솟구치는 것을 느꼈다.

"왜냐니, 바닥에 한 뼘 깊이로 물이 고였을 테니까. 볼코보 묘지에서는 마른 땅을 파낼 수가 없어."

"왜?"

"왜라니? 거긴 땅이 눅눅하거든. 완전히 늪이야. 그래서 사람을 물속에 묻는 셈이지. 나도 직접 봤어… 여러 번."

(나는 한 번도 본 적 없었다. 사실 볼코보에 가본 적조차 없었고, 그저 그런 이야기를 들었을 뿐이었다.)

"당신은… 어떻게 죽든 신경 쓰지 않는다는 거야?"

"그런데 왜 내가 죽어야 하지?" 그녀는 마치 스스로를 방어하듯 그렇게 대답했다.

"왜냐고? 언젠가는 죽게 될 테니까. 그리고 너도 그 죽은 여자와 똑같이 죽게 될 거야. 그녀도… 너처럼 한 소녀였어. 폐병으로 죽었지."

"그런 계집애는 병원에서 죽었겠지…." (그녀는 이미 이 모든 세계를 알고 있었다. '계집애'라고 말했지, '소녀'가 아니라.)

"그녀는 마담에게 빚이 있었어." 나는 점점 더 언짢아지며 대꾸했다. "그래서 폐병에 걸린 끝날까지도 계속 돈을 벌어다 바쳤지. 썰매꾼들이 옆에서 몇몇 병사들에게 그녀 이야기를 하더군. 아마 그녀를 알고 있었겠지. 그들은 웃고 있었어. 술집에서 모여 그녀의 명복을 빌며 술 한 잔 하자고들

했지."

 이 이야기의 대부분은 내가 지어낸 것이었다. 침묵이 뒤따랐다. 깊고, 완전한 침묵. 그녀는 미동도 하지 않았다.

 "병원에서 죽는 게 더 나은가?"

 "똑같지 않아요? 게다가, 제가 왜 죽어야 하죠?" 그녀는 짜증을 섞어 덧붙였다.

 "지금이 아니라도, 조금 뒤에는."

 "왜 조금 뒤에요?"

 "왜라니? 지금은 젊고, 예쁘고, 싱싱하니까 값이 비싸죠. 하지만 이 생활을 1년만 더 하면 전혀 달라질 거예요—당신은 시들겠죠."

 "1년 안에?"

 "어쨌든, 1년 뒤에는 지금보다 값이 떨어질 거예요." 나는 악의를 담아 계속했다. "여기서 더 낮은 곳으로, 다른 집으로, 또 1년 뒤엔 세 번째 집으로, 더 낮고 더 낮은 곳으로 내려가겠죠. 그리고 7년쯤 되면 헤이마켓의 지하방에 이르게 될 거예요. 그것도 운이 좋을 때고요. 하지만 더 나쁘게 되는 경우도 있어요. 이를테면 병에 걸리거나, 폐병 같은 걸 앓거나 감기라도 걸리면요. 이런 생활에서는 병을 이겨내기가 쉽지 않아요. 무엇을 앓게 되든, 낫지 못할 수도 있어요. 그리고 결국 죽게 되겠죠."

 "그래요, 그러면 죽겠죠." 그녀는 거의 앙심을 품은 듯한 목소리로 대답하며 몸을 홱 움직였다.

"하지만 안타깝지 않나요."

"누가 안타깝다는 거죠?"

"삶이 안타까운 거죠."

침묵.

"약혼한 적 있어요? 응?"

"당신하고 무슨 상관인데요?"

"심문하려는 게 아니에요. 나하고는 상관없어요. 왜 그렇게 날카롭게 굴죠? 물론 당신도 나름의 고생이 있었겠죠. 그게 나와 무슨 상관이 있겠어요? 그냥 마음이 안타까워서 한 말이에요."

"누가 안타깝다는 거죠?"

"당신이요."

"그럴 필요 없어요." 그녀는 거의 들리지 않을 정도로 속삭이며 다시 몸을 조금 움직였다.

그 말이 곧바로 나를 자극했다. 뭐라고! 나는 그녀에게 그렇게도 부드럽게 말하고 있는데, 그녀는….

"왜죠, 지금 당신이 옳은 길을 걷고 있다고 생각하나요?"

"아무 생각도 하지 않아요."

"그게 문제예요, 아무 생각도 하지 않는 게. 아직 때가 있을 때 깨달아야 해요. 아직은 때가 있어요. 당신은 여전히 젊고, 예쁘고, 사랑도 할 수 있고, 결혼도 할 수 있고, 행복해질 수도 있어요…."

"결혼한 여자들이 모두 행복한 건 아니잖아요." 그녀는 처음처럼 거칠고 딱딱한 어조로 쏘아붙였다.

"물론 모두가 그렇지는 않죠. 하지만 어쨌든 여기에 있는 삶보다는 훨씬 나아요. 비교도 안 되게 좋죠. 게다가 사랑이 있다면 행복이 없다 해도 살아갈 수 있어요. 슬픔 속에서도 삶은 달콤해요. 어떻게 살든, 삶은 달콤한 거예요. 하지만 여기서는 무엇이 있죠? …오물뿐이죠. 퓨!"

나는 역겨움에 고개를 돌렸다. 이제는 차갑게 이성적으로 말하는 상태가 아니었다. 내가 하는 말이 곧 나 자신에게도 느껴지기 시작했고, 그 말에 불붙듯 열을 올렸다. 내가 내 은둔처에서 오래도록 되씹어온 소중한 관념들을 펼쳐 보이고 싶은 욕망이 이미 나를 사로잡고 있었다. 내 안에서 어떤 것이 갑자기 번쩍 치솟았다. 내 앞에 목적이 하나 나타난 것이다.

"내가 여기에 와 있는 건 신경 쓰지 마. 나는 너에게 본보기가 되지 못해. 어쩌면 너보다 더 타락했을지도 몰라. 여기 온 것도, 술에 취해 있었기 때문이었고." 나는 급히 덧붙이며 스스로를 변호했다. "게다가 남자는 여자에게 본보기가 될 수 없어. 그것은 전혀 다른 문제야. 나는 타락하고 더럽혀질 수 있어도, 누구의 노예도 아니야. 내가 오기도 하고 가기도 하고, 그러면 그걸로 끝이야. 털어버리고 나면 나는 전혀 다른 인간이 되지. 하지만 너는 처음부터 노예야. 그래, 노예! 너는 모든 걸 내던져. 네 모든 자유를 버리는 거야. 그리고 그 사슬을 나중에 끊어내고 싶어도 할 수 없게 될 거야. 더 깊이, 더욱 단단히 그 올가미에 묶이게 되지. 그것은 저주받은 속박이야. 나도 알아. 다른 이야기는 하지 않겠다. 아마 너는 이해하지 못할 테니까. 하지만 이것만 말해봐. 너, 분명히 마담에게 빚이 있지? 봐라, 그렇잖아." — 그녀는 아무 말도 하지 않았지만 완전히 사로잡힌 듯 침묵한 채 듣고 있었고— "그게 바로 속박이야! 너는 내 힘으로는 자유를 살 수 없을 거야. 그들은 그걸 절대 허락하지 않을 테니까. 악마에게 영혼을 파는 일과 같지…. 게다가… 어쩌면 나도 너만큼이나 불행한 건지도 몰라—그걸 네가 어떻게 알아?—그리고 일부러 진창 속을 구르며 사는 것인지도. 술꾼이 슬픔 때문에 술을 마시듯이. 그래, 어쩌면 나도 슬픔 때문에 여기 온 것인지도 몰라. 자, 말해봐. 여기 대체 뭐가 좋다는 거지? 여기 너와 나는… 방금 서로… 함께 있었지만, 그동안 우리는 서로에게 한마디 말도 하지 않았어. 그리고 그 후에서야 너는 야생의 짐승처럼 나를 노려보았고, 나 역시 너를 바라보았지. 이게 사랑이냐? 인간이 인간을 만나는 태도가 이래야 하느냐? 이건 혐오스러운 일이다, 그게 진실이야!"

"그래요!" 그녀는 날카롭고 서둘러 대답했다.

그 즉각적인 "그래요"에 나는 정말 깜짝 놀랐다. 그렇다면, 조금 전 그녀가 나를 바라보던 그 순간, 그녀의 마음속에도 같은 생각이 스쳐 지나갔던 것인가? 그렇다면 그녀 역시 어떤 생각들을 품을 수 있다는 뜻인가? '하늘이시여, 이건 흥미로운데! 이것은 우리 사이의 유사성의 한 지점이 아닌가!' 하고 나는 생각했고, 거의 손뼉을 치고 싶을 지경이었다. 그리고 실제로, 저런 젊은 영혼을 돌려세우는 일은 얼마나 쉬운가!

권력을 행사하는 그 감각이야말로 나를 가장 강하게 사로잡는 것이었다.

그녀는 고개를 내 쪽으로 가까이 돌렸고, 어둠 속에서 보기에 그녀는 팔을 괴고 몸을 기댄 듯했다. 어쩌면 나를 살피고 있었던 것인지도 모른다. 나는 그녀의 눈을 볼 수 없다는 사실이 아쉽기만 했다. 그녀의 깊은 숨소리가 들려왔다.

"왜 여기에 온 거지?" 나는 이미 목소리에 권위가 스미기 시작한 어조로 그녀에게 물었다.

"아… 몰라요."

"하지만 아버지 댁에 사는 게 얼마나 좋겠어! 따뜻하고, 자유롭고, 네 집이잖아."

"그것보다 여기가 더 나쁘면요?"

"옳은 어조를 잡아야 한다." 하는 생각이 번개처럼 스쳤다. "감상적으로 굴면 멀리 나아가지 못할지도." 그러나 그것은 순간적인 생각이었을 뿐이었다. 맹세컨대, 그녀는 실제로 나에게 흥미로운 존재였다. 게다가 나는 지쳐 있었고, 기분도 뒤섞여 있었다. 그리고 교활함이란 감정과 함께 손쉽게 맞물리는 법이다.

"그걸 누가 부정하겠어!" 나는 서둘러 대답했다. "뭐든 일어날 수 있지. 분명 누군가 네게 잘못을 저질렀을 거야. 네가 죄를 저지르기보다 더 많은 죄를 당했을 거라고 나는 확신해. 물론 네 사정을 아는 것은 아무것도 없지만, 너 같은 아이가 자신의 기호로 이런 곳에 왔을 리는 없잖아…"

"저 같은 아이가요?" 그녀는 거의 들리지 않을 정도로 속삭였지만, 나는 분명히 들었다.

하늘이시여, 나는 그녀를 치켜세우고 있었다. 그건 역겨운 일이었다. 하지만 어쩌면 좋은 일일지도…. 그녀는 아무 말도 하지 않았다.

"있잖아, 리자, 내가 내 이야기를 하나 해줄게. 내가 어릴 때부터 집이 있었더라면, 나는 지금 이런 인간이 되지 않았을 거라고, 나는 종종 그렇게 생각해. 집이 아무리 나빠도, 그래도 그들은 네 아버지고 어머니고, 적이나 낯선 사람들이 아니잖아. 적어도 일 년에 한 번쯤은, 그들은 사랑을 보여주겠지. 무엇보다, 그곳은 네가 '집에 있다'고 아는 곳이야. 나는 집이라는 것을 갖지 못한 채 자라났어. 어쩌면 그래서 내가 이렇게… 무정한 인간으로 굳어졌는지도 몰라."

나는 다시 기다렸다. "어쩌면 이해하지 못하는 걸지도." 나는 생각했다. "그리고 사실 이런 말은 우스꽝스럽다—도덕 강론 같은 것이라."

"내가 아버지라면, 그리고 딸이 있다면, 나는 아들들보다 딸을 더 사랑했을 거라고 생각해, 정말로." 나는 그녀의 주의를 다른 데로 돌리려는 듯, 마치 다른 이야기를 꺼내듯 에둘러 말하기 시작했다. 고백하건대, 나는 얼굴이 뜨겁게 달아올랐다.

"왜요?" 그녀가 물었다.

아! 그렇다면 그녀는 듣고 있었던 것이다!

"나도 모르겠다, 리자. 나는 어떤 아버지를 알고 있었는데, 그는 엄격하고 근엄한 사람이었지만, 딸 앞에서는 무릎을 꿇고, 그녀의 손과 발에 입을 맞추었고, 아무리 해도 모자랄 만큼 그녀를 사랑했지. 파티에서 그녀가 춤을 추면 그는 다섯 시간 내내 서서 그녀를 바라보곤 했어. 그는 딸에게 완전히 사로잡혀 있었지. 나는 그 마음을 이해한다! 그녀가 밤에 피곤하여 잠들면, 그는 그녀를 깨워 입을 맞추고, 그녀의 잠든 얼굴에 십자 성호를 그었어. 그는 낡고 지저분한 외투를 걸치고 다녔고, 다른 누구에게든 인색했지만 딸에게는 마지막 한 푼까지도 아낌없이 쓰며 값비싼 선물을 주었지. 그리고 그녀가 그 선물을 기뻐할 때면 그것이 그의 가장 큰 기쁨이었다. 아버지들은 언제나 어머니보다 딸을 더 사랑해. 어떤 딸들은 집에서 참으로 행복하게 살아. 그리고 나는 내 딸들을 결혼시키지 않았을 거라고 믿는다."

"또 뭘요?" 그녀는 희미하게 미소를 지으며 말했다.

"나는 질투했을 거야, 정말로. 딸이 다른 사람에게 입을 맞춘다고 생각해봐! 그녀가 아버지보다 어떤 낯선 사람을 더 사랑하게 된다고! 상상만 해도 괴롭다. 물론, 이런 생각은 다 허튼소리이고, 분명 어느 아버지든 결국은 이성을 찾겠지. 하지만 그녀를 결혼시키기 전에 나는 걱정으로 죽어버렸을지도 몰라. 구혼자들 모두에게서 흠을 찾고 트집을 잡았겠지. 그래도 결국은 그녀가 스스로 사랑하는 사람에게 시집보냈을 거야. 딸이 사랑하는 남자는 언제나 아버지에게 가장 나빠 보이기 마련이거든. 늘 그렇지. 많은 집안 불행이 그 때문에 생겨나."

"딸을 정당하게 시집보내기보다, 차라리 팔아넘기길 기뻐하는 사람들도 있죠."

아, 결국 그 말이었구나!

"리자, 그런 일은 사랑도 하늘도 없는 저주받은 가정에서 벌어지는 일이야." 나는 열을 띠어 반박했다. "그리고 사랑이 없는 곳에는 이성도 없어. 그런 가정이 존재하긴 하지만, 나는 그런 집안을 말하는 게 아니야. 너는 너희 가정에서 사악한 일을 본 모양이군, 그런 말을 하는 걸 보니. 정말로, 너는 불행했겠지. 흠! 그런 일은 대개 가난 때문에 벌어지는 거야."

"그렇다고 양반 집안이 더 나은가요? 가난해도 정직한 사람들은 행복하게 살아요."

"음 그래, 그렇지. 아마도. 그리고 리자, 한 가지를 더 말하자면, 사람이라는 존재는 자기에게 닥친 불행만을 꼽아 세면서도, 정작 기쁨은 헤아리지 않으려 하지. 만일 기쁨까지도 셈해 볼 줄 안다면, 누구에게나 그 몫의 행복이 이미 마련되어 있다는 사실을 보게 될 거야. 그리고 만약 가정사가 평안하고, 하늘의 축복이 그 집 위에 머물고, 남편이 좋은 사람으로서 아내를 사랑하고 아끼고 결코 떠나지 않는다면! 그런 가정에는 행복이 깃들지. 슬픔 한가운데에서도 때때로 행복이 있을 수 있어… 그리고 슬픔은 어디에나 있는 법이지. 네가 결혼을 하게 된다면 그걸 스스로 알게 될 거야. 사랑하는 이와 함께 맞는 결혼 초년의 세월을 생각해 봐— 그 속에 얼마나 큰 행복이 깃들어 있는지! 그것은 결코 드문 일이 아니고, 오히려 흔한 일이기도 하지. 그 초기의 시절에는 남편과의 말다툼조차 결국은 행복으로 끝나곤 해. 어떤 여자들은 단지 사랑하기 때문에 남편과 다투기도 하지. 정말 그래, 그런 여자를 실제로 알았어. 그녀는 남편을 얼마나 사랑하는지 보여 주기라도 하려는 듯, 고의로 그를 괴롭히고 마음을 흔들어 놓곤 했지. 사람은 사랑 때문에 누군가를 괴롭힐 수도 있어. 여자는 특히 그렇지. '내가 나중에 저 사람을 얼마나 사랑해 주고 보살펴 줄 것인가, 그러니 지금쯤은 조금쯤 괴롭혀도 죄가 아니다'… 그렇게 마음속으로 생각하거든. 집 안의 모두가 그런 두 사람을 보며 기뻐하고, 그들은 즐겁고 온화하고 평화롭고 명예롭게 살아가는 거야…. 그리고 또 어떤 여자들은 질투가 심해. 남편이 어딘가에 나가면—그런 여자를 나는 알고 있어—밤중에 벌떡 일어나 남편의 뒤를 몰래 따라가곤 했지. 혹시 다른 여자와 있는 게 아닌가 하고. 그것 참 딱한 일이야. 여자는 스스로도 그게 잘못이라는 걸 알고, 마음이 무너지고, 고통을 겪으면서도… 사랑하기 때문에 그렇게 하는 거야. 그리고 말다툼 끝에 화해하는 순간이 얼마나 달콤한지! 자기 잘못을 고백하거나, 혹은 그를 용서해 줄 때—두 사람 모두 한순간에 행복해지지. 마치 처음 만난 사람처럼, 결혼을 다시 한 듯이, 사랑이 새로 시작된 듯이 말이야. 그리고 남편과 아내가 서로 사랑한다면, 그들 사이에서 무슨 일이 일어나더라도 누구도 알아서는 안 돼. 가족이라도, 어머니조차도 가정의 일에 개입해서는 안 되는 법이야. 그들은 각자의 재판관이니까. 사랑이라는 것은 신성한 신비라서 어떤 일이 있어도 다른 이의 눈으로부터 감춰져야 해. 그럴수록 더욱 신성하고, 더욱 훌륭한 것이 되지. 서로를 더욱 존중하게 되고, 존중 위에 많은 것들이 세워지거든. 그리고 한 번 사랑이 존재했고, 사랑으로 결혼했다면, 왜 그 사랑이 사라져야 하지? 노력하면 지켜낼 수 있어! 지켜낼 수 없는 경우가 오히려 드물지. 남편이 다정하고 성실하다면, 사랑이 왜 오래가지 못하겠니? 결혼 초기의 사랑은 지나가게 마련이지만, 그 뒤에는 더 아름다운 사랑이 찾아와. 그때가 되면 두 영혼이 하나가 되어 모든 것을 함께 나누고, 감출 것이 하나도 없게 되지. 그리고 아이가 생기기라도 한다면, 가장 어려운 시절조차도 사랑과 용기가 있는 한 행복으로 느껴지는 법이야. 아이를 위해 스스로 빵 한 조각을 아껴야 할 때조차 기쁨이지. 아이들은 훗날 그걸 기억하며 너를 사랑하게 될 거야. 그러니 그것은 너의 미래를 위해 저축하는 것이나 다름없지. 아이들이 자라면, 너는 그들에게 본보기가 되고, 그들의 버팀목이 되고, 네가 죽은 뒤에도 자녀들은 너의 생각과 감정을 간직할 거야—그들은 너에게서 그것을 물려받았으니까. 너의 모습과 닮아갈 테고. 그러니 이것은 참으로 큰 의무야. 어찌 아버지와 어머니를 서로 더 가깝게 만들지 않을 수 있겠니? 사람들은 아이가 생기면 고생이라고 말하지만… 누가 그런 말을 하겠니? 아이는 하늘이 주는 행복이야! 리자, 너는 어린아기들을 좋아하니? 나는 정말 좋아했어. 알지? 볼이 발그스레한 작은 사내아이가 네 가슴에 안기고 있을 때, 남편의 마음이 얼마나 움직이겠니! 오동통하고 발그레한 아기, 이리저리 꿈틀거리며 기대 오고, 통통한 작은 손발, 아주 작은 손톱—그 작은 손톱을 보고 있으면 웃음이 날 정도지. 젖을 빨면서도 작은 손으로 가슴을 움켜쥐고 장난을 하지. 아버지가 다가오면, 아기는 젖을 떼고 몸을 뒤로 젖혀 아버지를 보며 웃다가, 너무 기쁘다는 듯 다시 젖을 빨아. 혹은 이가 날 때가 되면 어머니의 가슴을 깨물고는, 옆눈으로 쳐다보며 '봐, 나 깨물었어' 하고 말하는 듯하지. 아내와 남편과 아이, 이렇게 셋이 함께 있을 때—그건 행복이지 않니? 그런 순간을 위해서라면 무엇이든 용서할 수 있는 법이야. 그래, 리자, 남을 탓하기 전에 우선 스스로 삶을 배워야 하는 거야!"

"바로 저런 그림들, 저런 장면들로 그녀에게 다가가야 해." 하고 나는 속으로 생각했다. 나는 진심을 담아 말했지만, 말이 끝나자 갑자기 얼굴이 붉어졌다. "만약 그녀가 갑자기 웃음을 터뜨린다면, 나는 어떻게 하지?" 그 생각이 나를 미칠 듯이 화나게 했다. 내 말의 끝부분에서는 정말로 흥분해 있었고, 지금은 이상하게도 자존심이 상한 듯했다. 침묵이 계속되었다. 나는 거의 그녀를 팔꿈치로 쿡 찌를 뻔했다.

"왜 당신은——" 하고 그녀가 말하다가 멈추었다. 그러나 나는 알아들었다. 그 목소리에는 이전처럼 딱딱하고 거칠고 완강한 울림이 아닌, 뭔가 부드럽고 부끄러워하는 듯한 떨림이 있었다. 그 부끄러움에는 너무나 순정한 기색이 있어, 나는 갑자기 얼굴이 뜨거워지며 부끄러움과 죄책감을 느꼈다.

"왜?" 하고 나는 다정한 호기심으로 물었다.

"왜, 당신은…."

"내가 뭔데?"

"왜냐면, 당신은… 책처럼 말해요." 그녀는 그렇게 말했는데, 다시 그 목소리 속에는 비꼬는 듯한 기색이 스쳤다.

그 말은 내 심장에 비수처럼 꽂혔다. 나는 그런 대답을 기대한 게 아니었다.

나는 이해하지 못했다. 그녀가 자신의 감정을 숨기기 위해 아이러니 뒤에 숨고 있다는 것을, 영혼이 순수하고 수줍은 사람일수록 누군가가 거칠고 성급하게 마음속 깊은 곳을 들여다보려 할 때, 마지막 순간까지 항전하듯 비웃음을 가장한다는 것을, 그리고 자신의 감정을 내보이기를 가장 두려워하기 때문에 그런 자존심의 무기를 꺼내든다는 것을. 이미 몇 번이나 그녀가 조심스레 비꼼을 시도했다가 망설였고, 마침내 용기를 내어 말해낸 그 떨림만 보았어도 나는 짐작했어야 했다. 그러나 나는 짐작하지 못했고, 그 순간 악한 감정이 나를 사로잡았다.

"두고 보자!" 하고 나는 생각했다.

7

"아, 그만해, 리자. 책 같다느니 뭐니, 그런 말을 네가 할 처지가 아니지. 지금 네가 있는 이곳이, 남인 나조차도 역겨워질 정도인데—아니, 나는 남처럼 보지도 않았다. 이건 내 심장까지 찌르는 일이라서…. 그런데도 네가 여기 있으면서 역겨움을 못 느낀단 말이니? 하늘이시여, 습관이라는 게 사람을 어디까지 망치는지! 정말 네가 늙지 않을 거라고, 네 얼굴이 영원히 예쁠 거라고, 이들이 너를 언제까지나 여기 두어줄 거라고 믿니? 이곳의 추악함 같은 건 차치하더라도…. 그래, 네 지금의 삶에 대해서만 말하자면, 이렇게 젊고, 예쁘고, 마음도 남아 있고 감정도 있는 네가—방금 정신이 들었을 때 나는 너와 함께 이곳에 있다는 사실만으로도 바로 역겨움을 느꼈어! 술 취한 사람만이 여기로 오는 거야. 하지만 네가 다른 곳에서, 보통 사람들이 사는 집에서 살고 있었다면 어떻겠니? 나는 너에게 단순히 '끌렸을' 정도가 아니라, 어쩌면 사랑에 빠졌겠지. 네가 나를 한번 바라보기만 해도 기뻤을 거고, 말 한마디라도 건네주면 감사했을 거야. 네 문 앞을 서성이고, 너에게 무릎을 꿇고, 너를 내 약혼녀라 부를 수만 있다면 그것을 영광으로 여겼겠지. 너를 향해 추잡한 생각을 품는 일 따위는 감히 상상도 못 했을 거야. 하지만 여기서는 어떤가? 내가 휘파람만 불면, 네가 원하든 원치 않든 따라와야 하지. 네 뜻은 묻지 않아. 오직 내 뜻만이 전부야. 가장 천한 노동자라도 품삯을 받고 일할 뿐이지, 자기 자신 전체를 노예로 내주진 않아. 게다가 결국은 다시 자유를 찾는다는 걸 알고 있지. 그런데 너는 언제 자유를 찾니? 네가 여기서 무엇을 내놓고 있는지, 네가 무엇을 노예로 팔아넘기고 있는지 생각해본 적 있니? 네 몸만이 아니야. 네 영혼까지야. 너는 네 영혼을 팔고 있어—네 마음대로 처분할 권리조차 없는 그 영혼을! 네 사랑을, 이곳의 술에 절은 인간들에게 짓밟히도록 내주고 있는 거야! 사랑… 사랑이 무엇인지 알기나 하니? 그건 모든 것이야. 값으로 헤아릴 수 없는 보석이고, 한 소녀가 가진 마지막 보물이지. 그 사랑 하나 얻으려 목숨을 내놓는 남자들도 있어. 그런데 지금 네 사랑은 얼마의 값어치나 하니? 몸과 영혼이 통째로 팔린 네게, 사랑이 무슨 의미가 있겠니? 사랑 없이도 뭐든 얻을 수 있는데, 누가 사랑을 위해 애쓸 필요가 있겠어? 네겐 이것보다 더 큰 모욕은 없단 걸 알기나 하니? 물론 이 집에서는 너희를 속이기 위해 '연인'이라는 걸 허락해준다지, 불쌍한 것들. 하지만 그게 진짜라고 믿니? 웃기는 소리야. 그건 요식행위, 허울일 뿐이지. 너희 모두를 비웃는 장치야. 네 연인이라는 그 남자가 정말 너를 사랑한다고 믿니? 나는 믿지 않아. 어떻게 사랑하겠니? 네가 언제든 불려갈 수 있다는 걸 누구보다 잘 아는데? 만약 그가 진심으로 너를 사랑한다면, 그건 그가 천박해서야! 너를 존중할 수 있겠니? 너와 그에게 무슨 공통점이 있겠니? 그는 네게 말로는 사랑을 속삭이면서 동시에 너를 비웃고, 너에게서 훔친다—그게 그의 '사랑'이야. 맞지 않으면 오히려 다행이지. 어쩌면 너를 때릴지도 몰라. 만약 네가 정말로 연인이 있다면 그에게 물어봐. 네게 청혼할 생각이 있냐고. 그러면 그는 네 얼굴을 보고 웃겠지. 아니, 침을 뱉거나 따귀를 때릴지도 몰라―제대로 된 구석이라고는 하나도 없는 주제에. 그런데 너는 네 인생을 무엇 때문에 이렇게 망치고 있니? 주는 커피와 넉넉한 식사 때문이야? 그래, 그건 왜 먹여주는 걸까? 정직한 여자는 그런 음식을 삼키지도 못할 거야―무엇을 위해 먹여지는지 아니까. 너는 이 집에 빚지고 있지? 그리고 앞으로도 계속 빚질 거야. 평생 빠져나오지 못한 채. 그러다가 결국 이곳의 손님들이 너를 멸시하기 시작할 거야. 그건 금방이야. 네 젊음? 여기선 순식간에 사라져. 그러고 나면 네게 돌아오는 건 하나뿐―내쫓김이지. 그런데 그냥 내쫓기기만 할까? 아니지. 그 전에 저년은 네게 잔소리를 퍼붓고, 욕설을 퍼붓고, 마치 네가 그녀에게 빚을 지고, 네 젊음과 네 건강과 네 영혼을 그녀를 위해 던진 게 아니라, 오히려 그녀를 망치고, 돈을 털고, 쪽딱 망하게 만들기라도 한 것처럼 굴겠지. 그리고 누가 너를 편들어줄까? 아무도 없어. 너와 같이 일하는 여자들이? 천만에. 그들은 네게 더 심한 말을 퍼붓고, 네게 들러붙어 상처를 더 파고들지. 왜? 그 여자의 환심을 사려고. 이곳에 있는 모두가 이미 노예가 되었고, 오래전에 양심도, 연민도 버렸으니까. 이곳에서 너는 모든 것을 포기하고 있어. 젊음도, 건강도, 아름다움도, 희망도. 스무두 살에 마흔 가까운 여자처럼 보이게 될 거야. 병에 걸리지 않기만을 기도해야 할 정도지. 지금은 네가 즐겁고, 일도 없고, 편하다고 생각할지 몰라. 하지만 세상에 이보다 더 힘겹고 지독한 일은 없어. 마음은 울면서만 살아가게 될 거야. 그리고 네가 이곳에서 쫓겨날 때—너는 한마디도 못 해. 반항조차 하지 못하고, 마치 네 잘못인 듯 고개 숙이고 나가게 될 거야. 다른 집으로 옮기고, 또 옮기고, 더 아래로, 더 아래로 떨어지다가 결국에는 헤이마켓 지하로 내려가겠지. 거기선 손님들이 너를 때리는 게 인사야. 친절한 척하려면 때려야 하거든. 그게 얼마나 끔찍한지 정말 믿지 못하겠니? 가서 직접 봐, 리자. 네 눈으로 보면 돼. 어느 해 신년이었어. 문가에 여자를 하나 보았지. 우는 게 너무 심하다고, 장난 삼아 얼어보라고, 밖으로 내쫓아버리고 문을 잠가버렸더군. 아침 아홉 시부터 이미 만취한 데다, 흐트러진 몰골에, 반쯤은 벗겨진 옷, 여기저기 멍투성이…. 얼굴에는 분이 덕지덕지 발라져 있었지만 한쪽 눈두덩은 시퍼렇게 부어 있었고, 코며 이빨 사이로 피가 줄줄 흘렀어. 방금 어떤 마부에게 두들겨 맞은 참이었거든. 그 여자는 돌계단에 주저앉아 있었어. 손에는 어떤 짠 생선이 하나 쥐어져 있었고, 자기 신세를 통곡하면서, 그 생선을 들고 계단을 두드리고 있었지. 마부들하고 술 취한 병정들이 문간에 몰려와 그녀를 놀려대더라고. 네가 그런 모습이 절대 되지 않을 거라고 믿어? 나도 그러길 바란다만… 어떻게 확신할 수 있겠니? 아마 십 년, 아니 팔 년 전만 해도, 그 생선을 들고 계단을 두드리던 바로 그 여자가—여기 왔을 때는 천사처럼 깨끗하고 순진하고, 세상 물정 모르고, 말 한마디에도 얼굴이 붉어졌을 거야. 어쩌면 너처럼 자존심도 있고, 남에게 쉽게 굽히지 않고, 다른 아이들과는 달랐겠지. 어쩌면 정말 왕녀처럼 잘났고, 그녀를 사랑할 남자라면 어떤 행복을 얻을지 알고 있었을지도 몰라. 그런데 결국 어떻게 되었니? 이렇게 끝났지. 그리고 생각해봐, 만약 그 여자가—그 생선으로 더럽고 축축한 계단을 내리치던 바로 그 순간—문득 아버지 집에서의 어린 시절을 떠올리고 있었다면? 학교에 다니던 때를, 길에서 이웃집 아들이 그녀를 기다리던 모습을, 평생 사랑하겠다고, 그녀에게 헌신하겠다고 맹세하던 그 애들을… 둘이 자라면 결혼하자고 날마다 약속하던 그 시절을…. 아니, 리자. 차라리 너라면 결핵으로 금방 죽어버리는 편이 훨씬 행복할지도 몰라—아까 그 여자가 갇혀 있던 그 지하실 같은 데서 말이야. 병원이라고? 병원에서 죽을 수 있으면 오히려 운이 좋다고 해야지. 하지만 이 집 주인에게 네가 아직 '쓸모'가 있다면? 결핵은 이상한 병이야. 열이처럼 확 드러나지도 않고, 마지막 순간까지도 스스로는 괜찮다고 착각해. 그 착각을 믿고 버티지. 그런데 그게 바로 이 주인년에게는 딱 좋은 병이지. 의심하지 마, 리자. 네 영혼은 이미 팔렸고, 게다가 네 몸값까지 빚지고 있어. 그러니 말 한마디도 못하게 되는 거야. 그리고 네가 죽어갈 때—모두 너를 버릴 거야. 모두가 등을 돌릴 거야. 너에게서 더 이상 얻을 게 없으니까. 그뿐이겠니? 죽는 데 시간이 너무 오래 걸린다고, 방을 더럽힌다고, 잠을 못 자겠다고, '언제 좀 죽을래, 이 더러운 년아, 신음 소리 때문에 손님들이 토하겠다!' 하며 욕설을 퍼붓겠지. 그런 말… 나도 직접 들은 적 있어. 그리고 너를 죽어가는 채로 가장 더럽고 축축한 지하실 구석으로 내던질 거야. 빛 하나 없는 곳에. 너는 그 어둠 속에서 홀로 누워 무슨 생각을 하게 될까? 네가 죽으면, 낯선 사람들 손에서 투덜대며 급히 시신을 씻기고, 누구도 네게 축복을 해주지 않을 거야. 누구 하나 한숨도, 기도도, 눈물 한 방울도, 너를 위해 흘리지 않겠지. 그저 어떻게든 빨리 치워버리기만을 바랄 거야. 관 하나 사서, 오늘 그 불쌍한 여자를 데려갔던 것처럼 너를 묻고, 그다음엔 술집에서 네 '명복'을 빈다며 술이나 들이키겠지. 무덤 속은 진창일 거야. 눈, 얼음, 더러운 진흙…. 네게 정성을 들일 이유가 없으니까. "내려뜨려라, 바누하. 이년도 운이 더럽지. 저승에서도 머리가 먼저구나. 줄 좀 당겨, 이 자식아." "그대로 두라니까, 뭐가 어때서!" "뭐가 어때? 옆으로 쓰러졌잖아! 그래도 사람인데…. 에라 모르겠다, 그냥 흙 덮어." 그리고 그들은 서둘러 젖은 진흙을 너에게 퍼붓겠지. 한시라도 빨리 끝내고 술집에 가려고. 그리고 거기서 네 흔적은 완전히 끝나버려. 세상에는 자식들이 와서 울어주는 여자도 있고, 아버지가 오는 여자도 있고, 남편이 찾아오는 여자도 있지. 그런데 너는? 울어줄 사람도 없고, 그리워해줄 사람도 없고, 기억해줄 사람도 없어. 세상에 네 이름이 남을 곳은 단 한 군데도 없을 거야—마치 태생부터 존재하지 않았던 사람처럼, 한 번도 살아본 적 없는 사람처럼 사라지는 거지. 아무도 없는 무덤 속에서, 밤마다 관을 두드리며, '착한 사람들아, 제발 나 좀 꺼내줘요! 빛을 보고 싶어요! 내 인생은 인생이 아니었어요. 걸레처럼 버려졌어요. 헤이마켓 술집에서 술에 희롱당하다 끝났어요. 제발, 다시 살아보게만 해줘요…!' 아무리 외쳐도, 아무도 듣지 못할 거야."

나는 말하다가 스스로도 목이 메어 오는 지경까지 흥분해 있었고… 그러다 갑자기 딱 멈춰, 화들짝 몸을 일으키고, 가슴이 쿵쾅거리며 몸을 굽혀 숨을 죽이고 귀를 기울였다. 불안해할 만한 이유가 충분했다.

나는 이미 한참 전부터 내가 그녀의 마음을 뒤집어 놓고, 가슴을 찢어놓고 있다는 걸 느끼고 있었다. 그리고… 그 사실을 확신할수록, 나는 내 목적을 더 빠르고 더 확실하게 이루고 싶어 안달이 났다. 내 솜씨를 시험해보고 싶다는 욕망이 나를 몰아갔지만… 그렇다고 단순한 장난은 아니었다.

나는 지금 내가 딱딱하게, 인위적으로, 책 읽듯이 말하고 있다는 걸 알고 있었다. 사실 난 '책처럼' 말하는 것 말고는 다른 방식으로 말할 줄을 몰랐다. 하지만 그건 문제가 되지 않았다. 나는—나는 느끼고 있었다—내 말이 제대로 전해지고 있으며, 오히려 이런 책 같은 말투가 도움이 될 거라고. 하지만 이제, 효과가 나타난 순간, 나는 갑자기 겁에 질렸다. 이런 절망을 본 적이 한 번도 없었기 때문이다! 그녀는 엎드린 채 얼굴을 베개 속 깊이 파묻고, 두 손으로 베개를 움켜쥐고 있었다. 그녀의 가슴은 찢기고 있었고, 어린 육체는 경련이라도 일으킨 듯 온몸이 떨렸다. 막아보려다 흘러나오는 흐느낌은 곧 울음과 통곡으로 터졌고, 다시는 누구에게도—이 방의 누구에게도—자기 고통이나 눈물을 들키고 싶지 않은 듯, 다시 베개 속으로 몸을 파묻었다. 그녀는 베개를 물어뜯었고, 손등을 깨물어 피가 배어나오기도 했으며(그건 나중에 보았다), 헝클어진 머리칼 속으로 손가락을 파묻은 채, 숨을 참으며, 이를 악물며, 온몸으로 울음을 억누르려 버티고 있었다. 나는 무어라 말하며 달래보려 했지만, 감히 말을 잇지 못했다. 그러다 갑자기, 소름끼치는 한기와 거의 공포에 가까운 감정에 덮여, 허둥지둥 옷을 찾아 손으로 더듬으며 나갈 채비를 하기 시작했다. 방 안은 어두웠고, 아무리 서둘러도 옷은 마음대로 입혀지지 않았다. 그러다 우연히 성냥갑과 온전한 촛불이 꽂힌 촛대가 손에 닿았다. 방에 불이 켜지는 순간, 리자는 벌떡 몸을 일으켰다. 침대 가장자리에 올라앉은 그녀의 얼굴은 일그러져 있었고, 반쯤 미친 듯한 웃음을 띤 채, 거의 제정신이 아닌 눈으로 나를 바라보았다.

나는 그녀 곁에 앉아 그녀의 손을 잡았다. 그녀는 겨우 정신을 가다듬더니, 나를 향해 몸을 확 기울이며 매달릴 듯이 하다가, 감히 그러지 못하고, 천천히 고개를 숙였다.

"리자, 미안해… 내가 잘못했어, 리자. 용서해줘." 하고 말하는 순간, 그녀가 내 손을 너무 꽉 쥐어서, 내가 엉뚱한 말을 하고 있다는 걸 깨닫고 말을 멈추었다.

"이건 내 주소야, 리자. 나한테 와."

"갈게." 그녀는 고개를 숙인 채, 주저 없는 목소리로 말했다.

"그럼 난 가야겠어. 잘 있어… 다시 보자."

나는 일어났다. 그녀도 일어났고, 순간 얼굴 전체가 붉게 물들더니 몸을 한 번 떨었다. 그리고 의자 위에 놓여 있던 숄을 냉큼 집어 들어 턱까지 둘러 감았다. 그러면서 또다시 어딘가 병든 듯한 웃음을 지었고, 붉어진 얼굴로 이상한 눈길을 내게 던졌다. 나는 몹시 괴로웠고, 단 한순간이라도 빨리 이 자리에서 벗어나 사라지고 싶었다.

"잠깐만요." 출입문을 막 나서려는 순간, 그녀가 복도에서 내 외투를 손으로 붙잡으며 말했다. 그녀는 허둥지둥 촛불을 내려놓고 달려가 버렸다. 분명 무언가 떠올랐거나, 내게 보여주고 싶은 것이 있었던 모양이었다. 달려가는 동안 그녀는 얼굴을 붉혔고, 눈빛은 빛났으며, 입가에는 미소까지 떠올랐다—그 모든 것이 도대체 무슨 뜻이었을까? 나도 모르게 나는 그녀를 기다렸다. 잠시 뒤 그녀가 돌아왔다. 어쩐지 무언가에 대해 용서를 구하는 듯한 표정이었다. 전날 밤의 그 얼굴, 그 완고하고 불신과 완강함이 서려 있던 그 얼굴은 더 이상 아니었다. 그녀의 눈은 이제 간절했고, 부드러웠고, 동시에 믿음과 애정, 두려움이 뒤섞인 눈빛이었다. 마치, 아주 좋아하는 사람에게 무언가를 부탁할 때 아이들이 짓는 바로 그 표정—그런 눈빛이었다. 그녀의 눈은 연한 갈색이었고, 참으로 아름다웠으며, 생기로 가득했고, 사랑도, 우울한 적의도 모두 담아낼 수 있는 눈이었다.

그녀는 아무런 설명도 하지 않았다. 마치 내가 어떤 더 높은 존재인 양, 말하지 않아도 다 이해해야 한다는 듯이. 그러고는 작은 종잇조각을 내밀었다. 그 순간 그녀의 얼굴은 순진할 만큼 해맑고, 거의 어린아이 같은 승리감으로 환히 빛나고 있었다. 나는 종이를 펼쳤다. 의학도인가 누군가가 그녀에게 보낸 편지였다—아주 과장되고 꽃을 뿌린 듯한 표현으로 가득했지만, 그녀를 몹시 존중하는 정중한 연애편지였다. 지금은 그 문장 하나하나를 기억하지 못하지만, 그 과장 속에서도 결코 꾸며낼 수 없는 진심이 분명히 드러나 있었다는 사실만은 또렷하게 기억한다. 편지를 다 읽고 나자, 나는 그녀의 얼굴에서 불타오르는 듯한 기대와, 묻고 또 묻는 듯한, 조급할 만큼 어린아이 같은 눈빛을 발견했다. 그녀는 내 얼굴을 응시한 채, 내가 무슨 말을 할지 기다리고 있었다. 그녀는 서둘러, 그러나 기쁨과 자랑이 뒤섞인 목소리로 몇 마디 설명을 덧붙였다. 얼마 전 어느 "매우 괜찮은 사람들"의 사적인 집에서 열린 춤회에 다녀왔다는 것이었다. 그들은 아무것도 몰랐고, 정말 아무것도 알지 못했다고—왜냐하면 그녀가 이곳에 들어온 지도 얼마 되지 않았고, 모든 일은 우연히 벌어졌으며, 그녀는 아직 머무르기로 결심한 것도 아니고, 빚만 갚으면 당장이라도 나갈 생각이었기 때문이다. 그 파티에서 그 학생이 저녁 내내 그녀와 춤을 추었다고 했다. 그는 그녀와 이야기를 나누다가, 어린 시절 리가에서 그녀를 알고 있었다는 사실을 깨달았으며, 서로 함께 놀기도 했고, 그녀의 부모도 알고 있었다고 했다. 하지만 지금의 상황에 대해서는 정말 아무것도—아무것도 전혀 모르고 있었다. 그리고 무도회 다음 날(사흘 전), 그녀와 함께 파티에 간 친구를 통해 그가 바로 이 편지를 보내왔다는 것이다… 그리고… 그녀의 이야기는 그것으로 끝이었다.

그녀는 말을 맺으며, 어딘가 수줍은 듯 빛나던 두 눈을 내리깔았다.

가엾은 그 아이는 학생에게서 받은 그 편지를, 자신의 소중한 보물처럼 간직해두고 있었던 것이다. 그리고는 그 유일한 보물을 냉큼 달려가 가져온 것이었다. 그녀 또한 정직하고 진실하게 사랑받고 있으며, 그녀 또한 존중받는 방식으로 불리고 있다는 사실을 내가 모르고 떠나는 일이 없도록 하기 위해서였다. 물론 그 편지는 그녀의 작은 상자 속에 평생 묻혀, 아무런 결실도 맺지 못한 채 남았을 것이다. 그러나 그럼에도 불구하고, 그녀는 그 편지를 평생토록 귀중한 보물로, 자신의 자존과 정당함의 증거로 간직했으리라 나는 확신한다. 그리고 바로 이 순간, 그녀는 그 편지를 떠올렸고, 나의 눈에 조금이라도 높아 보이고자, 내가 그녀를 좋게 생각해주기를 바라는 마음으로, 개연히도 어린아이 같은 자부심을 품고 그것을 가져온 것이었다. 나는 아무 말도 하지 않고, 그녀의 손을 꼭 눌러주고는 밖으로 나왔다. 나는 그곳을 벗어나고 싶어 견딜 수가 없었다…. 녹아내리는 진눈깨비가 여전히 굵게 쏟아지는데도 나는 집까지 걸어 돌아왔다. 탈진했고, 산산이 무너졌고, 어지러움뿐이었다. 그러나 그 어지러움 뒤편에서 이미 진실이 번뜩이고 있었다. 혐오스러운 진실이.

8

진실을 인정하기까지는 그러나 한참의 시간이 걸렸다. 납덩이처럼 무거운 잠에서 몇 시간 만에 깨어, 전날 일어난 모든 일을 곧장 떠올리자, 나는 어젯밤 리자에게 보였던 그 감상성, 그 모든 "전율과 연민의 탄식"에 스스로 깜짝 놀랐다. "여자가 따로 없는 히스테리를 부리다니, 퍽이나 꼴사납군, 퍽이나!" 하고 나는 결론지었다. 도대체 무엇 하러 내

주소까지 떠밀듯이 건네주었단 말인가? 만약 그녀가 정말 찾아오면 어떻게 하지? … 뭐, 온다고 한들 어떤가, 상관없다…. 그러나 분명히, 지금 가장 중요하고도 시급한 문제는 그것이 아니었다. 나는 될 수 있는 한 빨리, 어떻게 해서든 즈베르코프와 시모노프의 눈에 비친 나의 평판을 수습해야 했다. 그것이 가장 중요한 과제였다. 그래서 그 아침 내내 나는 그 일에만 정신이 팔려 있었고, 그 탓에 리자에 대해서는 아예 잊어버리고 말았다.

무엇보다 먼저, 나는 어제 시모노프에게 빌린 돈을 당장 갚아야만 했다. 그래서 나는 필사적인 결심 하나를 굳혔다. 안톤 안토니치에게서 곧장 15루블을 꾸어내기로 한 것이다. 마침 운 좋게도, 그날 아침 그는 기분이 아주 좋아 보였고, 내가 부탁하자마자 망설임도 없이 돈을 내주었다. 나는 그 사실이 너무 기뻐, 차용증에 서명을 하면서 괜스레 으스대는 투로, 전날 밤 "호텔 드 파리에서 친구들과 파티를 벌였다"고 슬쩍 털어놓았다. "송별연이었지요, 동무라고 해도 좋고, 어쩌면 어린 시절의 친구라고 해도 될 사람을 위한 자리였습니다. 아시다시피, 천하의 난봉꾼이고, 몹시 버릇이 나빠져서요… 물론 집안도 좋고 재산도 상당하고, 앞길도 탄탄하지요. 재치 있고, 매력 있고, 완전히 로벌레이스 같은 인물이라고나 할까요. 그래서 우리가 샴페인을 '반 다스'나 더 시켜 마셨습니다, 그만…"

모든 이야기는 아주 수월하게, 막힘없이, 흐뭇한 태도로 술술 흘러나왔다.

집에 도착하자 나는 지체 없이 시모노프에게 편지를 썼다.

나는 지금도 그 편지를 떠올리면, 얼마나 신사다운 기품과 너그럽고 솔직한 어조였는지 감탄하지 않을 수 없었다. 나는 적절한 분별과 교양을 갖추어, 무엇보다 군더더기 없는 말로 그날 있었던 모든 일에 대해 내 잘못을 먼저 인정했다. 그리고 "만약 나에게 변명할 권리가 허락된다면"이라는 단서를 달아, 술에 전혀 익숙지 않은 내가 첫 잔부터 취해버렸다고—그 첫 잔은 바로 그들이 오기 전에, 오후 5시에서 6시 사이, 호텔 드 파리에서 기다리며 마신 것이었다고 주장하며 변명했다. 특히 시모노프에게는 깊이 사과했고, 나의 해명을 다른 이들에게도, 특히 즈베르코프에게 꼭 전해달라고 부탁했다. "꿈 속에서 본 것처럼" 내가 그에게 모욕을 던진 것 같다는 말을 덧붙였다. 직접 찾아가 사과하고 싶었으나, 두통 때문이기도 하고 무엇보다 차마 얼굴을 들 자신이 없다고도 적었다. 그리고 무엇보다도 내가 대단히 만족해한 것은, 내 문장 사이사이에 배어 있는 어떤 가벼운 경쾌함, 거의 태평스러운 무심함이었다. 예의를 벗어나지 않는 한도 안에서, 나는 그것이야말로 가장 훌륭한 논거가 되어, 전날 밤의 "불쾌한 소동"을 나는 그들처럼 비참하게 여기지 않는다는 것, 그들이 생각하는 것처럼 내가 완전히 짓눌려 있지 않다는 것, 오히려 한 사람의 자존을 아는 신사가 취하듯, 여유로운 태도로 받아들이고 있다는 사실을 은근히 드러내주리라 여겼다. "젊은 영웅의 과거란 책망받지 않는 법이지!"

"이건 거의 귀족적인 여유 아닌가!" 나는 편지를 다시 읽고 스스로 감탄했다. "이게 다 내가 '지적인 교양인'이라서 가능한 거야! 다른 놈이었다면 이렇게 빠져나오지도 못했을 텐데, 나는 벌써 훌훌 털고 기분까지 좋아졌으니, 이게 바로 '오늘날의 교양 있는 인간'의 힘이지." 그리고, 사실 어쩌면 어제의 모든 일은 술 때문이었을지도 모른다. …흠! 아니, 술 때문이 아니었다. 그들이 오기 전, 5시에서 6시 사이, 나는 아무것도 마시지 않았다. 나는 시모노프에게 거짓말을 했다. 뻔뻔스러운 거짓말이었다. 그런데도 지금은 부끄럽지도 않았다. …뭐, 어쨌든—가장 중요한 건 그 불쾌한 일에서 벗어났다는 사실이었다.

나는 편지에 6루블을 넣어 봉하고, 아폴론에게 시모노프에게 배달해달라고 했다. 편지 안에 돈이 들어 있다는 말을 듣자 아폴론은 갑자기 태도가 공손해져 기꺼이 가겠다고 했다. 해 질 무렵, 나는 산책을 나섰다. 전날의 여파로 머리는 여전히 울리고 어지러웠다. 그러나 어둠이 짙어질수록 내 머릿속의 인상들, 그리고 그것을 뒤따라 떠오르는 생각들은 점점 더 뒤엉켜 혼란스러워졌다. 내 안 깊은 곳, 마음과 양심의 한 구석에서 어떤 것이 죽지 않고 꿈틀거리고 있었다. 그것은 사그라들지 못하고, 오히려 날카로운 우울감으로 모습을 드러냈다. 나는 사람들로 가득한 번화한 거리들—메쉬찬스키 거리, 사도비 거리, 유수포프 정원—을 일부러 부딪히듯 걸어 다녔다. 늘 그 시간이면, 하루의 일을 마치고 근심 어린 얼굴로 돌아가는 온갖 노동자들 틈에 섞여 걷는 것을 유난히 좋아했었다. 그런 싸구려 소란, 벌거벗은 듯한 삶의 산문이 좋았기 때문이다. 그러나 그날만큼은 그 소란과 부딪힘이 전보다 더욱 나를 거슬리게 했다. 도무지 내 안에서 무엇이 잘못된 건지 파악할 수 없었다. 실마리를 찾을 수 없었다. 무언가가 영혼의 밑바닥에서 계속 치밀어 올라 나를 괴롭히고, 달래지지 않았다. 나는 완전히 망가진 상태로 집에 돌아왔다. 마치 양심 위에 어떤 범죄가 얹혀 있는 것처럼.

리자가 온다는 생각이 내내 나를 괴롭혔다. 어제의 기억들 가운데서도, 이것만은 마치 따로 떨어져 나와 나를 집요하게 붙드는 듯했다. 다른 모든 일은 저녁 무렵이면 이미 완전히 잊어버릴 수 있었다. 나는 그것들을 밀어냈고, 시모노프에게 보낸 편지에는 여전히 만족하고 있었다. 그러나 이 문제에 대해서만은 도무지 만족할 수가 없었다. 마치 나를 괴롭히고 있는 것은 오직 리자뿐인 것처럼 느껴졌다. "만약 그녀가 온다면?" 하고 나는 끊임없이 생각했다. "뭐, 오면 오라지! 흠… 하지만, 내가 어떻게 사는지를 보게 된다는 게 끔찍하군. 어제 나는 그녀 눈에 영웅처럼 보였는데, 지금 이 꼴이라니, 흠!" 나는 스스로를 이렇게 책망했다. 방은 거지 굴처럼 어지럽혀져 있었다. 그런 차림으로 저녁 식사하러 나갔다는 사실도 스스로 혐오스러웠다. 속이 삐죽 튀어나온 미국 가죽 소파, 몸을 제대로 가리지도 못하는 누더기 같은 내 가운…. 리자는 이 모든 것을 보게 될 것이고, 아폴론도 보게 될 것이다. 그 짐승 같은 놈은 분명 그녀를 모욕할 것이다. 나에게 무례하게 굴려고 그녀에게서 흠을 잡으려 들 것이다. 그리고 나는 언제나 그렇듯 갑자기 겁에 질려 그녀 앞에서 허리 굽혀 비위를 맞추려 하고, 가운을 끌어당겨 몸을 가리려 하고, 억지 웃음을 짓고, 거짓말을 늘어놓기 시작하겠지. 아, 역겨워! 하지만 그 역겨움만이 가장 큰 문제는 아니었다. 그보다 더 중요한 것, 더 추악한 것, 더 비열한 것이 있었다. 그래, 비열한 것! 거짓되고 가식적인 그 가면을 다시 써야 한다는 것!

이 생각에 이르자 나는 갑자기 불끈 치밀어 올랐다.

"왜 거짓되지? 뭐가 부정직하지? 난 어젯밤 진심으로 말했어. 분명 진짜 감정도 있었어. 나는 그녀 안에서 고결한 감정을 일깨우고 싶었을 뿐이야…. 그녀가 울었던 건 잘된 일이야. 분명 좋은 결과를 가져올 거야."

그럼에도 불구하고 나는 마음이 편치 않았다. 저녁 내내,

집에 돌아온 뒤에도, 심지어 리자가 도저히 올 수 없다고 계산한 9시가 넘어서도, 그녀는 계속해서 나를 따라다녔다. 더 나쁜 것은, 그녀가 떠오를 때마다 항상 같은 모습으로만 떠오른다는 것이었다. 어젯밤의 모든 순간 중에서도 단 하나의 순간만이 유독 선명하게 떠올랐다—성냥불이 번쩍이며 비춘, 고통에 일그러진 그녀의 창백한 얼굴, 그 표정…. 그리고 그 얼굴 위에 떠 있던, 얼마나 가엾고, 얼마나 부자연스럽고, 얼마나 비틀린 미소였던가! 하지만 그때 나는 알지 못했다. 15년이 지나도록 내 기억 속의 리자는 언제나 그 순간의 모습—그 비참하고, 일그러지고, 어울리지 않는 그 미소 그대로—떠오르게 되리라는 것을.

다음 날 나는 다시금 그 모든 것을 과도하게 흥분한 신경에서 비롯된 허튼 생각, 무엇보다도 과장된 것으로 여길 준비가 되어 있었다. 나는 늘 내 그런 약점을 의식하고 있었고, 때로는 그것이 몹시 두렵기도 했다. "나는 모든 것을 과장해, 그게 내가 잘못되는 지점이야." 나는 매 시각 스스로에게 그렇게 되뇌었다. 그러나 그럼에도 불구하고, "그래도 리자는 결국 올 가능성이 커." 라는 말이 나의 모든 고찰의 끝마다 후렴처럼 되살아났다. 나는 너무 불안해서 때로는 분통을 터뜨리기까지 했다. "그녀는 올 거야, 틀림없이 올 거야!" 하고 나는 방 안을 이리저리 뛰어다니며 외쳤다. "오늘이 아니면 내일 올 거야. 결국 날 찾아낼 거야! 이 순진한 영혼들의 저 끔찍한 낭만주의란! 아, 이 비열함—아, 이 어리석음—아, 이 '한심한 감상적 영혼들'의 우둔함이란! 대체 어찌 이해하지 못할 수 있단 말인가? 어찌 이해하지 못할 수가?"

그러나 바로 그 지점에서 나는 갑자기 멈추었고, 실로 크게 혼란스러워졌다.

그런데, 얼마나 적은 말들인가, 나는 스쳐가듯 생각했다. 얼마나 보잘것없는 목가적 환상—게다가 작위적이고, 책에서나 볼 법하고, 부자연스러울 정도로 목가적인 말 몇 마디가—한 인간의 생을 단숨에, 내 의지대로 뒤흔들 수 있었던 것인가. 이것이 바로 순결한 심성이라는 것이겠지! 새 땅의 신선함이라는 것!

가끔은 내가 그녀에게 가서 "모든 것을 말해주고", 내게 오지 말아달라고 애원해야 한다는 생각이 떠오르기도 했다. 그러나 그런 생각은 곧바로 내 안에 격렬한 분노를 일으켰고, 그 순간 만약 그 "빌어먹을" 리자가 바로 곁에 있었다면 나는 틀림없이 그녀를 짓밟아버렸으리라 믿을 정도였다. 나는 그녀를 모욕하고, 그녀 얼굴에 침을 뱉고, 그녀를 내쫓고, 심지어 때렸을지도 모른다!

그러나 하루가 지나고, 또 하루, 또 하루가 지났으나 그녀는 오지 않았고, 나는 차츰 차분해지기 시작했다. 특히 9시가 지나면 나는 기운이 솟고 쾌활해졌으며, 때로는 오히려 달콤한 꿈까지 꾸기 시작했다. 가령, 나는 리자의 구원이 되어 있었는데, 단지 그녀가 내게 오고, 내가 그녀에게 말해 주는 것만으로도…. 나는 그녀를 계발하고, 그녀를 교육한다. 마침내 나는 그녀가 나를 사랑한다는 것을 깨닫는다. 그녀는 나를 사랑한다, 열렬히 사랑한다. 나는 못 본 척한다. (왜 그러는지는 모르겠다. 그저 효과 때문일지도.) 마침내, 그녀는 모든 혼란 속에서 변모된 모습으로, 떨고 흐느끼며 내 발치에 몸을 던지며 말한다. 그녀는 내가 그녀의 구원자이며, 세상 무엇보다도 나를 사랑한다고. 나는 놀라지만…. "리자," 나는 말한다. "네 사랑을 내가 눈치채지 못했다고 상상할 수 있겠니? 나는 모든 것을 보았고, 다 짐작했단다. 그러나 내가 먼저 네게 다가갈 수 없었던 것은, 내가 너에게 영향을 미치고 있었기에, 네가 감사의 마음에서 억지로 나의 사랑에 호응하려 하거나, 네 마음에 없는 감정을 억지로 일으키려 할까 두려웠기 때문이야. 나는 그것을 원치 않았단다… 그것은 폭력이 될 것이고… 섬세함을 잃는 일이니까." (여기서 나는 조르주 상드 식의, 유럽풍의, 설명하기 어려울 만큼 고상한 미묘한 논리로 한참을 떠들어대고,) "그러나 이제, 이제 너는 내 것이야. 너는 내 창조물이야. 너는 순결하고, 선하며, 나의 고귀한 아내야."

"내 집으로 대담하게 들어와 그곳의 정당한 주인이 되라."

그런 다음 우리는 함께 살기 시작하고, 외국으로 여행을 떠나고, 이런저런 일이 이어지고… 그렇게 계속된다. 사실 그렇게 상상하다 보니 나 스스로도 천박하게 느껴져서, 결국 나는 나 자신에게 혀를 내밀기까지 했다.

게다가, 그녀를 내보내지도 않을 것이다, "그 요망한 년을!" 하고 나는 생각했다. 그들은 그런 여자들을 함부로 내보내지 않는다. 특히 저녁에는 더욱 그렇다. (이상하게도 나는 그녀가 저녁에, 그것도 정확히 7시에 올 것이라고 상상하고 있었다.) 물론 그녀는 아직 거기서 완전히 노예가 된 것은 아니며, 어느 정도의 권리가 있다고 말하긴 했지. 그러니, 흠! 젠장, 그래도 그녀는 올 것이다, 틀림없이 올 것이다!

사실 그 무렵 아폴론이 그의 무례함으로 내 주의를 산만하게 만든 것은 오히려 다행이었다. 그는 나를 더는 참을 수 없을 정도로 몰아세웠다! 그는 내 인생의 재앙이었고, 섭리가 내게 부과한 저주였다. 우리는 수년 동안 끊임없이 실랑이를 벌였고, 나는 그를 미워했다. 하늘이시여, 내가 그를 얼마나 미워했던가! 나는 내 생애 어느 누구도 그처럼 미워한 적이 없었다고 믿는다, 특히 어떤 순간들에는 더욱 그랬다. 그는 나이가 든, 점잖은 사내였고, 재봉사 일을 조금씩 겸하고 있었다. 그러나 알 수 없는 이유로 그는 나를 끝도 없이 업신여겼고, 견딜 수 없을 만큼 나를 아래로 내려다보았다. 사실 그는 누구에게나 그런 식으로 군림했다. 저 밝은 색으로 매끈하게 빗어 넘긴 머리, 이마 위로 빗어 올려 해바라기

기름으로 번들거리게 한 작은 술, 'V'자 모양으로 굳게 다문 그 당당한 입술을 한번 보기만 해도, 그는 결코 자기 자신을 의심해 본 적이 없는 사람이라는 느낌을 주었다. 그는 지독한 학구적 인간이었으며, 내가 지상에서 본 이래 가장 융통성 없는 인물이었고, 거기에 더해 마케도니아의 알렉산드로스에게나 어울릴 법한 허영심을 지니고 있었다. 그는 자신의 외투에 달린 모든 단추 하나하나, 손가락의 손톱 하나하나를 사랑했다—철저하게 그 모든 것을 사랑했고, 그 사랑이 얼굴에 고스란히 드러났다! 나를 대하는 그의 태도는 완벽한 폭군과도 같았다. 그는 나에게 거의 말을 걸지 않았으며, 혹시나 나를 힐끗 바라보는 일이 있으면, 그는 확고하고 장엄하게 자기 확신으로 가득 찬, 그리고 변함없이 빈정대는 눈길을 보냈다. 그 눈길은 때로 나를 광란의 상태로 몰아넣곤 했다. 그는 늘 나에게 커다란 은혜를 베푸는 듯한 태도로 일을 했다. 하지만 실제로 그는 내게 거의 아무것도 하지 않았고, 실은 자신이 무언가를 해야 할 의무가 있다고 여기지도 않았다. 내가 지상에서 가장 어리석은 인간이라고 그가 여긴다는 사실에는 의심의 여지가 없었고, 그가 "나를 내쫓지 않은" 이유는 단순히 그가 매달 월급을 받을 수 있었기 때문이다. 그는 7루블을 받고서도, 나를 위해 그 어떤 일도 하려 하지 않았다. 내가 그에게서 겪은 고통을 생각하면, 나는 정말 용서받아야 마땅하리라. 내 증오가 어느 정도였느냐 하면, 때로는 그의 발걸음 소리만으로도 거의 경련을 일으킬 지경이었다. 특히 내가 견디지 못했던 것은 그의 혀 짧은 소리였다. 그의 혀는 너무 길었는지, 무엇 때문인지, 그는 늘 혀 짧은 소리를 냈고, 그 점을 대단히 자랑스러워하며 그것이 자신의 위엄을 더한다고 믿는 듯했다. 그는 느리고 또박또박한 어조로 말했고, 두 손을 등 뒤로 모은 채 눈은 바닥만 바라보았다. 그가 칸막이 뒤에서 시편을 소리 내어 읽을 때면 나는 미칠 듯이 화가 치밀었다. 나는 그 시편 읽기를 두고 수없이 그와 싸웠다! 하지만 그는 저녁만 되면 죽은 자들 곁에서 읊조리듯하는 느리고 단조로운 가락으로 시편을 읽는 것을 끔찍이 좋아했다. 흥미로운 것은, 그가 지금도 결국 그 일을 하고 있다는 점이다. 그는 죽은 자들 곁에서 시편을 낭독해 주는 일을 하며 동시에 쥐를 잡고 구두약을 만든다. 그러나 그 당시 나는 그를 떼어낼 수 없었다. 그는 마치 화학적으로 내 존재와 결합되어 있는 듯했다. 게다가 아무리 해도 그는 내 곁을 떠나려 하지 않았을 것이다. 나는 가구 딸린 하숙집에서는 살 수가 없었다. 내 방은 나만의 은둔처였고, 내 껍질이었고, 동굴이었으며, 그 안에서 나는 온 인류로부터 숨었다. 그리고 아폴론은, 이유는 알 수 없으나, 그 방의 필수 요소처럼 느껴졌고, 나는 7년 동안 그를 내쫓지 못했다.

그에게 주어야 할 품삯을 2~3일만 늦추는 일도 불가능했다. 그는 그러한 야단을 부릴 것이어서, 나는 어디에 숨어야 할지 몰랐을 것이다. 그러나 그 며칠 동안 나는 누구에게나 지독하게 신경이 곤두서 있었고, 어떤 이유에서인지, 또 어떤 목적에서인지 아폴론을 벌주기로 마음먹고, 그에게 지급해야 할 품삯을 보름 동안 주지 않기로 결심했다. 나는 이미 오래전부터—지난 2년 동안—그렇게 할 생각을 품고 있었다. 단지 그에게 나에게 잘난 체하지 못하도록 가르치고, 마음만 먹으면 그의 품삯을 얼마든지 미룰 수 있다는 것을 보여 주기 위해서였다. 나는 그에게 아무 말도 하지 않을 작정이었고, 실제로도 일부러 입을 닫고 있었다. 그의 자존심을 건드려, 그 스스로 먼저 품삯 이야기를 꺼내게 만들기 위해서였다. 그러면 나는 서랍에서 7루블을 꺼내어, 그 돈을 그를 위해 따로 챙겨 두었다는 것을 보여 주면서도, 그럼에도 불구하고 주지 않겠다고, 결코 주지 않겠다고, 내 "의지"가 그러하다는 이유만으로, "내가 주인이고, 결정은 나의 몫"이라는 이유로, 그는 무례했고 건방졌기 때문이라고 말할 작정이었다. 그러나 정중하게 요청한다면 마음이 누그러져 줄 수도 있었고, 그렇지 않으면 또 보름, 3주, 한 달도 기다리게 만들 작정이었다.

그러나 내가 아무리 화가 나 있었어도, 결국 그는 나를 이겼다. 나는 나흘도 버티지 못했다. 그는 언제나 그럴 때 늘 그랬듯이 행동하기 시작했다. 그와 비슷한 일이 이미 여러 번 있었고—나는 미리 그의 치사한 수법을 하나하나 외우고 있었다. 그는 우선 나를 향해 지극히 준엄한 눈빛을 고정했다. 나를 마주치거나 내가 외출할 때면 몇 분씩이나 그렇게 응시했다. 내가 참고 못 본 체하면, 그는 여전히 침묵한 채 다음 단계의 고문으로 넘어갔다. 아무런 예고도 없이, 내가 방 안을 서성거리거나 책을 읽고 있을 때, 그는 살금살금, 매끄럽게 내 방으로 들어와 문간에 서서, 한 손은 등 뒤로, 한 발은 다른 발 뒤로 감추고, 앞서보다도 더 준엄하고 완전히 경멸에 찬 시선을 나에게 고정했다. 내가 갑자기 그에게 무엇을 원하느냐고 물으면, 그는 대답하지 않은 채 몇 초 동안이나 내게 시선을 꽂아두다가, 입술을 특유의 방식으로 꾹 다문 뒤, 무척 의미심장한 태도로 돌아서서 자기 방으로 되돌아갔다. 2시간 뒤 그는 또 나와서 똑같은 행동을 되풀이했다. 때로는 내가 분노에 차 그에게 아무 질문도 하지 않고, 고개만 번쩍 들어 단호하게 반대로 그를 응시하기도 했다. 그러면 우리는 서로 몇 분 가량 눈을 맞추고 있었다. 마침내 그는 또다시 침착하고 점잖게 돌아서서 2시간 동안 사라졌다.

내가 이러한 모든 정황에도 굴복하지 않고 반항을 고집하면, 그는 갑자기 나를 보며 한숨을 쉬기 시작했다. 길고 깊은 한숨이었다. 마치 그 한숨으로 내 도덕적 타락의 깊이를 가늠하려는 듯했다. 그리고 결국에는, 언제나 그렇듯, 그의 완전한 승리로 끝나고야 말았다. 나는 격분해 소리를 지르기도 했지만, 결국 그의 요구를 들어줄 수밖에 없었다.

이번에는 그 자식이 예전처럼 눈으로 사람을 잡는 그 수법을 막 시작하려 할 때, 나는 결국 참지 못하고 성을 내며 그에게 와락 달려들었다. 애초에 그와는 상관없이, 나는 이미 이 며칠 동안 모든 일에 치를 떨 정도로 신경이 곤두서 있었다.

"거기 서!" 나는 거의 광증에 사로잡힌 사람처럼 외쳤다. 그는 한 손을 등 뒤에 깍지 낀 채, 말없이 천천히 몸을 돌려 자기 방으로 돌아가려던 참이었다. "서 있으라니까! 돌아와, 돌아오라고!" 아마도 내가 비정상적으로 소리를 질러댔던지, 그는 몸을 돌려 나를 바라보더니, 약간 놀란 눈으로 나를 쳐다보았다. 그러나 그럼에도 불구하고 그는 끝내 아무 말도 하지 않았고, 그 침묵이 나를 더욱 격분시켰다.

"부르지도 않았는데, 감히 그런 눈으로 나를 보러 들어오다니, 그게 무슨 짓이야? 대답해!"

그는 태연하게, 거의 30초 동안 나를 바라보고 있더니, 다시 몸을 돌리려 했다.

"멈춰!" 나는 그에게로 달려가며 고함을 질렀다. "꼼짝하지 마! 좋아, 이제 대답해. 뭐 하러, 무엇을 보러 이 방에 들어온 거지?"

"주실 분부가 있으면, 그것을 수행하는 것이 제 의무입니다." 그는 다시 한 차례 침묵을 끌다가 그렇게 대답했다. 느리고 고른, 혀짤배기 말투로, 눈썹을 치켜올리고, 고개를 한쪽에서 다른 쪽으로 천천히 돌리며, 사람 속을 긁는 듯한 침착함을 잃지 않은 채 말했다.

"내가 묻는 건 그게 아니야, 이 고문자 같은 놈아!" 나는 분노로 얼굴이 새빨갛게 달아오르며 외쳤다. "왜 여기 들어왔는지, 내가 대신 말해 주지. 내가 네 품삯을 안 주고 있으니까, 넌 그렇게도 자존심이 세서, 고개를 숙이고 달라고 하지는 못하고, 그 대신 네 멍청한 눈초리로 나를 벌주러 온 거야. 나를 괴롭히려고! 그런데 네 눈이 얼마나 바보 같고 한심한지에 대해서는, 티끌만큼의 짐작도 못 하고 있어—바보 같다는 걸, 바보, 바보, 바보, 바보라는 걸!"

그는 또다시 아무 말 없이 돌아서려 했지만, 나는 그를 꽉 붙잡았다.

"잘 들어!" 나는 그에게 고함을 질렀다. "여기 돈이 있다, 보이냐? 여기, 이거야." (나는 책상 서랍에서 돈을 꺼냈다.) "여기 7루블이 다 있다. 하지만 넌 이 돈을 못 가져간다. 못 가져간다, 절대로 못 가져간다. 고개를 숙이고 공손하게 사과하러 올 때까지는 말이다. 알겠어?"

"그럴 수는 없습니다." 그는 기괴하다 싶을 만큼 태연한 자신감으로 그렇게 대답했다.

"그렇게 될 거다." 나는 말했다. "명예를 걸고 말하지만,

반드시 그렇게 만들겠다!"

"제가 사과드릴 일은 하나도 없습니다." 그는 내 외침을 전혀 듣지 못한 사람처럼 계속 말했다. "게다가 방금 저를 '고문자'라고 부르셨으니, 그 모욕에 대해서는 언제든지 경찰서에 고소할 수 있습니다."

"그래, 당장 가라, 고소하러 가!" 나는 소리쳤다. "지금 가, 이 순간, 당장, 즉시! 그래도 너는 고문자야! 고문자라고!"

그러나 그는 그저 나를 한 번 쳐다볼 뿐이었다. 그러고는 몸을 돌려, 내가 아무리 그를 불러 세우며 고함을 질러도 돌아보지 않고, 늘 그렇듯 고른 걸음으로 자기 방으로 걸어가 버렸다.

나는 속으로 "리자 때문이야, 리자만 아니었다면 이런 일은 일어나지 않았을 텐데" 하고 단정했다. 그러고는 잠시 기다린 뒤, 가슴은 느리고도 격렬하게 뛰고 있었지만, 겉으로는 점잖고 근엄한 태도를 지어 보이며 직접 그의 칸막이 뒤로 걸어갔다.

"아폴론." 나는 숨이 차오르면서도 조용하고 힘 있게 말했다. "지금 당장, 한 순간도 지체하지 말고 경찰관을 불러오게."

그는 이미 책상에 앉아 안경을 쓰고 바느질을 집어 든 상태였다. 그러나 내 명령을 듣자 그는 갑자기 큰 소리로 웃음을 터뜨렸다.

"지금 당장! 이 순간 가게! 어서, 그렇지 않으면 무슨 일이 벌어질지 자네는 상상도 못할 거야."

"당신은 정말 제정신이 아닙니다." 그는 고개조차 들지 않고, 늘 그렇듯 느리고 혀짤배기인 말투로 바늘에 실을 꿰며 말했다. "누가 자기 자신을 잡아가라고 경찰을 부른단 말입니까? 그리고 겁을 준다 한들—헛수고입니다. 아무 일도 일어나지 않을 테니까요."

"가!" 나는 비명을 지르며 그의 어깨를 움켜잡았다. 나는 방금이라도 그를 때릴 것만 같았다.

그러나 바로 그 순간, 나는 미처 알아차리지 못했다. 현관 쪽 문이 살짝, 아주 천천히 열리고, 어떤 사람이 안으로 들어와 그 자리에 멈춰 서서 당황한 눈으로 우리를 바라보고 있었다. 나는 힐끗 보다가 수치로 기절할 것만 같아졌고, 허겁지겁 내 방으로 도망쳐 들어갔다. 그곳에서 나는 두 손으로 머리카락을 움켜쥐고, 벽에 이마를 누른 채 꼼짝도 하지 못하고 서 있었다.

몇 분 뒤에 아폴론의 느릿한 발걸음 소리가 들렸다. "어떤 여자가 당신을 찾습니다." 그는 유난히 엄한 눈빛으로 나를 보며 말했다. 그리고는 비켜 서서 리자를 들여보냈다. 그는 나가지도 않고, 비웃는 눈으로 우리를 지켜보고 있었다.

"나가, 나가게." 나는 절망적으로 명령했다. 바로 그때,

내 시계가 달달거리는 소음을 내며 7시를 쳤다.

9

"내 집에 용기 있고 자유롭게 들어오라, 그 집의 진정한 여주인이 되기 위해."

나는 그녀 앞에서 완전히 짓눌린 채, 풀이 죽고, 끔찍할 만큼 당황한 모습으로 서 있었다. 아마도 나는, 우스꽝스럽게도, 누더기 솜두루마기 자락을 어떻게든 온몸에 둘러보려 애쓰며 억지로 미소까지 지었던 모양이었다. 얼마 전 침울한 상상 속에서 그려보았던 바로 그 장면 그대로였다. 아폴론은 우리 곁에서 몇 분가량 서 있다가 물러갔지만, 그렇다고 해서 내가 조금도 편해지지는 않았다. 더 괴로운 것은, 그녀 역시 내가 예상했던 것보다 훨씬 깊이, 완전히 압도된 듯한 당혹 속에 빠져 있었다는 점이었다. 물론, 나라는 모습을 보고서.

"앉아." 나는 기계적으로 말하며 식탁 쪽으로 의자를 끌어다 놓고는 소파에 주저앉았다. 그녀는 말없이, 곧바로 순순히 자리에 앉아 두 눈을 크게 뜬 채 나를 바라보았다. 마치 지금 당장 내게서 무언가를 기대하고 있기라도 한 듯. 이런 순진한 기대의 태도는 나를 격분하게 했지만, 나는 가까스로 스스로를 억눌렀다.

그녀는 마치 아무 일도 없었다는 듯 행동하며 내 불편함을 감췄어야 했다. 그런데 그녀는 그러지 않았고, 나는 어렴풋이 느꼈다 — 나는 반드시 이 모든 것에 대해 그녀에게 대가를 치르게 하리라는 것을.

"리자, 날 아주 이상한 모습으로 보게 됐군." 나는 더듬으며 말을 꺼냈다. 시작부터 잘못된 방식이라는 걸 알면서도. "아니, 아니, 오해하지 마." 그녀가 갑자기 붉어지는 것을 보고는 급히 외쳤다. "난 내 가난을 부끄러워하지 않아…. 오히려, 내 가난을 자랑스럽게 생각해. 나는 가난하지만… 명예는 지키고 있어…. 사람은 가난해도 명예롭게 살 수 있는 거야." 나는 중얼거렸다. "하여튼… 차 마실래?"

"아니요…" 그녀가 말을 잇기 시작하자,

"잠깐만 기다려."

나는 벌떡 일어나 아폴론에게 달려갔다. 어떻게든 이 방을 빠져나가야 했다.

"아폴론!" 나는 열에 들뜬 숨을 죽이며 속삭였다. 쥐고 있던 7루블을 그의 앞에 탁 내려놓으면서. "여기, 네 월급이다. 봐라, 지금 바로 주지 않느냐. 그러니까, 날 좀 도와라. 식당에 가서 차하고 러스크 열두 개만 사 와. 안 가겠다면… 난 완전히 파멸이야! 너는 지금 이 여자가 어떤 존재인지 몰라…. 이건… 모든 거야! 너는 지금 상상도 못하고 있겠지만…. 정말, 이 여자가 어떤 사람인지 너는 몰라!"

아폴론은 이미 자리에 앉아 다시 안경을 걸치고 일을 시작한 참이었다. 그는 바늘을 아직 꿸 생각도 하지 않은 채, 말 한마디 없이 곁눈질로 돈을 흘긋 바라보더니, 나에게는 전혀 관심도 보이지 않고 아무 대꾸도 하지 않은 채 계속 바늘을 들고 부산스럽게 움직였다. 나는 그의 앞에서 팔을 꼬아 나폴레옹처럼 가슴에 얹은 채 몇 분 가량 서 있었다. 관자놀이에는 땀이 송골송골 맺혀 있었다. 내가 창백해졌다는 것도 스스로 느끼고 있었다. 그러나, 신의 은총인지 그도 마침내 나를 가엾게 여긴 모양이었다. 바늘에 실을 꿴 그는 일부러 천천히 자리에서 일어나고, 일부러 천천히 의자를 뒤로 밀고, 일부러 천천히 안경을 벗고, 일부러 천천히 돈을 세고는, 마침내 어깨 너머로 "한 몫 전부 사오면 되겠습니까?" 하고 묻고는, 일부러 천천히 방을 나갔다. 나는 리자에게 돌아가는 길에 문득 생각했다. 지금 이 누더기 드레싱가운 차림 그대로 도망쳐버릴까? 어디든 상관없이—그리고 이후에 무슨 일이 벌어지든 내버려 버릴까?

나는 다시 앉았다. 그녀는 불안한 눈길로 나를 바라보았다. 몇 분 동안 우리는 아무 말도 하지 않았다.

"난 저 인간을 죽일 거야!" 내가 갑자기 소리쳤다. 책상을 주먹으로 내려치자 먹물이 먹통에서 튀었다.

"무슨 소리예요!" 그녀가 놀라며 벌떡 일어났다.

"죽여버릴 거야! 죽여버릴 거야!" 나는 완전히 미쳐버린 듯한 광란으로 다시 책상을 내리치며 비명을 질렀다. 그러면서도 속으로는, 이런 광란이 얼마나 어리석은지 똑똑히 알고 있었다. "너는 몰라, 리자. 저 인간이 나한테 어떤 존재인지. 내 고문관이야… 내 고문관이라고…. 지금은 러스크를 사러 나갔지만, 그는…."

그리고 갑자기 나는 울음을 터뜨렸다. 히스테리 발작이었다. 흐느낌 속에서 얼마나 수치스러운지 문득 온몸이 화끈거렸지만, 그래도 울음을 멈출 수가 없었다.

그녀는 겁이 났다.

"무슨 일이에요? 뭐가 잘못된 거예요?" 그녀가 허둥지둥 나를 살폈다.

"물… 물 좀 줘, 저기…" 나는 희미한 목소리로 중얼거렸다. 하지만 속으로는, 사실 물이 없어도, 이런 희미한 목소리조차 내지 않아도 아무 문제가 없다는 것을 분명히 알고 있었다. 그러나 이 모든 것은, 흔히 말하는, 체면을 살리기 위해 꾸며내는 행동이기도 했다. 물론 발작 자체는 진짜였지만.

그녀는 당황한 얼굴로 물을 건네주었다. 마침 그때 아폴론이 차를 들고 들어왔다. 나는 방금까지 격렬한 일이 벌어졌다는 사실에 비해 이 지극히 평범하고 속물적인 '차 한 잔'이라는 물건이 얼마나 비참하게 천박해 보이는지 갑자기 느껴졌고, 얼굴이 활활 달아올랐다. 리자는 아폴론을 두려운 눈빛으로 바라보았다. 그는 우리 둘을 쳐다보지도 않고 방을 나갔다.

"리자, 넌… 날 경멸하니?" 나는 그녀를 똑바로 보며 물었다. 그녀가 지금 무슨 생각을 하고 있는지 알지 못해 초조로 온몸이 떨렸다.

그녀는 어찌할 바를 몰라 당황했고, 바로 대답하지 못했다.

"차나 마셔." 나는 그녀에게 화가 나서 그렇게 말했다. 사실은 나 자신에게 화가 나 있었지만, 물론 그 책임은 그녀가 지게 될 터였다. 문득 가슴속 깊은 곳에서 그녀를 향한 끔찍한 악의가 솟구쳐 올랐다. 그 순간 나는 정말로 그녀를 죽일 수도 있을 것 같다는 생각이 들었다. 그녀에게 복수하겠다는 마음으로, 나는 속으로 맹세했다. 차를 마시는 동안 단 한마디도 하지 않겠다고. "모든 건 다 저 여자 때문이야." 나는 그렇게 생각했다.

우리 사이의 침묵은 딱 5분 동안 이어졌다. 차는 탁자 위에 놓여 있었지만, 우리는 손도 대지 않았다. 나는 그녀를 더 난처하게 만들기 위해, 일부러 먼저 말을 꺼내지 않기까지 했다. 그녀 혼자 먼저 말을 꺼내기에는 너무도 어색한 분위기였다. 그녀는 몇 번이나 슬프고 어리둥절한 눈길로 나를 바라보았다. 나는 완강하게 침묵을 지켰다. 물론, 그 침묵으로 가장 고통받는 사람은 나 자신이라는 것을 잘 알고 있었다. 내 악의 어린 어리석음이 얼마나 역겹고 비열한지 분명히 느끼면서도, 나는 끝내 스스로를 제어할 수 없었다.

"나… 거길… 완전히 떠나고 싶어요." 침묵을 어떻게든 깨보려고 그녀가 그렇게 시작했다. 하지만 불쌍하게도, 그런 멍청한 순간에, 나처럼 멍청한 남자에게 그런 말을 꺼내서는 안 되는 것이었다. 그녀의 그런 어설프고 불필요하게 솔직한 말투가 애처로워, 내 가슴이 잠시 아려 왔다. 그러나 곧장 그 모든 연민을 질식시켜 버리는 무언가 끔찍한 것이 내 안에서 다시 일어났다. 그것은 오히려 나를 더 날카롭고 사납게 자극했다. 이제 더 이상 무슨 일이 벌어져도 상관없었다. 또다시 5분이 흘렀다.

"제가… 방해가 되나요?" 그녀가 거의 들리지도 않을 정도로 조심스럽게 말하며 일어서려 했다.

그러나 그 상처 입은 자존심의 첫 몸짓이 보이자마자, 나는 분노로 몸서리를 쳤고 곧바로 폭발해 버렸다.

"대체 왜 나한테 온 거야? 그거부터 말해 봐." 나는 숨을 몰아쉬며, 말의 논리 따위는 아랑곳하지 않고 말하기 시작했다. 한 번에, 단숨에 모든 것을 터뜨려 버리고 싶었다. 어떻게 입을 떼야 할지 같은 건 중요하지 않았다. "왜 온 거냐고? 대답해, 대답하라고!" 나는 내가 지금 무엇을 하고 있는지조차 제대로 의식하지 못한 채 외쳤다. "좋아, 착한 아가씨. 내가 왜 네가 왔는지 말해줄게. 넌 내가 그때 떠든 그 감상적인 말들 때문에 온 거야. 그래서 지금도 버터처럼 말랑해져서, 또 한 번 '고상한 말'을 듣고 싶어 온 거지. 그러면 좋다, 알아둬. 그때 나는 널 비웃고 있었어. 그리고 지금도 널 비웃고 있어. 왜 몸서리를 쳐? 그래, 널 비웃었다고! 그 전날 저녁, 나를 찾아왔던 그놈들한테 모욕을 당했거든. 그래서 네게 왔을 때, 나는 장교 하나를 두들겨 패주려는 생각뿐이었어. 하지만 그러지 못했지. 그놈을 찾지도 못했어. 그러자 난 어딘가에는 내 분풀이를 해야 했고, 누군가를 짓밟아서, 나 자신을 되찾고 싶었어. 그때 네가 나타난 거야. 그래서 나는 내 악을 네게 쏟아부었고, 널 비웃었어. 내가 짓밟혔으니, 나도 누군가를 짓밟고 싶었던 거야. 내가 넝마처럼 취급당했으니, 나도 내 힘을 보여주고 싶었던 거고…. 그게 전부야. 그런데 넌 뭐라고 생각했지? 내가 널 구해주려고, 일부러 네게 온 줄 알았지, 그렇지? 그렇게 생각했어? 그걸 믿었어?"

나는 그녀가 아마 혼란스러워 하고 모든 말을 정확히 받아들이지는 못하리라는 것을 알고 있었으나, 동시에 그녀가 그 요지는, 아주 훌륭히, 파악하리라는 것도 알고 있었다. 그리고 실상, 그녀는 그렇게 하였다. 그녀는 손수건처럼 하얗게 질렸고, 무언가 말하려 애썼으나 입술은 고통스럽게 떨렸으며, 도끼로 찍힌 듯한 모습으로 의자 위에 주저앉았다. 그 뒤로 내내, 그녀는 입술을 반쯤 벌린 채, 눈을 크게 뜨고, 끔찍한 공포에 몸서리치며 내 말을 들었다. 내 말의 냉소, 그 냉소가 그녀를 압도하였다….

"구해 달라고?" 나는 말을 이으며, 의자에서 벌떡 일어나 그녀 앞에서 방안을 이리저리 뛰어다녔다. "무엇으로부터 구해 달란 말인가? 그러나 어쩌면 내가 너보다 더 타락한 자일지도 모르지. 왜 내가 너에게 그 설교를 늘어놓고 있을 때 이렇게 말해 내게 던지지 않았느냐, '하지만 당신 자신은 여기에 무엇 때문에 온 것입니까? 설교나 하러 오신 겁니까?' 하고 말이다. 그때 내가 원한 것은 힘, 힘이었다. 내가 원한 것은 놀이였고, 네 눈물을, 네 굴욕을, 네 히스테리를 쥐어짜내는 것이었다—그것이 그때의 나였다! 물론, 나는 그걸 오래 끌고 갈 수 없었지. 나는 비참한 인간이라 겁을 먹었고, 하늘만이 아시는 어리석음으로 너에게 내 주소까지 내주었다. 그 뒤 집에 도착하기도 전에 나는 그 주소 때문에 너를 향해 욕설을 퍼붓고 있었고, 이미 내가 너에게 한 거짓말들 때문에 너를 미워하고 있었다. 나는 말장난만 좋아하고, 꿈꾸기만 좋아한다. 그러나 너도 아느냐, 내가 진정 바라는 것은 너희 모두가 지옥에 떨어지는 것이다. 그것이 내가 원하는 바다. 나는 평안을 원한다. 그렇다, 나는 세상을 단 한 푼에라도 팔아넘겼을 것이다, 당장에 말이다, 다만 나만 평안히 남을 수 있다면. 세상이 망하든 말든, 내가 차 한 잔을 못 마시고 넘어가는 것이 더 큰 일인가? 나는 말하노니, 내게 차만 있다면 세상은 망해버려도 좋다. 너는 그걸 알고 있었느냐, 아니었느냐? 아무튼, 나는 스스로 자신이 불량

배요, 악당이요, 이기주의자요, 게으름뱅이라는 것을 알고 있다. 너를 생각하며 지난 3일 동안 나는 몸서리를 치고 있었다. 그리고 너도 아느냐, 이 3일 동안 나를 특히 괴롭힌 것이 무엇인지? 내가 너에게 그토록 영웅인 양 군림해 보였건만, 이제 너는 나를 이 누더기 같은, 해진 잠옷 차림으로, 초라하고 혐오스러운 꼴 그대로 보게 되리라는 사실이었다. 나는 방금 전 내 가난이 부끄럽지 않다고 너에게 말했지. 그러니 이 또한 알아두어라. 나는 내 가난이 무엇보다도 더 부끄럽다. 도둑질을 들켰을 때보다도 더 두렵다. 나는 껍질이 벗겨진 듯한 허영쟁이라, 공기만 스쳐도 아플 정도이기 때문이다. 이제쯤이면 너도 알겠지, 내가 네가 이 초라한 잠옷 차림의 나를 보았다는 사실을 평생 용서하지 않으리라는 것을. 방금 아폴론에게 악다구니를 쓰며 달려들던 나를 말이다—마치 성질 사나운 들개처럼. 구원자요, 이전의 영웅이었던 나는, 그 하인에게, 털은 듬성듬성하고 빗질도 하지 않은 양치기개처럼 달려들었고, 하인은 그런 나를 비웃고 있었다! 그리고 내가 방금 전 너 앞에서 어찌할 수 없이 흘린 눈물도, 마치 수치에 몰린 어리석은 여인처럼 흘린 그 눈물도, 나는 너를 용서하지 않을 것이다! 그리고 지금 내가 너에게 고백하고 있는 이 모든 것 또한, 나는 너를 용서하지 않을 것이다! 그렇다—너는 이 모든 것에 대해 책임져야 한다. 네가 이렇게 나타났기 때문이며, 내가 불량배이기 때문이며, 내가 세상 모든 벌레들 중에서도 가장 역겹고, 가장 어리석고, 가장 우스우며, 가장 질투 많은 존재이기 때문이다. 그 벌레들은 나보다 조금도 나아 보이지 않으면서도, 하늘만이 아시는 이유로 결코 당황하거나 모욕당하지 않는다! 그러나 나는 언제나, 사소한 이 한 마리의 이에게조차 모욕을 받으리니, 그것이 내 운명이다! 그리고 네가 이 모든 말을 한마디도 이해하지 못한다 한들, 그게 나와 무슨 상관이란 말인가! 나는 너에 대해 무엇을 신경 쓰겠느냐, 네가 거기서 몰락하든 말든 내가 왜 개의하겠느냐? 이해하느냐? 내가 지금 이 말을 했기 때문에, 네가 여기 와서 듣고 있었기 때문에, 내가 너를 앞으로 얼마나 미워하게 될지! 인간이 이렇게 속을 드러내어 말하는 일은 평생 한 번 있을까 말까 한 일인데, 그것도 히스테리 상태에서나 가능한 일이다! … 너는 무엇을 더 원하느냐? 이 모든 말을 듣고도 왜 아직도 나와 마주 서 있는 것이냐? 왜 나를 괴롭히는 것이냐? 왜 가지 않는 것이냐?"

그러나 바로 그때 이상한 일이 벌어졌다. 나는 모든 일을 책에서처럼 생각하고 상상하는 데 너무나 익숙해 있었고, 세상 모든 일을 미리 꿈속에서 내가 꾸며낸 그대로 마음속에 그려버리는 버릇이 있어서, 이 낯선 상황을 단번에 이해할 수가 없었다. 일어난 일은 이러하였다. 나에게 보복당하고 짓눌린 리자였으나, 내 예상보다 훨씬 많은 것을 이해하고 있었다. 그녀는 무엇보다도, 참된 사랑을 느끼는 여인이 가장 먼저 느끼는 그 사실을, 곧 내가 스스로 불행하다는 것을, 이 모든 말 속에서 알아차렸다.

겁먹고 상처받은 그녀의 얼굴빛에는, 먼저 슬프고도 당혹스러운 표정이 뒤따랐다. 내가 스스로를 악당이며 불량배라 부르고, 눈물을 흘리기 시작하였을 때(그 긴 설교는 내내 눈물과 함께였다), 그녀의 얼굴은 경련하듯 일그러졌다. 그녀는 거의 자리에서 일어나 나를 막으려는 듯하였다. 내가 말을 마쳤을 때, 그녀는 내가 "왜 여기 있는 거지, 왜 나가지 않는 거지?" 하고 소리친 것에는 아무런 반응을 보이지 않았고, 다만 이런 고백들을 내뱉는 일이 나에게 몹시 괴로웠으리라는 것만을 깨달았다. 게다가 그녀는 한없이 짓눌려 있었고, 가엾은 처지였다. 그녀는 자신을 나보다 끝없이 하찮은 존재로 여겼다. 그런 그녀가 어찌 분노나 원망을 느낄 수 있었겠는가? 그녀는 갑자기 의자에서 튀듯 일어나, 막을 길 없는 충동에 이끌려 양손을 내밀고 나를 향해 갈망하듯 뻗었으나, 여전히 두렵고 감히 움직이지는 못하였다…. 바로 이때, 내 마음속에도 어떤 반전이 일어났다. 그러고는 그녀가 문득 나에게 달려들어 두 팔로 나를 끌어안고 눈물을 터뜨렸다. 나 또한 참지 못하고, 일찍이 한 번도 그렇게 울어본 적이 없을 만큼 흐느껴 울었다.

"그들은 나를 내버려두지 않아…. 나는 착하게 지낼 수가 없어!" 나는 간신히 이렇게 말하였다. 그러고는 소파로 가서, 엎드린 채 쓰러지듯 몸을 던지고, 완전한 히스테리에 사로잡혀 몇 분 동안 흐느껴 울었다. 그녀는 내 곁으로 다가와 두 팔로 나를 감싸 안고, 그 자세로 움직이지 않은 채 머물렀다. 그러나 문제는, 히스테리가 영원히 계속될 수는 없다는 데 있었다. 그리고(나는 이 역겨운 진실을 적고 있는 것이다) 소파에 엎드려 얼굴을 더럽고 고약한 가죽 베개 속에 파묻은 채 누워 있으면서, 나는 조금씩, 멀리서부터 그러나 저절로 밀려오고는 거스를 수 없는 어떤 느낌을 알아차리기 시작하였다. 바로 이제 내 머리를 들고 리자의 얼굴을 똑바로 바라보는 것이 어색해지리라는 느낌이었다. 나는 왜 부끄러웠던가? 모르겠다, 그러나 나는 부끄러웠다. 한편, 흥분으로 지친 내 머릿속에는 우리 역할이 이제 완전히 뒤바뀌었다는 생각이 떠올랐다. 곧, 이제 영웅은 그녀였고, 나는 바로 그 밤—4일 전—그녀가 내 앞에서 그러했던 것처럼 짓밟히고 굴욕당한 비참한 존재로 바뀌어 있었다…. 내가 소파에 얼굴을 묻고 누워 있는 그 몇 분 사이에 이런 생각들이 모두 떠올랐다.

하늘이시여! 설마 그때 내가 그녀를 시기하고 있었던 것은 아니었으리라.

나는 모른다. 오늘날까지도 판단할 수 없고, 당시에는 지금보다도 더 내 감정을 이해할 수 없었다. 나는 누군가를 지배하고 억누르지 않고는 살아갈 수가 없지만… 이 모든 것은 이성으로 설명할 수 없으므로, 이성 따위는 소용없다.

그러나 나는 스스로를 누르고 마침내 머리를 들었다. 결국에는 그렇게 하지 않을 수 없었으니 말이다…" 그리고 오늘날까지도 나는 확신한다. 바로 그녀를 똑바로 바라보는 것이 부끄러웠기 때문에, 내 마음속에서 또 다른 감정이 갑자기 타올라 불꽃처럼 번져 올랐다고…. 지배와 소유의 감정이었다. 내 눈은 격정으로 번뜩였고, 나는 그녀의 손을 단단히 움켜쥐었다. 그 순간 나는 얼마나 그녀를 미워하면서 또 얼마나 그녀에게 끌렸던가! 한쪽 감정이 다른 감정을 더욱 부추겼다. 그것은 거의 복수의 행위와도 같았다. 처음에 그녀의 얼굴에는 놀람, 아니 공포의 빛조차 스쳤으나, 단 한 순간뿐이었다. 그녀는 뜨겁고 황홀하게 나를 껴안았다.

10

4분이 지나자 나는 미친 듯한 초조함 속에서 방안을 이리저리 뛰어다니고 있었다. 나는 매 순간 가리개 앞으로 다가가 그 틈으로 리자를 들여다보았다. 그녀는 바닥에 앉아 머리를 침대에 기대고 있었고, 울고 있었음이 틀림없었다. 그러나 그녀는 떠나지 않았고, 그것이 나를 짜증나게 하였다. 이번에는 그녀가 모든 것을 이해한 것이다. 나는 그녀를 최종적으로 모욕하였다. 그러나 … 굳이 묘사할 필요는 없다. 그녀는 내가 방금 터뜨린 격정이 단순한 복수, 새로운 굴욕이었으며, 전에는 거의 이유도 없던 나의 증오에 이제는 시기에서 비롯된 개인적인 증오까지 더해졌다는 것을 깨달았다…. 물론 그녀가 이것을 모두 명확히 이해했다고 단정할 수는 없으나, 적어도 내가 비열한 인간이며, 더구나 그녀를 사랑할 능력조차 없는 인간이라는 사실만큼은 충분히 이해하였다.

사람들은 분명 나에게 이것이 믿기 어렵다고 말할 것이다—그러나 내가 그토록 심술궂고 어리석었음 자체가 이미 믿기 어려운 일이다. 게다가 왜 내가 그녀를 사랑하지 않았는지, 혹은 적어도 그녀의 사랑을 평가하지 않았는지가 이상하다고 덧붙일지도 모른다. 무엇이 이상한가? 우선, 그때 나는 이미 사랑할 능력이 없었다. 다시 말하자면, 나에게 있어 사랑이란 상대를 억누르고 도덕적 우월성을 과시하는 것이었기 때문이다. 나는 평생 다른 형태의 사랑을 상상해본 적이 없었고, 오늘날에는 심지어 사랑이라는 것은—사랑받는 대상이 자발적으로 허락하는—지배의 권리로 구성된 것이라고 생각하게 된 지경에 이르렀다.

내 지하의 꿈들 속에서조차 나는 사랑을 투쟁 이외의 어떤 것으로도 상상하지 못하였다. 나는 언제나 증오로 그것을 시작하여 도덕적 굴종으로 끝맺었고, 그리고 그 후에는 굴종한 대상에게 어떻게 해야 할지 전혀 알지 못하였다. 그 점을 무엇이 그리 이상하게 만들겠는가? 내가 나 자신을 이 토록 타락시키고, '현실의 삶'과 동떨어진 나머지, 그녀가 나에게 '고상한 감정'을 들으러 왔다고 비난하고 그녀에게 치욕을 주려 하였고, 또 그녀가 고상한 감정을 들으러 온 것이 아니라 사랑하기 위해 온 것임을 전혀 짐작하지도 못하였던 사람이 바로 나인데. 여인에게는 모든 갱생, 모든 파멸로부터의 구원, 모든 도덕적 쇄신이란 사랑 속에 포함되어 있으며 오직 그 형태로만 스스로를 드러낼 수 있는 것이다.

그러나 방안을 뛰어다니며 가리개 틈으로 들여다보고 있을 때만큼은 내가 그녀를 그토록 미워하고 있지는 않았다. 나는 단지 그녀가 여기에 있다는 사실이 견딜 수 없을 만큼 나를 짓누르고 있을 뿐이었다. 나는 그녀가 사라지기를 바랐다. 나는 "평안"을, 내 지하 세계에 홀로 남겨지기를 원하였다. 현실의 삶은 그 새로움으로 나를 너무 심하게 압박하여 나는 거의 숨도 쉬기 어려웠다.

그러나 몇 분이 지나도 그녀는 여전히 움직이지 않은 채, 거의 의식을 잃은 사람처럼 그 자리에 있었다. 나는 뻔뻔스럽게도, 그녀에게 일종의 신호를 보내듯 가리개를 살짝 두드렸다…. 그녀는 움찔하며 일어나더니, 손수건과 모자, 외투를 찾으러 달려갔다. 마치 나에게서 도망치려는 사람처럼…. 몇 분 뒤 그녀는 가리개 뒤에서 나와 무겁게 가라앉은 눈으로 나를 바라보았다. 나는 억지로라도 체면을 유지하려는 듯 독기 어린 냉소를 지어 보였으나, 곧 그녀의 시선을 피하며 고개를 돌렸다.

"안녕히." 그녀는 문 쪽으로 걸어가며 말했다.

나는 그녀에게 달려가 손을 붙잡아 펼치고, 그 안에 무엇인가를 쑤셔 넣은 뒤 다시 꼭 쥐어주었다. 그리고 곧바로 돌아서서, 그녀가 무엇을 보든지 간에—아무튼 그것을 피하려고—급히 방 한쪽 구석으로 달려갔다.

나는 조금 전만 해도 거짓말을 하려 했다. 곧, 내가 그 일을 실수로, 제정신을 잃은 어리석음 때문이었다고 적으려 했던 것이다. 그러나 나는 거짓말을 원하지 않는다. 그러므로 있는 그대로 말하겠다. 나는 그녀의 손을 펴서 그 안에 돈을 넣었다.… 악의에서였다. 그녀가 가리개 뒤에 앉아 있고 내가 방안을 이리저리 뛰어다니던 그때, 내 머릿속에 문득 떠오른 생각이었다. 그러나 이것 하나는 확실히 말할 수 있다. 내가 그 잔인한 일을 고의로 저질렀음에도, 그것은 내 마음에서 나온 충동이 아니라, 내 악한 머리에서 나온 것이었다. 그 잔인함은 작위적이고, 고의적으로 꾸며낸 것이며, 완전히 머리와 책으로부터 만들어낸 것이어서, 나는 그것을 단 1분도 지속할 수 없었다—처음에는 그녀를 보지 않기 위해 달아났고, 이어 곧바로 수치와 절망 속에서 리자를 뒤쫓아 뛰어갔다. 나는 복도 문을 열고 귀를 기울였다.

"리자! 리자!" 나는 계단에서 외쳤으나, 낮은 목소리였고, 대답하지도 못하였다.

　대답은 없었다. 그러나 나는 그녀의 발걸음 소리가 계단 아래쪽에서 들려오는 듯한 느낌이 들었다.

　"리자!" 나는 더 크게 외쳤다.

　아무 대답도 없었다. 그러나 바로 그때, 아래층에서 바깥의 단단한 유리문이 삐걱이며 무겁게 열리더니, 쾅 하고 세차게 닫히는 소리가 들렸고, 그 울림이 계단 위로 퍼져 올라왔다.

　그녀는 가버린 것이었다. 나는 머뭇거리며 방으로 돌아왔다. 나는 끔찍할 만큼 짓눌린 기분이었다.

　나는 그녀가 앉아 있었던 의자 곁, 탁자 앞에 그대로 서서, 멍하니 허공을 바라보고 있었다. 1분이 지났다. 문득 나는 움찔하며 몸을 떨었다. 바로 내 앞, 탁자 위에 나는 … 간단히 말해 방금 전에 내가 그녀의 손에 쥐여주었던 구겨진 푸른색 5루블 지폐를 보았던 것이다. 그것은 바로 그 지폐였다. 다른 것일 리 없었다. 방안에는 그 지폐 말고는 또 다른 것이 없었으니. 그러므로 그녀는 내가 방 저쪽 구석으로 달려가는 그 순간, 손에서 그것을 책상 위로 내던졌던 것이다.

　그래! 나는 원래 그녀가 그러리라 예상했어야 했다. 내가 예상했어야 했던가? 아니다, 나는 그런 일은 상상조차 하지 못할 만큼 이기적이었고, 타인을 존중하는 마음이 결여되어 있었던 것이다. 나는 그것을 견딜 수 없었다. 1분 뒤 나는 광인처럼 옷을 껴입기 시작하여 손에 잡히는 대로 몸에 걸치고는, 곧장 그녀를 뒤쫓아 달렸다. 내가 거리로 뛰어나갔을 때, 그녀는 200보도 가지 못했을 터였다.

밤은 고요하였고, 눈은 덩어리째 쏟아져 내리며 거의 수직으로 떨어져, 인도와 텅 빈 거리를 마치 베개처럼 뒤덮고 있었다. 거리는 텅 비어 있었고, 들리는 소리 하나 없었다. 가로등은 위로없이, 헛되이 희미한 빛을 흘려보내고 있었다. 나는 200보를 달려 사거리까지 왔고, 그 자리에서 멈춰섰다.

그녀는 어디로 갔단 말인가? 그리고 나는 왜 그녀를 뒤쫓아 달리고 있었던가?

왜인가? 그녀 앞에 쓰러져 뉘우침 속에 흐느끼고, 그녀의 발에 입맞추며 용서를 구하기 위해서! 나는 그것을 갈망하였다. 내 가슴은 찢어질 듯 갈라지고 있었고, 나는 그 순간을 결코, 결코 무덤덤하게 회상할 수 없으리라. 그러나—무엇 때문에? 나는 생각했다. 내가 오늘 그녀의 발에 입맞추었다는 이유로, 내가 내일 그녀를 미워하는 일이 벌어지지 않을까? 내가 그녀에게 행복을 줄 수 있단 말인가? 내가 그날, 백 번째로 깨닫지 않았던가, 내가 어떤 값어치밖에 되지 않는 사람인지? 내가 그녀를 괴롭히지 않으리란 말인가?

나는 눈 속에 서서, 불안으로 뒤섞인 어둠을 바라보며 이것을 곰곰이 생각하고 있었다.

"그리고 이 편이 더 낫지 않을까?" 나는 집에 돌아온 뒤, 가슴을 찌르는 생생한 고통을 공상적인 꿈들로 억누르며 몽상하듯 생각하였다. "이 편이 더 낫지 않을까, 그녀가 그 모욕에 대한 원한을 영원히 간직하는 것이? 원한—바로 그것은 정화이다. 그것은 가장 날카롭고 고통스러운 자각이다! 내일이면 나는 그녀의 영혼을 더럽히고 그녀의 마음을 소진시켰을 것이다. 그러나 지금 그녀의 가슴에 남은 모욕의 감정은 결코 사라지지 않을 것이며, 비록 그녀를 기다리는 더러운 추악함이 아무리 역겹다 하더라도—그 모욕의 감정은 그녀를 고양시키고 정화할 것이다… 증오에 의해… 흠… 어쩌면 용서에 의해서도…. 그러나 그것이 과연 그녀를 더 쉽게 해줄까?…"

그리고 실로, 나는 여기서 스스로에게 쓸데없는 질문 하나를 던지고 싶다. 값싼 행복과 고양된 고통 중 어느 쪽이 더 나은가? 자, 어느 쪽이 더 나은가?

그날 저녁 나는 집에 앉아, 영혼의 고통으로 거의 죽을 듯한 상태에서 이런 꿈들을 꾸고 있었다. 나는 일찍이 그런 고통과 후회를 견디어본 적이 없었다. 그러나 내가 하숙집을 뛰쳐나갔을 때, 길 중간에서 되돌아오리라는 일말의 의심조차 있었겠는가? 나는 다시는 리자를 만나지 못했고, 그녀에 대해 어떤 소식도 듣지 못하였다. 나는 또 덧붙이고 싶다. 그 뒤 한참 동안 나는 '원한과 증오의 유익함'에 관한 그 문구에 스스로 흡족해하였다. 비록 비탄으로 거의 병에 걸릴 지경이었음에도 불구하고.

지금도, 이 많은 세월이 흐른 뒤에도, 이 모든 일은 어딘가 지극히 사악한 기억이다. 나는 지금도 사악한 기억들을 많이 지니고 있다. 그러나 … 차라리 내 이 "수기"를 여기서 끝내는 것이 낫지 않을까? 나는 애초에 이것을 쓰기 시작한 것이 실수였다고 믿는다. 어쨌든 이 이야기를 쓰는 동안 내내 나는 부끄러움을 느껴왔다. 그러니 이것은 문학이라기보다 일종의 징벌에 가깝다. 어찌하여 내가 내 구석에서 도덕적으로 썩어가며, 적절한 환경의 부재로, 현실의 삶과의 단절로, 지하 세계에서 곪아가는 악의로 내 삶을 망쳐왔는지 주저리주저리 늘어놓는 것이 무슨 흥미가 있겠는가. 소설에는 영웅이 필요하지만, 여기에는 반(反)영웅의 모든 특징들이 일부러 모여 있으니, 무엇보다도 중요한 점은, 이 모든 것이 불쾌한 인상을 남긴다는 것이다. 우리는 모두 현실의 삶과 단절되어 있고, 우리 모두는 더러는 덜하고 더러는 더하며, 절름발이들이다. 우리는 삶으로부터 너무 멀어져 있어서, 현실의 삶을 떠올리는 순간 오히려 어떤 혐오를 느끼며, 그것을 견디지 못한다. 우리는 이제 거의 현실의 삶을 하나의 노력, 거의 고된 노동처럼 여기게 되었고, 모두 마음속으로는 책 속의 삶이 더 낫다고 합의하고 있다. 그런데 왜 우리는 가끔 안달하며 소동을 부리는가? 왜 우리는 괴팍하게 다른 것을 요구하는가? 우리 스스로도 알지 못한다. 우리의 성마른 기도가 이루어지기라도 한다면 오히려 우리에게 더 나쁠 것이다. 자, 아무에게나—예를 들어 우리 가운데 한 사람에게라도—조금만 더 자립성을 주고, 우리의 손을 풀어주고, 활동 범위를 넓히고, 통제를 느슨하게 한다면 우리는… 그렇다, 나는 단언한다… 곧바로 다시 통제받기를 애걸하고 나설 것이다. 나는 너희가 이에 화를 낼 것이고, 소리치며 발을 구를 것이라는 것을 안다. "너 자신에 대해 말하라, 너의 지하 구멍 속 비참에 대해 말하라, 감히 우리 모두라고 말하지는 마라"—너희는 이렇게 말할 것이다. 용서하라, 여러분, 나는 이 "우리 모두"로 나 자신을 정당화하려는 것이 아니다. 나 개인에 관한 한, 나는 내 일생에서 너희가 감히 반도 내딛지 못한 것을 극단까지 밀고 나갔을 뿐이며, 더구나 너희는 너희의 비겁함을 분별이라고 착각하였고, 스스로를 속이며 안락함을 찾았다. 그러니 어쩌면, 결국에는, 너희보다도 내 안에 더 많은 삶이 있는 것인지도 모른다. 좀 더 주의 깊게 살펴보라! 우리가 이제 무엇을 삶이라고 부르는지, 그것이 무엇인지, 어떻게 불리는지조차 알지 못하지 않은가? 우리에게서 책을 빼앗으면 우리는 즉시 길을 잃고 혼란에 빠질 것이다. 우리는 무엇에 이어 붙여야 할지, 무엇에 매달려야 할지, 무엇을 사랑하고 무엇을 미워해야 할지, 무엇을 존중하고 무엇을 경멸해야 할지 알지 못할 것이다. 우리는 인간이라는 사실—하나의 개별적 육체와 피를 지닌 인간이라는 사실에 짓눌려 있으며, 그것을 부끄러움으로 여기고 수치로 생각하고 있으며, 어떤 불가능한 '일반화된 인간'이 되려고 궁리한다. 우리는 사산아이며, 여러 세대에 걸쳐 살아 있는 아버지에게서 태어난 것이 아니었고, 그것이 우리에게는 점점 더 잘 맞는다. 우리는 그것을 점점 더 좋아하게 되어가고 있다. 곧 우리는 어떻게든 하나의 '관념'에서 태어나는 데 이르게 될 것이다. 그러나 이제 됐다. 나는 더 이상 "지하"에서 글을 쓰고 싶지 않다.

[그러나 이 역설가의 수기는 여기에서 끝나지 않는다. 그는 계속 쓰지 않고는 견디지 못하였던 것이다. 그러나 우리로서는 여기서 멈추어도 될 듯하다.]

★ 편집자 노트

『작은 영웅』은 한 소년이 자기 세계의 경계를 넘어서며 처음으로 '감정의 깊이'를 인식하게 되는 순간을 다룬 작품이다. 줄거리는 단순하지만, 소년의 눈에 비친 어른들의 세계, 사랑과 매혹, 불안과 존경이 뒤섞인 미묘한 감정의 떨림을 섬세하게 포착한다. 작품은 밝고 서정적이면서도, 인간 내면의 움직임을 조용히 추적하는 심리적 깊이가 돋보인다.

읽을 때 특히 주의할 점은 '어린 화자의 시선'이다. 그는 모든 사건을 완전히 이해하지 못하지만, 바로 그 부분적 이해 덕분에 어른들조차 의식하지 못하는 감정의 진실이 더 선명하게 드러난다. 번역에서는 러시아어 특유의 흐르는 문체와 소년의 몰입적 내면 독백을 최대한 보존해, 감정의 결을 자연스럽게 느낄 수 있도록 했다.

작품이 보여주는 핵심은 도덕적 감수성과 인격의 씨앗이 어떻게 탄생하는가이다. 소년은 타인의 말과 행동, 눈길과 침묵을 관찰하며 처음으로 자기 자신을 '타인의 시선 속에서' 발견한다. 도스토예프스키는 이 작품에서 빈산이 성장 과정에서 경험하는 첫 감정의 충격과 자의식의 탄생을 부드럽지만 깊이 있는 방식으로 그려 낸다.

작은 영웅

그때 나는 열한 살이 다 되어 있었고, 7월에 모스크바 근처의 한 마을에 있는 친척 T 씨의 집에서 방학을 보내게 되었다 그 집은 손님들로 가득 차 있었는데, 오십 명, 어쩌면 그보다 더 많았을 것이다…. 나는 기억하지 못한다, 세어 보지 않았기 때문이다. 집 안은 떠드는 소리와 흥청거림으로 가득했다. 마치 끝날 줄 모르는 축제가 내내 계속되고 있는 듯하였다. 우리의 주인은 자기의 막대한 재산을 가능한 한 빨리 탕진하겠다고 맹세라도 한 것처럼 보였고, 그는 과연, 얼마 지나지 않아 이 짐작을 정당화해 보였으니, 곧 마지막 한 토막까지 모조리 쓸어 없애버리고 만 것이었다.

새 손님들이 매 순간마다 마차를 타고 몰려오곤 했다. 모스크바가 바로 눈에 보일 만큼 가까운 곳이라, 떠나가는 사람들은 그저 다른 이들을 위한 자리를 비워 줄 따름이었고, 그 끝없는 축제는 그대로 제 길을 따라 흘러갔다. 잔치는 꼬리를 물고 이어졌고, 그 오락에는 끝이 보이지 않았다. 근교를 도는 승마 모임이 있었고, 숲이나 강으로 떠나는 소풍이 있었으며, 피크닉과 야외 식사가 있었고, 집의 큰 테라스에서는 만찬이 벌어지곤 했는데, 그 테라스는 세 줄로 둘러선 눈부신 꽃들로 에워싸여 있어서, 그 향기가 신선한 밤 공기를 가득 채웠고, 찬란한 조명 불빛은 거의 모두가 언제나 아름다운 우리 숙녀들을 한층 더 매혹적으로 보이게 하였으니, 낮 동안의 인상으로 상기된 그 얼굴들, 반짝이는 눈빛,

경쾌하게 오가는 재치 있는 대화와 맑게 터져 나오는 웃음소리와 함께였다. 춤, 음악, 노래가 있었고, 하늘이 흐리기만 하면 정지 화극(타블로 비방)과 말 수수께끼, 속담놀이가 준비되었으며, 사설 연극 공연도 벌어졌다. 말 잘하는 이들, 이야기꾼들, 재치가 번뜩이는 사람들도 있었다.

눈앞에서 두드러져 보이는 인물들도 있었다. 물론 험담과 중상도 제 몫을 다하고 있었다. 그런 것 없이는 세상이 굴러갈 수 없고, 수백만의 사람들이 파리처럼 지루함에 질식해 죽고 말 터였으니까. 그러나 그 무렵 나는 열한 살이었으므로 전혀 다른 관심사에 사로잡혀 있었고, 그런 사람들을 아예 보지 못했거나, 무엇인가를 보았다 하더라도 전혀 다 보지 못했다. 다만 나중에야 몇몇 일이 내 기억 속으로 되돌아왔을 뿐이었다. 어린아이였던 내 눈에는 그림의 눈부신 한쪽 면만이 보였고, 온통 들뜬 기운과 찬란함, 북적거림만이—그 모든 것이, 처음 보는 것들, 처음 듣는 것들로서, 내게 너무도 커다란 인상을 남겼기 때문에, 처음 며칠 동안 나는 완전히 어리둥절해 있었고, 작은 내 머리는 빙글빙글 도는 듯하였다.

나는 자꾸 내 나이 이야기를 하게 되는데, 말할 것도 없이 나는 아이였고, 그 이상도 이하도 아니었다. 이 사랑스러운 숙녀들 가운데 많은 이들이 내 나이를 고려한다는 생각은 꿈에도 하지 않은 채, 나를 보살피고 귀여워해 주었다. 그런데 이상한 일이나, 나 자신도 이해하지 못하는 어떤 감정이 이미 나를 사로잡고 있었다. 지금까지는 내 가슴이 전혀 알지 못했고 상상조차 해 본 적이 없던 어떤 것이 이미 그 속에서 속삭이고 있었고, 무슨 영문인지 갑자기 달아오르고 뛰기 시작하여, 자주 내 얼굴은 느닷없는 홍조로 달아오르곤 했다. 어떤 때에는 마치 스스로가 민망해지기도 했고, 심지어 어린 시절의 온갖 특권들에 대해서조차 은근한 반감이 치밀어 오르기도 했다. 또 어떤 때에는 이상한 경이감 같은 것이 나를 압도하여, 나는 남의 눈에 띄지 않도록 구석으로 가서 앉곤 했는데, 마치 숨을 돌리려는 듯이, 또 무엇인가를 떠올리려는 듯이—그 무엇이란, 지금까지는 내가 그것을 완벽히 기억하고 있었던 듯한 것, 그런데 이제는 문득 잊어버리고 만 듯한 것, 그것 없이는 나는 어디에도 나설 수 없고, 아예 존재할 수도 없을 것 같은 바로 그런 무엇이었다.

마침내 나는 마치 모든 사람에게 무엇인가를 숨기고 있는 듯한 기분이 들었다. 그러나 그 일에 관해서는 누구에게도 입을 열게 만들 수 있는 것이 아무것도 없었으니, 어린아이에 지나지 않았던 나는 부끄러움 때문에 당장이라도 울음을 터뜨릴 지경이었기 때문이다. 이윽고 내 주위를 소용돌이치며 휘감고 있는 그 혼란 한가운데서 나는 어떤 고독을 의식하게 되었다. 다른 아이들도 있기는 했지만, 모두 나보다 훨씬 나이가 많거나 훨씬 어렸고, 게다가 나는 그들과 어울릴 기분도 아니었다. 물론 내가 그와 같은 특별한 처지에 놓여 있지 않았다면 아무 일도 일어나지 않았을 것이다. 그 매혹적인 숙녀들의 눈에 나는 여전히, 그들이 곧장 끌어안고 귀여워하고 싶어지는가 하면 작은 인형이라도 되는 양 가지고 놀 수 있는, 아직 다 빚어지지 않은 작은 존재에 지나지 않았다. 그 가운데 한 사람, 그 어느 때에도 본 적이 없었고 아마 앞으로도 다시는 보지 못할 듯한, 너무나도 두렵고 풍성한 머리칼을 지닌 매혹적인 금발 여인은, 마치 나를 잠시도 편히 내버려두지 않겠다고 맹세라도 한 사람처럼 보였다. 나는 어쩔 줄 몰라 어리둥절해 있었지만, 그녀는 나와 벌이는 제멋대로의 현기증 나는 장난으로 우리 둘레에서 끊임없이 웃음을 터뜨리게 만드는 것이 즐거운 모양이었고, 그 웃음이야말로 그녀에게는 대단한 기쁨을 주는 듯하였다. 아마도 학교에서는 동무들 사이에서 '장난꾸러기'니 무엇이니 하는 별명으로 불리고 있었을 것이다. 그녀는 놀라울 만큼 아름다웠고, 그 아름다움에는 처음 보는 순간부터 시선을 사로잡는 무엇인가가 있었다. 그리고 분명 흰 솜털처럼 하얗고 흰 쥐처럼 부드러운, 흔한 순박한 금발 소녀들이나 목사의 딸들과는 조금도 닮은 데가 없었다. 키는 그다지 크지 않았고 오히려 통통한 편이었으나, 얼굴 생김은 부드럽고 섬세하며 정교하게 다듬어진 듯하였다. 얼굴에는 번개처럼 재빠른 어떤 것이 깃들어 있었고, 실로 그녀는 머리끝에서 발끝까지 불길 같은 사람이어서, 가볍고, 날래고, 살아 있었다. 크게 뜬 눈에서는 불꽃이 튀어나오는 듯했고, 다이아몬드처럼 번쩍였으며, 나는 그런 푸른 반짝임을 띤 눈을, 설령 어느 안달루시아 미인보다도 더 검은 눈동자와 바꾸어 준다 할지라도, 결코 바꾸지 않으려 했을 것이다. 실로, 내가 사랑해 마지않는 그 금발은, 이름 높고 위대한 한 시인이 찬양한 그 유명한 흑발 미인과 조금도 뒤지지 않았으니, 그 시인은 장엄한 한 시 속에서 온 카스티야를 걸고, 자신의 신격화된 여인에게 허락만 된다면 그 망토 자락을 손가락 끝으로 한 번 어루만지기 위해서라면 뼈가 부서지도록 몸을 내던질 준비가 되어 있다고 맹세하였던 것이다. 게다가 나의 그 매혹적인 여인은 세상에서 가장 유쾌한 사람이자, 가장 제멋대로 웃음을 터뜨리는 여자였고, 이미 지난 5년 동안은 결혼한 몸이었음에도, 한 마디로 아이처럼 장난기 많은 사람이었다. 그녀의 입술 위에는 언제나 웃음이 떠 있었는데, 그것은 마치 이른 아침 햇살의 첫 광선을 받아, 아직 차가운 이슬방울이 묵직하게 매달린 채 향기로운 붉은 꽃봉오리를 열어젖히는 새벽 장미처럼 싱싱한 웃음이었다.

　내가 도착한 다음 날, 집안에서는 사설 연극이 꾸며지고 있었다는 것을 기억한다. 응접실은, 사람들이 흔히 말하듯, 터져나갈 듯이 사람들로 가득 찼고, 빈자리는 하나도 없었다. 나는 어찌된 일인지 조금 늦게 들어갔기 때문에, 서서 공연을 구경할 수밖에 없었다. 그런데 그 재미있는 연극이 나를 점점 앞으로 끌어당겨, 어느새 나도 모르게 첫째 줄까지 다가가 있었고, 마침내는 그 줄에 앉아 있는 한 숙녀의 안락의자 등받이에 팔꿈치를 기대고 서게 되었다. 그런데 그 안락의자에 앉아 있던 사람은 다름 아닌 나의 금발의 신비로운 여신이었고, 우리는 아직 서로 인사를 나누지도 않은 사이였다. 나는 우연히도 그녀의 놀랍도록 매혹적인 어깨, 우유처럼 희고 포동포동한 어깨를 바라보고 있었는데, 사실 내게는 여인의 절묘한 어깨를 바라보든, 앞줄의 잿빛 머리카락을 다채로운 리본으로 장식한 어느 존귀한 부인의 모자를 바라보든 아무런 차이도 없었다. 나의 금발의 여신 곁에는, 나중에 우연히 알게 된 바에 따르면, 언제나 젊고 아름다운 여자들 곁에 자리 잡기를 좋아하면서, 특히 젊은 남자들로부터 냉대를 받지 않을 만한 여자를 골라 앉는, 한창 지난 나이의 노처녀가 자리를 잡고 있었다. 그러나 그건 여기서 중요한 점이 아니다. 다만 이 노처녀가 내 시선이 한곳에 고정된 것을 알아채고는, 옆자리의 숙녀 쪽으로 몸을 굽혀, 웃음을 흘리며 귓속말로 무언가를 속삭였다는 것만이 문제였다. 그러자 금발의 숙녀가 곧바로 돌아보았고, 나는 조금 어둑한 실내에서 번쩍 빛나는 그녀의 눈길이 내게 떨어지는 순간을 아직도 기억한다. 예상히지 못한 채 그 눈빛을 마주한 나는, 마치 뜨거운 물이라도 끼얹은 듯 화들짝 놀랐다. 그 아름다움은 미소를 지었다.

"저들이 하고 있는 연극이 마음에 드시나요?" 그녀는 수줍고도 조롱하듯한 표정을 지으며 내 얼굴을 들여다보았다.

"예." 나는 아직도 어떤 경이감에 사로잡힌 듯 그녀를 바라보며 대답했는데, 그것이 분명 그녀를 기쁘게 한 모양이었다.

"그런데 왜 서 있어요? 그러면 피곤해질 텐데요. 앉을 자리를 찾지 못했나요?"

"그게 바로 문제예요, 찾지 못했어요." 나는 그 아름다운 눈빛보다는 내 속상함 쪽에 더 마음을 빼앗겨 있었고, 마침내 나의 고민을 털어놓을 수 있는 다정한 마음을 지닌 이가 나타났다는 사실을 진심으로 기뻐하고 있었다. "여기저기 다 찾아보았는데, 의자가 전부 차 있더라고요." 나는 마치 그 사실 자체가 그녀에게 큰 원망거리라도 되는 양 그렇게 덧붙였다.

"이리 와요." 그녀는 결심이 서면 곧바로 행동하는, 아니 그 현기증 나는 머릿속에 번개처럼 스치는 온갖 엉뚱한 생각을 곧장 실행하곤 하는 사람이었으므로, 잽싸게 말을 꺼냈다. "이리 와서, 내 무릎 위에 앉으세요."

"무릎… 위에요?" 나는 어리둥절하여 그대로 따라 읊조렸다. 이미 언급한 바와 같이, 나는 어린 나이에 주어진 특권들에 대해 서서히 반감을 가지기 시작했고, 그 특권들을 진심으로 부끄러워하고 있었다. 그런데 이 숙녀는, 마치 나를 조롱이라도 하듯, 다른 사람들보다 훨씬 더 멀리 나아간 것이다. 게다가 나는 본래부터 부끄럼이 많고 수줍음이 심한 아이였으며, 최근에는 특히 숙녀들 앞에서 더 수줍어지곤 했다.

"그렇지요, 내 무릎 위에요. 왜 내 무릎에 앉고 싶지 않은 거죠?" 그녀는 계속해서 말을 이으며 점점 더 웃음을 터뜨리기 시작했고, 마침내 무엇 때문인지 알 수 없을 만큼, 아마 자기 장난 때문이거나 혹은 내 당황함 때문이었을 텐데, 그저 깔깔대며 웃음보를 터뜨렸다. 그러나 바로 그 점이 그녀가 바란 것이었다.

나는 얼굴이 확 달아올랐고, 갈피를 잡지 못한 채 어디로든 도망칠 구석을 찾으려고 주위를 두리번거렸다. 그러나 내가 도망칠 마음을 먹은 것을 그녀가 눈치채자, 잽싸게 내 손을 붙잡아 달아나지 못하게 하더니, 그대로 끌어당겨, 갑자기—전혀 예상치 못한 순간—장난기 어린 따뜻한 손가락으로 내 손을 꼭 움켜쥐고는, 믿기 어려울 만큼 장난스럽게, 하지만 아플 만큼 세게 손가락을 꼬집기 시작했다. 너무 아파서 비명을 지르지 않으려면 있는 힘을 다해 참아야 했고, 그 고통을 억누르기 위해 나는 우스꽝스럽기 짝이 없는 표정을 지을 수밖에 없었다. 게다가 나는 또 한 번, 깊은 놀라움과 당혹스러움, 심지어는 공포에 사로잡혔다. 세상에는 이렇게 어처구니없고 심술궂은 숙녀들이 있으리라고는—아이에게 말도 안 되는 농담을 던지고, 심지어 아무 까닭도 없이, 그것도 사람들이 모두 지켜보는 앞에서 손가락을 꼬집는 숙녀들이 있으리라고는—나는 전혀 상상한 적이 없었기 때문이다. 아마도 내 불행한 얼굴에는 그런 당혹감이 고스란히 드러났던 모양이다. 장난기 어린 그 여자는, 마치 미친 사람처럼 내 얼굴을 보며 깔깔 웃어대더니, 그 와중에도 내 손가락을 점점 더 세게, 거의 사납게 비틀었다. 그 장난꾸러기는 이런 짓을 벌여 한 어린 아이를 완전히 당황하게 만들고 혼란에 빠뜨리는 일을 더없이 즐기고 있었던 것이다. 내 처지는 정말 절망적이었다. 무엇보다도, 주변에 있던 거의 모든 사람이 이미 뒤를 돌아 우리 쪽을 바라보고 있었으니, 어떤 이들은 놀란 눈길로, 다른 이들은 웃음을 터뜨리며, 그 아름다운 숙녀가 무슨 장난을 치고 있다는 것을 단번에 알아차린 눈치였다. 나는 비명을 지르고 싶어 죽을 지경이었다. 그녀는 내가 소리치지 않는다는 이유만으로, 오히려 더 격렬하게 내 손가락을 비틀어댔기 때문이다. 그러나 나는, 마치 스파르타의 소년이라도 된 듯, 고통을 견뎌내기로 마음먹고, 소리를 내어 모두를 놀라게 하는 일만은 어떻게든 피하고 싶었다. 그런 소동을 일으키는 일은 도저히 감당할 수 없을 것 같았기 때문이다. 그러나 절망 끝에, 나는 마침내 그녀와 몸부림치기 시작했고, 있는 힘을 다해 손을 빼

내려고 애썼다. 하지만 나를 괴롭히는 그녀는 나보다 훨씬 힘이 셌다. 마침내 더는 참을 수 없게 되자, 나는 마침내 한 번 비명을 질러버렸고—그것이야말로 그녀가 기다리고 있던 전부였다! 그 즉시 그녀는 나를 놓아주었고, 아무 일도 없었던 것처럼, 이 모든 짓을 벌인 장본인이 자신이 아니라는 듯 태연하게 몸을 돌렸다. 마치 선생의 눈을 피해 장난을 치던 어느 학교 아이가, 작은 아이를 꾹 찌르거나 발로 툭 차거나 팔꿈치로 슬쩍 찌르고는, 선생이 돌아서는 순간 재빨리 책 속에 얼굴을 묻고는 자기 공부를 중얼거리기 시작하며, 소란에 화가 나서 매처럼 달려드는 선생을 우롱하는 바로 그런 꼬마처럼 말이다.

하지만 다행히도, 바로 그때 모든 이들의 관심은 다른 곳으로 쏠려 있었다. 연극에서 가장 중요한 배역을 맡은 우리의 주인이, 스크리브의 희극 중 하나를 아주 훌륭하게 연기하고 있었기 때문이다. 모두가 박수를 치기 시작했고, 그 소란을 틈타 나는 재빨리 몸을 빼내어 방의 맨 뒤편으로 달아났다. 기둥 뒤에 몸을 숨긴 채, 나는 공포에 사로잡혀 그 반역적인 미녀가 앉아 있는 쪽을 바라보았다. 그녀는 여전히 웃음을 터뜨리고 있었고, 손수건을 입가에 대고 있었다. 그리고 꽤 오랫동안, 사방을 두리번거리며 나를 찾고 있었는데, 아마도 우리 둘 사이의 어리석은 실랑이가 너무 일찍 끝난 것을 아쉬워하며, 내게 또 어떤 장난을 칠까 궁리하고 있었던 모양이었다.

그날 저녁의 일이 바로 우리 사이의 첫 인연이었고, 그때 이후로 그녀는 나를 단 한순간도 그냥 내버려두지 않았다. 그녀는 아무 고려도, 양심도 없이 나를 괴롭혔고, 어느새 나의 폭군이자 학대자가 되어 있었다. 그녀가 내게 벌이던 그 모든 터무니없는 장난의 요지는, 그녀가 마치 나에게 깊이 빠져 사랑이라도 하는 양 일부러 굴었다는 데 있었고, 모든 사람들 앞에서 나를 놀려대곤 했다는 데 있었다. 물론 나처럼 성격이 덜 다듬어진 아이에게 그런 짓거리는 지치고 괴롭기 짝이 없었고, 거의 울음이 터질 만큼 나를 숨막히게 만들었으며, 때로는 그 사악한 숭배자와 한바탕 싸움을 벌일 지경에까지 이르기도 했다. 순진한 나의 당혹감과 절박한 고통이 오히려 그녀를 더욱 자극하여 나를 괴롭히도록 부추기는 듯했으며, 그녀에게는 자비심이라는 것이 전혀 없었고, 나는 도망칠 방도조차 알지 못했다. 우리에게 늘 따라다니던 웃음소리—그리고 그녀가 그렇게 능숙하게 끌어낼 줄 아는 그 웃음소리는—새로운 장난을 향한 그녀의 기세를 한층 더 북돋웠다.

그러나 마침내 사람들도 그녀의 농담이 다소 지나치다는 생각을 하기 시작했다. 그리고 지금 돌이켜보면, 그녀는 어린아이였던 나에게 실로 말도 안 될 만큼 무례하고 터무니없는 행동을 하기도 했던 것이다. 하지만 그것이 바로 그녀의 성격이었다. 그녀는 어느 면에서나 철저히 응석받이로 자라난 사람이었다. 뒤에 들은 이야기로는, 그녀의 남편—키가 몹시 작고, 아주 뚱뚱하며, 얼굴이 새빨간 데다, 부유하기 짝이 없고 언제나 일에 바빠 보이던 남자—이 누구보다도 그녀를 응석받이로 만들었다고 했다. 그는 늘 바쁘고 이리저리 뛰어다니는 사람이어서, 한곳에 두 시간을 붙어 있지 못했다. 그는 하루에도 한 번, 때로는 두 번씩 모스크바로 나갔고, 언제나 하는 말은 "볼일이 있어서"였다. 그보다 더 활달하고, 더 다정다감한 얼굴을 찾기는 어려울 것이며, 그의 익살맞으면서도 언제나 예의 있는 표정은 보기 드문 것이었다. 그는 아내를 약점이 될 만큼 사랑했고, 부드러움을 넘어 거의 무력해질 만큼 사랑했다. 사실상 그는 아내를 숭배했다—말 그대로 우상처럼 떠받들었다.

그는 아내의 어떤 일에도 간섭하지 않았다. 그녀는 남녀를 가리지 않고 많은 친구를 두고 있었고, 첫째로 거의 모든 사람이 그녀를 좋아했으며, 둘째로 그 경박한 사람은 친구를 고르는 데에도 별로 까다롭지 않았다. 그렇다고 해서 그녀의 성격이 방정맞기만 했던 것은 아니다. 지금 내가 이야기하고 있는 웃기고 엉뚱한 면들 뒤에는 훨씬 더 진지한 성품이 숨어 있었다. 하지만 그 많은 친구들 가운데 그녀가 가장 사랑했던 사람은, 우리 일행 중에 있던 어느 젊은 아가씨였다. 먼 친척이라고 했고, 둘 사이에는 무척 부드럽고 섬세한 애정이 존재했다. 때로는 서로 정반대의 성격을 지닌 두 사람이 맞닥뜨릴 때 싹트곤 하는 그러한 유대—한 사람은 더 깊고, 더 순수하며, 더 엄정하고, 다른 한 사람은 높은 겸허함과 너그러운 자기 비판 속에 상대의 우월함을 인정하며, 이 우정을 행복으로 간직하는 그런 관계—바로 그런 관계였다. 그러면 그런 두 성격 사이에는 다정하면서도 고결한 미묘함이 생겨난다. 한쪽에서는 사랑과 무한한 관용이, 다른 쪽에서는 사랑과 존경이—존경은 마치 경외심에 가까워지고, 또 그처럼 소중한 사람에게 어떤 인상을 남기게 될지 걱정하는 마음에 가까워지고, 마침내는 그 친구의 마음속에 더 깊숙이 다가가고자 하는, 열렬하고도 질투 어린 갈망으로 이어지는 법이다.

두 사람은 또래이기는 했지만, 모든 점에서—우선은 용모에서부터—엄청난 차이가 있었다. M 부인 역시 매우 아름다웠으나, 그녀의 아름다움에는 무리 속의 다른 아리따운 여성들과 뚜렷이 구별되는 어떤 특별함이 있었다. 그녀의 얼굴에는, 처음 보는 사람에게조차 즉시 애정을 불러일으키는, 아니, 보다 정확히 말하면 보는 이의 마음속에 고귀하고 넉넉한 친절함을 일으키는 무엇이 있었다. 그런 복된 얼굴들이 더러 있다. 그녀 곁에 서면 누구나, 어쩐지 더 나은 사람이 되고, 더 자유로워지고, 더 따뜻해지는 듯하였다. 그럼에도 불구하고, 크고 슬픈 눈—불꽃과 기백이 서린 그 눈—

에는 언제나 조심스러운, 불안한 표정이 어려 있었으니, 마치 매 순간 어떤 적의와 위협을 두려워하는 듯한 표정이었다. 이 낯선 두려움은 때때로 그녀의 온화하고 부드러운 이목구비에 슬픈 그림자를 드리웠는데, 그 얼굴은 마치 이탈리아의 성모상에서 보이는 평온한 모습들을 떠올리게 하였고, 그녀를 바라보는 이도 이윽고 자신만의 근심을 위해 잠시 슬퍼지는 듯한 기분에 젖게 만들었다. 창백하고 갸름한 얼굴, 그 순결하고 정확한 선들의 흠잡을 데 없는 아름다움 속에 숨어 있는 말 없는 비밀스러운 슬픔의 엄정함, 그 사이로 때때로 스쳐 지나가는, 어린 시절의 투명한 눈빛—그 신뢰하던 시절, 어쩌면 얼마 전까지 누렸던 순박한 행복을 말해주는 듯한 그 눈빛—그리고 부드럽지만 조심스러우며 머뭇거리는 미소. 이러한 모든 것들은 설명할 수 없는 깊은 연민을 불러일으켜, 멀리서 바라보는 이의 마음속에서조차 달콤하고 따뜻한 불안이 일어나 저도 모르게 그녀의 편이 되게 하였고, 심지어 낯선 이들에게까지도 묘한 친밀감을 느끼게 만들었다. 그러나 이 사랑스러운 여인은 다소 침묵하고 숨을 곳을 찾는 듯 보였으며, 그럼에도 누군가가 위로를 필요로 할 때 이보다 더 세심하고 더 사랑 깊은 사람이 또 있을 수 없으리만큼 다정한 성품을 지니고 있었다. 세상에는 삶 속에서 마치 간호 수녀와도 같은 여인들이 있는 법이다. 그들에게는 숨길 수 있는 비밀이 없다. 아니, 적어도 그것이 마음의 상처나 아픔이라면 숨길 수 없다. 고통스러운 사람은 누구라도 주저 없이, 두려움 없이 그녀들에게 다가가도 좋다. 짐이 될까 걱정할 필요가 없다. 어떤 여성들의 마음에는 사랑과 연민과 용서의 무한한 인내가 깃들어 있기 때문이다. 그 순결한 마음들 속에는 연민과 위로와 희망의 귀한 보고가 간직되어 있으며, 그 마음들은 또한 종종 스스로의 슬픔으로 가득해 있다—사랑이 깊은 마음은 슬픔도 깊은 법이니까. 그러나 그 상처들은 늘 조용히, 궁금해하는 눈길에서 감추어진 채 숨겨져 있다. 깊은 슬픔은 대개 침묵 속에 숨어 있기 때문이다. 이들은 상처가 얼마나 깊은지, 그 상처가 얼마나 더럽고 고약한지를 보고도 놀라지 않는다. 그들에게 다가오는 이는 누구나 도움을 받을 자격이 있다. 그들은 마치 태어날 때부터 그런 영웅적 사랑을 위해 태어난 존재들처럼 보인다.... M 부인은 키가 크고 유연하며 우아했지만, 다소 여윈 편이었다. 그녀의 동작들은, 어떨 때는 느리고 부드러우며 품위가 있어 보였고, 어떨 때는 아이처럼 성급해 보였는데, 그러면서도 그 몸짓 속에는 조심스러운 겸허함, 떨리며 방어할 줄 모르는 듯한 기색이 깃들어 있었다. 그러나 그 겸허함은 결코 보호를 요구하거나 바라지 않는, 그런 종류의 것이었다.

이미 앞에서도 말했듯, 그 배반하기 잘하는 금발 숙녀의 터무니없는 놀림은 나를 당황하게도 하고, 기절할 만큼 어리둥절하게도 하고, 깊이 상처 입게도 했다. 그러나 그 모든 것에는 내가 누구에게도 말하지 못한, 기이하고 어리석은 또 하나의 비밀스러운 이유가 있었다. 나는 그것을 생각할 때마다 마치 해골이라도 본 듯 몸서리를 쳤다. 그 생각만으로도, 파란 눈을 가진 장난꾸러기의 심문하듯 조롱하는 시선이 닿지 않는, 어둡고 신비로운 구석 어디에 숨어 깊이 괴로워하며 골똘히 생각에 잠기면, 부끄러움과 두려움, 혼란 때문에 숨조차 제대로 쉬지 못할 지경이었다. 한마디로 말해, 나는 사랑에 빠져 있었던 것이다; 터무니없는 이야기 같고, 그럴 리도 없겠지만. 그러나 왜였을까? 나를 둘러싼 수많은 얼굴들 가운데, 왜 오직 그녀의 얼굴만이 내 시선을 끌었던 것일까? 왜 나는, 숙녀들을 바라보거나 그들과 가까이 지내기를 조금도 바라지 않던 그 시절에, 유독 그녀만을 눈으로 좇고 싶어 했던 것일까? 이런 일은 대개 날씨가 나빠서 모두가 집 안에 모여 있어야 했던 저녁들에 일어났다. 나는 큰 응접실 구석 어딘가에 숨어 있으면서, 할 일도 없이, 나 자신도 지칠 만큼 무료해져서, 눈앞의 사람들을 멍하니 바라보며 시간을 죽이곤 했다. 나를 놀리는 숙녀들 말고는 누구도 나에게 말을 걸지 않았으므로, 그런 저녁이면 나는 참기 어려울 만큼 지루해졌다. 그러면 나는 주위를 바라보며, 종종 한 마디도 알아듣지 못하는 대화를 멍하니 들었고, 그러다가—그 무렵 나의 열망의 대상이었던—M 부인의 온화한 눈빛과 조심스러운 미소, 사랑스러운 얼굴이 어쩐지 나의 시선을 사로잡았으며, 그 기묘하고도 흐릿하지만 말로 표현할 수 없을 만큼 달콤한 인상이 내 마음속에 남곤 했다. 한번 그녀에게 사로잡히면, 나는 몇 시간이고 눈길을 떼지 못했다. 그녀의 모든 몸짓, 모든 움직임 하나하나를 살피고, 은은하면서도 어딘가 눌린 듯한 그녀의 아름다운 은빛 목소리의 떨림 하나하나를 귀 기울여 들었다. 그런데 이상하게도, 그렇게 오랫동안 그녀를 지켜보면 볼수록, 달콤하고 조심스러운 감정과 함께, 견딜 수 없을 만큼 강렬한 호기심이 일어났다. 마치 어떤 비밀의 문턱에 서 있는 듯한 기분이 들었던 것이다.

무엇보다도 M 부인 앞에서 놀림을 받는 일만큼 나를 괴롭게 한 것은 없었다. 내가 보기에는 그 조롱과 웃음 어린 학대는 나를 모욕하는 것이었다. 그리고 모두가 나를 보고 웃음보를 터뜨릴 때—거기에는 M 부인도 종종 어쩔 수 없이 동참하곤 했는데—나는 절망과 비통함에 사로잡혀, 내 괴롭히는 이를 뿌리치고 위층으로 달아나곤 했다. 그러고는 하루 동안 아무에게도 얼굴을 보이지 않은 채 홀로 지내며, 응접실에는 감히 내려오지 못했다. 그러나 그때의 나는 아직, 내가 느끼던 그 부끄러움과 흥분을 제대로 이해하지 못했다. 그 모든 과정은 내 안에서 무의식 속에서 일어나고 있었다. 나는 M 부인과 마주한 자리에서 두 마디 말을 내뱉어 본 적조차 거의 없었고, 사실 그녀에게 말을 붙일 용기조차 없었다. 그런데 어느 날, 참을 수 없는 하루를 보낸 뒤, 일행과 함께 밖에 나갔다 돌아오는 길에 일이 벌어졌다. 나는 몹시 지쳐 있었고, 정원길을 가로질러 집으로 돌아오는 중이었다. 한적한 큰 길목의 벤치에, 나는 M 부인을 보았다. 그녀는 완전히 혼자 앉아 있었고, 마치 일부러 이 고독한 장소를 택한 듯 보였으며, 고개를 숙인 채 손수건을 무의식적으로 비틀고 있었다. 그녀는 깊은 생각에 잠겨 있었던지, 내가 가까이 다가갈 때까지도 내 발걸음 소리를 듣지 못했다.

나를 알아보자 그녀는 황급히 자리에서 일어나 돌아섰고, 나는 그녀가 손수건으로 급히 눈을 훔치는 모습을 보았다. 그녀는 울고 있었다. 눈물을 닦은 뒤, 그녀는 나를 향해 미소를 지어 보였고, 우리는 함께 집 쪽으로 걸어갔다. 우리가 무슨 이야기를 나누었는지는 기억나지 않는다. 다만 그녀는 자주, 이런저런 구실을 대며 나를 멀리로 보내곤 했다. 꽃을 하나 꺾어 오라든지, 저쪽 길에서는 누가 말을 타고 지나가는지 보고 오라든지 하는 식이었다. 그리고 내가 그녀에게서 몇 걸음 떨어지는 순간, 그녀는 곧바로 다시 손수건을 눈에 대고, 마음속 깊은 데서 끝없이 치밀어 올라오는 눈물을 억누르며 닦아내곤 했다. 그녀가 자꾸 나를 멀리 보내는 이유가, 내가 그녀에게 반해가 되고 있다는 것을 나는 곧 깨달았다. 그녀 또한 내가 그것을 알아차렸다는 점을 알고 있었지만, 그럼에도 스스로를 다스리지 못하는 듯 보였고, 그 사실은 내 마음을 더욱 아프게 했다. 그 순간 나는 내 자신에게 분노하여 거의 절망에 가까웠다. 어색하기만 하고, 위로의 말 한마디 건넬 재치도 없는 나 자신을 저주하면서도, 어떻게 해야 그녀가 눈물짓는 것을 내가 보았다는 사실을 드러내지 않은 채, 자연스럽게 그녀 곁을 떠날 수 있을지 알지 못했다. 그래서 나는 할 말을 찾지 못한 채, 마음이 어지럽고 근심스러운 상태로, 거의 두려운 마음으로 그녀 곁에서 어찌할 줄 몰라 하며 그대로 걸어갈 수밖에 없었다.

이 만남은 내게 너무도 깊은 인상을 남겼다. 그날 저녁 내내 나는 숨을 죽이고 그녀를 지켜보았고, 한순간도 그녀에게서 눈을 떼지 못했다. 그런데 마침 그녀에게는 내가 몰래 바라보고 있는 모습이 두 번이나 발각되었다. 두 번째로 눈이 마주쳤을 때, 그녀는 나를 알아보고 미소를 지어 보였다. 그것이 그날 저녁 그녀가 지은 유일한 미소였다. 그녀의 얼굴에는 여전히 슬픔의 그늘이 드리워져 있었고, 이제는 아주 창백해 보였다. 그날 밤 그녀는 내내 어느 성질 고약하고 말다툼을 좋아하는 노부인과 이야기를 나누고 있었다. 그 노부인은 남을 염탐하고 험담하기를 좋아하는 버릇 때문에 누구에게도 환영받지 못했지만, 모든 사람들이 그녀를 두려워했기 때문에, 어쩔 수 없이 모두가 예의를 갖추어 대해야만 하는 사람이었다….

10시가 되자 M 부인의 남편이 도착했다. 그 순간까지 나는 그녀를 아주 주의 깊게 바라보고 있었고, 그녀의 슬픈 얼굴에서 눈을 떼지 않았다. 그런데 남편이 느닷없이 들어서는 것을 보자 그녀는 몸을 움찔하였고, 창백하던 얼굴은 갑자기 손수건처럼 하얗게 질렸다. 그것은 주변 사람들까지 눈치챌 만큼 두드러진 변화였다. 나는 사람들이 주고받는 대화의 한 토막을 우연히 들었고, 거기서 M 부인이 완전히 행복하지는 않다는 것을 짐작할 수 있었다. 사람들은 그녀의 남편이 아랍인처럼 질투가 심하다고 말했는데, 그 질투는 사랑에서가 아니라 허영에서 비롯된 것이었다. 그는 무엇보다도 유럽인이었고, 현대인이었으며, 신사조의 사상을 맛보며 그것을 자랑스러워하는 사람이었다. 그의 용모는 키가 크고 검은 머리칼을 가진, 특히 다부진 체격의 남자로, 유럽풍 구레나룻을 기르고, 만족스러워하는 붉은 얼굴에 설탕처럼 새하얀 치아를 드러냈으며, 흠잡을 데 없는 신사다운 거동을 하는 사람이었다. 그는 '영리한 사람'이라 불렸다. 그런데 이 '영리한 사람'이라는 이름은, 어떤 특정한 집단에서는, 타인의 비용으로 살이 찌고, 실은 아무것도 하지 않으며, 또 아무것도 하려는 마음도 없고, 영원한 게으름과 무위 속에서 마음이 지방 덩어리로 변해버린, 아주 특이한 인간 군종을 가리키는 말이었다. 그런 사람들에게서 늘 듣는 불평이라 하면, 어떤 매우 복잡하고 적대적인 사정 때문에—그 사정이란 "그들의 천재성을 가로막는" 것이라며—그들이 실제로는 아무것도 할 수 없고, 그래서 "그들의 재능이 낭비되는 것이 안타깝다"는 식의 말이었다. 이 말이 바로 그들의 멋들어진 말버릇, 그들의 행동 강령, 그들의 표어였으며, 이 배가 불룩한, 든든히 먹여진 우리의 친구들이 매 순간 끄집어내는 말이었고, 그래서 그 허위와 공허함으로 우리를 진작부터 지겹게 만든 말이었다. 이 우스꽝스러운 부류 가운데 몇몇은, 아무 일도 찾지 못하는—사실 찾을 생각조차 하지 않는—그 처지를 감추기 위해, 자기들에게 지방 덩어리로 뭉친 심장이 있는 것이 아니라, 오히려 그 반대로, 무엇인가 깊고 심오한 것이 있다고 모두에게 믿게 만들려 했다. 그러나 그 '정체가 무엇인지는 가장 훌륭한 외과의사조차 차마 단정할 수 없을 것인데—그것도 물론 예의상 말이다.' 이 신사들은 다른 능력은 없지만, 오만한 조롱, 근시안적 비판, 그리고 거대한 자만심이라는 본능 덕분에 세상살이를 제법 잘해 나간다. 그들에게는 타인의 실수와 약점을 집고 강조하는 것 말고는 할 일이 전혀 없고, 또 굴처럼 냉정한 만큼의 감정밖에 지니지 않았으므로, 그런 '자기 보존력'만으로도 사람들과 꽤 원만하게 지내는 데 어려움이 없었던 것이다. 그들은 그런 사실을 대단히 자랑스러워했다. 예컨대, 그들은 거의 전 세계가 자신들에게 무엇인가를 빚지고 있다고 굳게 믿고 있으며, 세상이란 마치 그들이 비축해둔 굴처럼 자기들 소유라고 여기고, 자신들을 제외한 모든 이가 바보라고 확신하며, 모든 사람이 주스를 짜내기만 하면 되는 오렌지 혹은 스펀지와도 같다고 생각하고, 자신들이 어디서나 주인이라고 여기며, 이 모든 유리한 상태가 오직 그들이 이토록 지적이고 개성 있는 사람들이기 때문이라고 단언한다. 그들의 끝이 보이지 않는 자만심 속에서, 그들은 자신에게 어떤 결함도 있다고 인정하지 않는다. 그들은 어떤 실용적 악당들—선천적 타르튀프, 파스태프 같은 자들—과도 같은데, 그토록 철저한 악당이어서 마침내 그 삶이 당연하다고 믿게 된 자들이다. 다시 말해, 평생을 교활함 속에서 보내야 한다고 믿게 된 자들인데, 그들은 스스로를 정직한 사람이라고, 스스로의 교활함이 곧 정직이라고 끝없이 떠들어 댄 끝에, 마침내 자신들까지 그것을 사실로 믿게 만든 자들이다. 그들은 양심 앞에서 스스로를 판단하려는 내적 성찰을 단 한 번도 할 줄 모르며, 너그러운 자기비판은 더더욱 알지 못한다. 그들에게는 그런 일을 하기엔 몸과 마음이 지나치게 비대하기 때문이다. 그들 자신의 값진 개체성—그들의 바알과 몰록, 그 찬란한 자아—는 언제나 모든 것의 맨 앞에 놓여 있다. 온 자연, 온 세계란 그들에게, 그 작은 신이 끊임없이 자신을 비추어 보고, 그 뒤에는 누구도 아무것도 존재하지 않는 듯 느끼기 위해 만들어진 하나의 찬란한 거울에 지나지 않았다. 그러니 그가 세상의 모든 것을 그렇게 추악한 빛깔로 보는 것이 전혀 이상할 것이 없었다. 그에게는 모든 경우에 언제나 준비되어 있는 문구가 있었고—그리고 그의 재기의 절정은—그 말이 언제나 '가장 유행하는 말'이라는 점이었다. 바로 이런 사람들이, 사거리마다 성공의 냄새를 맡은 어떤 사상을 외침으로써 유행을 만들어 내는 자들이다. 그들에게는 유행을 알아채는 비상한 '후각'이 있어서, 다른 이들이 차지하기도 전에 그것을 재빨리 자기 것처럼 만들어 버려, 마치 그 생각이 자기에게서 비롯된 것처럼 보이게 만든다. 그들은 또한 인류에 대한 자기들의 '깊은 동정'을 표명하기 위한 온갖 문구들, 가장 올바르고 합리적인 박애란 무엇인지를 규정하기 위한 문구들을 잔뜩 준비해 두었으며, 낭만주의—즉, 모든 숭고하고 참된 것들, 그 한 알갱이조차 그들 전부보다 더 값진 것들—을 끊임없이 공격한다. 그러나 그들은 너무나 둔해서, 간접적이고 돌아가는 길로 오며 아직 미완이고 발효 중이며 흔들리는 상태의 진실을 알아볼 수 없었고, 그래서 그런 미숙하고 불안정한 모든 것을 거부해 왔다. 잘 먹고 잘살아온 사람은 평생을 향락 속에서 지냈고, 필요한 모든 것을 대접받았으며, 스스로는 아무 것도 해 본 적이 없기 때문에, 그 어떤 종류의 노동이든 얼마나 힘든지 알지 못한다. 그러므로 그가 그런 지방층으로 둘러싸인 감정에 어떤 거친 충격이라도 받는 날에는, 그대는 큰 화를 입을 것이다. 그는 결코 그 용서를 하지 않을 것이며, 그 모욕을 오래 기억하며, 기회만 생기면 기꺼이 복수하려 들 것이다. 요컨대, 내가 이야기하고 있는 이 '영웅'이란, 다름 아닌 문장들과 유행하는 말들과 온갖 종류의 표어들로 가득 찬, 거대하고 믿을 수 없을 만큼 부풀어 오른 하나의 자루일 뿐이었다.

그러나 M 씨는 그 나름의 특기가 있는, 매우 두드러진 인물이기도 했다. 그는 재치 있는 사람이며, 말솜씨가 뛰어나고 이야기를 잘하는 사람이어서, 어느 응접실에서나 항상 그를 중심으로 동그랗게 사람들이 모여들곤 했다. 그날 저녁 그는 특히 큰 인상을 주는 데 성공했다. 그는 이야기를 완전히 장악했고, 무언가 기쁜 일이 있는 듯 기분이 들떠 있었으며, 그야말로 절정의 기량을 뽐내어, 모인 이들의 관심을 강제로라도 자기에게로 끌어당겼다. 그러나 M 부인은 내내 아픈 사람처럼 보였고, 그 얼굴은 너무도 슬퍼서, 나는 그녀의 긴 속눈썹 끝에서 금방이라도 눈물이 떨리기 시작할 것만 같다는 생각을 매 순간 떨칠 수 없었다. 이 모든 것은, 앞서 말했듯, 나에게 지극히 강한 인상을 남겼으며, 나를 깊은 의문 속으로 빠뜨렸다. 나는 묘한 호기심에 사로잡힌 채 방을 떠났고, 그날 밤 한밤중 내내 M 씨에 대한 꿈을 꾸었다. 그 전에는 꿈을 꾸는 일이 거의 없었던 나였는데도 말이다.

다음 날 이른 아침, 나는 정지 화극의 연습에 오라는 부름을 받았다. 내가 출연해야 하는 장면이 있었기 때문이다.

정지 화극과 연극, 그리고 그 뒤에 이어질 무도회는 모두 다섯 날 뒤에, 우리 주인의 막내딸 생일날 저녁으로 정해져 있었다. 거의 즉흥적으로 마련된 이 축하 행사에는 모스크바와 근처 별장들에서 또 다른 손님 백 명이 초대되어 있었으므로, 집안은 큰 소동과 부산스러움으로 가득했다. 연습—정확히 말하면 의상 검토—가 이처럼 이른 아침에 잡힌 이유는, 우리 연출자, 즉 우리 주인의 친구이기도 한 저명한 화가가, 주인의 청을 받아 정지 화극을 꾸미고 우리를 지도해 주기로 한 터라, 이제는 소품을 구입하고 축제를 마무리할 준비를 하려고 서둘러 모스크바로 가야 했기 때문이었다. 지금은 시간을 조금도 허비할 틈이 없었다. 나는 M 부인과 함께 하나의 화극에 참여했는데, 그것은 중세의 한 장면을 재현한 것으로, 제목은 <성의 여인과 그녀의 페이지>였다.

연습 자리에서 M 부인을 마주한 나는 말로 할 수 없을 만큼 당혹스러웠다. 그녀가 전날부터 내 마음속에 떠오른 모든 생각들—추측과 의심과 상상들—을 단번에 내 눈에서 읽어내리라는 예감에 사로잡혔기 때문이다. 나로서는, 전날 그녀의 눈물을 우연히 보아 버리고, 그녀가 슬픔을 다 털어놓지도 못한 채 내가 그녀의 곁에 나타남으로써 그것을 방해했기 때문에, 그녀에게 일종의 죄를 지은 것 같다는 생각이 들었다. 그래서 그녀가 나를 곁눈질로 보며, 자신에게는 용서받지 못할 비밀을 함께 나누어 버린 불쾌한 목격자쯤으로 받아들이지 않을까 두려웠다. 그러나 다행히도 큰 문제 없이 지나갔다. 나는 거의 눈에도 띄지 않은 존재였다. 그녀는 나에게 신경 쓸 여유조차 없는 듯했고, 연습 따위에도 마음을 쓰지 않는 듯했다. 그녀는 산만하고, 슬퍼 보였고, 우울한 생각에 잠겨 있었으며, 어떤 무거운 근심이 그녀의 마음을 사로잡고 있음은 분명했다. 나는 맡은 부분이 끝나자마자 급히 옷을 갈아입으러 달아났고, 열 분 뒤 정원으로 통하는 베란다로 나왔다. 거의 동시에, 다른 문으로부터 M 부인이 나왔고, 바로 그 뒤에, 정원까지 한 무리의 숙녀들을 바래다 주고 그곳에서 적임자인 에스코트에게 그들을 맡긴 뒤 돌아오던, 그녀의 자만심 어린 남편이 우리 쪽으로 모습을 드러냈다. 남편과 아내의 만남은 분명 예상치 못한 일이었다. M 부인은 이유는 모르겠으나 갑자기 당황한 듯 얼굴빛이 변하였고, 성난 듯한 초조한 몸짓 속에 짙은 짜증의 흔적이 희미하게 드러났다. 한편 남편은, 그전까지 아무렇게나 휘파람을 불며 생각 많은 표정으로 구레나룻을 매만지고 있었는데, 아내를 보자 이마에 주름을 잡고, 내가 지금도 기억하듯, 유난히 조사하듯 예리한 눈길로 그녀를 살피기 시작했다.

"정원으로 가는 겁니까?" 그는 그녀 손에 들린 양산과 책을 보고 이렇게 물었다.

"아니오, 숲가로요." M 부인은 옅게 붉어진 얼굴로 대답했다.

"혼자서?"

"이 아이와 함께요." M 부인은 나를 가리키며 말했다. "저는 아침에는 늘 혼자 산책을 나가곤 했어요." 그녀는 그렇게 덧붙였는데, 그 말투는 마치 사람들이 처음으로 거짓말을 할 때처럼 불확실하고 머뭇거리는 목소리였다.

"흠… 그런데 나는 방금 온 일행을 모두 그곳으로 데려다 주었소. 그들은 모두 꽃 덩굴 정자에 함께 모여서 N 씨를 배웅하고 있더군. 그가 떠나는 건 알고 있지요… 오데사에서 무슨 일이 잘못되었다더군. 당신의 사촌이"—그가 말한 이는 금발의 그 미녀였다—"웃으면서 울고 있어, 도대체 종잡을 수 없소. 그런데 그녀 말로는, 당신이 무슨 일로 N 씨에게 화가 나 있어서 배웅하러 가지 않겠다더군. 물론 말도 안 되는 이야기겠지?"

"웃고 있군요." M 부인은 그렇게 말하며 베란다의 층계를 내려갔다.

"그래, 이 아이가 당신의 '일상적인 에스코트'란 말이지?" M 씨는 일그러진 미소를 지으며, 나를 향해 로네뜨를 들이대고는 그렇게 말했다.

"페이지입니다!" 나는 그 로네뜨와 비웃음에 화가 치밀어, 그의 얼굴을 향해 웃음을 던지듯 내뱉고는, 베란다의 세 층계를 한 번에 껑충 뛰어내렸다.

"산책 잘 하시오." M 씨는 중얼거리듯 그렇게 말하고는 자기 길을 갔다.

물론 그녀가 남편에게 나를 가리킨 순간, 나는 곧장 M 부인의 곁으로 다가갔고, 마치 이미 한 시간 전부터 그녀가 나를 부르기라도 했던 것처럼, 또 지난 한 달 동안 아침 산책마다 그녀를 모시고 동행해온 사람이라도 되는 양 행동했다. 그러나 나는 도무지 알 수가 없었다. 왜 그녀가 그렇게 당황하고, 왜 그토록 난처해하며, 어째서 스스로 작은 거짓말까지 해야 했던 것일까? 왜 그냥 혼자 간다고 말하지 않았을까? 나는 어떻게 그녀를 바라보아야 할지조차 몰랐고, 경이로움에 압도된 채, 아주 순진한 마음으로 그녀의 얼굴을 조심스럽게 살폈다. 그러나 한 시간 전 연습 때와 마찬가지로, 그녀는 내 시선도, 입 밖으로 나오지 않은 내 물음도 전혀 눈치채지 못했다. 그녀의 얼굴과 동작, 걸음걸이에는 그때와 같은, 그러나 훨씬 짙고 훨씬 뚜렷한 불안이 배어 있었다. 그녀는 걸음을 재촉하며 점점 더 빠르게 걸었고, 정원을 향해 이어지는 숲길과 길목마다 초조하게 시선을 던졌다. 그리고 나 역시 무언가를 기다리고 있었다. 갑자기 우리 뒤쪽에서 말발굽 소리가 들려왔다. 급히 떠나는 N 씨를 배웅하기 위해 말을 탄 숙녀들과 신사들이 모두 함께 몰려오는 참이었다.

그 숙녀들 가운데는, M 씨의 말로는 울고 있다던 바로 그 금발의 장난꾸러기도 있었다. 그러나 그녀답게 그녀는 아이처럼 웃음을 터뜨리며, 훌륭한 적갈빛 말 위에서 가볍게 구보하고 있었다. 우리 앞에 이르자, N 씨는 모자를 벗어 인사만 하고는, 멈추지도 않은 채, M 부인에게 한마디 말도 건네지 않고 곧장 달려갔다. 이윽고 그 일행은 모두 우리의 시야에서 사라졌다. 나는 M 부인을 바라보았고, 놀라움에 거의 외마디를 지를 뻔했다. 그녀는 손수건처럼 하얗게 질린 얼굴로 서 있었고, 큰 눈에서는 눈물이 폭포처럼 솟구쳐 흐르고 있었다. 우연히 우리의 시선이 마주쳤고, M 부인은 갑자기 얼굴을 붉히며 시선을 돌렸다. 그리고 그녀의 얼굴에는 뚜렷한 불안과 짜증의 빛이 스쳐 지나갔다. 나는 그녀에게 방해가 되고 있었고, 전번보다 더 심각한 방해임이 너무도 분명했지만, 그렇다고 어떻게 빠져나가야 할지는 알 수 없었다.

그러자 마치 내 난처함을 알아차리기라도 한 듯, M 부인은 손에 들고 있던 책을 펼치더니, 얼굴을 붉히고, 나를 보지 않으려고 애쓰는 기색으로, 마치 이제야 그것을 깨달은 사람처럼 말했다.

"아! 이건 2권이었군요. 잘못 가져왔어요. 1권을 가져다주세요."

나는 그 뜻을 모를 수 없었다. 내 역할은 끝났고, 이렇게까지 직접적인 방법으로 돌려보낼 수도 없을 만큼 뚜렷한 해고였다.

 나는 그녀의 책을 들고 달려갔고, 돌아오지 않았다. 그날 아침 1권은 탁자 위에 손도 대지 않은 채 그대로 놓여 있었다….

 그러나 나는 이미 내 정신이 아니었다. 마음속 깊은 곳에서 설명할 수 없는 공포가 엄습해왔다. 나는 M 부인을 마주치지 않으려고 있는 힘을 다해 피했고, 그 대신 M 씨를 미친 듯한 호기심으로 살펴보았다. 마치 이제 그에게 무엇인가 특별한 의미가 생긴 것처럼 말이다. 지금 생각해봐도, 그 터무니없는 호기심이 무엇 때문이었는지 알 수 없다. 다만 그 아침 우연히 목격한 모든 일들이 나를 이상할 정도로 혼란에 빠뜨렸다는 사실만은 기억한다. 그러나 그날은 이제 막 시작이었고, 나에게는 앞으로도 많은 사건들이 기다리고 있었다.

 그날은 저녁 식사가 아주 이르게 시작되었다. 인근 마을에서 열리고 있는 축제를 구경하러 가는 소풍이 저녁에 계획되어 있었기 때문에, 모두가 미리 준비할 수 있도록 시간을 맞춰야 했던 것이다. 나는 지난 사흘 동안 이 소풍을 꿈꾸며, 온갖 즐거움을 미리 상상하며 들떠 있었다. 거의 모든 사람들이 커피를 마시려고 베란다에 모여들었고, 나도 조심스럽게 그 뒤를 따라가 의자 셋째 줄 뒤에 몸을 숨겼다. 나는 호기심에 이끌렸지만, 동시에 M 부인에게만큼은 들키고 싶지 않았다. 그런데 재수 없게도, 나는 금발의 나의 괴롭히는 여인 가까이에 자리하게 되었다. 그녀에게는 그날, 기적이라 부를 만큼 놀라운 일이 일어나고 있었다. 그녀는 평소보다 두 배는 더 아름다워 보였다. 어떻게, 왜 그런 일이 벌어지는지 나는 알 수 없지만, 여성들 사이에서는 그런 일이 드문 기적이 아니기도 하다. 바로 그때 새로운 손님 한 사람이 모임에 합류했다. 길고 창백한 얼굴을 한 젊은 남자로, 그녀의 '공식적인' 숭배자였으며, 마침 모스크바에서 막 도착한 참이었다. 모두가 수군거리길, 그는 N 씨를 대신해 등장한 것이나 다름없었는데, 소문에 따르면 N 씨 역시 그 금발의 미인에게 절망적으로 사랑에 빠져 있었다고들 했다. 새로 온 그 젊은이는, 셰익스피어의 『말괄량이 길들이기』에서 베네딕과 베아트리스가 맺고 있었던 관계와 비슷한, 그런 미묘하고 누구나 아는 사이였다. 요컨대, 그 금발의 미인은 그날 그야말로 절정의 상태였다. 그녀가 흘리는 말투와 농담에는 우아함이 넘쳤고, 어딘가 순진하고, 무심한 듯 천진스러웠으며, 모두가 자신에게 매료되어 있다는 사실을 너무나 자연스럽고 사랑스럽게 받아들이고 있었기에, 정말이지 그 순간 내내 그녀는 특별한 숭배의 중심에 서 있었다. 놀라움과 감탄으로 가득한 사람들이 그녀 주변을 떠나지 않았고, 그녀는 그 어느 때보다 빛나고 있었다. 그녀가 내뱉는 모든 말은 놀랍고 매혹적이어서, 한 마디 한 마디가 사람들 사이에서 곧장 퍼져 나갔고, 단 한 마디도 허투루 흘러가는 것이 없었다. 아무도 그녀에게서 그런 취향, 그런 재치, 그런 영리함이 나올 것이라 예상하지 못했던 모양이었다. 평소 그녀의 가장 좋은 면모는 언제나 제멋대로인 변덕과, 학생 같은 장난―때로는 우스꽝스러움에 가까운―에 가려져 눈에 띄는 법이 거의 없었다. 그리고 간혹 드러나더라도 사람들은 그 진가를 믿지 않거나, 그저 우연이라고 여기곤 했다. 그래서 지금 그녀에게서 갑자기 폭발한 이 특별한 재능과 기지 앞에서, 모두가 속삭이듯 감탄하며 놀랄 수밖에 없었다. 그러나 그날 그녀의 성공에는 또 하나의 독특하고 다소 섬세한 이유가 있었다. 그것은 바로 M 부인의 남편이 그 역할을 담당했다는 점에서 추측할 수 있었다. 그 장난꾸러기 금발의 여인은, 여러 가지―그녀에게는 아마도 아주 중요한―이유들로 인해, 거의 모든 이들의 만족을 사며, 특히 젊은이들의 전폭적인 환호 속에서, 그에게 정면으로 들이받는 듯한 맹렬한 공격을 퍼부은 것이다. 그녀는 재치 있는 말장난, 조소 섞인 촌철살인, 교묘하게 속살을 찌르는 비꼬기들을 끊임없이 쏟아내며, 한마디로 그를 향해 교차 사격을 퍼붓고 있었다. 그 말들은 표면상으로는 부드럽고 가벼운 농담처럼 포장되어 있었지만, 실은 정곡을 정확히 찔러, 상대방은 반격할 거리조차 찾지 못한 채 헛된 저항만 이어가도록 만들었고, 마침내 그를 분노와 우스꽝스러운 당혹 속으로 몰아넣었다.

　나는 확신할 수는 없지만, 그 모든 광경은 즉흥적으로 벌어진 것이 아니라 미리 작정된 일이었던 듯싶었다. 그 격렬한 결투는 이미 저녁 식사 때부터 시작되었다. 내가 '격렬한'이라고 부르는 까닭은, M 씨가 쉽게 물러서는 사람이 아니었기 때문이다. 그는 치욕을 온몸에 뒤집어쓰지 않으려면, 자기의 냉정함과 재치, 그리고 드문 기지까지 총동원해야 했다. 그들의 공방은 그것을 지켜보고 참여하던 모든 이들의 끊임없고 억누를 수 없는 웃음 속에서 이어졌다. 그날의 그는, 전날의 남편과는 전혀 다른 모습이었다. 그리고 주목할 만한 사실은, 내 기억과 여러 정황을 미루어 보아, M 부인이 여러 번 그녀의 경박한 친구를 붙잡아 말리려고 온 힘을 다했다는 점이다. 그 장난꾸러기 친구는 질투심 많은 남편을 가능한 한 가장 기괴하고 우스꽝스러운 모습, 말하자면 '푸른 수염 영감' 같은 우스꽝스러운 몰골로 묘사하려는 듯 보였기 때문이다. 그 모든 것을 고려해 보면, 그녀가 남편을 그렇게 웃음거리로 만들려는 의도였음은 거의 분명했다. 결국 그 일에서 내가 맡게 된 역할을 떠올려보면 더욱 그렇다.

　그러던 중, 나는 정말 터무니없이 기가 막힌 방식으로, 예상치 못한 순간에 그 일에 휘말리고 말았다. 불운하게도, 내가 마침 아무런 의심도 하지 않고 서 있던 자리가 모두에게 잘 보이는 곳이었고, 그동안 조심하느라 익혀온 모든 주의마저 잊고 있던 때였다. 갑자기 나는 사람들 앞에서, M 씨의 맹세한 적이자 천적 같은 라이벌, 그의 아내에게 절망적으로 반한 사람으로 몰렸다. 나를 괴롭히던 그녀가 증거까지 있다고 다짐하며 맹세한 끝에, 아침에 숲가에서—라고 말하려는 바로 그 찰나였다....

하지만 그녀가 그 말을 끝내기도 전에, 나는 절체절명의 순간에 끼어들었다. 그 순간은 악마처럼 정밀하게 계산된, 그 기만적인 농담의 절정을 향해 교묘하게 쌓아 올린, 우스꽝스러운 결말을 향한 완벽한 준비가 끝난 순간이었으며, 이 마지막 일격은 치명적일 만큼 유쾌한 방식으로 터져 나와, 억누를 길 없는 폭발적인 웃음이 사방에서 터져 나왔다. 나조차 그 순간, 내가 맡은 역할이 그리 불명예스러운 것은 아니라는 짐작은 하고 있었다. 그럼에도 나는 너무 혼란스럽고, 너무 화가 나고, 두렵기까지 해서, 비참과 절망으로 숨이 막히고, 부끄러움과 눈물로 목이 메인 채, 의자 두 줄을 헤치고 뛰어나가 그녀 앞에 다가서서, 눈물과 분노로 갈라진 목소리로 외쳤다.

"부끄럽지도 않습니까… 이렇게 사람들 앞에서… 그런 고약한… 거짓말을 하다니요?… 어린애도 아니고… 이 많은 남정네들 앞에서…. 사람들이 뭐라고 하겠어요?… 이만한 어른이… 그것도 유부녀가!"

그러나 나는 더 말을 잇지 못했다. 귀를 먹먹하게 만드는 폭발적인 박수 소리가 터져 나왔기 때문이다. 나의 돌발적인 외침은 하나의 소동을 일으켰다. 나의 서투른 몸짓, 눈물, 그리고 무엇보다도 내가 마치 M 씨를 두둔하는 듯한 태도—이 모든 것이 지독할 만큼 광적인 웃음을 자아냈고, 지금도 그 장면을 떠올리기만 하면 나조차 웃음을 참을 수 없다. 나는 완전히 얼이 빠졌고, 공포에 사로잡혀 이성을 잃었으며, 얼굴이 화끈거릴 만큼 부끄러움에 시달리다가, 두 손으로 얼굴을 감싸고 달아나 문으로 들어오던 하인의 쟁반을 쳐 떨어뜨린 뒤, 곧장 위층 내 방으로 뛰어올라갔다. 나는 문 바깥에 꽂혀 있던 열쇠를 빼서 안에서 잠갔다. 잘한 일이었다. 곧바로 나를 찾는 아우성이 들려왔으니. 채 일 분도 지나지 않아, 가장 아름다운 숙녀들 무리가 내 문을 포위했다. 나는 그들의 맑게 울리는 웃음, 끊임없는 재잘거림, 새소리처럼 떨리는 목소리를 들었다. 그녀들은 모두 동시에 재잘거렸고, 마치 제비떼 같았다. 한 사람도 빠짐없이 모두가 문을 두드리며 잠시만 문을 열어달라고 간청했고, 아무 일도 하지 않겠노라고 맹세하면서, 그저 나에게 입맞춤을 퍼붓고 싶을 뿐이라고 말했지만... 하지만 이런 새로운 위협만큼 끔찍한 일이 또 어디 있었겠는가? 나는 문 저편에서 얼굴을 베개에 묻은 채 부끄러움에 온몸이 불타오르며 꼼짝도 하지 않았고, 문도 열지 않았으며, 대꾸조차 하지 않았다. 숙녀들의 두드림은 한참이나 계속되었지만, 나는 열한 살 아이만이 가질 수 있는 고집스러운 완강함으로 귀를 닫아버렸다.

하지만 이제 나는 어떻게 해야 했을까? 모든 것이 드러났고, 모든 것이 폭로되었고, 내가 그토록 질투하듯 지키고 숨겨온 모든 것들이…! 나에게는 영원한 치욕과 수치가 덮쳐온 셈이었다! 그러나 사실, 나는 스스로도 내가 무엇을 두려워하는지, 무엇을 숨기고 싶어 했는지 제대로 알지 못했다. 나는 단지 무언가가 두려웠고, 그것이 들키리라는 생각에 잎사귀처럼 떨고 있었을 뿐이었다. 이제서야 그 두려움이 무엇인지 어렴풋이 깨달은 것이다. 그것이 선한 것인지 악한 것인지, 훌륭한 것인지 수치스러운 것인지, 칭찬할 만한 것인지 비난받아 마땅한 것인지—그동안 나는 전혀 알지 못했다. 그러나 이제, 나에게 강제로 들이닥친 이 비참 속에서, 나는 그것이 터무니없고 수치스러운 것임을 알게 되었다. 본능적으로, 나는 동시에 그 판단이 거짓이며, 잔인하며, 조잡한 것이라는 느낌도 받았으나, 이미 나는 짓눌리고, 짓밟혀 사라져버린 사람이나 다름없었다. 내 의식은 무너지고 혼란에 빠져 있었으며, 그 판단에 맞서 서 있을 힘도, 그것을 제대로 비판할 힘도 없었다. 나는 아득해져 있었고, 내 마음이 비인간적이고도 부끄럽게 상처 입었으며, 억제할 수 없는 눈물로 가득 차 있다는 사실만 느낄 수 있었다. 나는 격분했고, 살면서 처음 느껴보는 분노와 증오로 들끓었다. 그것은 내 생애 처음 겪는 진짜 슬픔과 모욕, 상처였고—과장이 아니라 사실 그대로의 진실이었다. 아이였던 나에게서 아직 형체조차 갖추지 못한 첫 감정이 이렇게나 거칠게 짓밟혔고, 향기로운 첫 수줍음이 너무 이른 시기에 드러나 모욕당했으며, 아마도 첫 번째이자 매우 진실하고 미적인 인상마저 무참히 능욕당한 것이다. 물론, 나를 괴롭히던 이들은 내가 겪는 고통을 제대로 알지도, 짐작하지도 못했다. 내가 그때까지 분석조차 못한, 어쩌면 무의식적으로 두려워하고 있었던 한 가지 사실도 그 고통에 뒤섞여 있었다. 나는 절망과 비탄 속에서 얼굴을 베개에 묻은 채 침대에 누워 있었고, 열이 올랐다가 오싹 떨리기를 번갈아가며 겪었다. 그리고 두 가지가 나를 괴롭혔다. 첫째, 그 금발의 불행한 미인은 그날 아침 숲가에서, 도대체 무엇을, 그리고 무엇을 보았다고 주장했던 것일까? 그리고 둘째, 나는 이제 어떻게 M 부인의 얼굴을 마주 보지 않고 살아남을 수 있을까, 부끄러움과 절망으로 그 자리에서 쓰러져 죽지 않고서?

마침내 뜰에서 들려오는 이례적인 소음이, 내가 빠져 있던 반혼수 상태에서 나를 깨웠다. 나는 일어나 창가로 갔다. 뜰은 마부들과 마차들과 안장 얹은 말들로 가득 차 있었고, 모두 분주하게 움직이고 있었다. 모두들 떠날 준비를 하는 것처럼 보였으며, 몇몇 신사들은 이미 말에 올라타 있었고, 다른 이들은 마차 속 자리들을 차지하고 있었다…. 그제야 나는 오늘 저녁이 마을 축제에 가기로 한 날이라는 사실을 떠올렸고, 조금씩 불안이 밀려왔다. 나는 뜰에서 초조하게 내 조랑말을 찾기 시작했으나, 어디에도 보이지 않았다. 그러니 나를 잊어버린 것이 틀림없었다. 나는 더는 참지 못하고, 불쾌한 만남이나 방금 겪은 굴욕 따위는 잊은 채, 아래층으로 정신없이 뛰어 내려갔다….

그러나 끔찍한 소식이 기다리고 있었다. 나를 위해 남겨둔 말도, 마차의 자리도 하나 없었다. 모든 준비는 이미 끝났고, 모든 자리는 다른 사람들로 채워져 있었으며, 나는 누군가에게 내 자리를 양보할 수밖에 없었다. 새로운 타격에 짓눌린 나는, 뜰에 길게 줄지어 선 마차들과 코치들과 체스를 바라보며, 그 중 어느 곳에도 나를 위한 작은 한 자리조차 남지 않았다는 사실을 가슴 아프게 느꼈고, 화려하게 차려입은 숙녀들이 타고 있는 말들이 불안하게 발굽을 구르는 모습을 가만히 바라보았다.

그 일행 가운데 한 신사가 늦고 있었다. 모두가 그의 도착만을 기다리고 있었고, 도착하는 즉시 떠날 참이었다. 그의 말은 문 앞에 서서, 재갈을 씹으며, 발굽으로 흙을 긁고, 순간순간 흥분한 듯 들썩이며 일어서려 했고, 마부 두 명이 그 말의 고삐를 조심스럽게 붙들고 있었으며, 다른 사람들은 모두 두려운 듯, 한 걸음 떨어진 거리에서 말의 동작을 지켜보고 있었다.

내가 가지 못하게 된 데에는 지극히 속상한 사정이 하나 있었다. 새 손님들이 도착하여 자리가 모두 차버린 것뿐 아니라, 말 두 마리가 병이 들었고, 그 가운데 하나는 바로 내 조랑말이었다. 하지만 나만 불행한 것은 아니었다. 이미 이 야기했던 얼굴이 창백한 그 젊은 새 손님에게도 말이 없었다. 이 난처함을 해결하기 위해, 우리 주인은 마침내 최후의 수단에 의지할 수밖에 없었다. 그는 그 젊은이에게 자기의 사납고 길들지 않은 종마를 내어주며, 마음을 달래기 위해, 이 말은 도저히 탈 수 있는 말이 아니고, 악한 기질 때문에 오래전부터 팔아버리려 했으나 선뜻 사겠다는 사람을 찾지 못해 남아 있는 것이라 덧붙였다.

그러나 주인의 경고에도 불구하고, 그 손님은 자신이 말 타는 데 능숙하다며, 아무리 난말이라도 타지 못해 떠나지 못하는 것보다는 낫다며 기꺼이 올라타겠다고 선언했다. 주인은 더 말하지 않았지만, 그 순간 그의 입가에는 교활하고 애매한 미소가 스치고 있는 듯했다. 그는 스스로의 기마술을 한껏 자랑한 그 젊은이를 기다리며, 말에 오르지도 않은 채 조바심을 내며 두 손을 비비고, 연신 문쪽을 흘긋거렸다. 마부 두 명 역시 비슷한 감정을 공유하고 있는 듯했는데, 죽은 듯 숨을 죽인 채 흥분으로 부풀어 있었다. 그들은 언제 어떤 이유로든 사람 하나쯤은 죽일 수 있는 이 말의 고삐를, 온 손님들 앞에서 자신들이 붙들고 있다는 사실에 자부심으로 가득해 있었다. 그들의 눈에서도 주인의 교활한 미소와 비슷한 빛이 반짝였고, 둥글게 뜬 채, 과연 그 대담한 손님이 모습을 드러낼 문만을 기다리며 고정되어 있었다. 말 자체 또한, 마치 주인과 마부들과 한통속이라도 된 듯 거들먹거리고 있었다. 그는 여러 사람들의 호기심 어린 눈길이 자신에게 쏠려 있다는 것을 아는 듯, 으스대고 거만한 태도를 취하며, 마치 고칠 수 없는 악당이 자신의 악행을 자랑이라도 하듯, 악명 높은 성미를 자랑스러워하는 듯했다. 그는 자신을 굴복시키겠다고 나서는 대담한 자를 향해 도전적으로 껑충거리고 있었다.

마침내 그 대담한 사람이 모습을 드러냈다. 모두를 기다리게 한 것이 마음에 걸렸던지, 그는 장갑을 급히 끼며 주위를 둘러볼 틈도 없이 앞으로 나아가 계단을 뛰어 내려왔고, 기다리는 말의 갈기를 움켜쥐려 손을 뻗으며 비로소 눈을 들었다. 그러나 그 즉시, 미친 듯이 일어서는 말의 기세와 겁에 질린 사람들의 경고 섞인 비명이 그를 당황하게 만들었다. 젊은이는 뒤로 물러섰고, 온몸을 떨며 분노에 찬 콧김을 뿜어내고, 피가 선광처럼 번지는 사나운 눈을 굴리며, 뒷다리로 일어서고 앞다리를 허공에 휘두르며, 금방이라도 하늘로 도약해 두 마부까지 함께 던져버릴 듯한 흉포한 말을 난처한 표정으로 바라보았다. 잠시 동안 그는 완전히 어찌할 바를 몰라 서 있었고, 그러다 약간 얼굴을 붉히며 당황스러운 기색을 띤 채, 겁에 질린 숙녀들을 향해 눈길을 들었다.

"아주 훌륭한 말이군요!" 그 젊은이는 마치 혼잣말하듯 중얼거렸다. "제 생각엔, 이런 말이라면 타는 것도 큰 즐거움이겠죠. 하지만… 하지만 말입니다, 저는 가지 않는 게 좋을 듯합니다." 그는 그렇게 결론짓고, 인자하고 영리한 얼굴에 가장 잘 어울리는, 넉넉하고 선한 미소를 띠며 주인을 향해 돌아섰다.

"하지만 나는 자네가 훌륭한 기수라고 확신하오, 정말이오," 그 난폭한 말을 가진 주인은, 기쁨을 감추지 못하며 말했다. 그러고는 고마움과 따뜻한 감정이 뒤섞인 손짓으로 젊은이의 손을 꽉 쥐었다. "바로 자네가 처음 본 순간부터, 상대해야 할 짐승의 종류를 알아본 것만으로도 말이오." 그는 그렇게 덧붙이며 점잖게 자세를 고쳐 세웠다. "믿겠는가? 내가 근위 기병에서 23년을 보냈지만, 이 괴물 덕분에 세 번이나 땅바닥에 패대기 쳐졌지. 아니, 이 놈을 탈 때는 빠짐없이 그랬다오. 탱크리드, 이 녀석아, 여기 있는 누구도 너를 감당할 사람이 없구나! 너의 기수는 아마 일리야 무로메츠 같은 인물이겠지. 지금쯤 카파차로보라는 마을에서, 네 이빨이 다 빠지기만을 기다리며 가만히 앉아 있을지도 모르지. 자, 이놈을 데려가게, 사람들을 겁줄 만큼 겁줬으니 됐다. 괜히 끌고 나온 셈이지!" 그는 만족스러운 얼굴로 두 손을 비비며 이렇게 외쳤다.

주목해야 할 점은, 탱크리드는 주인에게 아무 쓸모도 없이 그저 곡식만 축내는 말이었고, 게다가 그 늙은 근위병은 말의 품질도 알지 못한다는 평판을 잃게 될 만큼 기상천외한 거액을 주고 이 쓸모없는 말을 사들였다는 사실이었다. 단지 말의 아름다움만 보고 충동적으로 산 것이었지만... 그럼에도 불구하고, 탱크리드가 제 명성을 유지해 새로운 기수를 좌절시키고, 엉뚱한 영광을 자기 주인에게 또 하나 안겨준 셈이니, 그는 지금 기쁘기 그지없었다.

　"그래서 정말 가지 않겠다는 말인가요?" 금발의 미녀가 외쳤다. 그녀는 자신의 수행기사—즉 '에스코트'—가 오늘만큼은 꼭 곁에 있기를 바라고 있었다. "설마 겁이라도 난 건 아니겠죠?"

　"진심으로 겁이 납니다," 젊은이는 그렇게 대답했다.

　"진심이에요?"

　"도대체 제 목이라도 부러뜨리길 원하십니까?"

　"그렇다면 어서 제 말에 타요. 겁낼 것 없어요, 아주 얌전한 말이에요. 우리 때문에 출발을 늦출 것 없어요, 안장만 바꾸면 금방이니까요! 제가 당신 말을 한번 타보죠. 설마 탱크리드가 언제나 저렇게 난폭하지만은 않겠죠."

　말이 떨어지기 무섭게, 그 장난꾸러기 미녀는 안장에서 날아오르듯 뛰어내렸고, 마지막 말을 마치기도 전에 이미 우리 앞에 서 있었다.

"탱크리드를 몰라도 한참 모르시는군요. 저 불한당 같은 놈이 당신의 그 보잘것없는 측면 안장을 얌전히 달게 내버려두리라 생각하신다면 말입니다! 게다가, 당신이 목이라도 부러뜨리면 안 되지요, 안타까운 일 아닙니까!" 우리 주인은 그렇게 말했는데, 그는 속으로는 꽤 흐뭇하면서도, 늘 그렇듯 억지로 거친 말투와 투박한 농담을 꾸며내어, 스스로 생각하기에 명랑한 사내다운 군인 기질을 보이는 듯 굴었으며, 또 그것이 숙녀들에게 특히 매력적일 것이라고 믿고 있었다. 이것은 그의 오래된 버릇이자, 모두가 잘 알고 있는 그의 기벽 가운데 하나였다.

"그래, 울보 영웅님. 한번 타보고 싶지 않니? 그토록 가고 싶어 했잖아?"

용감한 여기사는 나를 발견하자 그렇게 말하며, 탱크리드를 가리켜 조롱했다. 내가 어리석게도 그녀의 시선을 피하지 못했던 탓이었고, 그녀는 말에서 헛수고하고 내려온 셈이 되지 않도록, 나에게 한마디 독한 말을 던지지 않고는 자리를 뜰 마음이 전혀 없었던 것이다.

"네가 설마 그렇게— 우린 다 알고 있어, 네가 영웅이라 겁내는 걸 부끄러워할 거라는 걸. 게다가 지금처럼 모두가 널 보고 있으면 말이야, 멋진 페이지님."

그녀는 그렇게 말하며, 입구에 가장 가까이 서 있던 M 부인의 마차를 향해 흘끗 눈길을 던졌다.

그 금발의 아마존이 탱크리드에 오르려 가까이 다가왔을 때, 내 가슴에는 증오와 복수심이 한꺼번에 밀려 올라왔다…. 그러나 그녀가 느닷없이 나를 향해 이 도전적인 말을 던졌을 때, 내가 무엇을 느꼈는지는 도저히 묘사할 길이 없다. 그녀가 M 부인을 향해 보낸 그 한순간의 눈길을 보았을 때, 나는 모든 것이 눈앞에서 캄캄해졌다. 찰나 같은 순간 동안, 하나의 생각이 번개처럼 스쳐갔지만… 그것은 말 그대로 한순간, 아니, 한순간보다도 짧았고, 화약이 번쩍 타오르는 불꽃 같은 순간이었다. 어쩌면 그것이 마지막 한 방울이었고, 나는 갑자기 분노로 들끓으며 정신이 치솟아, 이제는 내 모든 적들을 단번에 혼란에 빠뜨리고, 모두 앞에서 내가 어떤 사람인지 보여줌으로써 복수하고 싶다는 열망에 사로잡혔던 것인지도 모른다. 아니면 기적처럼, 지금껏 단 한 번도 제대로 알지 못했던 중세의 역사나 전설 속에서 솟아나온 어떤 충동이 내 어지러운 머릿속을 휘저으며, 기사들의 마상 시합, 팔라딘들, 영웅들, 아름다운 아가씨들, 칼 부딪히는 소리, 함성, 군중의 환호, 그리고 그 함성 속에서 승리나 명예보다도 더욱 뜨겁게 자만심을 흔들어 깨우는, 두려움에 떨리는 한 여인의 조용한 외침을 떠올리게 했던 것인지—그 모든 낭만적인 허튼 생각이 그때 내 머릿속에 있었는지, 아니면 아미도 장치 나를 기디리고 있던, 피할 수 없는 어리석음의 최초의 서광이었는지—나는 알 수 없다. 어쨌든, 나는 내 시간이 왔다는 느낌을 받았고, 심장은 뛰고 떨렸으며, 어떻게 한 것인지 기억도 나지 않게, 나는 단숨에 계단을 뛰어내려 탱크리드 곁에 서 있었다.

"내가 겁이 난다고 생각합니까?" 나는 거의 앞이 보이지 않을 만큼 열이 오르고, 숨이 막히며, 볼이 눈물로 뜨겁게 달아오르는 가운데, 대담하고도 당당하게 외쳤다. "좋습니다, 두고 보세요!" 그리고 나는 탱크리드의 갈기를 움켜쥐고, 그들이 말릴 틈도 주지 않은 채 발을 등자에 걸었으나, 바로 그 순간 탱크리드가 일어서듯 뒷다리로 서더니, 머리를 홱 젖히며, 돌처럼 굳어버린 두 마부의 손에서 벼락같이 몸을 비틀어 빼고는, 폭풍처럼 앞으로 치닫아 달리기 시작했고, 모두가 공포에 찬 외마디를 터뜨렸다.

도대체 어떻게 해서 말이 전속력으로 달리는 동안 다른 다리를 말 위로 넘겼는지, 그리고 어떻게 고삐를 놓치지 않았는지는 지금도 상상할 수 없다. 탱크리드는 나를 덩굴 문 너머로 데려갔고, 오른쪽으로 갑자기 꺾더니, 길이 어떻든 아랑곳하지 않고 울타리 옆을 미친 듯이 내달았다. 바로 그때 등 뒤에서 쉰 명은 족히 되는 사람들의 외침이 들려왔고, 그 외침은 내 혼미한 가슴속에서도 메아리 쳐, 내 소년 시절의 그 광란의 순간을 평생 잊지 못할 만큼 강렬한 자부심과 황홀함을 불러일으켰다. 모든 피가 머리로 솟구쳐올라 나의 두려움을 압도하며 정신을 아득하게 만들었고, 나는 거의 자신을 잃을 지경이었다. 지금 생각해도, 그 소동에는 분명 어딘가 기사도적 무용담 같은 기운이 깃들어 있었다.

그러나 나의 '기사적 무용'은 한순간에 끝났고, 그렇지 않았다면 그 '기사'는 큰 화를 당했을 것이다. 아니, 그럼에도 어떻게 살아남았는지 나는 알지 못한다. 나는 말을 탈 줄 알았고, 나름 배우기도 했지만, 내가 타온 조랑말은 말이라기보다 양에 가까운 동물이었으니…. 틀림없이 탱크리드가 나를 내던질 여유만 있었더라면 나는 이미 땅에 처박혔을 것이다. 그러나 쉰 걸음쯤 내달리던 탱크리드는, 길을 가로막은 커다란 바위를 보고 갑자기 공포에 질려 되돌아 달리기 시작했다. 그는 번개처럼 방향을 틀어 전속력으로 돌아섰는데, 지금 돌이켜봐도 어떻게 내가 안장에서 튕겨나가 스무 자는 공중으로 날아가 산산조각 나지 않았는지, 그리고 탱크리드가 그 갑작스러운 회전으로 다리를 삐지 않았는지 의문일 뿐이다. 그는 문을 향해 미친 듯이 내달렸고, 머리를 사납게 내젓고, 분노에 취한 듯 이쪽저쪽으로 몸을 튀기며, 앞다리를 허공에 마구 날리고, 매 순간 마치 등에 호랑이라도 뛰어올라 이빨과 발톱을 박아 넣는 것처럼 나를 떨궈내려 안간힘을 쓰고 있었다.

순간만 더 지나면 나는 분명 말에서 내던져져 날아갔을 것이다. 나는 떨어지고 있었고, 거의 공중에 뜬 상태였다. 그러나 몇몇 신사들이 나를 구하려고 번개처럼 달려왔다. 그들 중 두 사람은 말이 들판 쪽으로 달아나는 길을 가로막았고, 또 다른 두 사람은 전속력으로 달려와 탱크리드를 양쪽에서 포위하여, 그들의 말의 옆구리가 거의 내 다리를 짓누를 정도로 바짝 붙였으며, 동시에 둘이서 고삐를 붙잡았다. 몇 초 뒤 우리는 다시 계단 앞에 도착해 있었다.

그들은 말에서 나를 내려주었는데, 나는 창백해져 거의 숨도 쉬지 못하고 있었다. 나는 바람에 스치는 풀잎처럼 떨리고 있었고, 탱크리드 또한 마찬가지였다. 그는 뒷다리로 땅을 박아 넣은 듯 버티고 서서, 온몸을 뒤로 젖힌 채, 붉게 번들거리는 콧구멍으로 불길 같은 숨을 내뿜으며, 온몸을 경련하듯 떨고 있었으며, 아이가 감히 자기 등에 올라탄 것에 대한 상처 입은 자존심과 분노로 완전히 넋을 잃은 듯 보였다. 사방에서 놀라움과 당혹, 공포의 외침이 들려왔다.

그때, 방황하던 내 시선이 M 부인의 눈과 맞닿았다. 그녀는 창백하고 동요해 보였고—그 순간을 나는 결코 잊지 못한다—나는 순식간에 얼굴이 붉게 달아오르며 불길처럼 타올랐다. 무슨 일이 내게 일어났는지 알 수 없었고, 스스로의 감정에 놀라 겁이 나서, 나는 조심스럽게 눈을 내려 땅을 바라보았다. 그러나 내 시선은 이미 들켰고, 붙잡혔고, 빼앗겼다. 모든 사람들의 시선이 M 부인에게로 향했다. 자신이 불시에 모든 관심의 중심이 된 것을 깨달은 그녀는, 순진하고 본능적인 감정에 이끌리기라도 한 듯 아이처럼 얼굴을 붉혔고, 당혹을 감추려고 애쓰며 억지 웃음을 지어 보이려 했지만, 잘 되지 않았다….

　물론 이 모든 일은 겉에서 보면 매우 우스꽝스러워 보였 겠지만, 바로 그 순간, 전혀 뜻밖의 순진한 사건 하나가 나를 모든 사람들의 조롱에서 구해 주었고, 이번 모험 전체에 특별한 색채를 더해 주었다. 이 모든 소동의 발단을 만든, 그리고 그때까지는 나의 화해할 수 없는 적이었던 그 아름다운 괴롭힘꾼이, 갑자기 나에게 달려들어 나를 끌어안고 입을 맞춘 것이다. 그녀는 내가 감히 그녀의 도전을 받아들여, M 부인을 향한 그녀의 시선을 '손에 든 장갑처럼' 집어 올릴 줄은 꿈에도 생각지 못했다. 그리고 내가 탱크리드를 타고 날아가듯 내달릴 때, 그녀는 공포와 자책으로 거의 기절할 지경이었다. 그런데 모든 일이 끝나고, 특히 그녀가 M 부인을 향해 던졌던 나의 시선, 내 당혹스러운 표정과 갑작스러운 홍조를 보자—그 가벼운 머릿속의 작고 경박한 '낭만적 상상력'이 그 순간에 어떤 비밀스러운 의미를 덧입히자마자—그녀는 내 '기사다움'에 감격해, 기뻐하며, 자랑스러워하며 나에게 달려와 나를 가슴에 꼭 끌어안았다. 그녀는 그토록 천진하고도 엄숙한 표정을 짓고 있었고, 그 두 눈에는 작은 수정처럼 반짝이는 눈물 두 방울이 맺혀 떨리고 있었다. 그리고 그녀는 자신을 둘러싼 사람들을 비리보며, 지금껏 그녀의 입에서 한 번도 들은 적이 없는 진지한 목소리로, 나를 가리키며 이렇게 말했다.

"신사 여러분, 정말 심각한 일이에요, 웃지 마세요! (Mais c'est très sérieux, messieurs, ne riez pas!)"

그녀는 사람들이 모두 넋을 잃은 듯 서서 그녀의 눈부신 열정을 바라보고 있다는 사실조차 알아차리지 못했다. 그녀의 벼락같이 빠른 행동, 진지한 표정, 순진무구한 말투, 늘 웃음을 머금던 두 눈에 고인 뜻밖의 눈물…. 이 모든 것이 너무도 놀라워서, 모두들 마치 전기가 통하듯 그녀 앞에 굳어서 있었고, 그녀의 뜨겁고 빠른 말과 몸짓, 한순간 얼굴에 떠오른 그 열정 어린 표정을 놓칠까 두려워 눈을 뗄 수 없었다. 심지어 우리 집주인조차 튤립처럼 얼굴을 붉혔고, 사람들은 나중에 그가 "부끄럽게도" 그 매혹적인 여인을 "딱 1분 동안 사랑했던 것 같다"고 고백하는 것을 들었다고 했다. 그리고 물론, 이 모든 뒤로 나는 '기사', 즉 '영웅'이 되었다.

"드 로르주! 토겐부르크!" 라는 외침이 군중 속에서 들려왔다.*

박수 소리가 뒤따랐다.

"신세대 만세!"라고 우리 집주인이 덧붙였다.

---

* 드 로르주(로르주 백작)은 혁명기 대중서사에서 유명했던 '바스티유의 비운의 죄수'로 회자되던 이름이고, 토겐부르크는 당대에 유행하던 낭만적 서사/귀족 가문 이름으로, 군중이 열광적으로 외치는 상적적 이름이다.

"하지만 이 아이도 우리와 함께 가야 해요, 반드시 같이 가야 한다고요," 미녀가 말했다. "자리를 찾아드릴 거예요, 꼭 찾아야 해요. 제 옆에 앉혀야겠어요, 제 무릎 위에⋯ 아, 아니, 아니! 그건 잘못이네요!" 그녀는 우리 첫 만남을 떠올리며 웃음을 참지 못해 스스로 고쳐 말했다. 그러면서도 웃는 동안 내 손을 다정하게 쓰다듬어, 내가 상처받지 않도록 애쓰고 있었다.

"그렇지, 그렇지," 여러 목소리가 합세했다. "반드시 가야지, 그는 자기 자리를 스스로 얻었어."

모든 일이 순식간에 해결되었다. 금발의 미녀와 나를 처음 이어주었던 그 노처녀, 이번에는 젊은 사람들 모두에게 둘러싸여 간청을 받았다. 그녀의 자리를 나에게 양보하고 집에 남아 달라는 청이었다. 그녀는 지독한 분함을 억지 미소 뒤에 숨긴 채, 숨죽인 쉿 소리와 함께 할 수 없이 승낙할 수밖에 없었다. 그녀의 평소 보호자이자 마음의 피난처였던—나의 옛 적이자 새 친구가 된—금발의 미녀는, 기운 찬 말 위에서 아이처럼 웃으며 떠나가며 그녀에게 외쳤다. "당신이 정말 부러워요! 저도 집에 남고 싶었는데! 곧 비가 올 거예요, 우리 다 젖겠죠!"

그리고 그녀의 말대로 비가 내렸다. 한 시간도 지나지 않아 본격적인 소나기가 쏟아졌고, 우리의 간략 여행은 끝장나고 말았다. 우리는 몇 시간 동안 마을 오두막에 몸을 피해야 했고, 저녁 아홉 시에서 열 시 사이쯤, 비 뒤의 축축한 안개 속을 뚫고 집으로 돌아와야 했다. 나는 약간 열이 오르기 시작했다. 출발하려던 바로 그 순간, M 부인이 다가와 내 목이 훤히 드러나 있고 겉옷 하나 걸치지 않은 것을 보고 놀라워했다. 나는 코트를 챙길 시간이 없었다고 대답했다. 그러자 그녀는 핀을 꺼내 내려앉은 셔츠 깃을 고정해 주었고, 자신의 목에 두르고 있던 진홍빛 거즈 스카프를 풀어 내 목에 감아, 감기라도 들지 않게 해주었다. 그녀는 그 모든 것을 너무 급히 해치웠기에, 나는 감사 인사를 할 겨를조차 없었다.

그러나 집에 돌아와 보니, 작은 응접실에는 금발의 미녀와, 그날 '탱크리드 타기 거부'라는 기이한 방식으로 기마술의 명성을 얻은 창백한 얼굴의 젊은 남자가 함께 M 부인과 이야기를 나누고 있었다. 나는 그녀에게 감사 인사를 하고 스카프를 돌려드리려고 다가갔다. 하지만 여러 소동을 겪고 난 뒤라 그런지, 왠지 부끄러워 견딜 수가 없었다. 하루의 모든 인상과 감정이 내 안에서 넘쳐흘렀고, 얼른 2층으로 올라가 혼자 조용히 생각 속을 정리하고 싶었다. 스카프를 돌려드리며 나는 언제나처럼 귀끝까지 붉어졌다.

"저 스카프를 가지고 싶어서 못 놓는군요." 젊은 남자가 웃으며 말했다. "당신 스카프를 놓아주기 아쉬운 모양이죠."

"그게 바로 정답이에요, 정답!" 금발의 미녀가 거들었다.

"정말 애 같은 아이죠! 아휴—" 그녀는 노골적인 아쉬움의 몸짓으로 고개를 흔들었으나, M 부인이 지나치게 장난을 이어가지 않기를 바라는 듯 진지한 눈빛을 보내자 곧 말을 멈추었다.

나는 서둘러 그 자리를 벗어났다.

"그래, 넌 참 아이야." 말괄량이는 옆방에서 나를 따라잡더니, 다정하게 양손으로 내 두 손을 잡고 말했다. "그렇게 갖고 싶었으면 스카프를 그냥 안 돌려드리면 됐잖아. 어디 놔뒀다고 말했으면 그만이지! 참 어리석기도 하지! 이런 우스운 아이 같으니!"

그리고 그녀는 내 턱을 손가락으로 톡 치며, 양귀비꽃처럼 빨개진 내 얼굴을 보고 웃었다.

"이제 우리는 친구지, 그렇지? 우리 사이의 싸움은 끝난 거 맞지? 응, 아니야?"

나는 말없이 웃으며 그녀의 손가락을 꼭 눌러 주었다.

"아니, 너… 왜 이렇게… 왜 이렇게 창백하고 떨고 있어? 감기라도 든 거야?"

"네… 좀 몸이 좋지 않아요."

"아, 가여운 아이! 그건 너무 흥분한 탓이지 뭐야. 있잖아, 오늘은 저녁도 기다리지 말고 그냥 자러 가는 게 좋겠다. 그러면 내일 아침엔 멀쩡해질 거야. 자, 어서 가자."

그녀는 나를 위층으로 데려갔고, 나에게 쏟는 보살핌은

끝이 없었다. 내게 옷을 벗고 누우라고 남겨두고는, 아래층으로 뛰어 내려가 차를 가져왔고, 내가 침대에 누웠을 때 직접 차를 들고 위로 올라왔다. 따뜻한 이불도 가져다 덮어주었다. 그녀가 나에게 쏟아 준 그 다정함과 배려는, 아니 어쩌면 그날 하루의 모든 일들과 들뜬 열기 때문이었는지도 모르지만, 내 마음을 깊이 움직였다. 나는 그녀와 인사를 나누며, 마치 가장 소중한 벗을 품에 안듯 뜨겁게 그녀를 끌어안았다. 지친 몸과 마음 속에 그날의 감정이 한꺼번에 밀려와, 그녀의 가슴에 기대자 눈물이 나올 것 같았다. 그녀는 내 흥분된 상태를 눈치챘고, 무슨 일인지 말괄량이인 그녀 자신도 조금은 감동한 듯 보였다.

"넌 참 착한 아이야," 그녀는 상냥한 눈빛으로 나를 바라보며 말했다. "제발 나한테 화내지 마. 그렇지? 그럴 거지?"

실제로 그날 이후 우리는 가장 따뜻하고 진실한 친구가 되었다.

나는 꽤 일찍 눈을 떴지만, 햇빛은 이미 방 안 가득 찬란하게 흘러들고 있었다. 나는 벌떡 일어나 보니 전날의 열기가 전혀 없을 만큼 몸도 마음도 말끔했고, 오히려 형언할 수 없는 기쁨으로 가득 차 있었다. 전날을 떠올리며, 어젯밤처럼 새 친구인 금발의 미녀를 다시 한번 껴안을 수 있다면 어떤 행복이라도 내어놓을 수 있을 듯한 마음이었다. 하지만 아직 너무 이른 때라, 모두들 잠들어 있었다. 나는 서둘러 옷을 챙겨 입고 정원으로 나갔다가, 거기서 숲 가장자리로 곧장 걸어갔다. 잎이 가장 무성하고, 나무 향기가 더욱 송진처럼 질고, 햇빛이 잎 사이로 가장 환하게 비집고 들어와 어두운 숲을 뚫고 들어온 것을 기뻐하는 듯한 곳으로 발길이 이끌렸다. 아침은 참으로 아름다웠다.

나는 계속해서 더 깊은 곳으로 걸어갔고, 어느새 그 사실조차 모르는 사이에 숲 끝에 다다랐으며, 강 모스크바가 내려다보이는 곳으로 나왔다. 강은 언덕 아래 200걸음쯤 되는 깊이에서 흐르고 있었다. 강 건너편 둔덕에서는 풀을 베고 있었다. 한 줄로 늘어선 예리한 낫날들이 베는 이의 팔짓에 맞춰 햇빛 속에서 일제히 번쩍였다가, 다시 작은 불뱀처럼 숨어버리듯 사라지는 모습을 나는 멍하니 바라보았다. 베어진 풀은 무성하고 향긋한 더미가 되어 한쪽으로 날아가, 길고 고른 선을 이루며 가지런히 놓여갔다. 얼마나 오래 그렇게 바라보고만 있었는지 알 수 없다. 마침내 나는 말이 콧김을 뿜으며 초조하게 땅을 긁는 소리에 정신이 들었다. 그 말은 나에게서 스무 걸음 떨어진 곳, 큰길에서 대저택으로 이어지는 오솔길 위에 서 있었다. 기수$^{(騎手)}$가 다가와 멈추는 순간부터 그 소리를 들었는지, 아니면 한참 전부터 들렸으나 내가 몽상에서 깨어나지 못했던 것인지 나는 알지 못했다. 호기심이 일어 나는 숲 속으로 다시 들어갔다. 얼마 걷지 않아, 낮은 목소리로 빠르게 말하는 사람들의 소리가 들려왔다. 나는 조심스럽게 길가의 덤불을 헤치고 가까이 다가갔고—순간 놀라움에 몸이 굳어 뒷걸음질 치고 말았다. 눈에 익은 흰 드레스 자락이 스쳤고, 부드러운 여인의 목소리가 음악처럼 내 가슴을 울렸다. M 부인이었다. 그녀는 말안장 위에서 몸을 굽힌 어떤 남자와 마주 서 있었고, 그 남자는 서둘러 말을 건네고 있었다. 그리고 놀랍게도 나는 그를 알아보았다—전날 아침 떠났다는, 그리고 그의 출발 문제로 M. M.이 그렇게 부산스러워했던 바로 그 젊은이 N이었다. 사람들은 그가 러시아 남쪽 어딘가로 아주 멀리 떠난다고 말했기에, 이렇게 이른 시간에, 더구나 M 부인과 단둘이 있는 모습을 보고 나는 몹시 놀랐다.

그녀는 지금껏 본 적 없을 만큼 동요해 있었고, 그녀의 뺨에는 눈물이 반짝이고 있었다. 그 젊은이는 그녀의 손을 잡고, 몸을 깊이 숙여 그 손에 입맞추고 있었다. 나는 두 사람이 헤어지려는 바로 그 순간에 이들을 발견한 것이었다. 그들 모두 급한 듯했다. 마침내 그는 주머니에서 봉인된 편지 봉투를 꺼내 M 부인에게 건넸고, 말에서 내리지 않은 채 한 팔로 그녀를 끌어안아 길고 뜨거운 이별의 입맞춤을 했다. 일 분도 지나지 않아 그는 말의 옆구리를 세차게 쳤고, 화살처럼 내 곁을 스쳐 지나 달려갔다. M 부인은 한동안 그가 사라진 방향을 바라보다가, 침울하고 생각에 잠긴 표정으로 집 쪽으로 몸을 돌렸다. 그러나 몇 걸음 걷자 갑자기 무언가를 떠올린 듯 멈추었고, 급히 덤불을 헤쳐 숲 속으로 들어갔다.

　나는 그녀를 뒤따랐다. 방금 본 모든 일들에 놀라고 당혹한 채, 가슴은 공포라도 느낀 듯 격렬하게 뛰고 있었다. 나는 마치 얼어붙고 안개 속에 갇힌 듯했으며, 생각들은 산산이 부서져 뒤죽박죽이 되었지만, 이상하게도 마음속 깊은 곳에는 설명할 수 없는 슬픔이 가득했다. 초록 잎사귀 사이로 흰 드레스 자락이 어른거렸다. 나는 무의식적으로 그녀를 따라 걸었고, 그녀가 나를 발견할까 두려워 온몸을 떨면서도, 그녀를 시야에서 놓치지 않았다. 마침내 그녀는 집으로 이어지는 좁은 길로 나섰다. 나는 잠시 기다렸다가 덤불 밖으로 나왔다. 그러나—내 놀라움은 이루 말할 수 없었다—길 위 붉은 모래 위에, 불과 십 분 전 M 부인이 받았던 바로 그 봉투가 떨어져 있었던 것이다.

　나는 그것을 집어 들었다. 봉투 앞뒤 어디에도 글씨가 없었고, 주소도 적혀 있지 않았다. 봉투는 크지 않았지만, 두툼하고 묵직했고, 편지지 세 장 이상이 들어 있는 듯했다.

　이 봉투는 무엇을 의미하는가? 틀림없이 이 안에 모든 비밀이 설명되어 있을 것이다. 어쩌면 그들은 너무 짧고 급한 이별 속에서 도저히 말로 전할 수 없었던 모든 것을 이 안에 담았을지도 모른다. 그는 말에서 내려오지도 않았으니…. 서둘렀기 때문인지, 아니면 마지막 순간에 자신의 감정에 흔들릴까 두렵고 마음이 약해질까 두려웠던 것인지—하늘만이 아는 일이다….

나는 길로 나가기 전에 몸을 멈추었다. 봉투를 가장 눈에 잘 띄는 자리에 내려놓고, M 부인이 돌아와 찾을 것이라 생각하며 계속 바라보았다. 그러나 사 분이 지나도록 그녀는 돌아오지 않았다. 더는 견딜 수 없어서 나는 다시 그것을 집어 들고, 주머니에 넣고, M 부인을 따라잡으러 갔다. 정원 큰 길에서 나는 그녀를 발견했다. 그녀는 빠른 걸음으로, 그러나 깊은 생각에 잠긴 채, 눈을 땅에 떨군 채 집을 향해 걸어가고 있었다. 나는 어쩔 줄 몰랐다. 다가가서 봉투를 건네야 하는가? 그러면 내가 모든 것을 알고 있고, 모두 보았다는 말과 다름없다. 첫마디를 내뱉자마자 내 정체는 탄로날 것이다. 그리고… 나는 어떤 얼굴로 그녀를 보아야 하는가? 그녀는 또 어떤 눈으로 나를 바라보게 될까? 나는 그녀가 잃어버린 것을 깨닫고 되돌아오길 바랐다. 그렇게만 된다면, 아무도 모르게 봉투를 길 위에 던져 놓고, 그녀가 곧바로 발견할 수 있었을 것이다. 그러나—아니다! 우리는 이미 집 근처에 와 있었고, 그녀는 이미 사람들의 눈에 띄어 버렸다….

운이 나쁘게도, 그날 모든 사람들이 매우 일찍 일어나 있었다. 전날 저녁의 실패한 소풍을 만회하려고, 뭔가 새로운 계획을 세웠던 모양인데, 나는 그것에 대해 전혀 듣지 못했었다. 모두가 출발 준비를 하며, 베란다에서 아침을 먹고 있었다. 나는 M 부인과 함께 있는 모습을 보이지 않기 위해 10분쯤 숨어 기다린 뒤, 정원을 크게 돌아 집 반대편에서 한참 뒤에야 모습을 드러냈다. M 부인은 팔짱을 끼고 베란다를 오가며 걷고 있었는데, 창백하고 초조해 보였으며, 눈빛에서도, 걸음에서도, 움직임 하나하나에서도 숨기려 애쓰고 있는 참담하고 절망적인 고통이 뚜렷이 드러나고 있었다. 때때로 그녀는 베란다의 계단을 내려가 정원 쪽 화단 사이로 몇 걸음 걸어갔는데, 눈은 조급하고, 탐하는 듯하고, 심지어 경솔할 정도로 살살이 무언가를 찾고 있었다. 모래 위든, 베란다 바닥이든—그녀의 시선은 사방을 더듬었다. 틀림없었다. 그녀는 잃어버린 것을 알아차렸고, 편지를 집 근처 어디엔가 떨어뜨렸다고 굳게 믿고 있는 듯했다—그래, 그녀는 그것을 확신하고 있었다.

누군가 그녀가 창백하고 초조하다는 것을 눈치채자, 다른 사람들도 같은 말을 하기 시작했다. 사람들은 그녀를 둘러싸고 건강을 묻고 걱정을 쏟아냈다. 그녀는 웃어야 했고, 농담해야 했고, 활기찬 척해야 했다. 하지만 때때로 그녀는 베란다 끝에서 두 숙녀와 이야기를 나누고 있는 남편 쪽을 바라보았고, 그 순간마다 전날 그가 도착했을 때와 똑같은 전율과 당혹감이 그녀를 덮쳤다. 나는 편지를 꼭 쥔 손을 주머니 깊숙이 찔러 넣은 채, 모두에게서 약간 떨어진 곳에서 있었다. 그리고 운명이 M 부인이 나를 보게 해주길 간절히 기도하고 있었다. 나는 그녀에게 용기를 주고 싶었고, 한 눈짓이라도 보태서 그녀의 불안을 덜어주고 싶었으며, 몰래 한마디 속삭여 주기라도 하고 싶었다. 그러나 그녀가 우연히 나를 바라보았을 때, 나는 곧장 눈을 내려 깔고 말았다.

나는 그녀의 고통을 보았고, 내 느낌은 틀리지 않았다. 지금까지도 나는 그녀의 비밀을 알지 못한다. 내가 아는 것은 내가 본 것, 그리고 지금 막 묘사한 그것뿐이다. 그들의 관계가 처음 보기에는 누구나 짐작할 만한 그런 종류의 '흥정'이 아니었을지도 모른다. 어쩌면 그 입맞춤은 이별의 입맞춤이었을지도, 그녀의 평화와 명예를 위해 스스로를 희생한 이에 대한 마지막 작고 미약한 보상이었을지도 모른다. N은 떠나고 있었다. 그녀를 떠나고 있었고, 어쩌면 영원한 작별이었다. 그리고 지금 내 손에 들려 있던 그 편지— 그 안에 무엇이 담겨 있었겠는가! 아무도 알 수 없다. 그것을 누가 판단할 수 있으며, 또 누가 감히 단죄할 수 있단 말인가? 그러나 분명한 것은, 그녀의 비밀이 갑작스럽게 드러나는 일은 끔찍했을 것이며— 그녀에게 치명적인 일격이 되었으리라는 사실이다. 그 순간의 그녀의 얼굴을 나는 지금도 기억한다. 그보다 더 깊은 고통이 드러날 수는 없었을 것이다. 느끼고, 알고, 확신하며, 예상하는 것— 마치 곧 처형당할 사람처럼— 불과 십오 분, 어쩌면 일 분 안에 모든 것이 들킬 수 있다는 것, 편지가 누군가에게 발견되어 주워 올려질 수도 있고, 주소조차 적혀 있지 않으니 열어보는 것도 막을 수 없다는 것— 그리고 그 다음에는…. 그 다음에는 무엇이 기다리고 있었겠는가? 그녀를 기다리는 고통보다 더한 고문이 가능했을까? 그녀는 자신을 심판할 사람들이 있는 한가운데서 움직이고 있었다. 채 몇 분이 지나지 않아, 지금은 미소 짓고 아첨하던 그 얼굴들이 위협적이고 무정한 얼굴로 변할 것이었다. 그녀는 그 얼굴들에서 조롱과 악의, 그리고 얼음 같은 경멸을 읽어내야 할 것이고, 그러면 그녀의 삶은 다시는 새벽을 맞지 못한 채 영원한 어둠 속으로 가라앉고 말았을 것이다…. 그래, 그때 나는 지금처럼 이해하지 못했다. 단지 막연한 불안과 흐릿한 짐작, 그리고 그녀의 위험에 대한 알 수 없는 가슴앓이만 있을 뿐이었다. 그러나 그녀의 비밀 속에 무엇이 숨겨져 있었든, 그녀가 치러야 했을 속죄가 있었다면, 내가 목격했던 바로 그 고통의 순간들이 이미 그것을 다 갚았으리라는 것은 의심할 여지가 없다. 나는 그 순간들을 절대 잊지 못할 것이다.

그러나 그때, 출발하라는 명랑한 부름이 들려왔다. 즉시 모두가 들떠 북적거리기 시작했고, 사방에서 웃음과 활기찬 목소리가 터져 나왔다. 2분이 채 지나기도 전에 베란다는 텅 비었다. M 부인은 결국 몸이 좋지 않다며 외출을 사양했다. 그러나 감사하게도, 다른 사람들은 모두 서둘러 떠났고, 그녀에게 연민과 질문과 조언을 퍼붓고 붙들 시간이 없었다.

몇몇만 집에 남았다. 남편은 그녀에게 몇 마디 말을 건넸고, 그녀는 곧 괜찮아질 것이라 했으며, 걱정할 필요도, 누울 필요도 없다며, 정원으로 나가 보겠다고 했다. 나와 함께… 그 말에서 그녀는 나를 흘끗 바라보았다. 이보다 더 다행스러울 수는 없었다! 나는 기쁨과 황홀함에 얼굴이 붉어졌다. 그리고 일 분 뒤, 우리는 길을 나섰다.

그녀는 숲에서 돌아올 때 걸어왔던 바로 그 길, 그 오솔길을 본능적으로 더듬으며 걸었다. 땅에 시선을 고정한 채 앞만 바라보았고, 나에게 대답하지도 않은 채, 내가 함께 걷고 있다는 사실조차 잊은 듯 주위를 살살이 살폈다.

그러나 우리가 마침내 내가 그 편지를 주웠던 바로 그 지점, 즉 오솔길이 끝나는 곳까지 이르렀을 때, M 부인은 돌연 걸음을 멈추었고, 고통으로 힘 빠진 미약한 목소리로 몸 상태가 더 나빠졌다며 집으로 돌아가겠다고 말했다. 그러나 정원 울타리에 다다른 순간, 그녀는 다시 멈추어 서서 잠시 생각에 잠겼다. 그녀의 입술 위로 절망스러운 미소가 스쳤고, 완전히 지쳐버린 채, 모든 것을 체념하고 최악의 사태를 받아들인 것처럼, 아무 말도 없이 몸을 돌려 되돌아가기 시작했다. 나에게 그 의사를 알리는 것조차 잊어버린 듯했다. 내 마음은 연민으로 찢어질 듯했고, 나는 어떻게 해야 할지 알 수 없었다.

우리는, 아니 오히려 내가 그녀를 이끌어, 한 시간 전 내가 말발굽 소리와 두 사람의 대화를 들었던 바로 그 장소로 갔다. 그곳에는 한 줄기 그늘을 드리운 느릅나무 곁에, 거대한 바위를 깎아 만든 의자가 있었고, 그 둘레로 담쟁이덩굴과 인동덩굴, 들장미가 무성하게 기어올라 있었다. 숲 전체에는 작은 다리와 꽃덩굴 아치, 작은 동굴과 같은 장치들이 여기저기 흩어져 있었다. M 부인은 그 긴 의자에 앉더니, 무심코 눈앞에 펼쳐져 있는 장관으로 시선을 옮겼다. 잠시 후 그녀는 손에 들고 있던 책을 펼쳐 들었으나, 읽는 것도 아니고 페이지를 넘기는 것도 아니었으며, 무엇을 하고 있는지도 거의 모르는 듯 책 위에 눈을 고정하고 있을 뿐이었다. 그때가 아홉 시 반쯤이었다. 태양은 이미 높이 떠올라, 짙고 깊은 청색 하늘 속에서 그 자체의 빛 속으로 녹아드는 듯 찬란히 부유하고 있었다. 풀 베는 사람들은 이미 멀리 가 보이지 않을 만큼 작아졌고, 그들이 지나간 뒤에는 잘려 누운 풀 무더기가 길게, 끊임없이 이어지고 있었다. 가끔 불어오는 미약한 바람은 저 멀리 베어낸 풀의 향기를 실어 우리에게 가져다주었다. 우리 주위에는 "뿌리지도 않고 거두지도 않지만 하늘을 나는 그 자유로운 날개"들의 끊임없는 합창이 울려 퍼지고 있었다. 그 순간, 마치 온갖 꽃과 풀잎이 향기를 제물처럼 내뿜으며 창조주께 이렇게 말하는 듯했다. "아버지, 저는 축복받았고, 저는 행복합니다."

나는 이 모든 환한 생명 속에서 홀로 죽은 사람처럼 앉아 있는 그 가엾은 여인을 바라보았다. 그녀의 속눈썹 끝에는, 깊은 비탄이 마음속에서 짜내듯 이끌어낸 두 방울의 굵은 눈물이 움직이지도 않은 채 매달려 있었다. 나는 이 가련하고 기절할 듯한 마음을 위로하고 달랠 힘이 내게 있다는 것을 알고 있었다. 그러나 어디서부터 말을 꺼내야 하는지, 어떻게 첫걸음을 내딛어야 하는지 알 수 없었다. 나는 괴로움에 몸부림쳤다. 백 번도 더 그녀에게 다가가려 했지만, 매번 얼굴이 불길처럼 달아올라 버렸다.

그때 번개처럼 환한 생각이 내 마음에 떠올랐다. 방법을 찾았던 것이다. 나는 되살아났다.

"꽃다발을 꺾어다 드릴까요?" 나는 그렇게, 스스로도 놀랄 만큼 환한 목소리로 말했다. 그러자 M 부인은 곧바로 고개를 들고 나를 유심히 바라보았다.

"그래, 그러렴." 그녀는 마침내 미약한 목소리로, 희미한 미소를 띠며 말했으나, 곧 다시 눈을 책 위로 떨구었다.

"곧 이 근처도 풀을 베기 시작할 거예요. 그러면 꽃이 하나도 없어질 테니까요!" 나는 외치며 기쁜 마음으로 곧장 꽃을 꺾기 시작했다.

곧 나는 작은 꽃다발을 완성했다. 보잘것없고 소박한 꽃다발이었기에, 집 안으로 들여가려 했다면 부끄러웠을 것이다. 그러나 꽃을 꺾고 묶는 동안 내 마음은 한없이 가벼웠다. 들장미와 인동덩굴은 그녀가 앉아 있는 자리 가까이에서 꺾었고, 조금 떨어진 곳에는 아직 익지 않은 호밀밭이 있다는 것을 알고 있었기에, 나는 그곳으로 달려가 수레국화들을 꺾어 호밀의 길고 황금빛 이삭과 함께 섞었다. 근처 풀숲에서는 물망초가 둥지처럼 무리지어 피어 있었고, 내 꽃다발은 거의 완성되어 있었다. 더 멀리 초원에는 짙푸른 방울꽃과 야생패랭이가 있었고, 나는 강가까지 달려 내려가 노란 수련을 꺾었다. 마침내 돌아오는 길에, 숲으로 잠시 들어가 꽃다발 주위를 둘러쌀 단풍의 짙은 녹색 부채 모양 잎을 몇 장 얻었고, 그때 우연히 작은 팬지 한 무리를 보게 되었다. 그리고 다행인지, 그 곁에서 짙은 자줏빛 제비꽃 향기가 풀숲 속 작은 꽃을 숨기고 있는 자리를 알려주었다. 그 꽃은 아직 이슬을 머금고 반짝거리고 있었다. 꽃다발은 완성되었다. 나는 긴 풀줄기를 꼬아 만든 가느다란 새끼줄로 그것을 정성스럽게 묶었고, 편지를 꽃다발 한가운데 살며시 넣어 감추었다. 그러나 조금만 유심히 들여다본다면 곧바로 알아볼 수 있도록 숨겨 두었다.

나는 그 꽃다발을 M 부인에게 가져갔다.

가는 길에 나는 편지가 너무 드러나 보이는 듯하여 좀 더 깊숙이 숨겼다. 조금 더 다가가자 이번에는 꽃 속에 더 깊이 밀어 넣었다. 그리고 마침내 자리에 이르렀을 때, 갑자기 나는 편지를 꽃다발 한가운데로 쑥 밀어 넣어 밖에서는 전혀 보이지 않도록 해버렸다. 내 뺨은 활활 불타고 있었다. 나는 얼굴을 손으로 가리고 당장이라도 도망가고 싶었다. 그러나 그녀는 내가 꺾어온 꽃을 마치 그 사실을 완전히 잊은 사람처럼 힐끗 바라보았을 뿐이었다. 그녀는 거의 내려다보지도 않은 채 기계적으로 손을 내밀어 내 선물을 받아들었고, 곧 그것을 마치 그 자리에 두라고 내가 건넨 것처럼 벤치 위에 내려놓은 뒤, 다시 책으로 눈을 떨구고, 생각에 잠긴 사람처럼 보였다. 나는 이 불운에 당장이라도 울고 싶었다. "그 꽃다발이 그녀 가까이에만 있었더라면… 그녀가 그걸 잊지만 않았더라면…!" 나는 그렇게 생각했다. 나는 그녀로부터 멀지 않은 풀밭에 누워 오른팔을 머리 밑에 괴고, 마치 졸음이 쏟아지는 척하며 눈을 감았다. 그러나 나는 기다리고 있었다— 눈은 실눈을 뜨고 그녀에게 고정한 채.

십 분이 지났다. 그녀는 점점 더 창백해지는 듯했다…. 다행히도 그 순간, 축복 같은 우연이 내게 왔다.

한 마리 크고 금빛 나는 벌 한 마리가, 마침 나를 위해 불어주는 듯한 산들바람에 실려 날아온 것이다. 그 벌은 먼저 내 머리 위에서 윙윙거리더니, 곧장 M 부인 쪽으로 날아갔다. 그녀는 한두 번 그것을 내쫓으려 손을 저었지만, 벌은 점점 더 집요해졌다. 마침내 M 부인은 내가 만든 꽃다발을 움켜쥐더니, 그것을 휘둘러 벌을 쫓으려 했다. 바로 그 순간— 편지가 꽃 사이에서 떨어져, 활짝 펼쳐진 그녀의 책 위에 곧장 떨어졌다. 나는 움찔했다. 한동안 M 부인은 놀라움으로 말을 잃은 채, 먼저 편지를, 그리고 손에 든 꽃다발을 번갈아 바라보았고, 그녀는 자신의 눈을 믿지 못하는 듯했다. 그러다가 갑자기 얼굴이 붉어지고, 몸을 움찔하며, 나를 바라보았다. 그러나 나는 그녀의 움직임을 눈치채고는 눈을 꽉 감아 버렸다—잠든 척하며. 그 순간, 나는 그녀의 얼굴을 정면으로 바라볼 용기가 없었다. 내 심장은 시골아이에게 붙잡힌 작은 새처럼 미친 듯이 뛰고 있었다. 몇 분 동안 내가 눈을 감고 누워 있었는지 기억나지 않는다. 마침내 나는 조심스레 눈을 떴다. M 부인은 탐하듯, 갈망하듯 그 편지를 읽고 있었다. 붉게 달아오른 두 뺨, 반짝이며 눈물 맺힌 눈, 그리고 환희로 떨리는 모든 표정으로 보아, 그 편지 속에는 그녀에게 행복을 약속하는 무언가가 있었고, 그녀의 모든 고통이 연기처럼 사라져 버렸다는 것을 나는 알아차렸다. 내 마음에는 달콤하면서도 잔혹한 감정이 파고들었다. 나는 계속 잠든 척 연기하기가 고통스러웠다….

나는 그 순간을 절대 잊지 못할 것이다!

그때, 멀리서 사람들의 목소리가 들려왔다—

"M 부인! 나탈리! 나탈리!"

M 부인은 대답하지 않았으나, 재빨리 자리에서 일어나 내 쪽으로 다가와 몸을 굽혔다. 나는 그녀가 내 얼굴을 똑바로 들여다보고 있다는 것을 느꼈다. 속눈썹이 떨렸지만, 나는 스스로를 억누르고 눈을 뜨지 않았다. 호흡을 더 고르게,

더 조용히 하려 애썼으나, 심장은 격렬한 고동으로 나를 질식시켰다. 그녀의 뜨거운 숨결이 내 뺨을 태웠다. 그녀는 마치 확신을 얻으려는 듯 얼굴을 바짝 가까이 가져왔다. 마침내— 입맞춤과 눈물이, 내 가슴 위에 놓여 있던 손 위로 똑 떨어졌다.

"나탈리! 나탈리! 어디 있어요?" 하는 목소리가 다시 들렸고, 이번에는 아주 가까운 곳이었다.

"가요." M 부인은 그렇게 말했다. 그녀의 부드럽고 은빛 같은 목소리는 눈물로 막혀 떨리고 있었고, 너무나 낮아 나만 들을 수 있을 만큼 가라앉아 있었다. "가요…."

그러나 바로 그 순간— 마침내 내 심장은 나를 배신했고, 얼굴 전체로 피가 한꺼번에 몰려 올라왔다. 바로 그 순간, 번개처럼 빠른 뜨거운 입맞춤이 내 입술을 데웠다. 나는 미약한 외마디를 내질렀다. 눈을 떴다. 그러나 곧바로 같은 거즈 스카프가 내 눈 위로 떨어졌다. 그녀가 마치 햇빛으로부터 나를 가려주려는 듯, 혹은 나를 숨기려는 듯. 그리고 다음 순간— 그녀는 사라지고 없었다. 나는 빠르게 멀어져 가는 발걸음 소리만 들었을 뿐이었다. 나는 홀로 남아 있었다….

나는 그녀의 스카프를 벗겨 들고, 넋을 잃은 듯 가슴 벅찬 기쁨에 겨워 그것에 입을 맞추었다. 몇 순간 동안 나는 거의 미칠 지경이었다…. 숨도 제대로 쉬지 못한 채, 풀밭 위에 팔꿈치를 괴고 기대어 서서, 아무 생각도 없이 눈앞에 펼쳐진 언덕들을 바라보았다. 그 언덕들은 이랑을 긋듯 곡식밭이 이어져 있었고, 멀리 흐르는 강은 굽이굽이 휘어지며 시야가 닿는 한계까지 이어졌으며, 그 너머에는 신록이 짙은 작은 마을들, 햇살 속에서 점처럼 반짝이는 집들이 산들 사이로 흩어져 있었다. 태양에 달아오른 하늘 가장자리에 연기처럼 피어오르는 듯 보이는 질푸른 숲들도 보였다. 그 장엄하고 조용한 평화로움이 서서히 내 뒤흔들리던 마음을 가라앉히기 시작했다. 나는 한결 편안해지고 숨을 더 깊이 쉴 수 있었다. 그러나 내 영혼 전체는 말로 할 수 없는, 달콤한 그리움으로 가득했다. 마치 눈을 가리고 있던 장막이 걷히는 듯했고, 무언가의 전조를 맛본 것 같은 감각이 스치고 지나갔다. 두려우면서도 희미하게 떨리는 내 어린 가슴은 어떤 추측을 향해 조심스럽고도 기쁘게 손을 뻗고 있었으며… 갑자기 가슴이 들썩이며 날카로운 것이 파고든 듯 아려 왔고, 눈에서는 달콤한 눈물이 흘러넘쳐 쏟아졌다. 나는 두 손으로 얼굴을 감싸고, 바람에 스치는 풀잎처럼 온몸을 떨며, 내 마음에 찾아온 첫 의식과 첫 계시— 즉, 나라는 존재의 희미한 본모습이 드러나는 그 순간에 완전히 자신을 맡겼다. 그 순간부터 나의 어린 시절은 끝났던 것이다.

두 시간이 지나 집으로 돌아왔을 때, 나는 M 부인을 발견하지 못했다. 어떤 갑작스러운 사정으로 그녀는 남편과 함께 모스크바로 돌아간 것이었다. 나는 다시는 그녀를 보지 못했다.

백야 그리고 다른 이야기들

초판 1쇄 발행 2025년 12월 17일

지 은 이	표도르 도스토옙스키
옮 긴 이	마이너스
펴 낸 이	송누리
편 집	강영은
디 자 인	강영은
마 케 팅	김경래, 최승윤
펴 낸 곳	해밀누리
등록번호	제2024-000196호
등록일자	2024년 8월 16일
주 소	서울, 마포구 성지길 25-11, 지층 1190호 (합정동)
메 일	haemilnuli@gmail.com
I S B N	979-11-7505-215-4 02890

* 이 책에 대한 출판·판매 등의 모든 권한은 해밀누리에 있습니다.
  간단한 서평을 제외하고는 해밀누리의 서면 허락 없이 이 책의 내용을
  복사·인용·촬영·녹음·재편집하거나 전자문서 등으로 변환할 수 없습니다.
* 책값은 뒤표지에 있습니다.
* 잘못된 책은 구입처에서 교환해 드립니다.